Melanie J. Kühn

DR. RUSSO
Bis du uns zerstörst ...

Für dich.
Weil du weißt, wie es sich anfühlt,
alles zu verlieren und trotzdem weiterzumachen.

MELANIE J. KÜHN

Dr. RUSSO

Bis du uns zerstörst ...

DARK ROMANCE

Titel: Dr. Russo – Bis du uns zerstörst …
Autorin: Melanie J. Kühn
Erstveröffentlichung: 04/2025
ISBN: 978-3-8192-6383-5

Verlag: BoD · Books on Demand GmbH, Überseering 33,
22297 Hamburg, bod@bod.de

Druck: Libri Plureos GmbH, Friedensallee 273, 22763 Hamburg

Kontakt:
Melanie J. Kühn
shadowhearts1@icloud.com

Ich bin das Echo in seinem Schatten.
Der Schutzschild, den du nicht siehst.
Der Mann, der dich liebt, obwohl er nie sollte.
Und wenn die Hölle sich nach dir ausstreckt,
werde ich die Hand sein, die dich hält –
selbst wenn du längst gefallen bist. – S

PLAYLIST

Du möchtest hautnah dabei sein, während du liest?
Dann scanne diesen QR-Code und höre die offizielle
Playlist zum Buch.

Ansonsten findest du hier einen kleinen Ausschnitt aus
der Playlist:

Spicy
Lady, Touch Yourself, Nikki Idol
I Want to – Rosenfeld

Sad
Pain's my only home – Zevia
i miss myself – renforshorts

Dangerous
In the end, Linkin Park
Fallout, UNSECRET, Neoni

TRIGGER-WARNUNG

Wenn du eine gewöhnliche Liebesgeschichte erwartest, muss ich dich vorwarnen, dass dieses Buch deine Erwartungen nicht erfüllen wird. Dieses Buch bricht bewusst mit konventionellen Tabus und testet die Grenzen des moralisch Akzeptablen. Es enthält intensive und explizite Inhalte, die für manche Leser verstörend wirken können. Zu den Themen, die in diesem Buch behandelt werden, gehören:

Entführung und ihre psychologischen Folgen, extreme Gewalt und körperliche Auseinandersetzungen, explizite Darstellungen sexueller Akte, Stalking, Beleidigungen, Gewalt, Todesfälle und Trauer, Verlust von Kindern und Angehörigen, emotionale und psychische Manipulation, Alkoholkonsum, detaillierte Beschreibungen von Folter, Verletzungen und Misshandlung, Mord und Tod, Angststörungen und Panikattacken.

Diese Liste soll dir helfen, eine informierte Entscheidung über das Lesen dieses Buches zu treffen. Aufgrund der erwähnten Inhalte wird das Buch für Leser unter 18 Jahren nicht empfohlen. Bitte gehe vorsichtig vor, wenn du dazu neigst, auf bestimmte beschriebene Inhalte emotional stark zu reagieren. Am Ende liegt es an dir, ob du bereit bist, dich den Schatten dieser Geschichte zu stellen und was es bedeutet, sich ihnen zu ergeben.

WAS BLEIBT, WENN ALLES FÄLLT.

Manchmal frage ich mich, ob man nach alldem je wieder atmen kann, ohne dass es schmerzt. Ohne dass die Bilder der letzten Monate wie Scherben unter der Haut sitzen.

Alles, was ich für sicher hielt, ist in diesen Tagen ins Wanken geraten. Emilio. Antonia. Ihre perfiden Spiele, die mich an meine Grenzen getrieben haben. Die Kämpfe, die sie nicht nur gegen mich geführt haben, sondern gegen alles, was Matteo, Salva und ich uns auf-gebaut haben.

Ich weiß noch, wie es sich angefühlt hat, als ich nichts als Ketten an meinem Körper gespürt habe. Wie Emilio mich festhielt, nicht nur mit seinen Händen, sondern mit Worten, die mich zerschneiden sollten. Und doch ist ihm etwas nie gelungen: mich endgültig zu zerbrechen. Nicht, solange ich Matteo in meinem Herzen trage. Nicht, solange Salva mich auffängt, wenn alles andere fällt.

Aber der Preis war hoch. Ich habe zugesehen, wie Matteo im Krankenhausbett lag, bewusstlos, mit mehr Schläuchen an seinem Körper, als ich zählen konnte. Die Kugel in seinem Oberschenkel hätte ihn mir beinahe genommen. Und während ich an diesem Bett saß, meine Finger auf seiner Haut, war es Salva, der mich daran erinnert hat, dass ich nicht aufgeben darf.

Dass ich stärker bin, als ich geglaubt habe.

Jetzt sind wir hier. Matteo lebt. Salva steht an meiner Seite. Und ich weiß, dass die Ruhe nur die Stille vor dem nächsten Sturm ist.

- Amelie

Kapitel 1

Amelie

Ich sehe in seine Augen. Das allererste Mal sehe ich, wie sich Tränen in ihnen sammeln.

Diese Augen. Die Augen, die so oft Hass gespuckt haben. Die Augen, die Kälte in sich tragen, Härte, Wut, Gewalt. Die, die meine Welt so oft ins Wanken gebracht haben.

Doch jetzt sind sie voller Liebe. So viel, dass ich fast zusammenzucke, weil ich nicht weiß, was das mit mir macht. Mit *uns* macht.

Meine Kehle schnürt sich zu, aber ich zwinge mich zu sprechen. »Wir werden Eltern.« Es ist kaum mehr als ein Flüstern. Ein Windhauch, der in der Luft zerbricht.

Matteo schließt die Augen, nur für eine Sekunde, und als er sie wieder öffnet, funkeln seine Wimpern feucht.

Mein Herzschlag ist laut. So laut, dass ich nichts anderes mehr höre. Er hebt eine Hand, legt sie auf meine Wange, sein Daumen streicht sanft über meine Haut.

»Ja, das werden wir.« Seine Lippen berühren meine Stirn, so einfühlsam, dass es mich zerreißt. Wie kann ein Mann wie Matteo Russo so weich sein? Er richtet den Monitor zu mir, greift nach der Ultraschallsonde. Ich sehe, wie seine Finger sich darum schließen, aber ich kenne ihn. Noch nie hat er Schwäche gezeigt. Es geht ihm nahe. Matteo hat ein so großes Herz, das nur ich kennen darf. Das ist der Grund, warum er eher gefürchtet wird, was ihm zwar zugutekommt, aber eben auch viele Feinde mit sich bringt.

»Willst du sie sehen?« Ich nicke, weil ich nicht in der Lage bin zu sprechen. Dann setzt er das Gerät auf meinem Bauch an.

Das kalte Gel jagt mir eine Gänsehaut über die Arme, doch ich nehme es kaum wahr. Ich spüre nur ihn. Seinen Blick auf mir. Seine Anspannung.

Matteo führt die Sonde mit ruhiger Hand über meinen Unterbauch, direkt über mein Schambein. Sein Blick weicht nicht von mir.

Der Bildschirm flimmert. Schwarz, Weiß, Schatten, die ich nicht zuordnen kann.

»Bereit?«, fragt er leise.

Ich presse meinen Kopf tiefer in die Liege, atme flach. »Ich denke ja.«

Er bewegt die Sonde nur ein kleines Stück weiter. Und dann sehe ich sie. Zwei kleine Flecken. Zwei winzige Silhouetten. Matteo hält den Atem an. Ich auch. Ich hebe die Hand, bedecke meinen Mund, weil ich nicht weiß, was ich sonst tun soll.

»Oh mein Gott ...« Mein Flüstern ist zittrig. »Sie sind ja noch so klein.«

Ein Lächeln breitet sich über Matteos Gesicht aus. Es ist so strahlend, so rein, dass ich es festhalten und in einem Glas verschließen möchte, um es an dunklen Tagen hervorzuholen. Sein Blick hängt an den zwei Herzschlägen auf dem Bildschirm, als wäre es sein gesamtes Universum.

Dann atmet er tief ein, »erinnerst du dich ... als ich dich in der Praxis gefragt habe, ob du deine Periode bekommst?« Seine Stimme ist weich, aber ich höre das Funkeln darin.

Ich verenge meine Augen. Natürlich erinnere ich mich. Ich war so sauer, als er mich das damals gefragt hat. »Ja, wieso?« Meine Stimme zittert leicht. Matteo schmunzelt. »Weil ich es da schon wusste.«

Ich blinzle. »Was?«

Er schüttelt den Kopf, als könnte er selbst nicht fassen, wie dumm ich damals war.

»Du hast dich ständig übergeben. Deine Launen waren ... wie soll ich es charmant ausdrücken – wechselhaft? Ich habe mir immer gedacht entweder hattest du einen extrem hartnäckigen Eisprung, oder eben dass du schwanger bist. Und das war auch der Grund, warum ich dich nicht aus dem Auto lassen wollte, als wir im Tunnel waren. Warum ich so ausgerastet bin, als Emilio dich geküsst hat. Warum ich gewisse Dinge runtergespielt habe. Ich wollte dich nicht stressen.« Er drückt eine Taste auf der Tastatur. Ein leises Rauschen erfüllt den Raum.

Und dann ... höre ich es. Den Klang. Es trifft mich wie ein Schlag. Mein Atem setzt aus. Ich blinzle, doch meine Sicht verschwimmt durch die Tränen. Ich kann sie nicht mehr zurückhalten.

Matteo starrt auf den Bildschirm. Ich weiß nicht, ob ich ihn jemals so gesehen habe. So verletzlich. So nackt.

»Du trägst nicht nur dein Leben, Fiore ...« Seine Stimme bricht. Er schließt kurz die Augen. »Du trägst auch das unserer Kinder.«

Ein Schluchzen bricht aus mir heraus, ohne dass ich es verhindern kann.

Matteo hebt die Sonde von meinem Bauch, wischt das Gel ab. Ich setze mich langsam auf, während er sich mit seinem Hocker zwischen meine Beine schiebt. Seine Hände umfassen meine Oberschenkel, sein Blick … Gott, dieser Blick. Er ist voller Ehrfurcht.

»Ich hoffe, dir ist bewusst, dass ich jetzt noch mehr auf dich aufpassen werde.«

Ich schlinge meine Arme um seine Schultern, presse meine Stirn gegen seine. Unsere Nasen streifen sich, mein Herz schlägt viel zu schnell.

»Dr. Russo … ich weiß, dass Sie sich Sorgen um Ihre Patientin machen …« Ich lächle schwach. »Aber vergessen Sie nicht, dass ich hier sitze. Und mir nichts passiert ist, egal was wir bisher durchleben mussten.«

Matteo knurrt leise. Seine Hände wandern über meine Hüften. »Ms. Moore, Sie sind unbelehrbar.«

Ich schüttle den Kopf. »Nein, nicht ich. Sie. Sie glauben immer noch, ich könnte Ihr Leben nicht aushalten. Dass ich nicht stark genug bin.«

Matteos Augen dunkeln nach. »Wissen Sie, was das Problem ist?« Seine Stimme ist tiefer, rauer. Seine Finger gleiten unter meinen Rock, fahren über meine Haut, schließen sich fest um meinen Hintern.

»Was denn?«, flüstere ich. Sein Griff verstärkt sich.

»Sie müssen nicht stark sein, Ms. Moore. Sie sollen nicht stark sein. Dafür haben Sie mich. Ich werde alles tun, damit es Ihnen gut geht und sie immer beschützen.« Ich will etwas sagen, aber dann fliegt die Tür auf. Ich zucke zusammen. Matteo bewegt sich nicht.

Salva steht im Türrahmen, leicht außer Atem, sein grauer Jogginganzug feucht vom Schweiß. Seine Augen weiten sich, als sie auf den Monitor fallen. Als er sie sieht.

Dann fixiert er mich. »Wisst ihr schon, wer der Vater ist?« Seine Stimme bricht.

Er kommt schnellen Schrittes auf mich zu, Matteo löst mich aus seinen Armen. Ich stehe auf und werde von Salva in eine Umarmung gezogen. Seine Hände zittern, als sie mich festhalten. Dann drückt er mich an sich. So fest, dass mir die Luft wegbleibt.

»Du wirst Mutter …« flüstert er. Seine Stimme bebt.
Ich schließe die Augen. Und dann weine ich.

Matteos Schritte hallen nach, während er sich uns anschließt und seinen Arm behutsam um uns legt. So verharren wir in einer der Arztpraxen des Russo-Clans, umhüllt von der Ungewissheit über die Vaterschaft. Meine Gefühle für beide sind gleich stark, geformt durch ihre unterschiedlichen, aber gleichermaßen geliebten Charakterzüge.

»Wir wissen noch nicht, wer der Vater ist«, durchbricht Matteo die Stille, seine Worte sind wie ein Seufzer in der kühlen Praxisluft. Ich drehe mich ihm zu, und er fängt eine einsame Träne mit seinem Finger auf. »Ich habe die Untersuchung aufgenommen. Soll ich dir die Aufnahmen schicken?«, fragt er Salva, während er sich zu seinem Rechner begibt.

Salva kniet vor mir, hebt mein Oberteil sanft an und legt seine Lippen auf meinen Bauch. »Egal, von wem das Kind ist, es wird immer das Baby von uns dreien sein.« Sein Blick, warm wie haselnussbrauner Karamellkaffee, beruhigt und wärmt mich zugleich.

»Es sind Zwillinge. Und in meinen Augen seid ihr

beide die Väter, ganz gleich, was der DNA-Test zeigen mag.« Salvas Augen strahlen, als er meinen Bauch liebevoll küsst, dann finden seine Lippen die meinen. »Ich liebe dich, Bella«, haucht er, seine Finger vergraben sich in meinem Haar. »Ich dich auch«, erwidere ich zwischen unseren Küssen, jedes Mal, wenn sich unsere Lippen kurz trennen.

Matteos Blick brennt in meinem Nacken. Als ich mich von Salva löse und mich umdrehe, begegnen mir seine Augen. »Hier, frisch ausgedruckt«, sagt er und hält die Bilder des Ultraschalls hoch, »und die Herzschläge habe ich dir aufs Handy geschickt. Sie sind gesund, was nach allem, was passiert ist, nicht selbstverständlich ist. Dein Körper hätte die Kinder auch abstoßen können.« Ich schlucke, überrascht von seiner Offenheit. »Wie meinst du das mit *abstoßen*?«, frage ich, während meine Hände schützend meinen Bauch umfassen.

Matteo richtet sich auf, nimmt seine Jacke und wir machen uns auf den Weg zum Auto. »Extremer Stress, wie du ihn erlebt hast, kann dazu führen, dass der Körper zum Selbstschutz reagiert. Es ist wichtig, dass du dich künftig von vermeidbaren Risiken fernhältst.« Während Salva mir die Autotür öffnet, legt Matteo mir die Jacke über die Schultern. »Siehst du, warum ich dich schützen will? Du hast mir deine Stärke bewiesen, doch die Kleinen sind noch schutzlos.«

Wir steigen ins Auto und fahren zu Matteos Penthouse. »Aber wie kannst du mich schützen, wenn ich täglich konfrontiert werde? Deine Mutter hat euch doch auch geboren, obwohl sie mit einem Mafia-Boss zusammen war,« werfe ich ein. Salva, der neben mir sitzt, nimmt meine Hand und streichelt sanft über meine Finger. »Unsere Mutter war den Geschäften unseres Vaters nie so nahe wie du. Du bist der Kern all dieser Auseinandersetzungen, unser aller Schwachpunkt. Ruhe wird erst einkehren, wenn alle Rivalen besiegt sind. Bis dahin müssen wir vorsichtig sein.«

KAPITEL 2

✳

Matteo

Dein Kopf liegt auf meinem Schoß, und die Wärme deiner Atemzüge kribbelt auf meiner Haut, während du friedlich schläfst. Salva sitzt neben uns, massiert deine Füße. Es ist so still hier. Draußen mag Antonia noch frei sein, aber zumindest ist Emilio in Gewahrsam. Du hast mir von einem Ring erzählt, den Emilio trägt, mit dem er Signale an Antonia senden kann, und von seinen Forderungen.

Ob er nur ein guter Schauspieler ist oder tatsächlich etwas für dich empfindet, weiß ich nicht, aber sollte er wirklich etwas von dir wollen, kann ich ihn verstehen. Deine Stärke, deine atemberaubende Schönheit und das goldene Herz ziehen jeden in deinen Bann, und doch hast du diese dunkle Seite, die du so perfekt im Griff hast.

Du entscheidest, wer leiden soll und wer nicht, was mir niemals so leicht fallen würde. Aber bei Emilio und Antonia kannst du keine Ausnahme machen, egal was sie sagen. Was sie dir angetan haben, kann nicht vergeben werden. Ich bete, dass sie nicht herausfinden, dass du jetzt zwei Babys trägst. Die Welt da draußen ist grausam, und für Leute wie sie sind selbst Kinder nur Mittel zum Zweck.

Du warst schon immer mein Alles, aber jetzt, mit den Zwillingen, bist du wie ein lebendiges Feuerwerk, das alles um uns herum erleuchten oder zerstören könnte.

Du und die Kinder seid der Schlüssel zu allem, was mir lieb ist. Ohne euch würde mein Leben jeglichen Sinn verlieren.

Plötzlich durchbricht Salvas Stimme meine Gedanken. »Wenn es deine Kinder sind, dann werde ich Amelie heiraten.«

Ich starre ihn an. »Was soll das heißen?«

»Ich will zumindest das Recht haben, sie zu heiraten, wenn die Kinder deine sind.«

Unwillkürlich schüttele ich den Kopf, meine Stimme ist hart vor Frustration. »Du kannst doch immer noch eigene Kinder mit ihr haben. Aber ich könnte sie nicht noch einmal heiraten, wenn du diesen Schritt zuerst gehst.«

In diesem Moment regst du dich. Du wendest dich uns zu, ein Murmeln entflieht deinen Lippen: »Wir können zu dritt heiraten.«

Ich streiche dir liebevoll über das Gesicht, lege die Decke sorgfältiger um dich. »Wir sprechen darüber, wenn du wach bist, Kleines.«

Salva setzt deine Füße behutsam auf die Couch und signalisiert mir, dass wir unser Gespräch draußen fortsetzen sollten. Ich folge ihm.

Draußen, unter dem Sternenhimmel, lehnt Salva an der Brüstung, eine Zigarette zwischen den Fingern. »Also, heiraten wir sie beide?«, frage ich, meine Stimme ein Raunen in der kühlen Nachtluft.

»Wenn das möglich ist, sollten wir es tun. Aber ich bin nicht nur irgendein Anhängsel. Ich liebe sie genauso wie du.«

»Was? Ich verstehe nicht, warum du jetzt damit kommst. Das ist völlig aus der Luft gegriffen.« Ich reiche ihm eine Flasche Wein. »Ich habe dir immer gesagt, dass ich kein Problem damit habe, wenn du auch mit ihr zusammen bist.«

Er lacht trocken. »Du willst es einfach nicht verstehen, oder?« Er macht Anstalten zu gehen, aber ich halte ihn fest.

»Hau nicht ab wie ein Feigling, sondern rede mit mir.«

Er verdreht die Augen und schließt den Zipper seiner Kapuzenjacke. »Cazzo! Wenn du es unbedingt wissen willst!« Er stützt sich an der Glasbrüstung ab und sieht über die Lichter von New York. »Ich habe Angst, dass sie irgendwann sagt, sie braucht mich nicht, weil sie dich hat. Ich will nicht die zweite Wahl sein.«

Ich nähere mich ihm, lege meinen Arm um seine Schultern. »Hat sie dir jemals das Gefühl gegeben, zweite Wahl zu sein?«, frage ich, mein Blick fest auf ihn gerichtet.

Er schaut zum Himmel. »Nein, das hat sie nicht. Aber ich kenne dich. Du warst nie in zweiter Reihe, sondern immer ganz vorne mit dabei. Ich weiß, dass du immer darauf achten wirst, dass ich nicht an erster Stelle sein werde.«

Ich schüttle den Kopf, »das kannst du doch nicht ernst meinen? Niemand wird an erster Stelle sein. Wir sind beide gleichwertig.«

»Was ist, wenn es meine Kinder sind und nicht deine?«

Ich halte inne. »Das würde mich wütend machen.«

»Siehst du, das meine ich. Diese Gefühle werden immer da sein, solange wir uns Amelie teilen.«

Ich zucke mit den Schultern. »Dann finden wir eine Lösung. Wir heiraten sie beide, und wenn es deine Kinder sind, schwängere ich sie danach, wenn sie es möchte. Du kannst nicht alles kaputt machen, nur weil du zu viel nachdenkst. Amelie liebt uns beide gleich.«

Er reibt sich mit seiner Hand über seinen Mund und atmet tief ein. »Du hast recht, vermutlich steigt mir alles zu Kopf, weil sie so lange weg war und sie jetzt auch noch schwanger ist.«

»Du hast Angst, sie zu verlieren. Ich weiß, wie sich das anfühlt. Aber lass dich davon nicht beeinflussen.«

Er nickt und hält mir sein Weinglas hin. Wir stoßen an, das Geräusch hallt durch die Nacht. »Werde ich nicht.« Seine Haltung entspannt sich. Ich hoffe inständig, dass ihm momentan nur alles über den Kopf wächst. Du könntest sonst für uns gefährlich werden. Niemand zweifelt an deiner Liebe uns gegenüber. Doch ist unsere brüderliche Liebe stark genug, um dich gemeinsam handhaben zu können? Eines ist sicher, wenn einer geht, dann Salva. Ich hatte dich zuerst. *Du gehörst mir.* Das war bereits ab dem Zeitpunkt klar, als du mich das erste Mal angelächelt hast. Salva würde auch eine andere Frau finden, aber ich will nur dich und würde niemals eine andere Frau an meiner Seite wollen.

Wir zünden uns Zigaretten an und sehen über die Lichter der Stadt. Der Wein beruhigt unsere erhitzten Gemüter.

»Hast du schon was Neues wegen Antonia gehört?«

Ich schüttele den Kopf, die Frustration brodelt in mir. »Nein, sie ist verschwunden. Nach dem Unfall war sie weg, bevor die Officers eintrafen. Wir müssen sie schnell finden, bevor sie weitere Anschläge plant.«

Ich lehne mich an die kühle Wand, die Bilder der Überwachungskameras aus dem Tunnel und vom Highway in meinem Kopf. »Wir haben einige Autos identifiziert, aber nichts deutet darauf hin, dass Antonia in einem davon war. Keine Leiche, nichts. Es muss noch immer Verräter in unseren Kreisen geben, sonst wäre sie uns nicht so leicht entkommen.« Meine Miene verhärtet sich. »Wir müssen unseren Kreis jetzt klein halten. Lorenzo, Luigi, Giuliano und Tommaso. Mehr nicht. Keiner sonst wird eingeweiht, besonders wenn es um Antonia geht. Ich vertraue nur noch den Männern, die von Anfang an dabei waren. Wir brauchen die besten Hacker und Spione.«

»Am ehesten traue ich es Tommaso zu«, sagt Salva, während er den Rauch seiner Zigarette ausatmet. »Er hatte schon immer ein Problem mit Amelie.«

Die Vorstellung, dass unser eigener Onkel, unser Blut, fähig sein könnte, nicht nur dich, sondern auch uns zu verraten, lässt mich innerlich kochen. »Meinst du wirklich, dass unser Onkel in der Lage wäre, nicht nur Amelie, sondern auch uns zu töten? Nicht nur sie war bei den Anschlägen dabei, sondern auch wir.«

Die Ungewissheit nagt an mir, ein ständiger Begleiter in diesem gefährlichen Spiel. »Du sagst es selbst, wir können niemandem mehr trauen.«

Ich fahre mir nachdenklich über die Schläfen. »Wir bringen Amelie zu ihrer Familie nach New Jersey. Sie soll sich dort erholen. Dort ist sie sicherer, weg von uns. Ihr Elternhaus wird rund um die Uhr überwacht, sie hat Personenschützer, und ich denke, sie möchte ihrer Familie die Neuigkeit über die Schwangerschaft mitteilen.«

Salva legt eine Hand auf meine Schulter, seine Augen suchen die meinen. »Und wir kümmern uns um Emilio?«

Ein kaltes Grinsen huscht über mein Gesicht. »Ja, das werden wir.«

»Kann ich bei Emilio dabei sein?«, fragst du, während du in der Terrassentür stehst, die Decke locker um deine Schultern gewickelt. Die Terrassenbeleuchtung malt sanfte Schatten über dein Gesicht, und die kühle Abendluft lässt die Stofffalten leicht flattern.

Ich schaue zu Salva, der neben mir steht, bevor ich antworte. »Natürlich, wenn du das möchtest.«

Du trittst auf die Terrasse, deine Füße in meinen viel zu großen Schlappen, die bei jedem Schritt leicht von deinen Fersen rutschen. Es ist ein Anblick, der mir unwillkürlich ein Schmunzeln entlockt. »Ich muss also nicht diskutieren?«, fragst du.

Salva hebt sanft dein Kinn, sodass dein Blick sich mit seinem trifft. »Du bist die Frau an der Seite des Mafia-Bosses, natürlich musst du nicht fragen.« Ein Lächeln umspielt deine Lippen, als ein Schimmer von Triumph in deinen Augen aufblitzt.

Ich räuspere mich, um Aufmerksamkeit zu erlangen. »Die Mafia-Bosse!«, korrigiere ich ihn, und Salvas Augen weiten sich leicht, überrascht von der Festigkeit in meiner Stimme. »Wir sind gleichgestellt, Salva. Ich habe bereits alles organisiert, um das in die Wege zu leiten, aber bald führen wir den Clan gemeinsam an. Du bist seit Jahren an meiner Seite, und unser Vater hätte das so gewollt.«

Du beißt dir nachdenklich auf die Unterlippe, dein Blick schweift zwischen uns beiden hin und her, als du die Tragweite meiner Worte zu erfassen versuchst. Salva scheint für einen Moment die Sprache verloren zu haben.

»Dein Ernst? Warum? Wie kommst du jetzt darauf?«, fragt er schließlich, voller Verwunderung.

Langsam trete ich auf dich zu, nehme deine rechte Hand und lege sie in Salvas. Mit deiner linken Hand tue ich dasselbe, nur dass sie in meiner bleibt. »Weil wir beide dieselbe Frau lieben, weil du genauso stark bist wie ich, und weil es schon lange überfällig war.«

Salvas Gesichtsausdruck weicht einem breiten Lächeln, und er zieht uns beide in seine Arme. »Danke, Matteo.«

In diesem Moment umfängt uns eine tiefe Verbundenheit, ein Gefühl von Einheit und Stärke, das durch die kühle Nachtluft pulsiert. Unsere Schicksale sind auf ewig miteinander verwoben, gefestigt durch die Liebe zu dir und durch das unerschütterliche Band der Bruderschaft, das uns nun mehr denn je vereint.

KAPITEL 3

*

Amelie

*

Auf dem staubigen Autohof herrscht eine angespannte Stille, die die Luft schwer und dickflüssig erscheinen lässt. Die Männer stehen regungslos wie Soldaten bei einer Parade, jeder auf seinem Posten, ihre Augen fest auf den unsichtbaren Horizont gerichtet. Scharfschützen, versteckt auf den blechbedeckten Dächern, sind bereit für den Fall, dass Antonia versuchen sollte, Emilio zu befreien. Diese Männer sind das letzte Bollwerk gegen das Chaos, das sie zu entfesseln droht.

Links von mir schreitet Salva, rechts Matteo. Ihre Präsenz ist wie ein elektrisches Feld, das durch meinen Körper strömt. Matteo ist wie immer die Eleganz in Person, gekleidet in einen langen Mantel, eine fein geschnittene Anzughose und ein tiefschwarzes Hemd, das seine dominante Aura noch unterstreicht. Salva hingegen, in Cargohose, Strickpullover und Sneakern, wirkt lässig, doch die angespannte Haltung verrät den Krieger unter der zivilen Fassade. Jedes Mal, wenn ich neben ihnen gehe, fühle ich mich wie die glücklichste Frau der Welt.

Wir marschieren durch die Halle, als gehörten uns nicht nur diese Mauern, sondern die ganze Welt. Unser Schritt ist entschlossen, sicher, als könnte uns nichts und niemand aufhalten.

Vor Emilios Zelle stehen Giuliano und Luigi, die treuesten Verbündeten der Brüder, wie Wächter alter Mythen, unerschütterlich und loyal. »Und wie verhält er sich?«, erkundigt sich Matteo bei Giuliano.

Wir haben aufgehört, ihn zu foltern, in der Hoffnung, dass er anfängt zu reden, wenn er nicht mehr wie ein Tier behandelt wird.

»Er macht keinen Ärger, aber er redet immer noch nicht. Er möchte nur mit Amelie reden.«, erklärt Giuliano.

Matteo blickt zu mir herüber, sein Kiefer angespannt. »Dann soll er das«, sagt er entschlossen. Matteo und Salva treten einen Schritt zurück, verbergen sich im Schatten, um nicht gesehen zu werden, wenn die Tür aufgeht. Sie wollen Emilio zum Reden bringen, aber er soll nicht wissen, dass sie ebenfalls hier sind.

»Du schaffst das«, sagt Salva und versucht, mich zu stärken. Ich zwinge mir ein kleines Lächeln auf, atme tief ein und aus, bevor Giuliano die schwere Eisentür öffnet.

Ich trete ein. Der Raum hat sich seit meinem letzten Besuch verändert. Anstelle eines spartanischen Feldbetts steht hier jetzt ein bequemes Bett, ein Tisch mit Stühlen und sogar ein Bücherregal, aber es ist und bleibt eine Zelle, ein goldenes Gefängnis, das nie ein Zuhause sein kann.

»Hallo, kleine Lacrima«, begrüßt mich Emilio, legt sein Buch beiseite und sieht zu mir auf. Ich hätte nie gedacht, dass dieser von Hass erfüllte Mensch jemals ein Buch in der Hand halten würde.

»Hallo, Emilio.« In meinem Bauch tobt ein Sturm, doch ich bin stark, entschlossen, ihn nicht meine Furcht spüren zu lassen, auch wenn ich nie vergessen werde, was er mir angetan hat. Doch ich brauche sein Vertrauen.

»Du siehst gut aus, ganz in Schwarz. Ich habe dich noch nie in Jeans gesehen, steht dir«, sagt er und mustert mich, als könne er durch die Kleidung hindurchsehen.

»Danke. Du siehst auch besser aus als bei unserem letzten Treffen. Wie geht es deinem Daumen?« Ich verschränke die Arme und bleibe mitten im Raum stehen.

»Gut, ich habe gehört, dass er dank dir wieder angenäht wurde. Danke dafür.« Ein leises Lachen bricht aus mir heraus. »Na ja, ich habe ihn dir ja auch abgetrennt.«

Er schüttelt den Kopf, seine Locken beben leicht. »Du hättest ihn mir aber nicht wieder annähen lassen müssen.«

Ich zucke mit den Schultern. »Ich bin halt nicht so ein Monster wie du.«

Er verzieht das Gesicht. »Ich habe dir bereits gesagt, warum ich so gehandelt habe, Lacrima.« Ich löse meine Arme und gehe auf ihn zu, seine Augen folgen jeder meiner Bewegungen.

»Ich habe die Kameras ausschalten lassen.« Ich nicke zu jeder Kamera, die in den Ecken installiert ist, die rote Leuchte ist erloschen, und seine Augen glühen auf.

»Hast du etwas Unanständiges vor?«, fragt er, während er sich die Hände über seine Oberschenkel reibt, um die Anspannung zu lindern.

Ich setze mich zu ihm aufs Bett, nehme seine Hände in meinen Schoß. »Nein, ich möchte mit dir reden, unter vier Augen. Und ich hoffe, ich werde es nicht bereuen, wenn ich dir jetzt deine Fesseln abnehme, so wie du es damals bei mir getan hast.«

Sein Blick verhakt sich mit meinem. Ich sehe, dass er mich wirklich will, dass hier keine Inszenierung stattfindet, um mich auf seine Seite zu ziehen. Er hat Gefühle für mich entwickelt und hasst sich wahrscheinlich selbst dafür. Mir verschaffen seine Gefühle eine Macht, die ihm noch nicht ganz bewusst ist.

Ohne eine Antwort abzuwarten, ziehe ich den Schlüssel aus meiner Gesäßtasche. Ich nehme die kalten Handfesseln in meine Hand und löse das erste Schloss. Es fällt schwer auf seinen Schoß, sein Atem beschleunigt sich. Bevor ich das zweite Schloss öffnen kann, nimmt er mein Gesicht in seine Hand.

»Bist du dir sicher, was du tust?«, haucht er, sein Atem streift meine Lippen, seine Augen bohren sich in die meinen.

Ich hebe mein Kinn. »Du wirst mir nicht wehtun, und selbst wenn die Fesseln weg sind, kommst du hier nicht raus, ohne dass dort draußen jemand die Tür freigibt.«

Er grinst. »Ich werde dir nicht wehtun. Aber ich kann nicht versprechen, dass ich meine Finger bei mir behalte. Ich habe deine Lippen vermisst.« Er streift mit seinen Lippen über meine, seine Nase berührt meine, und in diesem Moment fällt das zweite Schloss in unseren Schoß.

Emilio umfasst mein Gesicht mit seiner zweiten Hand und fällt über mich her, sodass ich mit dem Rücken auf dem Bett lande. Seine Lippen prallen auf meine, ich erwidere den Kuss, obwohl ich innerlich zittere. Ich muss ihn auf meine Seite ziehen, nur so kann dieser Krieg enden.

Seine Hand wandert meine Brust entlang. »Ich habe deinen Duft vermisst«, haucht er. Ich beiße in seine Unterlippe, seine Augen verengen sich. »So gefährlich.« Ich spüre seinen Körper auf meinem, seine Erektion. Meine Hand fährt seinen Sixpack entlang, weiter runter bis zu seinem Jeansbund. Ich wandere weiter und greife in seinen Schritt.

»Wir haben einiges zu besprechen, Emilio«, hauche ich gegen seine Lippen.

»Erfülle mir diesen einen Wunsch, Amelie«, keucht er, sein Atem beschleunigt.

Ich löse meine Lippen von seinen. »Welchen?«

»Schlaf mit mir, einvernehmlich.«

Ich lächle. Das kann er doch nicht ernst meinen. Ich drücke ihn von mir auf die Seite. »Erst reden wir.«

Er berührt mit seiner Hand seine Lippen, als könnte er den Nachhall unseres Kusses noch spüren. Gegen die Wand lehnend, schlägt er ein Bein über das andere, während ich mich neben ihn setze.

»Was möchtest du wissen?«, fragt er mich.

»Wie konntest du mir das antun? Hast du kein Gewissen?« Ich senke meinen Blick, was er sofort bemerkt. Sanft nimmt er meine Hand in seine.

»Ich weiß, ich bin ein Monster. Damit hast du vollkommen recht. Aber die Welt hat mich so gemacht. Was denkst du, wie dein heißgeliebter Matteo früher war? Wir alle sind keine guten Menschen.«

Ich schließe meine Augen, versuche, die dunklen Gedanken zu verdrängen, doch er erkennt mein Zögern.

»Du kannst deine Augen nicht davor verschließen. Es ist die Wahrheit, und das weißt du.«

»Er ist anders«, flüstere ich, mehr zu mir selbst als zu ihm.

»Nein, ist er *nicht.* Was denkst du eigentlich, was die Mafia macht? Wir sind keine Superhelden; wir sind die Bösen. Und das bedeutet nicht nur, dass wir stark sind, sondern auch, dass wir Dinge tun, die nicht ‚normal‘ sind. Du musst damit leben können, dass vielleicht einmal ein Kind oder eine Mutter stirbt, dass Menschen wegen dir leiden, dass deine Eltern gefoltert werden könnten ...«

»Genug ...«, unterbreche ich ihn hastig, atme schwer. Er dreht sich zu mir, unsere Hände noch immer ineinander verschränkt. »Du musst es akzeptieren, wenn du an seiner Seite lebst.«

Ich fahre mit meinen Fingern über den Ärmelrand seines Pullovers. »Das habe ich. Aber er hat sich geändert. Er tötet nicht willkürlich Menschen, schon gar nicht Kinder oder schutzlose Frauen. Er möchte, dass in Italien Ruhe einkehrt, dass es keinen Mord und Totschlag mehr gibt.«

Er drückt meine Hand. »Das möchte ich auch.«

Alle Emotionen weichen aus meinem Gesicht. »Du?«

»Ja. Ein Mensch kommt nicht mit Hass auf die Welt, sondern die Welt macht ihn zum Teufel. Glaubst du nicht, dass ich auch irgendwann Kinder haben, eine Frau wie dich an meiner Seite wissen möchte, die alles für mich tun würde? Du hast mich mehr als beeindruckt. Du hast mich hier in diesem Loch zum Nachdenken gebracht.«

Ich weiß nicht, ob ich ihm glauben kann. Er könnte mir alles erzählen, nur um hier herauszukommen. Wenn ich etwas in dieser Mafia-Welt gelernt habe, dann, dass fast alle nur an sich selbst denken. Ach ja, und an Macht, das darf ich nicht vergessen.

»Beweise es mir«, fordere ich.

»Und wie soll ich das hier in diesem Bunker tun?«, erwidert er.

Ich löse meine Hände von seinen, gehe zum Waschbecken und fülle mir ein Glas mit Wasser. Nach einem großen Schluck stelle ich drei Stühle in eine Reihe. »Sprich dich mit Matteo und Salva aus.«

Plötzlich entflammt ein Feuer in seinen Augen. Er steht auf und nähert sich mir. »Du spielst wohl gerne mit dem Feuer, was?«

Ich weiche einen Schritt zurück, doch er schließt die Lücke sofort wieder. »Sie haben dir etwas zu sagen, was wichtig ist und dir auch Klarheit bringt.«

Meine Lippen zittern leicht. Er könnte hier und jetzt seine Hände um meinen Hals legen, mich würgen, mir das Genick brechen.

»Ich wüsste nicht, was ich mit den Menschen, die mir alles genommen haben und mich zu dem gemacht haben, was du so verachtest, besprechen sollte.«

»Ich würde dich nicht ohne Grund darum bitten, Emilio. Du hast mir das mit deinem Bruder erzählt, und ich weiß, was wirklich passiert ist. Ich habe mit ihnen gesprochen, du musst ihnen zuhören.« Er nimmt mein Glas aus der Hand und trinkt einen Schluck daraus.

Dann lehnt er sich gegen den Tisch. »Erzähl du es mir doch, wenn du es bereits weißt.«

»Nein, das Recht steht mir nicht zu. Ihr drei habt ein Problem miteinander, habt alle Menschen verloren, die euch wichtig sind. Das müsst ihr miteinander besprechen.«

»Alles, was sie mir erzählen könnten, würde nichts bewirken. Stell dir vor, ich würde vor deinen Augen deine Familie erschießen, aus welchen Gründen auch immer. Würdest du mir das verzeihen?«

»Deine Familie hat angefangen.« Seine Augen verengen sich. »Vorsichtig, Lacrima. Du bewegst dich auf ganz dünnem Eis.«

Ich lächle. Das ist Emilio – immer noch der hasserfüllte Mann, so wie ich ihn kennengelernt habe.

»*Nein, es ist nur die Wahrheit.*«

Er wirft das Glas mit einem lauten Knall zu Boden, die Scherben springen durch die Luft. Ehe ich mich versehe, pralle ich gegen die Wand; seine Hände fangen mich zwischen ihm und der Wand ein.

»Sie haben meinen Bruder zuerst getötet!« Ich weiche seinem wütenden Gebrüll nicht aus, sondern sehe ihm tief in die Augen. »Nein, dein Bruder hat sich selbst das Leben genommen!«

Emilios Gesicht wird kreidebleich. »Das stimmt nicht!«

Jetzt bin ich es, die sein Gesicht in meine Hände nimmt. »Doch ... es stimmt, und es ist okay. Dein Bruder war krank, und Matteos Vater wollte ihm helfen. Doch dein Bruder hat ihn hintergangen und hat sich an den Drogen bedient.«

Seine Augen springen zwischen meinen hin und her.

»Hast du Beweise?« Tränen sammeln sich in seinen Augen. Ich streiche über seine Wange und nicke.

Vorsichtig ziehe ich aus meiner Hosentasche einen Brief und reiche ihn Emilio. »Komm ...« Ich nehme seine freie Hand und ziehe ihn zurück aufs Bett. Er öffnet den Brief und erkennt sofort die Handschrift seines Bruders:

An Emilio und Papa,

ich habe euch enttäuscht, ich war ein schlechter Bruder und Sohn. Ich komme nicht mehr weg von den Drogen. Ich wollte nicht mehr zuhause bei euch sein und jeden Tag daran erinnert werden, wie viel Leid ich euch antue.

Deshalb dachte ich, Franco Russo kann mir einen letzten Wunsch erfüllen und mir einen schönen Tod durch seine beste Droge bescheren. Aber er gab mir Morphium und hat versucht, mich zu heilen. Aber meine Schuldgefühle sind zu stark. Ich kann niemandem mehr in die Augen sehen.

Bitte verzeiht mir.

Elio

Emilios Hände beginnen zu beben. »Das ist nicht wahr.« Er schüttelt den Kopf, Tränen tropfen auf den Brief. Ich streiche über seinen Rücken.

»Doch, ist es. Dein Vater hat grundlos Matteos Vater ermordet. Franco Russo hat sich nie getraut, euch das zu sagen; er hatte zu große Schuldgefühle. Ich weiß nicht, wer euch die Geschichte aufgetischt hat, dass Franco Russo daran schuld war. Aber dein Bruder ist von selbst gegangen.«

Er faltet den Brief und steckt ihn in seine Hosentasche. »Ich weiß nicht, wer es war. Mein Vater hatte mir nur erzählt, wie mein Bruder gestorben ist, nicht, woher er es wusste. Jemand hat das mit Absicht so dargestellt. Er wollte, dass Matteos Vater stirbt, er wusste, dass mein Vater so reagieren würde.«

Mein Blut gefriert. Wenn wir diese Person ausfindig machen, herrscht endlich Ruhe. Emilio kann Antonia aufhalten, doch wir müssen den obersten Drahtzieher finden.

»Was ist mit Antonia?« Er steht auf, läuft hektisch hin und her.

»Sorry, das kann ich dir jetzt nicht sagen, nicht nach diesem Brief. Ich muss mich bewegen. Kann ich eine rauchen?« Er läuft auf und ab. »Bitte, Amelie, meinetwegen nehmt ihr mir diese scheiß Fesseln an die Hände und ich lauf wie ein Köter an deiner Leine, Hauptsache ich kann hier kurz raus, das ist mir grad zu viel.«

Ich gehe zur Tür und klopfe dreimal dagegen. »Warte hier.« Ich sehe zu ihm rüber, und er läuft immer noch auf und ab, doch plötzlich kommt er schnellen Schrittes auf mich zu. Mein Herz bleibt stehen.

KAPITEL 4

*

Amelie

*

Ich weiche instinktiv zur Seite, gerade rechtzeitig, bevor die Tür aufschwingt und Emilio sich in Giulianos Arme fallen lässt.

»Was soll das?«, schreie ich, während ich Emilio fixiere. Warum verpasst er die Chance, endlich Frieden zu schließen? Es muss an der süchtig machenden Macht liegen oder an dieser verdrehten Mafia-Welt.

Hätte mir jemand erzählt, dass ich eines Tages schießen, foltern und Explosionen aus nächster Nähe erleben würde, hätte ich ihm einen Vogel gezeigt. Diese Leute hier müssen dringend daran erinnert werden, dass dies nicht das echte Leben ist.

Ich gehe auf Giuliano zu, der Emilio festhält, um sicherzustellen, dass er sich nicht wehren kann. Mehr Männer stürmen herbei, als könnte Emilio uns alle mit einem Wimpernschlag vernichten. Ich balle die Hand zur Faust, hole aus und treffe Emilio mit voller Wucht am Wangenknochen. »Verdammt, Lacrima!«, brüllt er.

»*Lacrima?*« Hinter Emilio taucht Matteo auf, sichtlich angespannt, seine Präsenz dominiert den Raum. Sein Kopf ist schief gelegt, die Augen sind schmal. Die Männer treten beiseite, machen Platz für ihn. Jeder seiner Schritte ist geladen mit einer rohen Intensität. Er packt Emilio grob am Kinn. »Nenn MEINE Frau nie wieder Lacrima, du Bastardo!« Er wirft Emilios Kopf zur Seite, ein Lächeln huscht über sein Gesicht, nur für mich sichtbar.

Er nähert sich mir, stoppt kurz. »Spiel mit«, flüstert er, während er an mir vorbeigeht.

»Warum hast du ihn von den Handschellen gelöst? Weißt du, was du damit anrichtest?«, schreit Matteo mich an, packt meinen Arm. Ich kämpfe gegen das Grinsen an, das sich auf meine Lippen stehlen will. Er schüttelt mich, als wäre ich von Sinnen.

»Lass mich los! Ich bin die Frau an deiner Seite oder etwa nicht? Dann lass auch MICH Entscheidungen treffen. Ich habe es satt, nur deinen Befehlen zu folgen. Es geht hier nicht nur um dich.« Sein Blick ist fassungslos.

»Wie lange läuft das schon zwischen euch?«, er lässt mich los, seine sanfte Berührung jedoch verrät das Spiel.

»Was? Zwischen mir und ihm?«, ich deute auf Emilio und beginne zu lachen. »Eifersüchtig auf den Mann, der wenigstens ehrlich zu mir war?«

Matteo richtet seinen Blick zur Decke des Autohofs. »Ich will, dass du gehst.« Er nickt Luigi zu, gibt ihm ein Zeichen, mich wegzuführen. Ich trete näher zu Matteo, spüre, wie seine Brust unter der Anspannung bebt.

»Vergiss es!«, keife ich und wende mich an Matteos Männer. »Wenn es auch nur einer von euch wagt, mich zu berühren, zerfetze ich euch in der Luft!« Die Männer sind verwirrt, unsicher, ob sie Matteos Befehlen folgen sollen oder mir. Ich bin mittlerweile ein fester Bestandteil des Clans, die erste Ansprechpartnerin der Männer. Ein Drittel von ihnen hat sich bereits mir anvertraut. Sie würden mir nicht in den Rücken fallen, auch wenn das bedeutet, Matteo zu hintergehen. Jeder hier weiß, wie wichtig ich Matteo bin. Er könnte heute befehlen, mich zu zerstören, und morgen, wenn alles wieder gut ist, sie töten, weil sie mich berührt haben. Es ist krank, aber das ist Matteo: Niemand fügt mir Schaden zu.

»Was willst du, *Lacrima?*«, spuckt Matteo das Wort aus, als wäre es Gift.

Ich lecke über meine Zähne. »Ich will nur mit Emilio eine rauchen gehen. Ich kann es besser als jeder von euch nachempfinden, was es heißt, eingesperrt zu sein. Nach so einer Nachricht muss man sich bewegen!«

Matteo fixiert Emilio, der immer noch grinst. Emilio genießt unser kleines Theater; ich setze mich für ihn ein, genau wie er es sich von einer Frau immer gewünscht hat. Ich gebe ihm, was er will, und im Gegenzug erhalte ich die Informationen, die ich brauche. Bald wird er weich in meinen Händen sein, bereit für das, was ich mit ihm vorhabe.

»Gut, 10 Minuten. Nicht mehr. Giuliano und Luigi werden euch begleiten. Aber ihr werdet nicht einfach so gehen ...« Matteo zückt sein Handy, tippt eine Nachricht. Kurz darauf erscheint Salva, aus dem oberen Bereich der Halle, die Kette in der Hand, die ich einst trug. Das Klimpern der Kette jagt mir eine Gänsehaut den Rücken hinunter.

»Was ist hier los?«, fragt Salva irritiert, als er Emilio außerhalb seiner Zelle sieht. »Unsere reizende Amelie hat ein Herz für Emilio und möchte mit ihm eine rauchen gehen. Wirf die Kette einfach runter.« Die schwere Metallkette mit dem Halsring fällt mit einem lauten Knall auf den harten Betonboden. »Besorgt zwei weitere Ketten«, dirigiert Matteo seine Männer.

Zwei Männer ziehen weitere Ketten aus einem alten Metallspind, befestigen sie am Ring. Matteo deutet auf die Kette. »Los, leg deinem Straßenköter seine Leine an.«

Ich kneife die Augen zusammen, verdrehe sie und nehme einem der Männer den großen Metallring aus der Hand. Die Ketten schleifen über den Boden, während ich auf Emilio zugehe. »Spürst du auch das Dejà-vu?«, Emilio beißt sich auf die Unterlippe.

Ich kann mir kaum vorstellen, welche verdrehten Neigungen er verbirgt. Fesselspiele oder Peitschenhiebe im Schlafzimmer sind mir nicht fremd, solange sie auf gegenseitigem Einverständnis beruhen. Doch dieser verrückte Schönling hat genau das vergessen. Er hat mich zu allem gezwungen. Bei dem Streifschuss, den Salva ihm verpasst hat, müssen einige entscheidende Synapsen in seinem Gehirn beschädigt worden sein, wenn ihm das nicht bewusst ist. »Ja, nur diesmal haben wir die Rollen getauscht.« Ich versuche, meine Stimme so sanft wie möglich klingen zu lassen, obwohl ich ihm am liebsten den Hals umdrehen würde.

Emilio hebt den Kopf, damit ich ihm den Metallring anlegen kann. Mit einem harten Klicken rastet das Schloss ein. Ich ergreife die kurze Kette, knie mich hin, hebe die längeren Ketten auf und reiche sie Giuliano und Luigi. Sie zögern keinen Moment, wickeln die Enden fest um ihre Hände. Selbst wenn Emilio jetzt rennen würde, könnte er nicht weit kommen. Ich spüre Matteos eindringlichen Blick in meinem Rücken und Salvas Beobachtung von der Galerie aus.

Mir wird plötzlich klar, dass ich keine Zigaretten dabei habe, da ich in meiner Schwangerschaft nicht rauche. Es wäre lächerlich, jetzt einen meiner Männer danach zu fragen. »Wir brauchen noch zwei Zigaretten«, rufe ich in die Runde. Alle Männer setzen sich sofort in Bewegung. Salva und Matteo können sich ein Schmunzeln nicht verkneifen. Emilio ist damit beschäftigt, sich so zu positionieren, dass er nicht über die Ketten stolpert. Er sieht aus, als wäre er Teil eines menschlichen Karussells.

Lorenzo, Matteos Fahrer, und einer meiner engsten Vertrauten im Russo-Clan, reicht mir seine Schachtel Marlboro Rot und ein Feuerzeug mit einem leichten Lächeln. »Danke, Lorenzo.« Ich wende mich an Matteo. »Dürfen wir dann jetzt gehen, oder hast du noch irgendwelche Wünsche, *mein Pate?*«

Er breitet die Arme aus. »Nein, fühl dich frei, du tust doch eh schon, was du willst.« Mit diesen Worten verlässt er die Halle und steigt die verrosteten Stufen zum Obergeschoss hinauf.

»Dann mal los.« Ich wende mich an Emilio und gehe neben ihm her, damit er sich nicht zu sehr wie ein Gefangener fühlt, und vielleicht kann er so die Ketten zumindest gedanklich ablegen. »Also, was war das eben? Wolltest du mich angreifen, als die Tür aufging?«

Er zuckt mit den Schultern. »Nein, eigentlich wollte ich dich nur in den Arm nehmen und mich für die Möglichkeit bedanken.«

Ist das die Wahrheit oder nur eine seiner Lügen? Ich kann ihn einfach nicht einschätzen. Er ist mal so, mal so, als wäre er bipolar. »Emilio?« Wir bleiben stehen. Die langen Ketten, die Luigi und Giuliano halten, ermöglichen es uns, ungestört und offen zu reden. »Was willst du eigentlich von mir?«, frage ich ihn, in der Hoffnung, dass er mir endlich die Wahrheit sagt.

»Ich habe dir doch bereits gesagt, dass ich dich mag. Falls ich das nicht klar genug ausgedrückt habe, tut es mir leid. Ich habe lange nicht mehr so Interesse an einer Frau gehabt wie an dir.« Ich reiche ihm eine Zigarette und zünde sie ihm an.

»Du bist so launisch. Es fällt mir schwer, das zu glauben.«

Er zieht tief an der Zigarette und lächelt. »Hat Antonia noch etwas unternommen?«

Ich runzle die Stirn. »Nein, warum?«

Er schüttelt den Kopf und setzt sich auf einen großen Stein. Sein Blick schweift über das Gelände. *War es wirklich eine gute Idee, ihn herauszulassen?*

»Ist das nicht offensichtlich? Das ist meine Art, dir zu zeigen, dass du mir nicht egal bist. Ich halte sie zurück, so wie ich es dir versprochen habe. Wenn du mich weiterhin besuchst, werde ich mich auch weiterhin an unsere Abmachung halten.«

»Ich kann dich aber nicht so oft besuchen.«

Seine Miene verhärtet sich. »Warum? Wir hatten eine Vereinbarung. Willst du, dass ich Antonia wieder auf den Plan rufe?«

Er spielt nur mit mir, das zeigen mir die Momente, wenn er verletzt oder wütend ist. Er sagt mir das, was ich hören möchte. Doch jetzt droht er, sie wieder auf mich loszulassen. Ich verstehe einfach nicht, was er davon hat, wenn ich ständig in seiner Zelle erscheine. Er profitiert doch nicht davon.

»Wenn du mich wirklich magst, würdest du mir nicht mit Antonia drohen.«

Er schnipst die Zigarette weg und signalisiert, dass er noch eine möchte. Ich erfülle ihm seinen Wunsch, Hauptsache, er redet endlich. »Sorry, Lacrima, aber ich habe zu lange den Bösewicht gespielt, dass solche Drohungen mir automatisch herausrutschen. Ich würde sie wirklich nicht wieder auf dich hetzen.«

Ich mache ein paar Schritte auf ihn zu, stehe nun zwischen seinen Beinen, während sein Kopf auf Höhe meiner Brust ist. Ich nehme die Kette und wickle sie um meinen Bauch, damit er nicht fliehen kann, auch wenn ich weiß, dass ich ihn nicht wirklich festhalten kann, sondern Giuliano und Luigi das übernehmen. Aber es gibt mir die Macht zurück, die er mir damals genommen hat. »Für mich bist du nicht mehr der Bösewicht.«

Seine Hände streifen über meine Hüfte und umfassen dann meinen Hintern. »Es war ziemlich heiß, wie du dich für mich eingesetzt hast.« Seine Hände kneifen meinen Hintern.

»Du wolltest mir noch sagen, ob du glaubst, dass Antonia deinem Vater die falsche Info über deinen Bruder weitergegeben hat. Es ist genauso wichtig für dich, wie für uns, herauszufinden, wer diese Lüge verbreitet hat. Diese Person ist schuld am Tod eurer Väter. Matteo hat vielleicht den Abzug gedrückt, aber nur weil dein Vater zuerst geschossen hat. Das Gleiche würdest du auch tun, und das weißt du.« Ich spiele mit einer seiner Locken zwischen meinen Fingern, während ich ihn herausfordernd ansehe.

Sein Griff um meine Hüften wird fester, und er zieht mich plötzlich auf seinen Schoß. Seine Finger gleiten über meine Lippen. »Du bist ganz schön mutig. Glaubst du wirklich, dass die beiden Vollpfosten da hinten mich davon abhalten können, dir den Hals umzudrehen?« Sein Daumen streicht fester über meine Lippen, seine andere Hand packt mein Kinn fest. Ich bemerke aus dem Augenwinkel, wie Giuliano und Luigi einige Schritte auf uns zukommen. Ich gebe ihnen mit einer Handbewegung zu verstehen, dass alles in Ordnung ist. Emilio scheint das wenig zu kümmern, genau wie er es gesagt hat: Er ist wie Matteo, ein eiskalter Killer, den nichts und niemand abschrecken kann.

Er zwingt mich, ihm in die Augen zu sehen. »So über meinen Vater zu reden, trauen sich nur wenige. Mein Vater hat alles richtig gemacht. Matteos Vater hätte meinen Bruder einfach zu uns zurückbringen sollen und nicht den verfluchten Samariter spielen müssen. Dann wäre er noch am Leben. Und du drehst dir die Geschichte so zurecht, wie es dir passt. Möchtest in einer Welt leben, in der wir alle ein glückliches Kaffee-kränzchen halten.«

Mein Atem stockt, seine Worte sind ein kalter Schlag und lassen mich zweifeln, ob er nicht doch in der Lage wäre, mir hier und jetzt das Leben zu nehmen.

»Das ist nicht wahr. Die Geschichte mit deinem Bruder und deinem Vater tut mir leid, aber Matteos Vater hat nie aus bösen Absichten gehandelt. Er wollte ...«

Emilios Hand landet auf meinem Mund. »Pssst. Hör auf damit. Sie sind schuld, und das werden sie immer bleiben. Nicht einmal du wirst das ändern können, egal wie sehr du es hier versuchst. Du kannst uns nicht versöhnen. Am Ende wird einer sterben – entweder ich oder die Russo-Brüder.«

Eine Träne rinnt über meine Wange und landet auf seiner Hand weiter, bis auf seinen Ring, mit dem er irgendwie Antonia kontrollieren kann. Sein Blick folgt ihr.

»Als wäre es ein Zeichen. Ich muss Antonia kontaktieren.« Er nähert sich meinem Gesicht und leckt der Spur meiner Träne nach, die über meine Haut rinnt. »Meine kleine Lacrima, du hast deinen Namen nicht umsonst von mir bekommen. Soll ich Antonia zurückhalten oder ihr freie Fahrt geben? Was sagst du?«

Weitere Tränen kullern meine Wangen herunter, ich kann sie nicht zurückhalten. »Ich dachte, du hättest wirklich Interesse an mir.« Mein Schluchzen erstickt gegen seine Hand.

»Das habe ich«, erwidert er trocken.

»Warum bist du dann so?« Meine Sicht verschwimmt durch die Tränen. Ich weine nicht wegen ihm, sondern wegen der Situation. Ich hatte gehofft, ihn aufhalten zu können, doch diese Hoffnung hat er mit nur einer Zigarette zunichtegemacht. Er wird den Russos nie vergeben, das bedeutet weiteres Blutvergießen.

»Ich spiele gerne mit dir. Du bist zwar Antonias Hauptziel, aber sie wird nichts tun, was ich ihr nicht erlaube. Also sei dir sicher, dass dir nichts passieren wird, solange du mich immer schön besuchst. Du willst doch nicht, dass ich mich hier langweile und versehentlich das Signal zum Angriff gebe, oder?«

Ich schüttele den Kopf und lege meine Stirn gegen seine. »Ich kann aber nicht immer kommen, wir werden verreisen.«

»Dann nimm mich mit«, erwidert er.

Ich muss lachen, was ihn sofort verärgert. »Es tut mir leid. Aber wie stellst du dir das vor?«

»Vertraue mir. Solange ich dich an meiner Seite habe, passiert euch nichts.«

Wie stellt er sich das vor? Sollen wir ihn in einem goldenen Käfig von A nach B transportieren? Ich verstehe diesen Mann einfach nicht. Er liebt es, seine Macht auszuspielen. »Ich werde mit Matteo darüber sprechen.«

»Natürlich wirst du das. Du darfst ja nicht selbst entscheiden.«

Luigi und Giuliano ziehen an den Ketten um Emilios Hals. »Die Zeit ist um.«

Kapitel 5
Matteo

Du kehrst zurück, die Augen gerötet von Tränen, ein Zeichen dafür, dass er dich zum Weinen gebracht hat. Die Niederlage lastet schwer in der Luft, doch das, was mich am meisten quält, ist der Gedanke, dass dieser Bastard dir erneut Schmerz zugefügt hat. Unser Plan war, herauszufinden, ob sein Interesse an dir echt ist, denn das könnte unsere Position stärken. Salva und ich beobachten dich vom Obergeschoss aus, wie du zurück in die Halle trittst. Emilio, dieser verflucht guter Schauspieler, klebt an deiner Seite. Vielleicht sollte er statt eines Paten eher der Star eines Melodrams sein, das würde besser zu seinem hübschen Gesicht passen.

Als Emilio zur Seite blickt, überkreuzt du deine Finger, unser vereinbartes Zeichen, das uns sagt, dass die Dinge nicht nach Plan verlaufen sind.

Meine Männer eskortieren ihn zurück in seine Zelle, und dieser Bastardo Emilio hat sogar die Frechheit, dir einen Kuss auf die Wange zu geben, bevor er abgeführt wird. Doch Giuliano weiß genau, was zu tun ist. Er lässt Emilio stolpern, ein deutliches Signal, wer hier die Kontrolle hat. Ein gezielter Tritt in seine Seite zeigt ihm, dass sein Platz in der Zelle ist, nicht bei dir.

Enttäuscht lässt du die Halskette zu Boden fallen, jene Kette, die deine Wärme gespürt hat, als er dich in seiner Gewalt hielt. Ich hatte gehofft, sie würde dir helfen, das

Erlebte zu verarbeiten. Mit gesenktem Blick steigst du die Treppe hinauf.

Ich gehe auf dich zu, hebe sanft dein Gesicht. »Alles ist gut, du hast das perfekt gemacht.« Doch du schüttelst den Kopf, deine Augen erneut feucht.

»Nein, es hat nichts gebracht.« Ich ergreife deine Hand und ziehe dich in einen Raum, der einst als Büro diente. Die Tapete hängt in Fetzen von den Wänden, Kalender von nackten Frauen sind an den Wänden zu sehen, und die Stühle sind mit Essensresten befleckt. Es ist jedes Mal eine Herausforderung, mich in meinem italienischen Designeranzug darauf zu setzen. Ich möchte nicht, dass dein wunderschöner Körper solch schmutzige Berührungen ertragen muss. Schnell schnappe ich mir einen Lappen von einem Stuhl und wische den Staub von einem der Tische. Du setzt dich neben mich auf den Tisch, und Salva tut es uns gleich, wischt über den gegenüberliegenden Tisch. Du lehnst deinen Kopf frustriert gegen meine Schulter.

»Also, was hat er gesagt?«, frage ich, während eine frische Brise durch das offene Fenster weht. Mein Herz krampft sich zusammen, als ich Emilio rieche, der zuvor deinen Körper berührt hat. Doch ich lasse mir nichts anmerken. Die Kameras waren wirklich ausgeschaltet. Jetzt kann ich mir nur vorstellen, wie nah er dir war.

»Er würde euch nie verzeihen. Er hat gesagt, euer Vater hätte seinen Bruder auch einfach nach Hause bringen können, dann wäre es nie so weit gekommen.«

Wütend schlage ich auf den Tisch; du zuckst zusammen. »Sein Bruder wollte aber nicht nach Hause! Was versteht dieser Idiot nicht? Hätten wir ihn nicht aufgenommen, wäre er irgendwo anders verreckt! Es lag nicht in unserer Hand.«

Salva, der uns gegenüber sitzt, nickt und fasst reflexartig an seine Kreuzkette. »Gott hatte bereits beschlossen, als er die Türschwelle seiner Familie verließ, wann und wie er sterben wird.«

»Das ist noch nicht alles«, fährst du fort. »Er will, dass ich ihn weiterhin besuche, sonst wird er Antonia befehlen, erneut Anschläge auf uns zu verüben. Ich musste ihm sagen, dass wir verreisen.« Deine Stimme ist leise, und ich sehe, wie eine Träne auf deine Jeans tropft. Salva umarmt dich sanft.

»Weißt du, wie gefährlich das ist? Wenn Antonia erfährt, dass wir nicht mehr in New York sind, wird sie uns jagen. Sie hätte glauben sollen, dass wir hier sind. Alles war organisiert, ich hatte sogar Doppelgänger für uns engagiert! Du musst vorsichtig sein mit dem, was du ihm sagst, Kleines.«, antworte ich dir.

Dein Weinen verstärkt sich, und ich schließe dich ebenfalls in meine Arme, gehe in die Hocke und streichele beruhigend über deine Oberschenkel. »Hey ... alles wird gut. Wir werden das irgendwie hinbekommen. Du musst keine Angst haben.«

Du schüttelst weiter den Kopf, deine Hände bedecken deine Augen. »Nein, das werden wir nicht. Er will mitkommen.«

Ich kann kaum glauben, was du gerade gesagt hast. Was bildet dieser Kerl sich eigentlich ein? Hätte ich keine Ratte in unseren Reihen, die anscheinend alles kontrolliert, wären alle Beteiligten längst tot. Aber ich habe keine Gewissheit. Wenn ich Emilio töte, könnte das mit Antonia eskalieren, die wiederum weitere Verbündete hat. Ich muss den Krebs vollständig ausmerzen, damit endlich wieder Frieden einkehrt.

»Dann nehmen wir ihn mit«, sage ich schließlich. Salva und du sehen mich unglaubwürdig an.

»Glaubst du nicht, dass das zu gefährlich ist?« Salva streicht beruhigend über deine Wange.

»Es ist gefährlich, aber was bleibt uns anderes übrig? Wir haben die Situation nicht mehr in der Hand, und vielleicht kann Amelie ihn doch noch dazu bringen, sich zu beugen.« Ich stehe auf, richte meine Anzughose und ziehe dich vom Tisch.

»Was wäre, wenn ihr euch mit ihm verbünden könntet?«, fragst du und blickst zu mir auf.

»Vergiss nicht, dass seine Familie unseren Vater getötet hat«, antworte ich scharf.

Deine Finger krallen sich in mein Sakko, und du ziehst mich zu dir. »Er ist aber nicht schuld. Niemand von euch ist schuld! Wann begreift ihr das endlich? Warum soll er euch verzeihen, wenn ihr es selbst nicht könnt? Und was du getan hast, ist nicht gerade besser, Matteo.« Du siehst mich an, als wärst du meine Lehrerin aus der siebten Klasse, und ich hätte beim Sitznachbarn abgeschaut.

Klar, ich habe seinen Vater hart rangenommen. Aber er hatte es verdient. Er hat meinen Vater vor meinen Augen erschossen, *sein Blut war in meinem Mund*. Ich habe den Tod auf brutalste Art geschmeckt. Und was er dir angetan hat, werde ich niemals vergessen. Ich bin nicht wie du. Ich kann vergeben, aber nicht so etwas. Du darfst nicht vergessen, wie übel zugerichtet du warst.

Jedes Mal, wenn ich das Tattoo auf deinem Rücken sehe, die Schlange, die sich über deine Schulterblätter windet, denke ich nicht daran, dass du Teil unserer Familie bist, sondern daran, wie Emilio deinen Rücken zerfetzt hat. Die Narben, die du hast, kamen nicht von sanften Berührungen, sondern von harten Peitschenschlägen.

»Ich werde ihm das nie verzeihen, und er wird nie ein Teil unseres Kreises sein. Sobald das hier vorbei ist, wird er sterben, genauso wie alle anderen, die in diesen ganzen Dreck verwickelt sind.«

Salva tritt vor. »Da stimme ich Matteo zu, Bella. Emilio ist kein guter Mensch und wird es auch nie sein. Es spielt keine Rolle, was er dir erzählt oder was du in ihm siehst, es ist alles nur Taktik. Wir kennen ihn länger, er hat immer nur Ärger gemacht. Unser Vater hat immer versucht, das Unheil, das Emilios Vater angerichtet hat, einzudämmen. Alberto Moretti hat mit Kindern gehandelt. Unser Vater hat unsere Gebiete überwachen lassen, damit zumindest bei uns niemand zu Schaden kommt. Emilio ist in dieser korrupten Umgebung aufgewachsen, unter der Fuchtel eines Vaters, der nichts anderes im Sinn hatte, als Leid zu verbreiten. Man sollte ihm keine Macht geben. Erinnerst du dich an die Vergewaltigungsdroge, die er zusammenmischen ließ? Warum wohl? Weil er dadurch Macht und Geld bekommt, das reizt ihn. Er ist nicht der missverstandene Sohn, der nie Liebe erfahren hat, den du noch mit deiner Güte umformen könntest. Das haben wir jetzt gesehen. Hätte er auch nur einen Funken Herz, würde er Antonia sofort stoppen. Bei der Oper und im Tunnel sind Kinder gestorben!«

Ich nehme dich in die Arme, »du kannst nicht jeden

retten. Was muss noch passieren, damit du einsiehst, dass er nur von Hass erfüllt ist?«

Du drückst dein Gesicht gegen meine Brust. »Ihr habt recht. Dann lasst uns dieses Schwein endlich zur Strecke bringen. Ich habe keine Lust, dass weitere Menschen unter Antonia und Emilio leiden.«

Ich hebe dich hoch und wirbel dich durch die Luft, ein kleines Lächeln bricht durch deine Tränen. »Da ist unsere Kämpferin wieder!«

»Ich glaube, das sind die Hormone«, sagst du und Tränen rinnen erneut über deine Wangen. Salva und ich beginnen zu lachen.

»Lacht mich nicht aus, ihr Arschlöcher«, schniefst du, während du selbst ein Grinsen unterdrückst.

»Immer diese blöden Schwangerschaftshormone,« necke ich dich und beiße sanft in deine Wange, was ein leises Quietschen aus dir hervorlockt. Du gibst mir einen spielerischen Boxschlag in den Bauch.

»Ihr müsst mich ertragen.«

»Lieber ertrage ich deine Stimmungsschwankungen als noch länger den Geruch von Emilio in deinen Haaren ertragen zu müssen«, stichelt Salva.

Du riechst an einer deiner Haarsträhnen, bemerkst selbst den fremden Duft. »Ihr wisst hoffentlich, dass das nur meine Rolle war. Ich will nichts von ihm.«

»Aber natürlich, *Lacrima*.« Ich ziehe das Wort in die Länge. Du presst deine Lippen zusammen und machst Anstalten, mich anzugreifen. Ich renne um den Tisch, um deinem Zugriff zu entkommen. Salva beginnt zu lachen und kann sich kaum noch einbekommen. Ich umrunde den Tisch weiter, du springst darauf, glaubst fast, mich zu erwischen, aber ich entkomme dir immer wieder, da ich knapp zwei Köpfe größer bin als du. Als ich merke, dass du mir dicht auf den Fersen bist, bleibe ich abrupt stehen, sodass du gegen meine Brust krachst. Deine Haare wehen gegen meine Brust, du hältst den Atem an.

»Als du mich das erste Mal *mein Pate* genannt hast, hätte ich mir gewünscht, wir hätten diesen Moment für uns alleine gehabt.«

Du beißt dir auf die Unterlippe. »Das können wir gerne nachholen.«

Salva greift dich von hinten in seine Arme. »Das werden wir, und zwar zu dritt, weil zu mir hast du es noch nicht gesagt, und da ich nun auch Anführer des Clans bin,« seine Stimme wird immer leiser, da er mittlerweile mit dir die Treppe hinuntergeht und mich allein hier zurücklässt. Das habe ich verdient. Ich habe ihn oft genug aufgezogen. Soll er mir den Moment ruinieren. Ich weiß genau, warum er es getan hat, und damit kann ich leben. Ich höre dein Lachen, und das macht alles wieder wett.

Ich stecke die Hände tief in die Taschen meines Anzugs und lasse meinen Blick durch die halbdunkle Halle schweifen, während ich langsam auf Giuliano zugehe. Sein breites Kreuz zeichnet sich gegen das schummrige Licht ab, das von den hoch hängenden Lampen heruntertröpfelt. »Giuliano, haben wir in unserem Lager in New Jersey nicht auch eine Zelle, die für Emilio passen könnte?« Seine Augen leuchten kurz auf, ein Zeichen dafür, dass er immer auf dem Laufenden ist, immer bereit, meine Befehle auszuführen.

»Wir haben zwei Zellen, die benutzt werden können. Wollt ihr ihn dorthin bringen?« Seine Stimme ist tief, ruhig, gesättigt mit der Gewissheit der Macht, die er besitzt.

Ich nicke langsam. »Es gibt einige Änderungen im Plan. Wir müssen ihn mitnehmen. Und ich möchte, dass er Gesellschaft bekommt. Vielleicht jemanden von unseren Leuten, vielleicht einen der Verräter, die zuletzt von Amelie verschont wurden. Ich will, dass er redet. Ich muss herausfinden, ob dieser Ring wirklich Signale an Antonia sendet oder ob er uns nur mit seinen Lügen im Griff hat. Ich habe noch nie von so einer Technologie gehört, also zweifle ich daran. Es könnte sein, dass Antonia schon tot ist und er unsere Unwissenheit ausnutzt. Vielleicht war das schon immer der Plan. Vielleicht war Antonias Anschlag ein Suizidkommando, weil sie ohnehin nichts mehr zu verlieren hatte.«

Während ich spreche, kann ich nicht anders, als meinen Blick wieder zu dir schweifen zu lassen. Du sitzt auf einem Rollcontainer, Salva gegenüber, und dein Lachen füllt den Raum mit einer Wärme, die in diesem kalten Betonbau fehl am Platz wirkt. Es war dein Lachen, das mich von Anfang an gefesselt hat, dieses unbeschwerte, reine Glück, das aus deinem Herzen zu strömen scheint. Jedes Mal, wenn ich dich sehe, erinnere ich mich daran, warum ich alles tun würde, um dich zu beschützen.

Aber während ich dich dort sitzen sehe, regt sich in mir eine dunkle, eifersüchtige Flamme. Ich liebe dich, mehr, als Salva es je könnte. Es ist eine alles verzehrende Flamme, die in mir brennt, die Art von Liebe, die Menschen zu Monstern macht. Du magst Salva lieben, aber ich war der Erste, und kein Band der Brüderschaft wird mich davon abhalten, zu fordern, was mein ist. Jedes Lächeln, jede Träne, jede Falte deiner Stirn, sie gehören mir. Ich habe dich zuerst geliebt, und das wird immer so bleiben.

Wenn mein Bruder glaubt, er hätte das gleiche Recht auf dich wie ich, kann er in diesem Glauben verharren. Doch in der tiefen, unaussprechlichen Wahrheit unserer Seelen weißt du, du wirst ihn niemals so lieben wie mich. Das wissen wir beide, Fiore.

Wenn er denkt, ich könnte dich einfach so teilen, dann kennt er die Tiefe meiner Besessenheit noch nicht. Dein Herzschlag, selbst die Essenz deines Blutes, tanzt nach der Melodie, die ich spiele. Du magst Salva berühren, doch in die Kathedralen deiner Gedanken lasse ich nur mich.

Ich habe versucht, mich selbst davon zu überzeugen, dass meine Liebe groß genug ist, um über meinen Schatten zu springen, dass es mir reichen würde, wenn du glücklich bist, auch mit Salva. Aber die Wahrheit ist eine andere: Ich ertrage es nur bis zu dem Punkt, an dem ich unangefochten an erster Stelle stehe.

Die Vorstellung, bedingungslos zu teilen, ist ein Gedanke, der mir fremd ist. Mein Herz verlangt, in deiner Nähe zu sein, ohne Konkurrenz, ohne Teilung. Das ist die Essenz meiner Liebe, dunkel und unausweichlich. Ich bin nicht bereit, dich zu teilen, nicht wirklich, aber ich gebe mein Bestes. Alles an dir, von deinem Lächeln bis zu den Tränen, die du vielleicht vergießt.

Und ja, Salva mag sich unterbewertet fühlen, aber was kann ich tun? Ich kann meine Liebe nicht drosseln, nur weil mein Bruder auch Gefühle für dich hat. Er muss es akzeptieren, nicht ich.

Giuliano nickt, seine Augen voller Entschlossenheit. »Ich organisiere alles. Wir könnten bereits morgen aufbrechen, wenn das für dich passt, Boss.«

»Perfekt, danke«, sage ich und werfe noch einen Blick zu dir und Salva zurück. In meinem Herzen schwöre ich, dich zu beschützen, komme, was wolle.

KAPITEL 6

Amelie

Die Kirschblüten tauchen alles in ein sanftes Rosa. Von New Jersey aus erstreckt sich die Skyline von New York wie ein weit entfernter Traum, eingefangen in der goldenen Glut der untergehenden Sonne. Der Himmel brennt in tiefem Orange, und die Welt scheint für einen Moment stillzustehen. Matteo lenkt den Aston Martin mit derselben selbstverständlichen Kontrolle, mit der er alles in seinem Leben führt.

Seine Hand ruht fest auf meinem Oberschenkel, während seine Finger gedankenverloren kleine Kreise zeichnen. Mit jeder seiner fließenden Bewegungen spannen sich die Sehnen an seinen Armen, seine Muskeln kontrahieren unter der makellosen Haut. *Unverschämt attraktiv.*

»Und, bist du aufgeregt?« Meine Stimme ist leicht, vibrierend vor einer Vorfreude, die ich nicht ganz verstecken kann.

Ein verschmitztes Lächeln spielt um seine Lippen, während er den Rücken meiner Hand an seinen Mund zieht. Seine Lippen sind warm, ein Hauch von Verführung. »Ein bisschen, vielleicht. Ich bin gespannt, dein Kinderzimmer zu sehen.«

Hitze kriecht über meinen Hals. »Meine Mom hat es nicht angetastet, seit ich ausgezogen bin, keine Sorge. Du bekommst es in all seiner Peinlichkeit zu sehen.«

»Perfekt,« murmelt er und grinst.

»Aber macht dir meine Familie denn keine Sorgen?«

Er atmet tief durch, der Blick weiter auf die Straße gerichtet. »Ein wenig vielleicht. Aber ich weiß, dass sie mich mögen. Deine Tante werde ich auch überzeugen.«

»Schade, dass Salva nicht mitkommen konnte,« gestehe ich, während mein Herz sich für einen Moment schwer anfühlt.

»Deine Eltern sind aufgeschlossen, aber du warst dir unsicher, wie sie reagieren würden, wenn sie erfahren, dass du zwei Männer liebst.« Seine Stimme ist ruhig, aber bestimmt. »Wir sollten es langsam angehen lassen. Sie erfahren erst von der großen Neuigkeit. Und wenn sie uns in Italien besuchen, kannst du ihnen mehr erzählen – auf neutralem Boden.«

Ich nicke, doch meine Gedanken kreisen. Sie würden es irgendwann herausfinden. Ich hoffe nur, dass sie mich nicht dafür verurteilen.

Als wir die Straße entlangfahren, kommt unser Haus in Sicht. Zweistöckig, weiß gestrichen, mit einem grauen Ziegeldach – so typisch amerikanisch, dass es fast surreal wirkt. Matteo parkt, steigt aus und geht um das Auto herum, um mir die Tür zu öffnen. »Bleib sitzen, Fiore.« Er kramt irgendetwas aus dem Kofferraum hervor. Als ich aussteige, zaubert er einen Strauß fliederfarbener Lilien hervor. Ich blinzle überrascht, während er sie mir in die Hände drückt. »Ich habe gehört, das sind die Lieblingsblumen deiner Mutter.«

»Und das hier ist für dich,« fügt er hinzu und holt eine einzelne, tiefblaue Pfingstrose hervor. Meine Lippen öffnen sich leicht. »Warum ist sie blau?«

»Blau steht für Treue.« Seine Stimme wird fester. »Sie ist mein Versprechen an dich. Ich werde dich immer beschützen.«

Mein Herz macht einen Sprung. Ich halte die Blume fest, während wir die Veranda betreten. »Aber wie hast du sie blau gefärbt?«

Ein leichtes Lächeln umspielt seine Lippen. »Mit Tinte. Hast du das nie als Kind gemacht?«

Ich schüttle den Kopf, doch ehe ich mehr sagen kann, wird die Haustür geöffnet. »Pünktlich wie immer!« Mein Vater strahlt und zieht uns ins Haus. Meine Mutter taucht hinter ihm auf, ihre Augen leuchten. »Da seid ihr ja!«

Matteo hat heute seinen Anzug gegen Jeans und einen schwarzen Pullover getauscht. Das macht ihn nicht weniger mächtig. Nur weniger distanziert. *Ich liebe es.*

»Hier, Mom, die Blumen sind für dich, die hat Matteo für dich besorgt.« Ich reiche ihr den Strauß, und ihre Augen werden feucht. »Oh, Matteo, das ist so aufmerksam. Danke.«

»Gern geschehen,« erwidert er und folgt meinem Vater nach oben, um die Koffer nach oben in den Flur zu bringen.

Wir gehen in die Küche, und sofort umfängt mich der vertraute Duft meiner Kindheit. Der leichte Geruch nach frisch gebrühtem Kaffee, gemischt mit der süßen Wärme von Gebäck, legt sich wie eine Decke über meine aufgewühlten Gedanken. Es fühlt sich seltsam an, nach so langer Zeit wieder hier zu sein.

Meine Mutter hantiert mit der Filtermaschine, routiniert. Ich sehe ihr dabei zu und frage mich, ob Matteo den Kaffee hier überhaupt trinken kann, oder ob er ihn als einen Affront gegen sein Luxusleben betrachten wird. Doch er weiß, dass ich ihm hier keinen fünfzehn Euro teuren Espresso bieten kann.

»Es ist schön, dass du uns endlich wieder besuchst«, sagt meine Mutter und stellt zwei Tassen auf den Tisch. »Deine Tante und Cleo stecken noch im Stau, aber sie kommen bald.«

»Es wurde wirklich Zeit«, antworte ich leise, während sie ein altes Service-Set aus der Vitrine nimmt. Hellblaue Tassen, verziert mit kleinen Lilien – das Erbstück meiner Großmutter. Ich beobachte, wie ihre Finger sanft über das Porzellan streichen.

Wir setzen uns ins Wohnzimmer. Es ist klein und bescheiden, in krassem Kontrast zum opulenten Anwesen der Russos, aber genau das macht es so besonders. Die Möbel sind alt, aber gepflegt, jedes Stück erzählt eine eigene Geschichte. An den Wänden hängen Familienfotos – Mom, Dad, Cleo und ich. Unser Leben, eingefangen in Momentaufnahmen, die für mich plötzlich unwirklich erscheinen.

»Wie geht es euch?«, frage ich meine Mutter. Ich sehe die Last, die sie mit sich trägt, in ihren Augen.
Sie versucht zu lächeln, ihre Hände um die warme Tasse gelegt. »Mir geht es gut, wirklich.« Sie hält kurz inne, bevor sie weiterspricht. »Du bist vielleicht daran gewohnt immer unter Beobachtung zu stehen,« sie atmet tief durch. »Aber für uns war es schon eine Umstellung, sich an die Bodyguards zu gewöhnen.«

Ich spüre, wie sich meine Brust zusammenzieht, während ich ihre erschöpften Augen betrachte. Die dunklen Schatten darunter, die feinen Linien, die Sorgenfalten, die sie vor ein paar Monaten noch nicht hatte. Ihr Lächeln ist schwach, nicht mehr so strahlend wie früher.

»Mama, wenn es euch zu viel wird, kann ich sie wegschicken. Ich will nicht, dass ihr euch unwohl fühlt.«

Doch sie schüttelt den Kopf. »Nein. Es ist besser so. Ich möchte nicht ständig Angst haben müssen, dass uns etwas zustößt.«

Die Bitterkeit in ihrer Stimme schneidet durch mich hindurch. Ich wusste, dass es für sie schwer sein würde, aber so sehr? Ihr Blick weicht meinem aus, während sie das Besteck ordnet.

»Was kann ich tun, um es besser zu machen? Sag es mir, und ich kümmere mich darum.«

Sie schnaubt leise, eine Mischung aus Frustration und einem Hauch von Amüsement. »Es ist nicht der Schutz, der mich am meisten belastet. Es ist dein Vater.«

Ich runzele die Stirn. »Dad? Geht es ihm nicht gut?«

Sofort steigt Panik in mir auf. *Was, wenn die ganze Situation ihm zu sehr zugesetzt hat?*

»Im Gegenteil«, murmelt sie und reibt sich über die Schläfen. »Ihm geht es prächtig. Vielleicht ein bisschen zu prächtig.«

Ich starre sie verwirrt an.

»Er hat sich reingesteigert«, fährt sie fort. »Hat sich Waffen gekauft, geht regelmäßig zum Schießstand. Er würde am liebsten direkt nach Italien ziehen und selbst kämpfen. Er glaubt, er müsse sich vorbereiten, falls du oder wir in Gefahr geraten und er hat sogar Spaß daran.«

Meine Finger verkrampfen sich um die Tasse. Mein Vater war schon immer beschützend, aber das?

»Er hat sich gründlich über die Russos informiert. Und wenn du mich fragst ... er ist viel zu angetan von ihnen. Aber unsere Angst?« Sie schüttelt den Kopf. »Die spielt er herunter.«

Ich kann es kaum fassen. Mein Vater, der bodenständige, vernünftige Mann, der früher über Mafiageschichten gelacht hat, will jetzt selbst zum Soldaten werden?

»Du sollst dich nicht schlecht fühlen, Liebes«, sagt sie schließlich und legt ihre Hand auf meine. »Du kannst nichts für die Umstände. Ich muss mich einfach an die neue Situation gewöhnen. Das wird schon.«

Doch dann kommt der Satz, der mich eiskalt trifft.

»Eigentlich wäre mir Logan lieber gewesen, nicht, weil Matteo nicht gut genug ist, sondern wegen des Lebens, das er führt.«

Alles in mir zieht sich zusammen. Mir wird schwindelig, mein Magen verkrampft sich. Ich blinzle, während der Raum um mich herum flimmert, und versuche, das Gesagte zu verarbeiten.

Mein Herz hämmert, während sich eine eisige Faust um meine Kehle legt.

Die Kaffeemaschine im Hintergrund presst die letzten Tropfen durch den Filter. Ich schlucke schwer.

»Es wird bald besser werden, Mama«, sage ich mit einem falschen Lächeln, das meine Lippen kaum erreicht. »Gib uns noch ein wenig Zeit. Es ist gerade nur so kompliziert. Vertrau mir.«

Doch innerlich frage ich mich, ob sie es jemals können wird.

»Zeigst du mir jetzt dein Zimmer?« Matteo und mein Vater erscheinen im Türrahmen.

Ich nicke stumm und bin froh, dass er mich aus der Situation rettet. Ich führe ihn die Treppe zu meinem Zimmer hinauf. »Aber lach ja nicht, verstanden?«

Er lässt die Finger spielerisch über mein Rücken gleiten. »Keine Sorge, ich liebe dich auch noch, wenn du Twilight-Fan warst.«

Mein Herz rast. Wenn er wüsste, was ihn erwartet ...

Als ich die Tür zu meinem Zimmer öffne, hält er inne. Wir betreten mein altes Zimmer, und für einen Moment ist es, als würde die Zeit stehen bleiben. Der Raum ist sauber, fast steril, modern eingerichtet, bis auf die verfänglichen Poster, die mich direkt verraten. Twilight. Green Day. Ein alter Hannah Montana-Schriftzug, der in den Schatten der Jahre verblasst ist. Mein Bett ist mit schlichter weißer Bettwäsche überzogen, doch der Schrank quillt über mit Erinnerungen an eine Zeit, die ich eigentlich begraben wollte. Bilder von mir mit Zahnspange und Akne, kitschige Armbänder, Konzertkarten. Matteo bleibt an der Tür stehen, die Hände locker in die Taschen seiner Jeans geschoben, ein Ausdruck amüsierten Unglaubens auf seinem Gesicht. Ich schnappe mir die nächstbeste Decke und werfe sie über das Chaos auf meinem Schreibtisch, bevor ich mich zum Schrank stürze und mich schützend davor stelle. »Nicht. Ein. Wort.«

Seine Mundwinkel zucken. »Ich war auch ein Hannah Montana-Fan.«

Ich blinzele. Und dann bricht ein Lachen aus mir heraus. So laut, so unkontrolliert, dass ich mich an der Schranktür abstützen muss.

Als ich wieder aufblicke, steht Matteo direkt vor mir. Zu nah. Zu intensiv. Seine onyxfarbenen Augen glühen wie Lava, und mein Atem stockt, als er eine Haarsträhne hinter mein Ohr streicht.

Die Spannung zwischen uns ist wie elektrisierende Hochspannung, die mit einem einzigen Funken explodieren könnte. Und genau das passiert. Ohne Vorwarnung packt er mich und wirft mich aufs Bett. Kuscheltiere purzeln zu Boden, die Matratze federt nach, während er sich über mich beugt und meine Handgelenke über meinem Kopf fixiert.

»Du stehst also auf Männer, die Kajal tragen?« Seine Stimme ist rau, ein tiefes, spielerisches Knurren direkt an meinem Ohr.

»Green Day.« Ich lecke mir über die Lippen. »Captain Jack Sparrow war auch heiß.«

Seine Finger gleiten langsam, zu langsam, über meinen Oberschenkel, bis er mit seiner Hand in meine Jeans gleitet. Mein Atem wird flach, meine Gedanken vernebelt.

»Und was ist so witzig daran, dass ich Hannah Montana mochte?«

Der Druck seiner Finger verstärkt sich, kreist mit Qual um meine empfindlichste Stelle. Mein Höschen schneidet genau dort ein, wo ich ihn am meisten spüren will. Ich presse meine Beine zusammen. Ein Fehler, denn Matteo spannt sofort seinen Griff um meine Oberschenkel an und zwingt sie auseinander.

»Nichts …« Meine Stimme ist kaum mehr als ein Keuchen. »Ich hätte nur nicht gedacht …«

»Dass ein skrupelloser Mann wie ich so etwas geschaut hat?«

Abrupt zieht er seine Hand zurück. Mein Körper brennt, schreit nach ihm. Doch Matteo grinst nur und leckt sich provokant langsam die Finger ab.

Er springt vom Bett, richtet seinen Pullover und steuert auf meinen Schrank zu.

»Matteo, nein! Das ist total peinlich!« Ich versuche, ihn zurückzuhalten, aber er steht da wie ein Fels, nicht zu bewegen.

Sein Blick fällt auf die vergilbten Fotos, die ich nie entsorgt habe. Und dann greift er nach einem.

»Kleines?« Sein Blick bleibt auf dem Bild haften, eine Spur Belustigung in seinen dunklen Augen.

»Hm?« Ich verstecke meine Hände hinter dem Rücken, als könnte ich damit die Situation retten.

»Darf ich das behalten?«

Ich stöhne dramatisch. »Wenn du willst, kannst du sie alle haben.«

Doch er schüttelt den Kopf, hält nur eines fest. *Das Schlimmste von allen.* Ich mit krausen Haaren, in einem pinken Bolero und Schlaghosen, ein breites, viel zu unschuldiges Grinsen mit schiefen Zähnen und Zahnspange.

»Warum gerade das?«

Er hebt langsam den Blick. Sein Ausdruck ist anders. Ernst. »Weil das du bist. Auf allen anderen schaust du weg. Aber hier … hier lächelst du direkt in die Kamera. Genau dieses Lächeln schenkst du mir jeden Tag.«

Mein Herz zieht sich schmerzhaft zusammen. Ich weiß nicht, was ich erwartet habe, aber nicht das. Nicht, dass Matteo in diesem hässlichen Bild einen Teil von mir sieht, den er beschützen will.

Ich schlinge meine Arme um ihn, küsse sein Gesicht, seine Wangen, seine Lippen. Doch dann spüre ich eine plötzliche Unruhe.

»Was war vorhin mit deiner Mutter?« Seine Stimme ist sanft, aber ich höre das unterschwellige Misstrauen. Matteo entgeht nichts.

Ich beiße mir auf die Unterlippe, spiele mit dem Saum meines Pullovers. »Es ist für sie schwer, sich an unsere Situation zu gewöhnen. Aber das wird sich legen. Ich habe nur noch mehr Angst, ihnen von den Kindern zu erzählen.«

Seine Finger umschließen meine Hand. »Wir werden das klären, damit wieder Ruhe einkehrt. Dann geht es deiner Mutter auch besser. Sie könnten sogar nach Italien kommen, wenn sie sich dort sicherer fühlen.«

»Das wäre keine schlechte Idee. Dann könnte sie auch deine Mutter Camilla treffen, die ihr zeigt, dass es nicht so schlimm ist, wie sie denkt.«

Matteo sagt nichts, steckt nur das Foto in sein Portemonnaie. Und dann klingelt es. Cleo und meine Tante sind da. Ich spüre es tief in meinem Bauch – dieser Abend wird nicht ruhig enden.

KAPITEL 7

Matteo

Wir verlassen lachend dein Zimmer und steuern auf die alte Holztreppe zu. Bei jedem Schritt knarren die Stufen unter unserem Gewicht, ein vertrautes Geräusch, das Erinnerungen in dir weckt. Deine Eltern stehen bereits im Flur, wo Cleo dich strahlend begrüßt.

Ich kann nicht anders, als meinen Zeigefinger an meine Nase zu legen und deinen Duft einzuatmen – süß, warm, einnehmend, als wärst du nur für mich gemacht. Doch du bemerkst meine Geste, schüttelst kaum merklich den Kopf und gibst mir einen spielerischen Schlag gegen den Bauch. Ein klares Zeichen, dass ich mich zusammenreißen soll.

So herrisch, so unmissverständlich. Meine Principessa Oscura. Nur du hast das Recht dazu. *Und ich würde mich dir immer fügen.*

Am Ende der Treppe fängt Cleo deinen Blick ein und stürmt auf dich zu. »Amelie!« Ihre Stimme überschlägt sich vor Freude, als sie sich in deine Arme wirft. Ihr herzliches Wiedersehen zieht mich in seinen Bann, und im nächsten Moment bin ich mittendrin in eurer Umarmung.

Doch dann tritt jemand Neues durch die Tür und raubt mir für einen Moment die Luft. *Ich kenne sie.* Sofort trifft sich unser Blick, und an ihrem kurzen Zögern erkenne ich, dass auch sie mich nicht vergessen hat.

»Matteo, das ist meine Schwester Olivia, der Freigeist der Familie«, stellt deine Mutter sie vor.

Ein amüsiertes Lächeln huscht über mein Gesicht. »Hallo, wir kennen uns, nicht wahr, Liv?«

Alle Blicke richten sich auf uns, während Olivia verlegen mit den Schultern zuckt. »Nicht auf die Art, wie ihr jetzt denkt! Jesus, ich hatte was mit seinem Onkel.«

»Mit Tommaso?« Dein Tonfall klingt überrascht hinter mir.

»Kommt, lasst uns erst einmal reingehen. Wir können gleich in Ruhe am Tisch darüber sprechen«, unterbricht dein Vater die angespannte Stimmung und nimmt die Jacken ab.

Ich folge dir ins Wohnzimmer, doch dann entschließe ich mich, deiner Mutter in der Küche zu helfen. Die Kaffeemaschine brummt leise, während ich den Cheesecake und eine Kanne frisch aufgebrühten Kaffee nehme. Die Küche ist erfüllt von dem süßen, warmen Duft. Amerikanischer Cheesecake. Ich habe ihn tatsächlich noch nie probiert.

Mit dem Kuchen in einer Hand und der Kanne in der anderen gehe ich ins Wohnzimmer zurück. Deine Mutter folgt mir mit Zucker und Milch. »Danke, Matteo, du bist wie immer ein Gentleman.«

»Keine Ursache.« Ich setze mich neben dich und ergreife deine Hand. Sie ist feucht, verrät deine Nervosität. Sanft drücke ich sie, ein stilles Zeichen, dass alles gut wird.

»Also, wie war das nochmal, du kennst Matteo durch Tommaso?« Du hebst fragend eine Augenbraue und nimmst einen Bissen von deinem Kuchen.

Olivia lehnt sich zurück, ihre perfekt in Rot getauchten Lippen formen ein wissendes Lächeln, während sie einen Schluck Kaffee nimmt. »Ja, es ist schon eine Weile her. Matteo war noch etwas jünger. Es war nur ein harmloser Urlaubsflirt. Du kennst ja den Charme der Russo-Männer.« Sie zwinkert dir zu. *Weiß sie von Salva?*

»Und dann führt eins zum anderen ... Ich habe Matteo und den Rest der Familie nur einmal gesehen, bei einer Gala. Ich bin überrascht, dass du mich sofort wiedererkannt hast.«

Ich nehme mir ebenfalls eine Gabel Kuchen. Der ist wirklich gut. Ich lade mir prompt noch ein weiteres Stück auf, was deiner Mutter ein stolzes Lächeln entlockt.

»Du hast eben Eindruck hinterlassen.« Ich betrachte Olivia aufmerksam. Irgendetwas an ihr fühlt sich ... falsch an.

»Hast du noch Kontakt zu Tommaso?«

Sie stochert in ihrem Kuchen herum. »Ja, ein wenig.«

Mein Blick bleibt auf ihr haften. Etwas in ihrer Haltung wirkt angespannt. *Oder lügt sie?* Meine Menschenkenntnis täuscht mich selten, und bei ihr hatte ich schon damals meine Bedenken.

»Daher also deine Begeisterung für Italien?«, frage ich dich und reiße mich von Olivia los.

Du nickst eifrig. »Ja, meine Tante war schon so oft dort und hat mir immer Bilder gezeigt. Ich hatte mir geschworen, irgendwann auch nach Europa zu reisen und Italien unsicher zu machen.«

»Amelie hat immer jeden Penny gespart, den sie verdient hat, bis sie nach New York gezogen ist. Dann musste sie ihr Erspartes opfern, aber jetzt hast du ihr ja den Traum verwirklicht,« mischt sich Cleo ein und grinst mich an.

Ich erwidere ihr Lächeln, dann lege ich meine Gabel beiseite. Mein Blick wandert durch die Runde, ich spüre, wie die Stimmung sich ändert, wie jeder instinktiv die Luft anhält. *Es ist der Moment.*

»Das stimmt. Und wir sind auch nicht ohne Grund hierher gekommen.«

In den Augen deiner Mutter sammeln sich Tränen. Sie ahnt es. Ich spüre, wie du deine Gabel langsam ablegst, den Kuchen hinunterschluckst. Deine Hand in meiner wird kälter, aber ich halte sie fester.

»Wir haben euch etwas mitzuteilen.«

Deine Mutter steht bereits auf, Tränen blitzen in ihren Augen, bevor du überhaupt den Mund öffnest.

Dann sprichst du die Worte aus, die alles verändern.
»Ich bin schwanger.«

Einen Sekundenbruchteil lang herrscht absolute Stille. Dann bricht alles über uns herein.
Deine Mutter stößt ein ungläubiges Lachen aus, bevor sie dich in die Arme reißt. »Mein Gott! Ich hab's mir schon gedacht, mein Schatz!« Ihre Hände zittern, während sie dich an sich drückt.

Und dann spüre ich den Blick deines Vaters. Seine Augen sind auf mich gerichtet. Er sagt nichts. Noch nicht. Ich schwöre mir in diesem Moment, dass ich ihm genau das geben werde, was er von mir erwartet.

Schutz. Sicherheit. Loyalität. Denn ich weiß, dass ich euch niemals im Stich lassen werde.

Die Augen deiner Mutter brennen sich in meine, fest, unerbittlich, doch voller mütterlicher Wärme. »Pass gut auf sie auf, sonst bekommst du es mit mir zu tun.«

Ein reflexhaftes, schiefes Lächeln zuckt über meine Lippen. Das Feuer in dir, jetzt weiß ich, woher du es hast. »Ich habe sie immer beschützt«, sage ich ruhig, meine Stimme ein fester Anker inmitten der aufkommenden Unruhe. »Und jetzt, da sie meine Familie trägt, werde ich es umso mehr tun.«

Deine Mutter hebt skeptisch die Braue, ein prüfender Blick, der mir durch Mark und Bein geht. »Nun, einmal hat das mit dem Beschützen ja nicht so geklappt.«

Der Satz trifft mich, ein direkter Schlag in die Magengrube. Wut lodert in mir auf. Weil sie recht hat. Eine schwere Stille senkt sich über den Raum. Alle Augen sind auf mich gerichtet. Deine flehenden Blicke, leise Bitten darin, dass ich mich zusammenreißen soll. Für dich.

Ich schlucke den Stolz hinunter. Niemand sonst würde es wagen, so mit mir zu sprechen. Doch für deine Familie, die dir so viel bedeutet, tue ich, was ich sonst für niemanden tun würde.

»Das wird nicht noch einmal passieren«, presse ich hervor. »Ich würde eher sterben.«

Dein Vater, Cleo und Olivia stehen auf, ziehen dich in eine liebevolle Umarmung, die mir zeigt, was du an ihnen so sehr liebst. Keine Lügen. Keine Machtspiele. Keine Bedrohungen. Nur ein friedliches Leben – eines, das durch mich ins Wanken geraten ist. Aber ich schwöre mir, dass du nie wieder Angst haben wirst.

Während sich die Familie aus der Umarmung löst, umfange ich dich von hinten, küsse sanft deinen Scheitel. »Übrigens - es sind Zwillinge.«

Ein erschüttertes Schluchzen entweicht deiner Mutter. Dein Vater setzt sein Glas hastig ab und starrt dich an. »Wisst ihr schon das Geschlecht?«

»Noch nicht«, sagst du leise. »Aber wir fahren bald in unsere Klinik.«

»Dann könnt ihr ja auch gleich herausfinden, von wem das Kind ist«, wirft Olivia ein, ihr Tonfall süßlich und doch bitter.

Die Luft erstarrt.

Dein Vater runzelt die Stirn. »Wie meinst du das?« Seine Stimme ist rau, ungläubig. »Sind sie nicht von dir, Matteo? Oder etwa … von ihren Entführern?«

Der bloße Gedanke lässt meinen Puls in die Höhe schnellen.

»Nein, Dad! So ist das nicht«, fährst du dazwischen. Doch er hat bereits zur Whiskeyflasche gegriffen, nimmt einen tiefen Schluck.

»Ich verstehe nicht …«, deine Mutter sieht zwischen uns hin und her. »Was meint deine Tante?«

Olivia zuckt mit den Schultern, ein falsches bedauerndes Lächeln auf den Lippen. »Tut mir leid, ich dachte, ihr wüsstet es längst. Amelie ist nicht nur mit Matteo zusammen, sondern auch mit seinem Bruder Salva.« Sie wirft mir einen durchtriebenen Blick zu. »Ich bin überrascht, dass er nicht mitgekommen ist, nachdem mir Tommaso erzählt hat, wie unzertrennlich ihr seid.«

Eis kriecht durch meine Adern.

Mein Kiefer spannt sich so hart an, dass es schmerzt. Diese Hexe. Sie hat das nicht aus Versehen gesagt – sie wollte dich bloßstellen. Dir die Entscheidung nehmen, wann und wie du es deinen Eltern erklärst.

Ich spüre, wie du unter meinem Griff anfängst zu zittern. Sekunden später explodierst du.

»Du bist das allerletzte!«, schreist du ihr entgegen und stürmst die Treppe hinauf.

Ich presse die Augen kurz zusammen, kämpfe mit der Wut in mir, bevor ich mich wieder Olivia zuwende.

Deine Mutter sieht mich fassungslos an »Matteo, ich verstehe das nicht.« Ihre Stimme ist sanft, aber der Schmerz darin ist unüberhörbar. »Ich dachte, du liebst meine Tochter. Warum könnte dann Salva der Vater sein?«

Ich atme tief durch, zwinge mich zur Ruhe. »Rose, Cleo, Tom … lasst uns das untereinander klären.«
Doch Olivia lacht spöttisch. »Oh, warum denn? Ich möchte auch verstehen, wie das funktioniert.«

»Weil es dich nichts angeht«, knurre ich und trete näher an sie heran. »Du hast dir mit deinem Verhalten keine Freunde gemacht. Du hättest Feingefühl zeigen sollen, anstatt Amelie wie eine Zirkusattraktion vorzuführen.«

Olivia schnaubt. »So sprichst du nicht mit mir, mein Freund.«

Ich lehne mich bedrohlich näher, meine Stimme ein Flüstern, das nur sie hören kann. »Ich bin nicht dein Freund. Ich bin niemand für dich. Und Amelie auch nicht mehr.« Meine Augen bohren sich in ihre. »Sei froh, dass du ihre Tante bist. Sonst hätte ich dir längst eine

Kugel zwischen deine schlecht gezogenen Augenbrauen gesetzt.«

Sie keucht, hebt instinktiv die Hand, um mich zu ohrfeigen, aber ich fange ihr Handgelenk in der Luft ab.

»Lass mich los!«, zischt sie, rüttelt an meinem Griff, aber ich bleibe stahlhart.

»Wer Amelie auch nur einen Hauch von Schmerz zufügt, bekommt es mit mir zu tun«, erwidere ich kalt. »Und jetzt pack deine Sachen und verschwinde.«

Ihre Augen funkeln vor Hass, ihre Lippen zittern. »Was bildest du dir ein?« Sie wirft einen Blick zu deiner Mutter. »Ich kenne Amelie mein ganzes Leben lang. Du bist nur ein Niemand, der in ihr Leben geplatzt ist. Du glaubst, du kannst mich einfach aus dem Haus meiner Schwester werfen?«

Doch deine Mutter tritt an meine Seite, ihre Miene hart. »Ich will auch, dass du gehst.« Olivia erstarrt. »Bitte lass sie los, Matteo.«

Ich komme dem Wunsch nach, öffne meine Finger um ihr Handgelenk und trete zurück. Olivia reibt sich die Haut, doch in ihrem Blick glüht pure Wut.

»Was habe ich euch getan?«, haucht sie, ihre Stimme eine Mischung aus Empörung und gespieltem Schmerz.

Deine Mutter bleibt eiskalt. »Du hast oft genug für Ärger in der Familie gesorgt. Es reicht.« Ihre Stimme ist ruhig, aber endgültig. »Verschwinde aus meinem Haus.« Für einen Moment sieht es aus, als wolle Olivia noch etwas sagen, doch dann dreht sie sich abrupt um, greift nach der Whiskeyflasche und marschiert hinaus. Im Vorbeigehen rempelt sie mich absichtlich an der Schulter, aber ich lasse es geschehen.

Kindisch. Berechenbar. Nutzlos.

»Ihr werdet schon noch sehen, was ihr davon habt!«, ruft sie durchs Haus.

Kaum ist sie aus der Tür, holt deine Mutter zitternd Luft und sieht mich an. »Ich denke, wir haben einiges zu besprechen.«

Ich halte ihrem Blick stand, sehe die Zweifel, die Fragen, die Sorge darin. Dann biete ich ihr meinen Arm an. Sie zögert nur einen Moment, bevor sie sich einhakt. »Selbst wenn du wütend bist ... bist du ein Gentleman.« Ein müdes, aber echtes Lächeln erscheint auf ihren Lippen.

Die kalte Nachtluft schlägt mir ins Gesicht als wir das Haus verlassen. »Also, wie können wir uns das vorstellen?« Dein Vater bricht zuerst die Stille, seine Stimme ruhig, aber durchdringend.

»Es ist genau so, wie Olivia es gesagt hat. Wir sind beide mit Amelie zusammen. Salva war genauso für sie da wie ich, und mit der Zeit hat sich mehr daraus entwickelt. Ich weiß, das mag für euch seltsam erscheinen, aber ich liebe Amelie so sehr, dass ich es akzeptieren kann, wenn sie einen weiteren Mann liebt. Mir ist nur wichtig, dass sie glücklich ist.«

Deine Mutter mustert mich, ich sehe Mitleid in ihren Augen. »Und damit kommst du einfach klar?« Ihre Stimme ist warm, aber da liegt diese unterschwellige Traurigkeit in ihr.

Weil sie weiß, was es bedeutet. Weil sie weiß, dass ich der Erste war. Und dass ich derjenige bin, der es akzeptieren musste. Nicht du. Nicht Salva. Ich.

Ich bin derjenige, der die Arschkarte gezogen hat.

Hätte ich Nein gesagt, wäre das hier nie passiert. Hätte ich dich für mich beansprucht, wie es jeder in meiner Welt getan hätte, wäre es nie so weit gekommen. Aber ich kann dir keinen Wunsch abschlagen. Ich habe dieses Glück gesehen, das dich umgibt, wenn du bei ihm bist. Und das wollte ich dir nicht nehmen.

»Ja«, sage ich mit ruhiger Stimme, obwohl es in mir tobt. »Gerade weil ich sie so sehr liebe und weiß, dass ich bei Amelie einen besonderen Platz im Herzen habe. Eure Tochter ist ein so guter Mensch. Sie hat genug Liebe für zwei Menschen, und wir setzen alles daran, sie zum glücklichsten Menschen der Welt zu machen.«

Cleo verschränkt die Arme, ihr Blick scharf. »Ich denke, dass man in eurer Welt nicht glücklich werden kann.«

Mein Lächeln ist kühl, fast herausfordernd. »Wie kommst du darauf? Amelie ist über sich hinausgewachsen. Sie ist stärker, als ihr es euch vorstellen könnt. Ich habe selten eine Frau getroffen, die so eine Kraft besitzt, egal in welcher Hinsicht. Das würdet ihr wissen, wenn ihr eine Zeit bei uns bleiben würdet.«

Cleo schnaubt und lacht bitter. »Ich weiß, dass sie stark ist, aber bei euch ist es zu gefährlich. Ich fand es anfangs ja auch reizvoll, aber nach ihrer Entführung habe ich mir teilweise gewünscht, sie hätte dich nie kennengelernt.«

Deine Mutter sieht sie streng an, doch Cleo zuckt nur mit den Schultern. »Sorry, das war zu direkt.«

Ich lehne mich zurück, ein hartes Lächeln auf den Lippen. »Nein, alles gut. Lass es raus. Ich sage nicht, dass ihr unrecht habt. Für viele Menschen ist es unvorstellbar, eine Waffe in der Hand zu halten, geschweige denn, sie abzufeuern – aber Amelie hat Spaß daran.«

Dein Vater reicht mir eine Zigarette, und in seinen Augen liegt ein Funken Anerkennung. »Sie kommt halt nach ihrem Vater.«

Ich lache leise und nehme die Zigarette. »Ich glaube es auch.«

Deine Mutter verzieht gespielt das Gesicht und zieht ihm die Zigarette, die er die ganze Zeit nur pafft, mit einem geübten Griff aus der Hand und nimmt selbst einen tiefen Zug. »Ich will nicht, dass du rauchst, aber wenn du es tust, dann wenigstens richtig.«

Das ist es, was ich mir mit dir wünsche. Eine Familie, die sich streitet, aber auch zusammenhält. Eine Ehe mit kleinen Sticheleien, hitzigen Diskussionen. Man hasst sich, man liebt sich, und am Ende bleibt man trotzdem zusammen.

»Dann muss Salva aber auch zum nächsten Treffen hierherkommen«, sagt dein Vater schließlich und sieht mich abwartend an.

Ich ziehe an meiner Zigarette, blase den Rauch langsam aus. »Wie wäre es, wenn ihr uns nach Italien begleitet? In sechs Monaten findet unsere Gala statt. Ihr könntet die ganze Zeit bei uns sein und selbst sehen, dass unser Leben nicht so schlimm ist, wie ihr denkt.«

Deine Mutter hebt eine Braue. »Aber was ist mit den Anschlägen? Ist das nicht zu gefährlich?«

Ich zucke mit den Schultern. »Wir bringen euch das Schießen bei, wenn ihr wollt. Und wir haben genügend Sicherheitsleute. Bisher ist noch niemandem etwas passiert.«

Dein Vater lehnt sich begeistert nach vorne, doch ich sehe das Zögern in den Augen deiner Mutter und Cleo.

»Wir überlegen es uns, okay?«

»Keine Eile. Ihr könntet auch nachkommen.«

Als wir zurück zu eurem Haus gehen, verabschiede ich mich kurz von deiner Familie und steige dann die Treppen hinauf.

Der schwache Schein der Nachttischlampe taucht dein Zimmer in warmes Licht. Du liegst zusammengerollt auf deinem Bett, eingehüllt in eine viel zu große Decke. Um dich herum ist es still. Ich setze mich vorsichtig neben dich.

Erst glaube ich, du schläfst, doch dann öffnen sich deine Augen. Tränen glänzen darin.

Ich rutsche vom Bett, knie mich vor dir hin, damit unsere Augen auf einer Höhe sind.

Dein Blick haftet an den alten Erinnerungsfotos an deinem Schrank.

»Ich mag es nicht, dich so traurig zu sehen.« Meine Stimme ist leise, fast sanft. »Es ist alles geklärt. Sie verstehen es jetzt.«

Du antwortest nicht sofort. Eine Träne löst sich aus deinen Wimpern, tropft auf das Laken. »Ich hätte nie gedacht, dass meine Tante so reagieren würde«, flüsterst du. »Sie war immer schon dramatisch, ihre Streitereien mit Mom sind legendär … aber ich dachte, sie würde mich wirklich mögen.«

Ich greife nach einem Teddybären, der vorhin vom Bett gefallen ist, betrachte ihn kurz. Dann schlüpfe ich unter die Decke, lege meinen Arm um dich, den Teddy zwischen uns.

»Sie ist nur eifersüchtig, weil du zwei heiße Italiener an deiner Seite hast.« Ich grinse, versuche, dir ein Lächeln zu entlocken.

Du drehst dich zu mir um, deine Stirn an meiner. Deine Augen suchen meine, so nah, dass ich jeden deiner Atemzüge spüren kann.

»Vielleicht ist es besser so«, murmelst du. »Mom hat jetzt wenigstens keinen Ärger mehr mit ihr.«

Meine Finger wandern langsam über deinen Rücken, beruhigend. »Glaub mir, sie wird so schnell keinen Fuß mehr hierher setzen. Deine Mom hat sich endlich durchgesetzt. Das zeigt, wie sehr sie dich liebt. Sie akzeptieren dich, so wie du bist. Dein Vater ist wahnsinnig stolz auf dich. Sie denken sogar darüber nach, uns nach Italien zu begleiten.«

Du umklammerst mich fester, deine Wärme durchdringt mich, während du dich enger an meine Brust kuschelst.

»Danke, dass du immer für mich da bist«, hauchst du. Und in diesem Moment weiß ich: Ich könnte ewig hier bleiben. Eingehüllt in deinen Duft. Umgeben von Erinnerungen.

Meine Hand gleitet über deinen Bauch, sanft, fast ehrfürchtig. Die Vorstellung, dass es meine Kinder sein könnten, die dort heranwachsen, erfüllt mich mit einer tiefen Hoffnung.

Doch da ist auch diese leise Angst. Dass sie nicht meine sind. Dass ich mir nichts mehr wünschen werde als das – und es mir trotzdem verwehrt bleibt. Aber eins weiß ich sicher: Du gehörst mir, Amelie. Und das wird immer so bleiben.

KAPITEL 8

Amelie

Der Duft von frischem Obst mischt sich mit den ersten warmen Sonnenstrahlen des Tages. In der Luft liegt dieser typische Geruch von Frühling. Ich lasse meinen Blick über den Markt schweifen, sehe die bunt gefüllten Stände, die vorbeihastenden Menschen. Und für einen Moment fühle ich mich zurückversetzt in meine Jugend. Damals, als meine Mom und ich jedes Wochenende hierherkamen. Heute bin ich alleine.

Matteo und Salva sind unterwegs, wieder einmal auf der Suche nach geeigneten Grundstücken in New Jersey – geheime Treffpunkte, Verhandlungsstützpunkte für ihre Geschäftspartner. Ein Teil von mir ist froh, dass sie mich nicht dabeihaben wollen. Ich brauche gerade diese kleinen Momente der Normalität. Nur ich, meine Gedanken und ein Einkauf für das Essen heute Abend.

Unsere Reise nach Italien steht an. Ein Teil von mir kann es kaum erwarten. Dort, zwischen den Weinbergen, den endlosen Olivenhainen, fühlt es sich für mich jedes Mal an, als würde ich endlich ankommen. Doch heute steht noch etwas anderes an. Ein Moment, der mir den Atem raubt, sobald ich nur daran denke: Unser Termin. Der, bei dem wir erfahren, wer der Vater meiner Babys ist. Und ob es zwei Töchter werden, oder zwei Söhne, die Matteo und Salva später einmal die Hölle heiß machen werden.

Ich nehme ein paar Karotten, lasse sie in meine Tasche sinken und greife in meine Jackentasche, um zu zahlen, als plötzlich eine Stimme durch den Lärm des Marktes bricht.

»Hey, Amelie!«

Mein Herz setzt aus.

Mein Nacken kribbelt.

Ich drehe mich um und bereue es in derselben Sekunde. *Logan.*

Die Karotten rutschen mir fast aus der Hand, ich versuche eilig, der Verkäuferin einen Schein zuzustecken. »Stimmt so, danke.« Ich schnappe mir meine Tüte und setze mich in Bewegung, hoffe, dass ich in der Menge verschwinden kann.

Doch seine Schritte werden schneller. »Amelie, warte doch!«

Mein Magen verkrampft sich. Ich spüre die Blicke der Leute, die die Szene beobachten. *Kann man mir ansehen, wie sehr mich das aus dem Konzept bringt?* Ich will nicht wissen, wie blass ich gerade bin.

Und dann steht er vor mir.

Er ist älter geworden. Seine blonden Haare sind länger, ein leichter Bart rahmt sein Gesicht. Seine eisblauen Augen haben an Intensität verloren, wirken sanfter als damals, oder es sind einfach nur die Drogen, die er sich vielleicht nicht mehr einschmeißt als wären es Kaugummis.

Der lässige, sportliche Stil. Nichts hat sich wirklich verändert. Und doch ist alles anders. »Sorry, Logan, aber ich hab's eilig.« Ich will an ihm vorbei, doch er blockiert meinen Weg.

»Wohin musst du? Ich kann dich begleiten.« Bevor ich protestieren kann, greift er bereits nach meiner schweren Tasche.

»Gib sie mir zurück,« sage ich schärfer, als ich eigentlich wollte.

»Was wäre ich für ein Mann, wenn ich dich das alleine tragen lasse?« Er grinst. Dieser Charme, der früher funktioniert hat, zieht jetzt nicht mehr.

Ich könnte mich wehren. Oder ihn machen lassen. *Er will sich nützlich fühlen?* Bitte. Ich seufze. »Meinetwegen. Aber du brauchst mich nicht bis nach Hause zu begleiten. Verstanden?«

Er hebt die Hände. »Alles gut, alles, was du willst.«

Wir gehen weiter. Ich hasse jede Sekunde davon. Ich hatte immer Angst vor diesem Moment, der unausweichlichen Begegnung.

»Wie geht's dir?«, fragt er beiläufig. »Wir haben uns lange nicht gesehen. Ich hab gehört, du wohnst in New York?«

»Mir geht's blendend und ja. Ich brauchte nach dir einen Neuanfang.« Mein Tonfall ist hart. Ich kann ihn nicht kontrollieren. Logan bleibt kurz stehen. Dann schnaubt er leise. »Ich hab oft überlegt, dich anzurufen. Cleo meinte, du wärst nicht bereit gewesen.«

Cleo hatte mir auf der Marvel-Party davon erzählt. Meine Finger krallen sich in die Jacke.

»Ich weiß, dass ich Scheiße gebaut habe, Amelie.« Seine Stimme wird leiser. »Das hast du nicht verdient.«

Etwas explodiert in mir. »Niemand hat das verdient!« Die Worte sprudeln ungefiltert aus mir heraus. Ich drehe mich zu ihm, bohre meinen Zeigefinger in seine

Brust. »Weißt du, wie es sich anfühlt, wenn die gesamte Schule weiß, dass du mich mit mehreren Frauen betrogen hast? Und dann auch noch so feige warst, mir das selbst zu sagen? Und weißt du, wie es ist, wenn ICH mich dann trennen will, aber DU mich bedrohst, damit ich bleibe?« Logan sieht mich an, als hätte ich ihn gerade geohrfeigt.

Dann greift er nach meinen Händen, doch ich ziehe sie zurück.

»Es tut mir aufrichtig leid. Ich war jung und dumm, Amelie.« Seine Stimme bricht fast. »Ich hab nicht nachgedacht. Die Drogen, die falschen Freunde ... Ich weiß, dass ich dich zerstört habe.«

Ich lache trocken. »Du warst immer gut darin, anderen die Schuld zu geben.«

Er zuckt zusammen. »Ich weiß, dass du mich hasst. Aber ich bin nicht mehr der gleiche.«

»Das hoffe ich für dich.«

Er hält meinem Blick stand. »Ich will das wiedergutmachen.«

Ein bitteres Lächeln umspielt meine Lippen. »Das kannst du nicht.«

Er schüttelt langsam den Kopf. »Lass mich wenigstens für dich da sein. Falls du irgendwann jemanden zum Reden brauchst.«

Ich brauche Matteo. Ich brauche Salva. Ich brauche meine Familie. Aber Logan nicht.

»Kann ich dir meine Nummer einspeichern?«, fragt er vorsichtig.

Ich zögere. Dann greife ich in meine Tasche, ziehe mein Handy heraus und reiche es ihm. Er sieht mich überrascht an. Ich habe keine Lust, jetzt noch eine Ewigkeit zu diskutieren. Dann fällt sein Blick auf den Bildschirm. Auf Matteo. Auf uns.

»Das ist er also?«

»Ja. Und ich bin schwanger. Und glücklich.«

Sein Kiefer spannt sich an, aber er sagt nichts. Speichert seine Nummer ein, gibt mir das Handy zurück.

»Rufst du mich an? Dann habe ich deine Nummer auch.«

Ich drücke auf die Anruftaste. Sofort vibriert sein Handy. Ein schiefes Grinsen umspielt seine Lippen. Und für einen winzigen Moment fühle ich mich wie das Mädchen, das ihn einmal geliebt hat. Das Mädchen, das ihm vertraut hat. Das dachte, er wäre derjenige, mit dem sie ihr Leben verbringen würde. Doch dann atme ich tief durch. Und erinnere mich daran, warum ich ihn verlassen habe.

»Aber fang jetzt ja nicht an, mich zu stalken.« Ich öffne die Tür zur Metzgerei, und sofort schlägt mir der Geruch von rohem Fleisch entgegen. Ein Hauch von Eisen, warm, schwer. Eine Erinnerung, die ich nicht mehr loswerde. Der Duft von Blut. Ich habe ihn oft genug an meinen Händen gehabt, an meiner Kleidung, an meiner Haut. Früher hätte ich hier fast gewürgt. Heute bleibt mein Magen ruhig. Ich habe Schlimmeres gesehen. Schlimmeres getan.

Ich bestelle ein Pfund Hackfleisch. Logan steht noch immer dicht an meiner Seite. »Ich kann dir nicht versprechen, dass ich dir nicht mal schreiben werde.«

Ich nehme die Tüte vom Metzger entgegen, den Blick starr nach vorn gerichtet. »Ich bin vergeben. Also lass es. Sonst blockiere ich dich direkt wieder.«

Ich spüre, wie er sich anspannt, doch das interessiert mich nicht. Er muss endlich verstehen, dass es vorbei ist. »Ich habe dir nicht verziehen, Logan. Und wenn du glaubst, dass eine einfache Entschuldigung reicht, dann bist du noch genauso naiv wie damals. Wegen dir hat sich mein ganzes Leben geändert! Ich musste mein Studium schmeißen und komplett von vorne anfangen!« Die Luft draußen ist kühl, doch sie kann die Hitze in meinem Inneren nicht ersticken. Ich will einfach nur weg von hier. Doch Logan folgt mir.

Und bevor ich mich versehe, hat er seine Arme um mich gelegt und mich gegen seinen Körper gepresst. Sein Griff ist fest. Zu fest. Und dieser Duft – er trägt noch immer dasselbe Parfüm. Für einen Sekundenbruchteil ist es, als wäre ich wieder dort. In der Uni. In seinen Armen. Als gäbe es keine Lügen. Keine Enttäuschung. Keine Narben.

Dann schlägt die Realität mit voller Wucht zu. Ich reiße mich los, stoße ihn weg. »Lass das!«

Er fährt sich mit der Hand durch die Haare, seine Stirn in Falten gelegt. »Sorry, ich … ich musste dich kurz spüren. Ich dachte, wenn du mich nur einmal wieder fühlst, dann …«

»Dann was?« Ich lache bitter. »Dass ich plötzlich vergesse, was passiert ist? Dass ich die Panik vergesse, die du in mir ausgelöst hast?«

Sein Blick huscht zum Himmel. Er weiß es. Er sieht es. Doch er will es nicht akzeptieren. »Ich habe mich wirklich geändert«, sagt er leise. »Ich könnte ein guter Vater sein, Amelie. Ich habe einen sicheren Job, ein Haus. Ich würde alles für dich tun. Ich weiß, du willst das jetzt nicht hören, aber vergiss das bitte nie.«

Sein Blick fleht. Doch es ist zu spät. Es war immer zu spät. »Und wenn du vielleicht aktuell nicht bereit dazu bist ... dann lass mich wenigstens ein Freund sein. Jemand, der für dich da ist, wenn du jemanden brauchst.«

»Es war echt nett, dich zu sehen, Logan. Aber danke, ich weiß Bescheid.« Ich strecke die Hand aus. »Kann ich meine Tüten wiederhaben? Die anderen warten auf mich.«

Wir essen zwar erst heute Abend Lasagne, aber ich brauche einen Vorwand. Irgendetwas, das mich aus dieser Situation zieht. Logan schiebt die Tüte langsam von seiner Schulter. Doch anstatt sie mir einfach zu geben, bleibt er noch einen Moment stehen. Sein Blick folgt meiner Hand, dann meinem Gesicht.

Dann zieht er einen Schlüsselbund aus seiner Hosen-tasche. »Hier ...«

Er schiebt ein paar Schlüssel zur Seite, löst etwas aus dem Schlussring. Ein kleines, silbernes Armband. Der Gänseblümchenanhänger daran schimmert im Licht der Sonne. Mein Atem setzt aus.

»Ich habe ihn immer bei mir gehabt.« Seine Stimme klingt plötzlich rau. »Du bist mir wirklich wichtig. Ich bekomme dich nicht aus dem Kopf. Vielleicht klappt es ja, wenn ich dir meine letzte Erinnerung an dich zurück-gebe.«

Seine Finger streichen über das filigrane Metall, bevor er mir das Armband hinhält. Jetzt schafft er es doch, mich sprachlos zu machen.

Ich nehme das Armband in die Hand. Das kleine, kühle Metall fühlt sich vertraut an. Die weißen Blüten schimmern, als wären sie eingefrorene Erinnerungen. Erinnerungen, die mich in einen Strudel aus Vergangenheit und Gegenwart ziehen. Nicht nur die schlechten. Auch die guten. Logan war nicht immer ein Arsch, sonst wäre ich nie mit ihm zusammen gewesen. Es gab eine Zeit, in der er mir die Welt bedeutet hat. Eine Zeit, in der seine Worte meine Sicherheit waren, seine Umarmungen mein Zuhause. Aber dann ... dann kam die Uni. Dann kamen die Lügen und die Enttäuschung. Er hatte sich verändert. Oder vielleicht hatte ich nur nie richtig hingesehen.

»Ich wusste nicht, dass du das noch hast.« Meine Stimme ist leise, als meine Finger über die zarten Blüten gleiten.

»Du wirst immer die Frau bleiben, die ich liebe.« Seine Worte kriechen unter meine Haut wie eine ungesagte Wahrheit, die ich nie hören wollte. »So sehr ich mich auch dagegen wehre, Amelie ... ich kann niemand anderen lieben. Jede andere Frau war nur ein Trostpflaster. Aber ich verstehe dich. Ich hoffe nur, dass du eines Tages sagen kannst, dass du mich nicht mehr hasst.« Seine Augen suchen die meinen, so voller Hoffnung, dass es wehtut.

Hassen? Ich weiß nicht, ob ich ihn hasse. Aber lieben? Nein. Diese Zeit ist vorbei.

Ich schließe die Finger um das Armband, lege es in meine Tasche und sehe ihn an. »Ich brauche Zeit, Logan. Es ist viel passiert zwischen uns, und ich kann dir nichts versprechen.«

Er nickt, ein schwaches Lächeln auf den Lippen, das nicht wirklich seine Augen erreicht. Dann breitet er die Arme aus. Eine stumme Einladung. Zum Abschied. Zum Neuanfang. Zum Irgendwas.

Mein erster Instinkt ist, einen Schritt zurückzutreten, Distanz zu wahren, doch dann sehe ich das Armband, das er all die Jahre behalten hat. Ich atme tief ein, dränge die Zweifel beiseite und trete auf ihn zu. Langsam lege ich meine Arme um ihn. Sein Griff um mich ist fest, fast verzweifelt, als könnte er die Zeit für einen Moment anhalten. Seine warme Wange streift mein Haar, und für einen Sekundenbruchteil ist es, als wären wir wieder zwei Teenager, die glaubten, nichts könnte sie trennen. Doch wir sind keine Teenager mehr. Und es hat uns etwas getrennt.

»Danke,« sein Atem streift meine Haut, kaum mehr als ein gehauchtes Wort. Ich löse mich von ihm, unsere Blicke verhaken sich für eine Sekunde, doch dann trete ich einen Schritt zurück. »Wir hören uns!«, ruft er mir nach, während ich mich auf den Weg zu meinem Fahrrad mache. Doch ich drehe mich nicht mehr um.

KAPITEL 9

Amelie

Als ich endlich wieder zu Hause ankomme, ist Matteo noch immer mit Salva unterwegs. Heute kommt Salva mit zu meiner Familie, und ich hoffe, dass sich die angespannte Stimmung in den letzten Tagen ein wenig gelegt hat. Sie hatten Zeit, sich mit der Tatsache anzufreunden, dass ich zwei Männer liebe, aber verstehen sie es auch wirklich? Ich weiß es nicht.

Ich lege die Einkäufe auf die Kochinsel, schiebe die Ärmel hoch und beginne, Gemüse zu schnippeln. Ich brauche gerade etwas, das mich beschäftigt, etwas, das meine Gedanken davon abhält, dass mir Logan heute seine Nummer gegeben hat.

»War der Markt so voll, oder wo warst du so lange?« Cleo kommt mit zwei Kochschürzen in die Küche, wirft mir eine zu und greift nach den Tomaten.

»Nein, im Gegenteil.« Ich halte kurz inne, überlege, ob ich es ihr überhaupt sagen soll, doch dann rutscht es mir einfach heraus: »Ich hab Logan zufälligerweise dort getroffen.«

Cleo erstarrt für einen Moment in ihrer Bewegung, setzt das Messer langsam an und sieht mich dann mit hochgezogener Braue an. »War ja klar, dass ihr euch früher oder später über den Weg lauft. Wie war es?«

Wie war es? Unnötig. Erdrückend. Ein Kapitel, das längst abgeschlossen sein sollte. »Ich hätte darauf verzichten können«, sage ich, während ich mit gleichmäßigen Bewegungen die Karotten schneide.

»Aber er war nett, oder?« Cleo hakt nach, während sie die Tomaten in Stücke schneidet.

»Ja, er war nett.« Ich halte mich bewusst vage. Cleo war immer ein Fan von ihm. Natürlich nur bis zu dem Zeitpunkt, als er mir das Herz rausgerissen hat. Doch Logan weiß, wie er Menschen für sich gewinnt. Eigentlich genau wie Matteo und Salva. Auf eine gewisse Weise sind sie sich doch ähnlicher, als mir lieb ist.

»Na ja, mit ihm hättest du zumindest kein gefährliches Leben.«

Mein Messer bleibt auf halbem Weg zum nächsten Stück Karotte stehen. Die Worte brennen sich in mich wie Säure. »Warum wollt ihr alle, dass ich mich wieder auf Logan einlasse? Habt ihr vergessen, was er mir angetan hat?« Mein Blick peitscht zu ihr hinüber, scharf wie die Klinge in meiner Hand.

Cleo sieht mich an, und es ist dieser Blick voller Mitgefühl, als wäre ich diejenige, die einen Fehler macht.

»Warum alle?«

»Mom hat es mir letztens auch schon gesagt. Ihr seht nur noch die negativen Seite meines Lebens mit Matteo und Salva. Ihr wollt gar nicht erkennen, wie gut sie mir tun.« Ich stelle einen Topf mit Wasser auf den Herd, vielleicht etwas zu fest.

»Das stimmt doch gar nicht«, erwidert Cleo, ihre Lippen fest aufeinandergepresst. »Aber du bist schwanger, Amelie. Meinst du nicht, deine Kinder haben ein Anrecht auf ein sicheres, wohl behütetes Zuhause?«

Ich presse meine Finger gegen die Arbeitsplatte, atme tief durch, doch die Wut kocht in mir hoch.

»Und dass du mir Salva verschwiegen hast, habe ich dir auch noch nicht verziehen.« Ihr Blick wird härter. »Ich dachte, wir erzählen uns immer alles.«

Da ist er, der wahre Grund für ihre Wut. Wir beide hatten nie Geheimnisse voreinander, doch diesmal habe ich die Grenze überschritten.

»Ich habe es dir nicht verschwiegen, ich hatte nur noch nicht die Gelegenheit, es dir zu erzählen.«

Ich werfe die Lasagneplatten mit mehr Kraft als nötig ins Wasser. »Und ich gebe meinen Kindern Sicherheit, Cleo. Was denkst du, wie Camilla Matteo und Salva großgezogen hat? Sie leben ja auch noch und sind glücklich.«

Es ist unfair, dass ich mich dafür rechtfertigen muss, warum ich die Menschen liebe, die mich jeden Tag beschützen. Warum kann meine Familie nicht einfach sehen, dass Matteo und Salva nicht nur Männer mit Waffen sind? Sie sind meine Heimat.

»Ich mache mir nur Sorgen.« Cleos Stimme klingt weicher, doch das ändert nichts daran, dass sie gekränkt ist. Ich spüre es in jeder Faser meines Körpers. *Aber was soll ich tun?* Ich kann nicht alle glücklich machen und gleichzeitig die perfekte Schwester sein.

»Wären die zwei nicht aus einem Mafia-Clan, wäre ich ja fast neidisch auf dich.« Cleo grinst und lockert die angespannte Stimmung mit einer Bemerkung, die mir doch ein kleines Lächeln entlockt. »Zwei heiße Südländer kämpfen um dein Herz, und du ertrinkst im Luxus.«

»Und sie haben noch einige gutaussehende Cousins.« Ich hebe eine Braue. »Ich könnte dich bestimmt mit einem verkuppeln. Ich dachte, du hattest was mit diesem Viktor vom Flughafen?«

Cleo schnauft laut aus und lehnt sich gegen die Kochinsel. »Mit dem war es schnell wieder vorbei. Hat einfach nicht gepasst.« Sie reicht mir ein Glas Rotwein, hält dann inne und zieht es peinlich berührt zurück, als ich auf meinen Bauch zeige. »Oh. Sorry. Daran muss ich mich noch gewöhnen.«

Ich grinse, nehme mir stattdessen ein Glas Wasser. »Also, dann bleibst du offiziell Single und offen für Russo-Cousins?«

»Nur für die, die nicht viel mit dem ganzen Mafia-Zeug zu tun haben.« Sie zwinkert, stößt mit mir an, und für einen Moment ist alles wieder in Ordnung.

Die Lasagne ist im Ofen, der Raum duftet nach geröstetem Knoblauch und Tomatensoße. Wir sinken ins Sofa, als Cleo mich wieder ernst ansieht.

»Aber wirklich, Amelie. Überleg dir gut, in welchem Umfeld du deine Kinder großziehen willst.«

Ich verdrehe die Augen. »Mache ich.« *Sie kann es nicht lassen.* »Komm nach Italien«, versuche ich es stattdessen. »Dann wirst du sehen, dass es nicht so schlimm ist. Ihr wart einfach nur zum falschen Zeitpunkt dort.«

Cleo überschlägt die Beine, nimmt einen großen Schluck Wein. »Du sagst es. Ich werde den Geruch von verbrannter Haut nie vergessen. Oder die Würgegeräusche von der Vergiftung.«

Mein Herz zieht sich zusammen.

»Es tut mir leid, dass du das miterleben musstest.«
Ich drücke ihre Hand, spüre, wie sie leicht zittert.

»Alles gut.« Ihr Lächeln ist schwach. »Ich bin halt in der Hinsicht nicht so taff wie du.«

Das Schloss der Haustür knackt, unsere Eltern kommen heim.

»Hier riecht es aber gut.« Mein Vater öffnet den Backofen und wird sofort von der heißen Luft ins Gesicht getroffen. »Au, Mist.«

Wir drei Frau prusten alle gemeinsam los. »Tom, du warst noch nie der Mann für die Küche«, ruft Mom lachend. »Wie wäre es, wenn du schon mal Bier für Matteo und Salva holst? Sie sollten auch bald kommen.«

Und für einen Moment fühlt sich alles leicht an.

Mein Handy vibriert in meiner Hosentasche.

Salva 18:35
Hey Bella. Kommst du kurz zu uns raus?

Mein Herz macht einen Sprung. Sofort ziehe ich mir meine Jacke über. »Bin gleich wieder da!«, rufe ich und trete nach draußen. Die Straßen sind ruhig, die Luft frisch, und das einzige Geräusch ist das leise Rascheln der Bäume, die sich im Wind wiegen. Ich lasse meinen Blick schweifen, sehe aber nichts Ungewöhnliches. Nur die leere Einfahrt und die Straßen des West Orange Viertels, die in der frühen Abenddämmerung friedlich wirken. Mein Handy vibriert erneut.

Salva 18:38

Du musst ums Eck gehen.

Was haben die beiden nur vor, dass sie es nicht vor meinen Eltern besprechen wollen?

Ich stecke mein Handy zurück in meine Jackentasche, folge der gepflasterten Straße und biege an der nächsten Kreuzung links ab. Die Gegend ist hier noch stiller. Jeder ist mit seinem Abendessen beschäftigt, niemand sitzt mehr auf der Veranda oder spaziert durch die Straßen. Dann fällt mein Blick auf einen großen, schwarzen Geldtransporter, der am Straßenrand parkt.

Ein ungutes Gefühl kriecht mir in den Nacken. Dann öffnet sich die Fahrertür. Salva tritt heraus, dunkelblaue Jeans, ein Wollpullover in tiefem Grau, sein Nasenring und die Kreuzkette blitzen im Schein der Straßenlaterne auf. Seine Haltung ist locker, aber sein Blick sagt mir, dass hier mehr dahintersteckt.

»Hey, meine Schönheit.« Seine Stimme ist ein dunkles Streicheln über meine Haut. Ich lasse mich in seine Arme sinken, atme seinen Duft ein. Es fühlt sich an, als wäre ich endlich wieder zu Hause angekommen. Seine Arme umschließen mich fest, seine Lippen finden meine, und für einen Moment gibt es nur uns.

»Ich habe dich vermisst«, murmelt er, seine Stirn an meine gelehnt. Mein Herz rast. »Ich dich auch.«

Ein zweiter Schatten bewegt sich hinter ihm. Matteo tritt aus dem Halbdunkel hervor, schwarzes Hemd, dunkle Jeans, das oberste Knopfloch offen, gerade genug, um meinen Blick dorthin zu lenken. Dieses Grinsen, verschmitzt und fordernd, zwingt mich direkt dazu, ihm ebenfalls in die Arme zu springen.

»Da ist aber jemand froh, uns zu sehen.« Seine Stimme ist amüsiert, aber ich höre den Unterton. Ich presse meine Lippen auf seine, koste für einen Moment die Sicherheit aus, die mir beide geben. Jetzt, wo ich sie so nah bei mir habe, wird mir umso bewusster, wie sehr sie mein Leben verändert haben.

»Ich bin einfach glücklich, dass ich euch habe.«

Ein Räuspern lässt mich herumfahren. Giuliano steht an der Seite des Transporters, die Hände in den Taschen, sein Blick auf Matteo gerichtet.

»Ich dachte, ihr kommt zum Essen?«, frage ich, mein Blick wandert misstrauisch zwischen ihnen hin und her.

Matteo fährt sich über den Kiefer. »Tun wir auch. Aber vorher gibt es noch ein kleines Treffen. Emilio wollte dich sehen.«

Sofort kriecht kalte Wut meine Wirbelsäule hinauf.

»Er hat gedroht, Antonia das Go für einen Angriff zu geben, falls er dich nicht heute noch sieht.«

Dieser Wahnsinnige. Nicht einmal hier, nicht einmal bei meiner Familie, kann er mich in Ruhe lassen.

Salva reicht mir einen dicken Schal. »Zieh den über. Man sieht mittlerweile, dass du schwanger bist, und wir wollen nicht, dass er das erfährt.«

Ich nehme das weiche Material entgegen, wickle es um meinen Hals, stopfe es in meine Jacke und schließe sie bis oben hin. Dann nicke ich den Männern zu. Giuliano zieht eine Magnetkarte aus seiner Tasche und fährt damit über das Schloss des Transporters. Ein kurzer Piepton, dann öffnet sich die Tür.

Eisige Luft schlägt mir entgegen. Mein Atem formt kleine Wolken, als ich in das Innere des Fahrzeugs blicke. In der Ecke, zusammengekauert, sitzt Emilio. Seine Arme sind um seinen Körper geschlungen, seine Nase ist rot angelaufen, sein Bart und sein Haar mit einer dünnen Frostschicht überzogen. Sein Jogginganzug ist viel zu dünn für diese Temperaturen.

Ich schlucke schwer. »Emilio?« Langsam hebt er den Kopf, seine dunklen Augen treffen meine. »Lacrima ... du hast mir gefehlt.« Seine Stimme zittert. Ich will mich nicht von diesem Bild beeindrucken lassen, will mir einreden, dass er es verdient hat. Aber ihn so zu sehen ... Es ist anders. Ohne nachzudenken, ziehe ich meinen Schal aus meiner Jacke und breite ihn über seine Schultern.

»Du brauchst deinen Bauch nicht zu verstecken«, sagt er plötzlich trocken, als ich den Reißverschluss hastig zuziehe. »Ich weiß, dass du schwanger bist.«

Mein Herz bleibt stehen. *Woher? Wer hat geplaudert?*

»Woher?« Ich halte meinen Atem an. Sein Blick bleibt auf mir haften, während er langsam lächelt.

»Ist es von mir?«

Natürlich könnte er es denken. Es ist vier Monate her und es gibt viele Frauen, bei denen man den Bauch kaum sieht. Ich könnte ihn anlügen und mir damit einen Vorteil verschaffen. Oder ich sage die Wahrheit und verliere seine letzte Schwäche.

Ich zögere keine Sekunde. »Es könnte sein. Ich weiß es noch nicht.«

Seine Miene verändert sich, er wirkt plötzlich ... hoffnungsvoll.

»Lass uns Frieden schließen, Emilio. Sag uns, wo Antonia ist.«

Sein bitteres Lachen hallt durch den kalten Van. »Wenn es mein Kind ist, dann sofort.«

»Wir machen bald einen Vaterschaftstest. Bitte halte Antonia zurück. Ich muss gleich wieder zurück, sonst stellen die Bewohner hier Fragen.«

Sein bitteres Lachen erhitzt die Kälte des Vans, ein dunkles, kratzendes Geräusch, das sich tief in meine Haut frisst. Dann packt er mein Kinn so fest, dass ich spüre, wie seine Finger sich in mein Fleisch graben. Härter als je zuvor. Meine Nägel bohren sich in seine Handgelenke, aber er lässt nicht locker. Mein Blick irrt an ihm vorbei, versucht sich an der Metallwand des Transporters festzukrallen. An irgendetwas, dass mich von ihm ablenkt. Doch Emilio zwingt mich, ihn anzusehen.

»Ich werde hier gefoltert, während du dein Leben genießt, und du kannst es kaum erwarten, mich loszuwerden. Du bist eine dreckige Lügnerin. Es dauert nicht mehr lange, dann bekommt ihr unseren ganzen Zorn ab.«

Seine Stimme ist ein böses Versprechen, eines, das sich mit jedem Wort tiefer in meine Knochen bohrt. Seine Hand löst sich von meinem Gesicht, und mit einer langsamen, theatralischen Geste schiebt er den Ring von seinem Finger und schleudert ihn achtlos in die Ecke.

»Der war nicht echt. So wie du. So wie alles, was du je gesagt hast. Im Hintergrund arbeiten meine Leute und Antonia schon lange darauf hin, euch zu zerstören.«

Meine Sicht verschwimmt. Mein Puls donnert in meinen Ohren, meine Gedanken rasen. Seine Hand greift erneut mein Gesicht. Ich weiß, dass ich mich befreien muss. Jetzt, sofort. Sein Griff ist wie ein Schraubstock, hart und unnachgiebig. Ohne nachzudenken, sammle ich all meine Kraft, all meinen Ekel und spucke ihm ins Gesicht.

Er zuckt zurück. Ich nutze den Bruchteil einer Sekunde, doch sein Zorn kommt schneller, explodiert aus ihm heraus wie ein unkontrolliertes Feuer.

»Du kleine Schlampe!« Sein Schrei hallt durch den metallenen Innenraum.

Die Tür reißt auf. Ein dunkler Schatten schiebt sich zwischen uns. *Matteo.*

Mit einem einzigen Schritt steht er vor mir, sein Körper ein unüberwindbares Bollwerk aus Wut und Schutz. Seine Hand fährt an seine Seite, aber noch hält er die Waffe unten. Er sieht Emilio an, als wolle er ihn bis auf die Knochen durchbohren. Sein Blick ist kalt, berechnend.

»Na los«, knurrt Emilio, seine Lippen verziehen sich zu einem irren Grinsen. »Zeig mir, was du drauf hast, du kleiner Hurensohn. Oder soll ich dir erst erzählen, wie gut deine kleine Amelie geschmeckt hat? Wie eng sie war, als ich sie gefickt habe?«

Ich spüre, wie sich Matteos Muskeln unter meinem Griff verhärten.

Emilio leckt sich über die Lippen, einzelne Locken fallen ihm in die Stirn. Seine Augen glühen vor Wahnsinn, genau wie damals. Ich kenne diesen Blick. Den Blick eines Mannes, der sich unantastbar fühlt. Der glaubt, immer die Oberhand zu haben.

»Ihre Titten in meiner Hand, mein Schwanz in ihrer Fotze ...«

Matteo bewegt sich nicht. Er hört zu. Oder vielleicht zwingt er sich, zuzuhören. Ich weiß nicht, ob er es tut, um Emilio zu hassen oder um mich leiden zu lassen, mich spüren zu lassen, was dieser Dreckskerl mir angetan hat, damit ich aufwache und kein Mitleid mehr für meine Peiniger habe.

»Wie sie mich geküsst hat …«

Ich höre, wie Matteos Atem sich verändert. Langsam, leise, gefährlich. Dann zieht er seine Waffe.

Ich will mich nach vorne werfen, ihn aufhalten, ihn dazu bringen, es nicht zu tun, doch sein Arm schießt zur Seite, hält mich mit nur einem Druck zurück. Instinktiv. Er weiß, dass ich es versuchen würde.

Der erste Schuss fällt still aufgrund des Schalldämpfers. Ein Schrei. Emilio sackt zusammen, hält sich das Bein. Der zweite Schuss folgt sofort. Er hat in seine Knie geschossen.

Matteo steht einfach nur da, als hätte er ihn nicht gerade aus reiner Genugtuung ins Verderben gestürzt. Kein Wort. Kein Kommentar. Dann dreht er sich um, greift nach meiner Hand und zieht mich nach draußen.

Giuliano schließt die Tür hinter uns. Draußen ist es plötzlich still. Nicht einmal ein Wimmern dringt mehr aus dem Van.

»Komm her.« Matteo zieht mich fest in seine Arme, seine Wärme umhüllt mich, doch sie kann das Zittern in mir nicht vertreiben. Mein Gesicht vergräbt sich in seinem Hemd, der Stoff riecht nach ihm.

»Er wird uns alle umbringen.« Meine Stimme ist kaum mehr als ein Flüstern gegen seine Brust, rau, belegt von der Wahrheit, die mir mit jedem Schlag meines Herzens bewusster wird.

Matteo legt eine Hand an meinen Nacken, zwingt mich sanft, ihn anzusehen. Seine Augen sind so dunkel, dass ich mich in ihnen verliere, ein Abgrund, in dem nichts außer eiskalter Wut existiert.

»Das werde ich nicht zulassen.« Sein Tonfall ist endgültig. Keine Lücke für Zweifel.

Dann hebt er den Kopf, sein Blick trifft Giuliano, ein stummes Kommando, das nicht ausgesprochen werden muss. Giuliano nickt, geht wortlos zum Transporter und setzt sich ans Steuer. Der Motor heult auf, Scheinwerfer leuchten durch die Nacht, dann setzt sich das gepanzerte Fahrzeug in Bewegung.

»Bedeutet das ... ihr wollt ihn töten?«

Matteo streicht mit dem Daumen über meine Handfläche, seine Haut ist rau, warm, lebendig. Ein krasser Gegensatz zu der eisigen Kälte, die in meinen Knochen sitzt. Salva steht an meiner anderen Seite, seine Finger umschließen meine. Seine Berührung ist genauso fest, genauso unnachgiebig. »Nein. Du wirst.« Meine Kehle schnürt sich zu. Ich starre zwischen die beiden, doch keiner von ihnen weicht zurück. »Wenn du das möchtest.« Und da ist sie. Die Macht, die Last, die Wahl. In ihren Händen hätte es sich nach einer Konsequenz angefühlt. Doch jetzt liegt sie bei mir. Ich kann ein Urteil sprechen. Oder Gnade walten lassen.

Sie werden meine Entscheidung nicht beeinflussen. Aber egal, wofür ich mich entscheide, sie werden hinter mir stehen.

KAPITEL 10

*

Lucifero

*

Es ist eine Schande, mitansehen zu müssen, wie erbärmlich Emilio seinen Job erledigt. Er war nie mehr als eine Schachfigur auf meinem Spielfeld, und jetzt hat er nicht einmal mehr das Zeug dazu, sich wie ein brauchbarer Bauer zu verhalten. Wartet nur. Ihr glaubt, ihr seid unantastbar, regiert über euer kleines Imperium, doch ihr merkt nicht einmal, dass ich längst die Fäden in der Hand halte.

Matteo spielt den ehrenhaften Boss, den gerechten Herrscher? Lächerlich. Eine absurde Farce, die er von sich selbst glaubt, während er auf seinem goldenen Thron sitzt. Aber dieser Thron wackelt. *Schon lange.* Und ich bin der Sturm, der ihn mit nur einem einzigen Windstoß zum Einsturz bringen wird.

Ich beobachte euch seit Monaten. Jede Bewegung, jedes Wort, jedes Flüstern. Emilio? Er war nur der Anfang. Jede seiner Handlungen, jeder seiner sogenannten eigenen Pläne war nichts weiter als ein Echo meiner Befehle. Ohne mich wäre er nichts als ein nutzloser Hund ohne Leine.

Ich lehne mich zurück, lasse meinen Blick durch das Fernglas gleiten und beobachte, wie die kleine, scheinbar perfekte Familie Russo sich mit der Moore-Familie anfreundet. So süß, so naiv. *Amelie.* Die reizende Frau an Matteos Seite, die es absolut nicht verdient, das Leben zu führen, das sie jetzt führt. Und jetzt trägt sie auch noch Nachwuchs in ihrem schäbigen Körper. *Das wird das Erste sein, was ich ihr nehme.*

Langsam schiebe ich das Fernglas beiseite und greife nach meinem Handy. Ein Anruf, der längst überfällig ist.

»Warum hat das so lange gedauert?« Antonias Stimme klingt angespannt, fast flehend.

Ich verziehe keine Miene. »Vorsicht. Vergiss nicht, mit wem du sprichst.«

Sie verstummt. Sekunden vergehen. Dann ein Flüstern. »Verzeihung, mein König.«

Besser. Ich ziehe die Vorhänge zu. Heute wird hier nichts mehr passieren. Ein armseliges Familientreffen mit Lasagne und bedeutungslosen Worten, während sich der Abgrund unter ihren Füßen bereits öffnet.

»Er hat versagt«, stelle ich fest. »Er hat sich von seiner Wut leiten lassen. Wir müssen ihn rausholen, bevor sie ihn töten. Ich brauche ihn noch. Organisiere alles. Matteos Lakai Giuliano, fährt gerade mit ihm los. Rammt den Wagen. Ist mir scheißegal, wie, aber holt ihn da raus.«

Kurzes Schweigen am anderen Ende. »Machen wir. Wann reisen sie nach Italien?«

Antonia. So ungeduldig, so voller Hass. Frauen sind schwer zu kontrollieren, wenn sie einmal jemanden so tief verachten. Es ist fast amüsant.

»Übermorgen. Dann fliegen wir ebenfalls. Ich rechne damit, dass sie Emilio bis dahin beseitigt haben wollen. Also muss es heute geschehen. Bereite alles vor, ich melde mich später.«

Ich lege auf. Das war der unwichtigere Teil des Abends. Der wahre Spaß beginnt erst jetzt.

Meine Schritte hallen auf dem Pflaster, als ich meine Jacke überstreife. Ich habe herausgefunden, dass ein paar Straßen weiter ein Basketballplatz ist. Und wer verbringt dort seine Zeit? Der bemitleidenswerte Exfreund von Amelie. Der Schwächling, der heute einen Korb von ihr bekommen hat. Ich bin mir sicher, er wird sich genau dort seinen Frust von der Seele werfen.

Ein Lächeln kräuselt meine Lippen. Manche Menschen lassen sich einfach so leicht lenken.

Innerhalb weniger Minuten erreiche ich den Platz. Und da ist er. Logan. Allein. Schwitzt sich den Schmerz aus dem Körper, weil er nicht die Eier hatte, für das zu kämpfen, was er will. Armer, dummer Junge.

Ich trete ans Tor und öffne es. »Hey, kann ich mitmachen?«

Er dreht sich um, mustert mich. Misstrauen flackert in seinen Augen, aber er zuckt mit den Schultern und wirft mir den Ball zu. »Warum nicht.«

Ich fange ihn mühelos auf und dribble langsam. »Alles klar bei dir? Siehst aus, als würde dich was bedrücken.«

Er schnaubt, wirft den Kopf zurück. »Wenn du wüsstest, Mann. Hat dir schon mal eine Frau das Herz gebrochen?«

Ach, wie schnell Menschen sich öffnen, wenn man die richtige Wunde trifft. Es ist fast zu einfach.

»Wem ist das noch nicht passiert?« Ich werfe einen Korb. Perfekter Treffer. Logans Augenbrauen schnellen in die Höhe.

»Es geht um Amelie, nicht wahr, Logan?«

Sofort spannt er sich an. Seine Finger ballen sich um den Basketball. Dann, ohne Vorwarnung, packt er mich am Kragen, drückt mich gegen den Zaun. »Woher weißt du das? Bist du ein Stalker?«

Ach, kleiner Junge. Hast du eine Ahnung, wie oft mir schon jemand die Luft abschnüren wollte? Ich packe seine Arme, drehe mich mit einer schnellen Bewegung und presse ihn nun selbst gegen das Gitter. Er ringt nach Luft, seine Augen weiten sich.

»Ich habe ein Angebot für dich, das du nicht ablehnen kannst.«

Seine Kehle bebt unter meinem Griff. Ich lasse ihn einen Moment zappeln. Nur einen Moment. Nur so lange, bis er merkt, dass ich nicht irgendein dahergelaufener Fremder bin. Sondern sein größter Feind. Oder sein Retter, je nachdem wie brav er mitmacht.

»Du bekommst Amelie«, flüstere ich. »Und genug Geld, um mit ihr ein neues Leben zu beginnen. Dafür musst du dich mir anschließen.«

Er atmet schwer, aber ich sehe, wie sich in seinem Blick etwas ändert. Misstrauen. Hoffnung. Gier. *Perfekt.*
»Wie willst du das anstellen? Warum sollte ich dir vertrauen?«

Ich ziehe eine Waffe aus meiner Jacke. Und ein Bündel Geld. Er starrt zwischen den beiden Optionen hin und her. Ich genieße es. Genieße diesen Moment, wenn ein Mensch merkt, dass er die Wahl hat: Leben oder Tod.

»Du kannst mir nicht vertrauen«, sage ich ruhig. »Aber du kannst dich entscheiden.«

Ich richte die Waffe auf ihn.

»Entweder du stirbst …« Ich lasse die Worte in der Luft hängen, senke dann langsam die Waffe und hebe das Geld. »Oder du nimmst das hier. Zwanzigtausend Dollar. Glaub mir, so schnell kommst du nicht noch mal an so viel Geld.«

Sein Blick zuckt zwischen dem Lauf der Pistole und dem Stapel Geld hin und her. Ich weiß, was er wählen wird. *Es ist immer das Gleiche.*

»Und Amelie? Sie und ich … werden wir zusammenkommen?«

Ich grinse. Der arme Idiot glaubt wirklich noch an Märchen. »Ich verspreche es dir. Koste es, was es wolle.«

Seine Hand zittert, aber dann greift er nach dem Geld. Der Pakt ist geschlossen. Und Logan hat gerade seine Seele an den Teufel verkauft.

KAPITEL 11

Salva

Deine Eltern empfangen mich mit freundlicher Zurückhaltung. Ihr habt mich bereits vorgewarnt, dass deine
Tante es ausplaudern musste, dass ich ebenfalls der
Vater sein könnte, und nun sind alle eingeweiht. Während des Essens spüre ich, dass sie mich, genau wie
Matteo, akzeptieren. Dennoch liegt ein Hauch von
Unsicherheit in der Luft. Nicht, weil sie mich nicht
mögen, sondern weil die Gesellschaft noch nicht bereit
ist für eine Liebe wie unsere. Und vielleicht, wenn ich
ehrlich bin, ist es deine Familie auch nicht ganz.

Heute ist der Tag der Wahrheit. Der Tag, an dem wir
herausfinden, wer der Vater deiner Kinder ist. Danach
geht es nach Italien. Unsere Familie weiß noch nichts,
wir wollten ihnen diese Nachricht persönlich überbrin-
gen.

Die Zeit rast. Es war nur ein kurzer Aufenthalt bei
deinen Eltern, und jetzt sitzen wir bereits im Auto vor
dem Russo-Krankenhaus in New Jersey. Ich bleibe noch
eine Nacht in New York, um alles für unseren Flug vor-
zubereiten. Ein längerer Aufenthalt bei deiner Familie
wäre mir unangenehm und ihnen vermutlich auch.

»Bereit?« Matteo dreht sich zu uns um, als er den
Motor abstellt.

»Ja, aber ... egal, was jetzt rauskommt, ich werde euch
beide immer gleich lieben.« Deine Stimme ist leise,

voller Unsicherheit. »Ich habe Angst, dass sich etwas zwischen uns verändert, wenn wir die Wahrheit wissen. Oder dass sich einer von euch benachteiligt fühlt.« Deine Finger spielen nervös mit deinem Ärmel, dein Blick haftet auf deinen Händen, weil du nicht weißt, wen von uns du ansehen sollst.

Ich nehme dein Gesicht zwischen meine Hände und zwinge dich, mich anzusehen. »Mach dir darüber keine Gedanken. Matteo und ich haben bereits darüber gesprochen. Du kannst dem anderen immer noch ein Baby schenken.« Meine Daumen streichen sanft über deine Wangen, und ich sehe, wie dein Körper sich entspannt, wie du tief durchatmest.

»Ihr habt recht. Dann lasst uns reingehen.«

Matteo öffnet die Tür für dich, und gemeinsam betreten wir das Krankenhaus. Das Personal erkennt uns sofort, einige verneigen sich leicht zur Begrüßung. Jeder hier weiß, wer wir sind. Das Russo-Krankenhaus wurde von unserem Großvater gegründet, und es gibt eine unausgesprochene Regel: Hier arbeiten nur Familienmitglieder, angeheiratete Vertraute oder Menschen aus unserem engsten Kreis. Ein Elite-Krankenhaus, in dem keine normalen Bürger behandelt werden. Hierher kommt nur, wer das entsprechende Blut oder das nötige Geld hat.

Ich drücke den Knopf des Fahrstuhls. Drinnen stehen zwei Krankenschwestern. Als sie uns sehen, treten sie sofort hinaus.

»Guten Abend, Signore Russo.« Ihre Stimmen sind respektvoll, fast ehrfürchtig.

Du beobachtest das Spektakel mit einem Ausdruck

zwischen Faszination und Unbehagen. »Ich werde mich nie daran gewöhnen, wie viel Macht ihr wirklich habt.«

Ich nehme deine Hand, spüre, dass sie feucht ist. Du bist nervös. »Sie gehen nicht nur wegen uns hinaus. Du hast genau dieselbe Macht.« Deine Augen blitzen kurz grün auf, und ich weiß, dass es dir insgeheim gefällt. Du traust dich nur nicht, es zu zeigen. Aber jeder Mensch würde es lieben, Macht zu haben.

Ein leises Klingeln ertönt, die Fahrstuhltüren öffnen sich, und wir betreten den langen, glänzenden Flur der obersten Etage. Matteo führt uns bis zur letzten Tür, öffnet sie und du bleibst abrupt stehen.

»Das ist nicht euer Ernst, oder?«

Matteo tritt lachend ein, zieht dich mit sich. »Oh doch, Fiore. Für dich nur das Beste.«

Der Raum ist kein steriles Untersuchungszimmer. Es ist eine Oase. Weiße Pfingstrosen in unzähligen Vasen, auf dem Boden, der Fensterbank, dem Tisch. Ein elektrischer Kamin taucht den Raum in warmes Licht, daneben flackern Kerzen in tiefen Beerentönen.

»Wir haben alles versucht, damit es nicht zu sehr nach Krankenhaus aussieht.«

Du siehst dich um, dein Strahlen wird mit jeder Sekunde intensiver. »Macht ihr Witze? Hier sieht es überhaupt nicht aus wie in einem Krankenhaus! Es gibt eine Couch, einen riesigen Fernseher und eine freistehende Badewanne? Das Einzige, was mich daran erinnert, wo wir hier sind ...« Du gehst um die Ecke, dein Blick fällt auf den weißen Gynäkologenstuhl. »... ist dieses Teil hier!«

Plötzlich drehst du dich um, sprintest auf uns zu und springst uns in die Arme. Matteo und ich taumeln einen Schritt zurück, fangen dich gerade noch auf. »Danke.«

Matteo stellt eine Tasche auf den Tisch, öffnet sie und reicht mir meinen Kittel, eine passende Hose, Handschuhe und ein Stethoskop.

»Gib uns einen Moment. Mach dich schon mal frei und setz dich auf den Stuhl.«

Wir treten ins Badezimmer, die Tür schließt sich hinter uns. Für einen Moment sind wir unter uns, nur Matteo und ich – zwei Männer, die genau wissen, was gleich passieren wird.

Matteo dreht sich zu mir, seine Kiefermuskeln zucken leicht. »Egal, was gleich rauskommt, es wird sich nichts zwischen uns ändern.«

Er streckt mir seine Hand entgegen. Ein Pakt, unausgesprochen, aber unerschütterlich. Ich schlage ein, unsere Hände treffen sich mit einem dumpfen Geräusch. »Versprochen, Bruder.«

Wir ziehen uns um, schlüpfen in unsere Kleidung, die weißen Kittel ein Kontrast zu dem, was wir eigentlich sind. Zwei Männer, die gewohnt sind, zu nehmen, was ihnen gehört. Und du, Bella – du gehörst uns.

»Hast du an alles gedacht?«, frage ich ihn leise, während ich die Knöpfe meines Kittels schließe.

Matteo grinst, zieht eine Augenbraue hoch. »Natürlich. Was denkst du denn? Ich hoffe, du hast nichts vergessen.«

Ich schüttele den Kopf, meine Finger fahren über den Stoff. »Nein. Alles hier drin gespeichert.« Ich deute auf meinen Kopf.

Als wir fertig sind, öffnet Matteo die Tür. Und da bist du. Sitzend auf dem Gynäkologenstuhl, so unschuldig und gleichzeitig sündhaft schön, dass mein harter Schwanz gegen die weiße Hose drückt. *Fuck.* So habe ich dich noch nie gesehen.

»Du bist so wunderschön.« Die Worte verlassen meine Lippen, ohne dass ich sie zurückhalten kann. Deine Wangen färben sich rosa, dein Blick senkt sich leicht. »Ich mach doch nichts.«

Ich komme näher, mein Atem streift deine Haut, meine Stimme ein dunkles Versprechen. »Das musst du auch gar nicht. Du bist so schon atemberaubend.« Mein Mund findet dein Ohr, haucht die Worte gegen deine erhitzte Haut, während mein Blick keine Sekunde von dir weicht.

Matteo rollt mit dem Hocker zwischen deine gespreizten Beine, seine dunklen Augen gleiten über dich, während ich mich gegen die Wand lehne, den perfekten Blick auf dich habend. Du bist bereits schwach unter unseren Blicken, das leichte Zittern deiner Finger verrät dich. Matteo sieht kurz über die Schulter zu mir, sein Blick glüht vor Lust. »Ich glaube, ich brauche heute kein Gleitgel.«

Seine Finger fahren langsam über deine feuchte Spalte, sammeln deine Hitze auf, bevor er sie sich genüsslich über die Lippen leckt. »Wie ich das vermisst habe.«

Ein dunkles Brummen verlässt meine Brust, ich trete ebenfalls näher, meine Hand folgt seinem Weg. Mein Finger gleitet über dich, fühlt, wie bereit du für uns bist. Ich lecke dich von meinen Fingerspitzen, schließe für einen Moment die Augen, koste den Geschmack, den nur du besitzt. »Gesù, du schmeckst göttlich.«

Dein Grinsen ist herausfordernd, frech. »Männer, wir sind hier nicht beim Buffet. Hatten wir nicht was anderes vor?«

Matteo und ich räuspern uns fast gleichzeitig. Ich kann das Verlangen in seinen Augen sehen, genauso wie er es in meinen sieht.

»Das stimmt.« Matteos Stimme ist heiser, seine Finger fahren über den Rand seiner Handschuhe. »Wir können dir nur so schwer widerstehen.«

Er zieht die Handschuhe über seine Hände, das leise *klack* des Latex ein Laut, der die Luft zwischen uns noch mehr auflädt.

Er beginnt deinen Muttermund abzutasten, seine Bewegungen langsam und behutsam. Doch du bist stark. Das wissen wir beide. Trotzdem hältst du den Atem an, deine Finger umklammern das Laken, während Matteo konzentriert bleibt. »Alles in bester Ordnung«, murmelt er schließlich, nimmt die Hand zurück und mustert dich.

Ich atme aus, merke erst jetzt, dass ich die ganze Zeit über die Luft angehalten habe. In meinen Händen halte ich drei Wattestäbchen. Ich reiche Matteo eines, während ich mit einem zu dir trete. »Ich nehme jetzt eine Speichelprobe für die DNA-Analyse.« Deine Lippen öffnen sich ohne Zögern, und ich fahre mit dem Wattestäbchen über deine Innenwange. Du bist nervös, genauso wie wir.

»Wie lange dauert es?«, fragst du leise. Ich nehme

eine eigene Probe und setze die Zentrifuge auf, »zehn Minuten. Dann wissen wir es.«

Die Zeit tropft schwer und unerbittlich, jede Sekunde dehnt sich in eine Ewigkeit. Ich spüre, wie Matteo unruhig neben mir steht. Wie seine Gedanken rasen, genau wie meine. Es gibt keine richtigen Worte für das, was wir empfinden. Ich weiß, dass Matteo enttäuscht wäre, wenn er nicht der Vater ist. Ich wäre es auch. Doch es gibt eine Wahrheit zwischen uns: Er hat dich zuerst geliebt. Und auch wenn er mir sagt, dass wir gleichwertig sind. Ich weiß, dass er es nie so empfinden wird. Er kämpft gegen seine eigenen Dämonen. Genau wie ich. Doch eines weiß ich mit absoluter Gewissheit: Du liebst uns beide gleichermaßen. Dein Herz ist weit genug, um uns beide zu tragen.

Matteo nimmt deine Hand und führt dich zur Liege. Sein Griff ist fester als sonst. Ich folge euch, sehe, wie du dich hinlegst, der kurze Rock hebt sich leicht über deine Hüften. »Willst du?«, fragt Matteo und hält mir die Ultraschallsonde hin. Sein Blick ist ernst, doch dahinter steckt etwas Größeres. Ein Geschenk. Ein Zeichen, dass wir wirklich zu dritt sind. Dass er mich als gleichwertig ansieht, ob er es sich eingesteht oder nicht. Meine Kehle schnürt sich zu. Ich nicke, nehme die Sonde und positioniere mich an deiner Seite.

Dein Bauch hat sich bereits gewölbt, ein sichtbares Zeichen des Lebens in dir. Ich trage das Gel auf, es glänzt auf deiner Haut wie flüssiges Mondlicht. Als ich das Gerät ansetze, füllt das Rauschen des Ultraschallgeräts den Raum. Ein paar Bewegungen und dann sehen wir es. Das Leben.

Matteo erstarrt, sowie ich. Wir sehen es gleichzeitig. Die kleinen, pulsierenden Silhouetten auf dem Monitor. Zwei Herzen, die schlagen. Ich vergrößere das Bild, halte den Atem an. »Und?«, deine Stimme ist kaum mehr als ein Flüstern. Ich hebe den Blick, sehe die Angst, die Freude, die Ungeduld in deinen Augen. Matteo schließt die Augen, als müsse er sich einen Moment sammeln. Und dann lächelt er. Ein echtes, ehrliches Lächeln, das bis in seine dunklen Augen reicht.

»Sie sind kerngesund«, sage ich mit rauer Stimme, und während die Worte aus meinem Mund kommen, spüre ich, wie mir eine Träne über die Wange rollt. »Willst du das Geschlecht wissen?«

Deine Hand schließt sich um meine. »Ja. Ich will es wissen. Unbedingt.«

Ich bewege die Maus, zeige auf das linke Baby. »Das hier ... ist ein Junge.«

Du atmest scharf ein, deine Lippen zittern. Tränen sammeln sich in deinen Augen, deine Finger graben sich fester in meine Haut. Matteo nimmt deine Beine in seine Hände, streicht beruhigend darüber, doch seine eigene Fassung droht zu zerbrechen. Ich schiebe das Bild weiter nach rechts, auf das zweite Baby, das sich in diesem Moment ein wenig bewegt. »Und hier ... haben wir ein Mädchen.«

Das war der Moment, in dem alles aus dir heraus bricht. Deine Schultern zucken, du hältst deine Hände vor den Mund, als könntest du die Gefühle, die über dich hereinbrechen, noch irgendwie aufhalten. Doch es gibt kein Zurück mehr. Die Tränen laufen über deine

Wangen, du schluchzt und lachst gleichzeitig. »Ein Junge und ein Mädchen«, flüsterst du ungläubig.

Ich schalte den Ton lauter. Der Raum wird erfüllt von den pochenden, schnellen Herzschlägen der beiden. Die Musik des Lebens. Matteo vergräbt das Gesicht in seinen Händen, seine Schultern beben, und ich weiß, dass er kämpft. Doch dann legt er seine Hand auf deinen Bauch, seine Finger streichen sanft darüber. »Unsere Kinder,« haucht er, seine Stimme bebt.

Dann ertönt das Piepen der Zentrifuge.

Matteo springt auf. Ich folge ihm mit pochendem Herzen, deine Schritte sind unsicher, doch du kommst ebenfalls näher. Er öffnet die Maschine, blickt auf das Ergebnis und erstarrt. Dann hebt er die Hand an seinen Mund, seine Schultern zucken erneut. Er kann nicht sprechen. Er kann es nicht glauben.

»Was ist los?«, fragst du besorgt und trittst näher.

Er dreht sich zu uns um, seine Augen voller Tränen, seine Stimme kaum mehr als ein gebrochenes Flüstern. »Wir ...«

Dann schnappt er nach Luft, als müsse er seine Fassung wiederfinden, packt dich, zieht dich in eine Umarmung. In der gleichen Bewegung greift er nach mir, reißt mich ebenfalls an sich. Er hält uns beide fest.

»Wir sind beide die Väter!«

Ein Schrei entweicht mir, pure Freude explodiert in mir wie ein Feuerwerk. »Ich wusste es!« Ich lache, springe, packe Matteo, umarme ihn, schüttle ihn. »Wir werden beide Väter!« Seine Lippen zucken, dann bricht auch er in Lachen aus. Ich kann mich nicht mehr halten, reiße dich in meine Arme, küsse dein Gesicht, deine

Stirn, deine Lippen. Matteo tut es mir gleich. Wir lachen, wir weinen, wir umarmen uns, als wären wir die einzigen Menschen auf der Welt.

Matteo greift nach hinten, zieht eine Flasche alkoholfreien Champagner aus der Tasche, reißt sie auf, trinkt direkt aus der Flasche. »Hier, Kleines. D as ist für dich.« Er drückt dir die Flasche an die Lippen, und du öffnest sie für ihn, lässt den prickelnden Schaum in deinen Mund laufen. Mein ganzer Körper brennt bei dem Anblick. Ich drehe dich zu mir, küsse dich, koste den Champagner auf deinen Lippen.

Matteo lacht laut, dann dreht er die Musik auf.

Jetzt bekommst du noch eine ganz besondere Überraschung von uns.

KAPITEL 12

Amelie

Es ist das reinste Gefühlschaos. Mein Körper ist ein einziger Sturm aus Hitze und Verlangen, während mein Kopf noch immer versucht zu begreifen, was hier gerade passiert. Zwei Männer. Zwei Leben in mir. Zwei Herzen, die sich meinetwegen überschlagen.

Matteo tritt wortlos zum Lichtschalter. Mit einem Klick versinkt der Raum in tiefem Dunkel, nur noch die flackernden Kerzen und der Kamin lassen Schatten über die Wände tanzen. Mein Atem stockt, als ich in die leuchtenden Blicke der Männer sehe, die mich wie Raubtiere fixieren.

»Was habt ihr vor?« Meine Stimme klingt rauer als gewollt.

Keiner antwortet, das einzige Geräusch im Raum ist das sanfte Knistern der Kerzen – bis der erste Beat durch die Lautsprecher vibriert. *Make Me Feel von Elvis Drew.*

Und dann passiert es. Gleichzeitig reißen Matteo und Salva mit einem einzigen Ruck ihre Kittel auf, die Knöpfe schießen durch den Raum, und das Kerzenlicht zeichnet jede gottverdammte Muskelkontur ihrer Körper nach. Heiß. Roh. Unverschämt perfekt. Die schwarzen Tattoos auf Salvas Haut scheinen unter der flackernden Glut zu tanzen, während Matteos tätowierte Schlange sich mit jeder Bewegung hypnotisch über seine Brust windet.

Ich kann nicht atmen. Ich kann mich nicht bewegen.

Ihre Hüften kreisen synchron.

Jeder Muskel spannt sich im Takt der Musik. Tief sitzende weiße Doktorhosen offenbaren mehr als sie verbergen.

Ihre Hände gleiten über ihre eigenen Körper, langsam, unerträglich reizvoll. Fingerspitzen fahren über feste Brustmuskeln, hinab über ihre zerschmetternden Bauchmuskeln, bis sie am Bund ihrer Hosen innehalten.

Ein Moment, in dem meine Fantasie explodiert. Ihre Hüften stoßen nach vorne. Hitze sammelt sich in meinem Unterleib, ein brennender Punkt, der sich mit jeder ihrer Bewegungen tiefer in meine Seele frisst.

Dann kommen sie auf mich zu. *Langsam.* Wie Jäger, die sich ihrer Beute sicher sind. Matteo geht links neben mich, Salva rechts. Ich bin eingekesselt, ihre Körper sind so nah, dass ich ihre Wärme spüren kann. Zwei Zeigefinger unter mein Kinn, sanft, aber befehlend. Meine Lider flackern, als sie mich zwingen, in ihre funkelnden Augen zu blicken.

Ihre Blicke? *Eine reine Sünde.* Ein einziger Blick zwischen den beiden, und Salva sinkt bereits auf die Knie.

Seine Hände gleiten an meinen Oberschenkeln hinauf, während er meine Beine auseinanderzieht. Ich bin so nass, dass ich mich frage, ob der Hocker unter mir überhaupt noch trocken ist. Noch immer trage ich nur diesen kurzen Rock, aber kein Höschen. Ich weiß genau, was das mit ihnen macht.

Matteo grinst teuflisch hinter mir. »So bereit für uns.«

Er greift nach meinem Pullover, zieht ihn mir langsam über den Kopf. In dem kurzen Moment, in dem ich nichts sehen kann, trifft mich etwas Warmes an der Innenseite meines Schenkels. Salvas Bart streift mich.

Mein ganzer Körper zuckt. Ich fühle es. Matteo sieht es. Salva schmeckt es.

Seine Zunge gleitet durch meine Spalte, heiß und perfekt, ein teuflisch langsames Streicheln, das mich wie eine Sünderin auf seinem Altar erbeben lässt.

»Fuck ...« Mein Kopf fällt zurück.

Matteo löst meinen BH und lässt ihn achtlos auf den Boden fallen. Seine Hand greift nach meiner, führt sie an seine Brust, über seinen rasiermesserscharfen Körper, seine Muskeln zucken unter meiner Berührung. Weiter abwärts, tiefer, bis ich den harten, pochenden Beweis seines Verlangens umfasse.

Ein Zittern durchläuft seinen Körper. Mein Blick trifft den von Salva, als er sich zurückzieht, sich über seine Lippen leckt. Seine Pupillen sind riesig, sein Atem unregelmäßig. Ich bin dabei, den Verstand zu verlieren.

Matteo legt mir das Stethoskop über, greift nach ihm und wickelt es langsam um seine Faust, zieht mich ein Stück näher, bis unsere Lippen nur noch einen Hauch voneinander entfernt sind. Seine warme, raue Stimme vibriert gegen meine Haut. »Du willst es, oder? Willst unsere Schwänze so sehr, dass du uns gleich hier auf der Stelle anflehen würdest?«

Ich keuche, mein Körper bebt unter ihrem unerschütterlichen Blick, ich nicke.

Sie stehen nun wieder nebeneinander, die Lust in ihren Augen gefährlich brodelnd, als sie ihre Hände an ihre Hosen legen. Sekunden ziehen sich, während sie den Stoff quälend langsam nach unten schieben, Zentimeter für Zentimeter enthüllen, was mich so sehr in den Wahnsinn treibt. Mein Mund wird trocken, meine Schenkel pressen sich unbewusst zusammen, als ihre Härte schließlich voll sichtbar ist.

Ich lecke mir unwillkürlich über die Lippen, mein Blick gefangen zwischen ihnen. Matteo hebt sein Kinn, sein dominanter Blick zwingt mich, mich noch kleiner zu fühlen. Salva hingegen hebt nur beiläufig zwei Finger, eine minimalistische, wortlose Aufforderung.

Ich gehorche, sinke auf die Knie, spüre den kalten Boden gegen meine heißen Schenkel. Der Blick von unten auf sie, auf ihre strammen Körper, die Muskeln, die sich mit jeder angespannten Bewegung abzeichnen – *ich will sie. Brauche sie.*

Matteo umfängt seine eigene Länge, streicht in provozierender Langsamkeit an sich entlang, während Salva sich nach vorne lehnt, meine Wange mit zwei Fingern streift. »Öffne deine schönen Lippen für mich, Bella.«

Seine Stimme trifft mich wie ein Befehl, ein Versprechen, das meinen Unterleib noch heißer pochen lässt.

Ich öffne den Mund, lege meine Zunge leicht heraus, willig, empfänglich.

Salva sieht mich mit glühenden Augen an, als er die Spitze seines harten Schwanzes gegen meine Lippen gleiten lässt, mich mit seinem Lusttropfen benetzt. Salzig, rau, männlich. Ein Geschmack, der mich schon jetzt süchtig macht.

Ich schließe meine Lippen um seine Spitze, lecke sanft darüber, während Matteo sich mir von der Seite nähert.

Sein stechender Blick brennt sich in meine Haut, als er seine Eichel gegen meine andere Wange streicht, sie mit einer kreisenden Bewegung neckt. Ich keuche, meine Zunge fährt zwischen ihnen hin und her, abwechselnd küsse und sauge ich an ihren Spitzen, koste jeden einzelnen Tropfen.

Ihre Atmung wird schwerer. Ich kann spüren, wie sie sich zusammenreißen müssen, nicht sofort die Kontrolle zu verlieren.

»Merda, sie macht mich wahnsinnig«, zischt Salva, seine Hand fährt durch meine Haare, packt mich fester, während er tiefer in meinen Mund stößt.

Meine Hände umfassen ihre Eicheln, meine Finger gleiten über heiße, pulsierende Haut, während ich sie immer weiter verwöhne, intensiver, tiefer, härter. Ich liebe es, ihre Reaktionen zu spüren, zu wissen, dass ich sie an den Rand des Wahnsinns bringe.

Doch dann reicht es Matteo. Er packt mich an den Armen, hebt mich mit einer einzigen Bewegung hoch. Ich keuche, meine Beine schlingen sich automatisch um seine Hüfte, während sein harter Schwanz sich unerträglich nah an meinem Eingang positioniert.

»Jetzt bist du dran, Fiore.« Er stößt mich auf den Tisch, seine Hände fest um meinen Hintern gelegt. Ohne Vorwarnung dringt er tief in mich ein. Ein lauter, gieriger Schrei entfährt mir, als er mich ohne Zurückhaltung nimmt. Hart. Unnachgiebig. Er schiebt sich bis zum Anschlag in mich hinein, seine Finger graben sich in meine Haut.

Salva setzt sich neben mich auf den Tisch, seine dunklen Augen verschleiert vor Lust, während er meine

Brüste in seine großen Hände nimmt. Seine Lippen schließen sich um meine harten Nippel, saugen, lecken, zwingen mich in einen Strudel aus purem Wahnsinn.

Matteo brummt, sein Griff wird noch fester, sein Tempo erbarmungslos. Ich kann nichts tun, außer mich an ihm festzuhalten, mich seiner Wildheit hinzugeben, während ich Salvas Schaft in meiner Hand spüre, ihn in rhythmischen Bewegungen verwöhne.

»Ich liebe euch so sehr ...« Meine Stimme zittert, meine Brüste heben und senken sich, während Matteo noch tiefer stößt. Sein Atem wird unregelmäßig, sein Griff um meine Hüften verkrampft sich, und dann spüre seinen heißen, pulsierenden Saft, der sich in mir ergießt.

Er bleibt noch einen Moment in mir, seine Stirn auf meiner Schulter, während feuchte Haarsträhnen in seine Stirn fallen. Sein Atem streift meine Haut.

»Ich liebe dich auch«, keucht er schließlich, bevor er sich langsam aus mir zurückzieht.

Doch kaum hat er sich zurückgezogen, ist Salva zur Stelle.

Er packt mich an der Hüfte, dreht mich mit einem einzigen Ruck um und positioniert mich auf dem Bauch über dem Tisch. Meine Brüste drücken gegen die kühle Oberfläche, mein Atem geht stoßweise, als er meine Hüften anhebt.

Ich bekomme keine Zeit zum Verschnaufen. Sein harter Schaft dringt in mich ein, noch bevor ich den nächsten Atemzug nehmen kann. Ein lauter Schrei verlässt meine Lippen, als mein Körper sich an ihn anpasst, an die unbändige Härte, die mich ausfüllt.

Neben dem Tisch höre ich Matteo, wie er das Fenster öffnet, eine Zigarette anzündet, während er zusieht, wie Salva mich nimmt.

»Cazzo!« Das Wort entfährt mir, als Salvas Finger sich in meinen Hintern graben.

Matteo lacht tief, sein Blick glühend. »Wir haben hier eine kleine Italienerin geschaffen, Salva.«

Salvas Antwort ist gnadenlos. Seine Hand hebt sich, trifft meine Haut mit einem scharfen Klatsch. Ich keuche, mein Körper bebt, doch dann finde ich mich in der nächsten Welle des Verlangens wieder, als seine Finger zu meiner empfindlichsten Stelle wandern.

»So verflucht heiß, Bella.« Er zieht sich immer wieder vollständig zurück, nur um mit aller Macht wieder in mich einzudringen, härter, tiefer, schneller. Ich spüre jeden Muskel, jede unbändige Bewegung.

Dann wandern seine Lippen an meine Schulter, seine Zähne kratzen über meine Haut, und das ist zu viel. Mein ganzer Körper spannt sich an, ein lauter Schrei zerreißt die Stille des Raumes, und dann explodiert alles.

Salva folgt mir Sekunden später, sein Stöhnen rau und animalisch, während er sich ein letztes Mal tief in mich vergräbt. »Ich liebe dich ebenfalls.«

Dann ist es still. Bis auf unsere schweren Atemzüge, die heißen Körper, die sich noch immer aneinander pressen. Salvas Stirn ruht auf meinem Rücken, Matteo nimmt einen tiefen Zug seiner Zigarette, und dann sagt er, grinsend und rau:

»Ich glaube, wir sollten Arztbesuche öfter so gestalten.«

Wir drei grinsen, immer noch überwältigt von der Erkenntnis. *Wir werden gemeinsam Eltern.*

Ich richte mich langsam auf, meine Muskeln zittern noch von der Ekstase, und streiche mir durch das zerzauste Haar. Mein Blick fällt auf meinen Rock, völlig durchtränkt von dem Gleitgel der Untersuchung und meiner eigenen Erregung. Keine Chance, den noch einmal anzuziehen. Ohne weiter nachzudenken, greife ich nach Salvas Doktorhose und schlüpfe hinein.

Salva hebt eine Braue und wirft Matteo einen vielsagenden Blick zu. »Sie macht uns Konkurrenz.«

Matteo lehnt sich gegen den Tisch, sein Körper noch dampfend von dem, was wir gerade getan haben. »Ich hatte mir tatsächlich überlegt, wie es wäre, Amelie zu befördern. Von der Sekretärin zur OP-Hilfe.«

Ich ziehe die Hose hoch und versuche, den Bund irgendwie enger zu machen. »Ich? Ich kann das doch gar nicht.« Mein Blick wandert zu Matteo, der gerade meinen Rock aufhebt. Doch anstatt ihn einfach liegen zu lassen oder wegzuwerfen, faltet er ihn sorgfältig zusammen und steckt ihn in seine Tasche.

Meine Stirn legt sich in Falten. »Und was zum Teufel, willst du mit meinem Rock?«

Matteo tritt näher, hebt die Hand und nimmt eine meiner Haarsträhnen zwischen Daumen und Zeigefinger, zwirbelt sie spielerisch. »Durch deinen Saft mache ich mir mein ganz persönliches Aphrodisiakum.«

Mir bleibt fast die Luft weg. Meine Beine fühlen sich plötzlich weich an. Automatisch schiebe ich meine Zähne gegen meine Unterlippe, spüre, wie mein Puls rast. »Ist das überhaupt möglich?«

Er grinst, ein dunkles, verruchtes Lächeln. Dann beugt er sich zu mir, seine Lippen streifen mein Ohrläppchen, seine Zähne fahren sanft darüber. Ein Schauer jagt durch meinen Körper. »Für mich ist alles möglich, *Fiore.*«

Die Vibration meines Handys unterbricht mich und Matteo. Ein Bruchteil einer Sekunde später vibriert auch Salvas Handy. Dann Matteos.

Ein böses Gefühl schleicht sich in meine Glieder, noch bevor ich auf das Display blicke. Salva ist schneller, »Emilio wurde befreit.«

Ein dumpfer Schlag durchdringt meinen Brustkorb. Mein Herz setzt einen Moment aus, ehe es in rasendem Tempo weiter schlägt.

»Merda!« Matteo zischt den Fluch zwischen den Zähnen hervor, seine Haltung verändert sich sofort. Der Mann, der mich gerade noch mit voller Hingabe genommen hat, ist verschwunden. Vor mir steht jetzt der Mafia-Boss, der Killer.

»Lasst alles stehen und liegen, wir müssen hier weg.« Er greift nach der Tasche, Salva nimmt meine Hand, Matteo die andere, und wir eilen aus dem Krankenhaus.

Das Piepen und Klingeln von Handys und Pagern durchzieht das Gebäude wie ein verzweifeltes Warnsignal. Die Angestellten starren uns an, warten auf eine Reaktion von Matteo, ein Zeichen, einen Befehl. Doch er nimmt sie nicht einmal wahr. Seine Gedanken sind woanders. Sein Tunnelblick setzt ein. Sein einziger Fokus? Mich. Uns. Sicherheit.

Wir erreichen den Aufzug, Matteo zieht an einer unauffälligen Klappe in der Knopfleiste. Eine Scannerfläche kommt zum Vorschein. Matteo legt seinen Finger darauf. Ein kurzes Piepen, dann setzt sich der Fahrstuhl ruckartig in Bewegung.

»Wir können nicht mit dem Urus zurückfahren.« Salvas Stimme ist angespannt. »Vielleicht wissen sie, wo wir sind. Wir müssen ein anderes Auto nehmen.«

Mein Magen zieht sich zusammen. »Sie könnten auch draußen warten.«

In dem Moment ertönt erneut ein Signal.

EMERGENZA
EMERGENCY

Spari nell'Ospedale Russo – New Jersey
Schüsse im Hospital Russo – New Jersey

Der Fahrstuhl stoppt. Das Licht erlischt. Nur noch das blutrote Leuchten der Notfall-Displays unserer Handys bleibt.

Meine Brust hebt und senkt sich schneller, aber ich zwinge mich, ruhig zu bleiben. Matteo holt scharf Luft, seine Wut eine brennende Kraft, die den Raum mit jedem Herzschlag heißer macht.

»Diese Wichser haben auch den Notstrom abgestellt.« Die Stille rauscht in meinen Ohren. Ich höre ein Geräusch, es kommt nicht aus dem Fahrstuhl. Es kommt von draußen. Schritte. Langsam. Geordnet. Sie wissen, dass wir hier drin sind.

Salvas Blick springt nach oben, dann zu Matteo. Die beiden verstehen sich ohne Worte. Matteo geht in die

Knie, seine Hände ineinandergelegt.

Salva springt, schlägt mit der Faust gegen die Deckenplatte. Ein dumpfer Widerhall. Beim zweiten Mal gibt sie nach. Er packt die Kante, zieht sich hoch. Ein tiefer Atemzug, dann sieht er zu mir hinunter.

»Du zuerst.« Matteo packt mich, hebt mich an den Hüften hoch, als wäre ich federleicht. Ich greife nach Salvas Handgelenken, klammere mich an seine starke Muskulatur, während er mich hochzieht. Meine Füße finden Halt auf kaltem Metall. Ein Schuss. Mein Atem bleibt mir in der Kehle stecken. Salva reißt mich tiefer in den Schacht, sein Körper ein lebendiger Schutzwall. Matteo zögert keine Sekunde, wirft die Tasche nach oben, dann springt er an die Metallwand, packt mit einer Hand die Kante und zieht sich hoch. Er legt sofort die Deckenplatte wieder auf ihren Platz, damit es aussieht als wären wir nicht im Aufzug gewesen. Ein weiteres dumpfes Geräusch. Die Aufzugtüren fahren unten auf. Noch ein Schuss. Metall splittert. Funken fliegen.

Matteo hebt den Kopf, seine Augen huschen nach oben. »Hier! Schnell, ein Lüftungsschacht!«, flüstert er zu Salva, der sich sofort in Bewegung setzt. Ohne zu zögern, packt er das verstaubte Gitter, zieht es mit einem leichten Ruck aus der Wand und klettert hinein.

Unten, unter uns, höre ich bereits Männer fluchen. »Scheiße. Sie sind nicht hier drin!«

Matteos Muskeln spannen sich. »Los, Kleines. Du schaffst das.«

Ich ziehe noch einmal meine Hose hoch, fasse mit beiden Händen nach dem Metallrand des Schachts und schiebe mich hinein. Der kalte Stahl drückt gegen meine

Handflächen, meine Ellenbogen schrammen über die schmale Fläche, während ich mich auf den Knien hinter Salva herbewege.

Jeder Atemzug hallt hier drinnen lauter, jeder Herzschlag ist ein Donnerschlag in meinen Ohren. Unten, irgendwo im Gebäude, explodieren Schüsse wie ein Gewitter aus Metall.

Hinter mir höre ich Matteo, wie er das Gitter schließt. Der Schacht ist eng. Ich sehe, wie Salva wegen seinen breiten Schultern zu kämpfen hat, sich mühsam vorwärts schiebt. Ich will mich umdrehen, zu Matteo nach hinten sehen, aber der Spielraum ist zu knapp. Also konzentriere ich mich darauf, weiterzukriechen, eine Hand vor die andere.

Ein Knistern dringt durch das Metall, vermischt mit Stimmen. Von hier oben sehe ich es. Der Russo-Clan. Unten, durch das Lüftungsgitter direkt über der Empfangshalle, blicke ich auf eine Wand aus Kämpfern. Ärzte in weißen Kitteln, OP-Personal mit Masken, Schwestern, Sanitäter – *alles* Clanmitglieder. Sie stehen wie eine Armee, Waffen in den Händen, Körper an Körper, verteidigen das Krankenhaus mit einer Ruhe, die furchteinflößender ist als jede laute Drohung. Diese Männer und Frauen sind nicht nur Heiler. Sie sind Waffen.

»Weiter,« flüstert Salva und zieht mich aus meiner Bewunderung. Ich bewege mich schneller, doch meine Hose rutscht, und ich kann sie nicht hochziehen.

»Wir sind gleich da.« Matteo ist dicht hinter mir. »Ich nehm sie mit,« murmelt er dunkel, und ich spüre seinen heißen Atem an meiner Wade. Ich krabbele weiter, versuche, nicht daran zu denken, aber dann passiert es. Meine Hose rutscht komplett über meine Füße hinunter.

Hinter mir ertönt ein kehliges Knurren. »Mir gefällt der Anblick.« Matteos Stimme ist so tief, dass sie in meinen Oberschenkeln vibriert. Selbst jetzt. Selbst in dieser Situation kann ihn nichts erschüttern. Ich will gar nicht wissen, *wie tief* er gerade in mich hineinsehen kann. Aber ich spüre seinen Blick. Jede Sekunde.

»Amelie, alles okay?« Salva erreicht eine Abzweigung und blickt kurz zurück.

»Ja, alles gut. Und bei euch?« Meine Stimme ist flach, außer Atem und das nicht nur wegen der Anstrengung.

»Bei uns ist alles super.« Ich spüre ihre Grinsen, auch wenn ich sie nicht sehe. Klar, ihnen geht's blendend. Sie sind sowas gewohnt.

»Wir müssen hier runterrutschen. Keine Ahnung, was uns dort erwartet, ob sie vielleicht auch dort sind, also seid bereit.« Salva schiebt sich zuerst durch eine Art Rohr nach unten.

Ich zögere keinen Moment. Lege mich vorsichtig auf den Bauch, und drehe mich dann auf den Rücken.

Ich spreize kurz meine Beine für einen besseren Halt und Matteo keucht hörbar auf. Seine lodernden Augen funkeln im spärlichen Licht auf meine intimste Stelle. Dann nimmt er meinen Fuß und küsst ihn.

»Wir sehen uns unten, meine Kriegerin.« Seine Lippen verharren einen Moment an meiner Haut. Und dann gibt er mir einen sanften, aber bestimmten Schubser.

Hitze schießt durch mich, als ich das Rohr hinabgleite. Die Wände sind rau, Metall kratzt an meiner

Haut, bis plötzlich starke Hände mich auffangen. Salvas Griff ist fest, sicher, seine Hände warm auf meinen Schultern. Sein nackter Oberkörper glänzt im Licht, überzogen mit einem Film aus Öl, Staub und Spinnweben. Sein Atem ist schwer, seine Brust hebt und senkt sich schnell.

Ich blicke an mir hinunter. Zum Glück habe ich nur ein bisschen Öl abbekommen. Dann landet Matteo hinter mir, elegant wie eine Raubkatze, mit meiner Hose in der Hand. »Los, schnell.« Sein Tonfall duldet keine Widerrede.

Ich ziehe hastig die Hose an, während mein Blick durch den Raum wandert. *Wo zur Hölle sind wir hier?!* Eine unterirdische Garage beziehungsweise ein Waffenlager. Wände voller Sturmgewehre, Regale mit Granaten, kugelsichere Westen aufgereiht wie in einer Militärbasis. Und in der Mitte ... Ein. Verfluchter. *Panzer.*

»Wo sind wir?« Meine Stimme ist nur ein Flüstern.

Salva reicht mir seinen Gürtel, und ich schnalle ihn um meine Hüften, damit die Hose nicht rutscht.

»Im Notfallraum des Krankenhauses. Wir haben überall solche Stützpunkte.« Seine Stimme ist ruhig, als wäre es das Normalste der Welt. »Wenn hier noch niemand ist, heißt das, sie haben die Lage oben im Griff.«

Ich komme aus dem Staunen nicht mehr raus. »Ihr müsst mir endlich *alles* zeigen. Das ist ja krank. Ihr seid ja besser auf einen Weltkrieg vorbereitet als das Militär!«

Salva zieht eine kugelsichere Weste über meinen Körper, zieht die Klettverschlüsse fest und hilft mir in eine Jacke. »Ich werde dir alles zeigen, wenn hier wieder

Ruhe ist. Und wie du siehst, müssen wir auf alles vorbereitet sein.«

Er reicht mir eine Sonnenbrille und eine Cap. Zieht sich selbst eine Wollmütze tief ins Gesicht. Mit seinem Dreitagebart und der Brille sieht er fast … süß aus.

Ich hingegen sehe aus wie die übelste Truckerbraut, die Amerika je gesehen hat. Dann höre ich ein Geräusch. Ein Motor. Ich drehe mich um und da kommt Matteo bereits angefahren. Mit einem … *Taxi.* Mir fällt die Kinnlade runter. Nicht nur das Auto ist absurd, sondern Matteo selbst. Er trägt eine graue Perücke, einen Schnauzer und ein kariertes Hemd. Es. Sieht. So. Echt. Aus.

»Sie haben ein Taxi gerufen?«, brummt er mit tiefer Stimme aus dem Fenster. Salva öffnet mir grinsend die Tür zum Rücksitz. Ich steige ein, lasse mich in den Sitz fallen, unter mir liegt eine Schnellschusswaffe.

»Nimm sie.« Salva schließt die Tür. Draußen öffnet sich das Tor der Garage leise. Matteo tritt aufs Gas.

Als wir auf die Straße rollen, sehe ich sechs schwarze G-Klassen stehen vor dem Krankenhaus. Maskierte Männer mit Gewehren postiert davor. Sie warten, sie wissen, dass wir hier irgendwo sind. Aber sie ahnen nicht, dass wir gerade an ihnen vorbeifahren.

KAPITEL 13

✦

Matteo

✦

Diese verfluchten Bastardo denken wirklich, sie könnten mich bezwingen. Wer weiß, ob der Weg, den du vorgeschlagen hast, der richtige ist.

Meine Männer waren loyal. *Sind* loyal. Doch irgendjemand hat es geschafft, Risse in dieser Loyalität zu schlagen. Bedrohungen, ein dicker Batzen Scheine – wer auch immer dahintersteckt, hat tief in meine Reihen gegriffen. Das Krankenhaus war der beste Beweis dafür. Wir haben sie zerschlagen, niedergemäht wie Unkraut. Bei uns ist jeder ausgebildet, selbst die Frauen. Sie sind nicht nur schön anzusehen, sie wissen, wie man mit einer Waffe umgeht. Aber sie sind nicht wie wir. Sie sind nicht darauf trainiert zu töten, sondern nur, um sich im äußersten Notfall zu verteidigen. Denn unsere Männer sind diejenigen, die sie schützen. Die dafür sorgen, dass sie es nie selbst tun müssen.

Die Stewardess serviert einigen meiner Männer das Abendessen. In unserem schwarzen Privatjet sind wir fürs Erste sicher. Direkt nach dem Angriff haben wir keine Sekunde gezögert, sind an Bord gegangen und abgehoben. Die Angreifer sind tot, einer nach dem anderen gefallen, und ihre Leichen werden nie wieder gefunden werden. Ein paar von meinen Leuten haben sich gegen mich gestellt. Ein Fehler, den sie nur einmal

machen konnten. Vielleicht begreifen die anderen jetzt, dass es sinnlos ist, sich gegen mich aufzulehnen.

Du schläfst. Es hat dich erschöpft. Ich darf nicht vergessen, dass du schwanger bist. Und während du tief atmest, während deine Wimpern hin und wieder zucken, als würdest du gegen einen Albtraum kämpfen, sitzt Tommaso neben mir und schlingt seine Spaghetti Arrabbiata hinunter, als wäre nichts geschehen.

Wie kann er der Bruder meines Vaters sein? Er ist sein absolutes Gegenteil. Salva trinkt einen Whiskey, sein Blick ruht auf dem Eis, das in seinem Glas klirrt. Deine Familie ist ebenfalls mit uns an Bord. Dein Vater ist, wie immer Feuer und Flamme, deine Mutter und Cleo schlafen bereits. Es ist spät, doch die Reise nach Italien stand ohnehin an, also warum warten?

Emilio ist frei. Giuliano wurde verletzt, als sie ihn angegriffen haben. Sie hielten ihn für tot, aber sie haben sich getäuscht. Ein Atemzug später, ein Geräusch, und sie hätten ihm eine Kugel durch den Schädel gejagt. Er hat überlebt.

Mein Handy auf dem Tisch vibriert leise, das Display leuchtet auf. Mein Blick fällt darauf, eine neue Nachricht von einer unbekannten Nummer.

Anonym 21:36 Uhr
Deine Frau ist nicht mehr lange an deiner Seite.

BILD

– Lucifero.

Mein Kiefer spannt sich an, während ich das Gerät in die Hand nehme. Ich habe das Bild noch nicht einmal geöffnet, doch allein dieser Name – Lucifero – sorgt dafür, dass sich etwas Dunkles in meiner Brust zusammenzieht. *Der Teufel? Er glaubt wirklich, er wäre der Teufel?* Dann hat er keine Ahnung, mit wem er es zu tun hat.

Mein Blick wandert unauffällig über die Menschen im Jet. Alles scheint ruhig. Deine Familie schläft, Salva nippt nach wie vor an seinem Whiskey. Tommaso sitzt entspannt neben mir, doch ich merke, wie er heimlich versucht, einen Blick auf mein Handy zu werfen. Meine Miene verfinstert sich, als ich aufstehe, das Gerät in meine Jackentasche gleiten lasse und nach vorne in die Pilotenkanzel verschwinde.

Der Co-Pilot hebt den Kopf, sein Blick kurz alarmiert. »Va tutto bene, Capo? *(Alles in Ordnung?)*« Seine Finger ruhen locker auf den Instrumenten, bereit, falls ich Anweisungen gebe.

»Sì, ho solo bisogno di privacy per un momento. *(Ja, ich brauche nur einen Moment Privatsphäre.)*«

Ohne zu zögern, erhebt er sich, macht mir Platz, während ich mich in den Sitz sinken lasse. Das Brummen der Turbinen ist kaum mehr als ein fernes Summen unter meinen Füßen, doch in meinem Kopf rauscht es. Ich strecke die Hand aus, der Co-Pilot reicht mir sofort sein entsperrtes Handy. Ich öffne die Kamera, mache ein Foto vom Chat und klicke auf die Nachricht.

Das Bild lädt. Und dann sehe ich es.

Anonym 21:36 Uhr

- Bild

Du. In den Armen eines fremden Mannes. Dein Lächeln ist da, aber es erreicht deine Augen nicht ganz. Ich kenne ihn. Natürlich kenne ich ihn – *Logan.*

Meine Finger krallen sich um das Handy. *Was soll das? Er wagt es, dich zu berühren?* Mein Blick gleitet über jedes kleine Detail. Du wehrst dich nicht, es gibt keine sichtbare Anspannung, keine Angst. Aber deine Körpersprache spricht eine andere Sprache. Es ist eine höfliche Umarmung. Keine, die du gesucht hast.

Du hast mir nichts davon erzählt. Natürlich war viel los, aber selbst auf dem Weg ins Hospital hättest du die Gelegenheit gehabt, es zu erwähnen. Und du hast es nicht getan.

Ich mache ein Foto vom Bild, speichere es, dann verschwindet es. Sekunden später taucht die nächste Nachricht auf.

Anonym 21:50 Uhr

Sie ist nicht mein Ziel, sondern du. Genieß die Zeit auf deinem Thron, er steht dir sowieso nicht zu.

Ein pulsierender Druck baut sich in meiner Brust auf. Also das ist es? Eine Bedrohung? Ein armseliger Versuch, mich aus meinem eigenen Imperium zu vertreiben? Er glaubt, er könnte mich bezwingen? *Wie lächerlich.*

Ich öffne das Bild. Logan. Schon wieder. Er hält deine Hand, überreicht dir einen Anhänger, Gänseblümchen. Ich atme langsam aus. Welch Ironie. Das soll sein großer Plan sein? Mich eifersüchtig machen, mich in die Enge treiben, mich aus dem Gleichgewicht bringen? Dann kennt er mich nicht. Er ist nichts weiter als ein Schatten deiner Vergangenheit. Ein Fehler, den du längst hinter dir gelassen hast. Aber dass er es wagt, dich zu berühren, das ist der wahre Fehler. Ein Fehler, den ich nicht unbeantwortet lassen werde. Vielleicht ist dieser Lucifero nicht einmal Logan selbst. Vielleicht steckt jemand anderes dahinter. Emilio? *Möglich.* Oder ein anderer Feind, der sich im Schatten versteckt hält und glaubt, er könnte mich stürzen.

Es spielt keine Rolle. Ich werde es herausfinden. Und wenn ich es tue, wird er betteln, dass ich ihn zuerst töte, bevor ich alles zerstöre, was er liebt. Aber zuerst werde ich mit dir darüber sprechen müssen. Doch nicht jetzt. Jetzt wirst du erst einmal schlafen, dich ausruhen und genießen, dass du unter dem Schutz eines Mannes stehst, der die ganze Welt brennen lassen würde, nur um dich und unsere Kinder zu beschützen.

Am Frühstückstisch sind alle in Gespräche über Antonia und Emilio vertieft. Das Anwesen ist wieder vollständig saniert, die Trümmer von damals verschwunden, aber in meinem Kopf brennt jedes Detail dieses Tages noch immer lichterloh. Die neuen Angestellten gehen ihrer Arbeit nach, jedes Mal, wenn ich in ihre Gesichter sehe, blitzt in mir eine Wut auf, die sich kaum unterdrücken lässt. Emilio hat die alten Angestellten in die Luft gesprengt, um Antonia zu befreien. Er wollte uns auslöschen, doch er hat versagt. Und ich werde dafür sorgen, dass er es nie wieder versucht. Keine Gnade. Keine Deals. Keine Folter. Wer ihn oder Antonia in die Finger bekommt, drückt sofort ab.

Ich richte mich auf und lasse meinen Blick durch den Raum schweifen. Die Gespräche verstummen nach und nach, bis nur noch das leise Klirren von Besteck auf Porzellan zu hören ist. Dann stehe ich auf. »Ich habe euch etwas mitzuteilen,« sofort herrscht absolute Stille.

Ich lehne mich leicht nach vorn, meine Hände auf die massive Holzplatte gestützt. »Wie ihr alle wisst, ist unser oberstes Ziel, Emilio und Antonia zu fassen. Ab heute erteile ich die offizielle Erlaubnis: Wenn einer von euch ihnen begegnet, erschießt sie sofort. Ich will keine Gefangenen, ich will keine Verhöre. Ich will nur eines: ihre Leichen.« Ein Raunen geht durch die Runde.

»Diese Mitteilung geht an alle,« fahre ich fort. »Und jetzt hört mir gut zu: Wer einen von ihnen tötet, bekommt zwanzig Millionen Euro. Und einen persönlichen Gefallen von mir.«

Ich mache eine Pause, lehne mich noch weiter nach

vorn. »Aber ich will einen Beweis. Den Kopf. Erst dann bekommt ihr eure Belohnung.«

Es dauert nur eine Sekunde. Dann bricht lauter Jubel aus. Männer schlagen mit den Fäusten auf den Tisch, Frauen rufen laut. Die Loyalität ist spürbar. Jeder Einzelne von ihnen will Blut sehen.

»Diese Info geht durch ganz Italien«, setze ich nach, meine Stimme unerschütterlich. »Jeder Bürger darf Jagd auf sie machen. Mir ist scheißegal, *wie* sie sterben, Hauptsache, sie tun es.« Mein Blick schweift zu dir. Du bist schwanger. Und genau deshalb muss ich handeln. Ich will, dass du zwei gesunde, glückliche Kinder zur Welt bringst. Ohne Angst. Ohne Bedrohung. Ohne die ständige Furcht, dass jemand unser Glück zerstören könnte. Wenn es nach mir ginge, würde ich Emilio und Antonia bei lebendigem Leib verätzen, ihnen jeden Zentimeter ihrer Existenz ausbrennen. Aber das spielt jetzt keine Rolle. Nur du und die Kinder.

Ich atme tief durch. »Ich habe noch eine weitere Mitteilung.« Einige rutschen auf ihren Stühlen nach vorn, neugierig, gespannt. Dann nehme ich deine Hand. Du stehst langsam auf, dein Blick wandert durch die Runde. Ich nicke dir zu, ein stilles Zeichen. Und dann ziehst du den weiten Hoodie, den du von mir bekommen hast aus. Ein leises Keuchen geht durch den Raum.

»Amelie bekommt Zwillinge«, verkünde ich, meine Stimme klar und fest. »Eines von mir. Und eines von Salva.« Meine Mutter ist die Erste, die in die Hände klatscht, laut und voller Freude. »Mamma mia!« Dann ist sie schon auf den Beinen, kommt um die Tafel herum und zieht dich in eine feste Umarmung.

Dann geht es los. Die Familie erhebt sich. Klatscht. Jubelt. Gratuliert. Lucia drängt sich durch die Menge, hält deine Hände in ihren. Ich hebe eine Hand und warte, bis sich der Jubel legt. »Ihr wisst, was das bedeutet. Amelies Sicherheit steht an oberster Stelle.«

Um dich herum reiht sich ein Gratulant nach dem anderen, Männer, Frauen, meine Mutter, Salva, deine Familie – sie alle feiern dich.

Es gibt keine verächtlichen Blicke. Hier interessiert es niemanden, dass du mit uns beiden zusammen bist. Im Gegenteil! Viele beneiden dich. Zwei Männer an deiner Seite. Die Mächtigsten in Italien. Wer würde das nicht wollen? Was daran ist verwerflich? *Nichts.* Außer vielleicht das, was es mit meinem Herzen macht. Ich liebe dich. Salva liebt dich. Und wenn ich es jemals mitansehen muss, dass du ihn mehr liebst als mich … Ich blinzle den Gedanken weg. *Das wird nicht passieren.*

»Wir müssen zum Haus und uns wegen der Gala besprechen.« Meine Stimme bricht das Durcheinander aus Gesprächen. Ich lehne mich mit einer Hand auf den Tisch, meine Finger trommeln einmal gegen das Holz. »Die Zeit rennt. Es sind bereits Gäste dort, um einige Kampagnenpunkte durchzugehen. Alle, die mitkommen, machen sich bereit. Wir müssen in einer Stunde vor Ort sein.«

Meine Mutter und Lucia nicken, deine Familie ebenso. Natürlich kommt auch Salva mit.

Als wir ins Auto steigen, nutze ich die Gelegenheit, um dich auf Logan anzusprechen.

Du sitzt in der Mitte, links von dir ich, rechts Salva. Lorenzo fährt. Wir sind eine Kolonne aus acht Fahrzeugen. Ein Teil besteht aus Familie, der Rest sind Personenschützer. Sollte etwas passieren, könnte das die Gala gefährden. Unsere Gäste wissen nichts von unseren Machenschaften, für sie sind wir Anwälte, Ärzte, Wohltäter. Oder sie stehen schlicht unter unserem Schutz.

Ich nehme deine Hand und lege sie auf meinen Schoß. Du siehst umwerfend aus. Das weiße Chanel-Kleid umschmeichelt deine Figur, der fließende Stoff wirkt beinahe schwerelos. Das Meer erstreckt sich hinter dem Seitenfenster, die Sonne taucht die Wellen in ein schimmerndes Gold. Heute ist ein guter Tag. Zumindest bis jetzt.

»Kleines, ich hätte eine Frage.«

Du siehst mich an, deine Augen blitzen amüsiert. »Ja? Habe ich etwas verbrochen?«

Du merkst sofort, dass es diesmal kein Geplänkel wird. Das hier ist ernst. Ich ziehe mein Handy aus der Hosentasche und öffne das Bild, das mir geschickt wurde. Das Bild von dir und Logan. »Das hat mir jemand zugeschickt.«

Salva lehnt sich näher an dich, sein Blick verdunkelt sich, als er das Foto sieht. »Ist das nicht dein Ex?« Seine Stimme ist ruhig, aber ich höre es. Die unterschwellige Wut, das Misstrauen, die Angst, dass du ihm irgendwann wehtun könntest.

»Ja, das ist Logan. Er hat mich auf dem Markt getroffen, wollte es wieder bei mir versuchen. Er hat sich entschuldigt für sein Verhalten, aber mehr war da nicht.« Deine Stimme bleibt fest, aber du beißt dir auf die Wangeninnenseite.

»Das bezweifle ich auch nicht, aber wir müssen uns jetzt alles erzählen. Jede noch so kleine Kleinigkeit. Ich habe dieses Bild von jemandem namens Lucifero erhalten.«

Salva lacht trocken, lehnt sich mit verschränkten Armen zurück. »Was ist das denn für ein Synonym?«

Ich grinse schwach. »Ja, das habe ich mir auch gedacht. Da hält sich wohl jemand für etwas ganz Besonderes.«

Doch du bleibst ernst. »Ich will euch ja nicht unterbrechen in eurer witzigen Unterhaltung, aber ist euch entgangen, dass mich jemand beobachtet hat? Dass jemand so nah an mich herankam, ohne dass es einer von euch oder euren Männern bemerkt hat?«

Du zoomst in das Bild, suchst nach Spiegelungen, nach einem Detail, das verrät, wer es aufgenommen hat. Dass du so weit denkst, zeigt mir einmal mehr, dass du für dieses Leben geschaffen bist.

»Natürlich habe ich das bemerkt, aber du willst immer, dass deine Bodyguards mehrere Meter Abstand halten. So können sie dich nicht schützen. Das sage ich dir nicht zum ersten Mal.«

Du verdrehst die Augen. »Ist das nicht nachvollziehbar? Wie sieht das denn aus, wenn ich in der Stadt, in der ich aufgewachsen bin, mit vier Männern in schwarzen Anzügen herumrenne? Dann denken doch alle, ich bin mit dem Präsidenten zusammen!«

Lorenzo sieht durch den Rückspiegel zu dir. »Das bist du quasi auch, Amelie. Matteo gehört ganz Italien – bis auf diesen kleinen Fleck, auf dem Vacchio sein Unwesen treibt. Deshalb brauchst du Schutz. Auch wenn der Krieg mit Emilio vorbei ist, heißt das nicht, dass nicht irgendeine eifersüchtige Frau oder ein anderer Feind ein Attentat auf dich verüben könnte.«

Du schluckst schwer. »Dann gehe ich ab jetzt eben nicht mehr ohne die Waffe aus dem Haus, die du mir geschenkt hast.« Deine Worte sind an mich gerichtet, dein Blick ernst.

Salva nickt anerkennend. »Das wäre eine Idee.«

Aber ich schüttele den Kopf. »Darum geht es jetzt nicht. Solange hier keine Ruhe herrscht, bleiben die Männer an deiner Seite. Das ist nicht verhandelbar. Habt ihr beide verstanden, was ich euch damit sagen will? Wir müssen uns jede Kleinigkeit erzählen. Auch scheinbar Unwichtiges. Wo ist das Armband, das dir Logan gegeben hat?«

Ohne eine Sekunde zu zögern, öffnest du deine Chanel-Timeless-Tasche und ziehst das Armband heraus. Ein schlichtes Schmuckstück mit einem kleinen Gänseblümchen-Anhänger. Viel zu unscheinbar.

Ich strecke die Hand aus, und du lässt es in meine Handfläche sinken. »Ich muss jetzt etwas tun, das dir nicht gefallen wird.« Ich sage Lorenzo, dass er das Fenster öffnen soll.

Du siehst mich alarmiert an, deine Finger legen sich um meinen Arm. »Matteo, nicht.«

»Ich weiß, dass es für dich eine Erinnerung ist. Und auch wenn es eine Erinnerung an einen Drecksack ist, der dich behandelt hat, als wärst du nichts wert. Es könnte eine Falle sein. Ein Peilsender. Ein Abhörgerät. Ich werde kein Risiko eingehen.«

Dein Atem geht schwer. »Dann lass uns das doch überprüfen. Aber schmeiß es nicht einfach weg.«

Ich nicke Lorenzo zu. »Halt an.« Das Auto kommt zum Stillstand. Du siehst mich fragend an, doch ich signalisiere dir, sitzen zu bleiben.

Ich steige aus, gehe zur Seite des Weges, schiebe mit meinem Schuh ein Stück Erde beiseite und lege das Armband auf den flachen Teil der Wiese. Kurz sehe ich mich um, entdecke einen größeren Stock und stemme ihn in die Erde. Dann mache ich ein Foto und sende es an unsere Männer.

Als ich zurück zum Auto gehe, sehe ich ein Strahlen in deinem Gesicht, das du kaum unterdrücken kannst. »Danke.« Du schlingst deine Arme um mich, presst dich an mich. Ich lege meine Hände auf deine Taille, halte dich einen Moment fest. »Ich lasse es abholen und prüfen. Aber versprich mir eins: Wenn ich es dir zurückgebe, dann denkst du nicht mehr an Logan, sondern an mich.«

Du nickst langsam, deine Lippen formen ein kleines Lächeln. »Jetzt werde ich erst recht an dich denken, wenn ich es sehe.«

Salva räuspert sich. »Matteo, du bist so ein Schleimer, weißt du das?«

Ich stoße ihn leicht gegen die Schulter. »Du hättest es doch genauso gemacht.«

Du drehst dich zu ihm, nimmst sein Gesicht in deine Hände, presst einen Kuss auf seine Lippen. »Und genau deshalb liebe ich euch beide.«

KAPITEL 14

*

Amelie

*

Das Haus, das ich entworfen habe, ist fertig. Jeder einzelne Stein wurde genau so gesetzt, wie ich es mir vorgestellt habe. Es ist keine riesige, einschüchternde Festung mit dreißig Schlafzimmern wie das Russo-Anwesen, sondern eine Villa. Ein Ort, an dem man atmen kann, der nicht mit Macht prahlt, sondern mit Eleganz spricht. Die sandfarbene Fassade fügt sich nahtlos in die Umgebung ein, und während das Meer unterhalb der Klippe gegen die Steinwand bricht, höre ich das Echo seiner Wellen wie einen Willkommensgruß. Große Fenster lassen das Sonnenlicht einfallen, und die Pflanzen, die sich an der Fassade und den Glasfronten emporranken, wirken wie Bergsteiger, die den Himmel erreichen wollen.

Drinnen erwartet uns eine Atmosphäre der Ruhe. Das Foyer ist bereits mit geschmackvoll gedeckten Tischen vorbereitet, die Gäste werden hier mit Getränken empfangen. Alles ist in hellen, natürlichen Tönen gehalten – Beige, Weiß, sanftes Mintgrün. Kein bedrückendes Schwarz, keine Schwere. In der Mitte des Raumes, von Glasfenstern umgeben, steht ein Magnolienbaum. Ein stilles, lebendiges Kunstwerk, das mit seinen Blütenblättern das Sonnenlicht einfängt und wenn es regnet, perlen Tropfen an den Glaswänden hinab.

»Es ist unglaublich geworden,« bricht es aus mir heraus, ich kann meinen Blick kaum abwenden, meine Brust hebt sich voller Stolz. Noch nie hatte ich mir vorgestellt, dass ich jemals ein solches Haus besitzen würde. Dass ich etwas erschaffen könnte, das so vollkommen ist. Ohne Matteo wäre das alles nicht möglich gewesen.

Salva grinst neben mir und lässt seinen Blick über die hohen Decken schweifen. »Du hast echt ein Händchen dafür, Bella. Schade, dass dein Chef Mr. Miller dich nicht schon vorher Häuser entwerfen ließ. Er wäre jetzt steinreich.«

Ich lache und schüttele den Kopf, während Matteo zu den Gästen tritt und uns alleine lässt. Er macht das absichtlich. Um mir zu zeigen, dass ich mich nicht zurückhalten muss. Dass ich mit Salva genauso sein darf wie mit ihm. Aber das ist leichter gesagt als getan. Ich liebe beide. Und manchmal, wenn ich zwischen ihnen stehe, habe ich Angst, einen von ihnen weniger zu berühren, einen von ihnen zurückzulassen, ohne es zu wollen. Deshalb bin ich froh, dass ich diesen Moment mit Salva habe. Heute Nacht wird er nicht hier schlafen, da er sich mit Vacchio treffen muss.

Wir gehen gemeinsam nach oben, in den Master Bedroom, den Matteo, Salva und ich teilen werden. Als er den Raum betritt, bleibt er für einen Moment stehen und mustert das riesige Himmelbett in der Mitte. Ich weiß genau, was er denkt, und bevor ich etwas sagen kann, rennt er los, schmeißt sich rücklings auf die weichen Kissen und breitet die Arme aus.

»Komm zu mir!« Er klopft auf die beige Leinendecke. Ich lache, nehme Anlauf und springe mit einem Satz auf ihn. Die Matratze federt nach, ein kehliges Lachen entfährt mir, während Salva mich packt und zur Seite wirbelt, sodass ich auf ihm lande.

»Du hast es extra groß bauen lassen.« Er hebt eine Braue.

»Natürlich. Dann kannst du und Matteo neben mir schlafen, ohne dass es zu eng wird.«

Er grinst, zieht mich mit einem festen Ruck näher zu sich. »Oder damit wir genug Platz haben, wenn wir dich gemeinsam verwöhnen?« Seine Finger gleiten langsam an meinem Oberschenkel entlang, seine Hände finden meine Hüften, greifen an meinen Hintern, als wollte er mich daran erinnern, wem ich gehöre.

»Vielleicht auch deswegen.« Mein Flüstern streift seine Lippen, und ich beuge mich vor, um ihn sanft zu küssen. Doch Sanftheit ist nicht das, was er will.

»Fuck, ich liebe deine heiße Vagina«, schnauft er gegen meinen Mund, seine Hände fahren unter meinen Rock, ziehen an meinem Slip. Die Tür ist noch offen. Jeder könnte jederzeit hereinkommen. Aber Salva interessiert das nicht. Er beißt mir in die Unterlippe, während er mit einer Hand seine Jeans aufknöpft und sie über seine Hüften schiebt.

Sein praller, pulsierender Schwanz lehnt gegen meinen Venushügel. Ich sehe nach unten, seine Augen folgen meine, und als ich meine Zunge über meine Lippen streiche, hebt sich sein linker Mundwinkel.

Mit einer mühelosen Bewegung hebt er meine Hüften an. Sein heißer Schaft gleitet an meiner Nässe entlang.

Ich keuche leise, presse meine Hände gegen seinen Brustkorb, während er mich langsam auf sich niederlässt. Ein Zittern jagt durch meinen Körper, mein Kopf fällt nach hinten.

»Du bist so verdammt eng,« knurrt er und zieht mich noch näher an sich.

Meine Bewegungen werden schneller, meine Hüften kreisen in einem unkontrollierbaren Rhythmus. Seine Hand gleitet zwischen meine Beine, sein Daumen streicht über meine geschwollene Knospe, während er immer tiefer in mich stößt. Meine Finger krallen sich in seinen tätowierten Oberkörper. Salvas Brust hebt und senkt sich in schnellen Atemzügen.

Dann erstarrt sein Körper. Sein Schwanz zuckt tief in mir, ein kehliges Stöhnen verlässt seine Lippen, als er sich in mir entlädt. Die Hitze seines Samens treibt mich über den Rand. Mein Körper verkrampft, mein Orgasmus reißt mich mit, und für einen Moment existiert nichts anderes mehr außer ihm und mir.

»Da seid ihr!« Mein Kopf schnellt zur Tür. Lucia steht im Türrahmen, neben ihr steht Cleo, beide mit breitem Grinsen im Gesicht.

»Sorry«, sagt Lucia mit einem belustigten Funkeln in den Augen, »wussten nicht, dass ihr gerade an Kind Nummer drei arbeitet.«

Salva schnappt sich eines der großen Kissen und wirft es nach ihnen, während ich mich hektisch von ihm löse und meine Beine schließe. Cleo kichert, zieht Lucia mit sich und schließt die Tür hinter sich.

Ich falle neben Salva ins Bett, mein Herz rast immer noch. »Nächstes Mal sollten wir die Tür schließen«, murmele ich, während meine Wangen glühen.

Er lacht, greift nach mir und zieht mich erneut gegen sich. »Ach komm, die beiden sind erwachsen. Und jetzt sehe ich deine heißen roten Wangen. Ich könnte dich hier und jetzt gleich nochmal ficken.«

Ich reiße die Augen auf. »Salva!«

»Was denn? Ich vermisse dich. Ich sehne mich so sehr nach dir.« Seine Stimme ist rau, seine Finger fahren über meine Rippen.

»Dann machen wir es so, dass wir auch mal Nächte nur zu zweit verbringen. Mal bin ich mit dir, mal mit Matteo.«

Salvas Blick verdunkelt sich. »Das wäre ein Traum. mi Amore. Ich konnte dich ja noch nicht mal zum Essen ausführen.«

Ich halte inne. Er hat recht. Wir hatten noch nicht mal ein richtiges Date.

»Dann sollten wir das nachholen.« Ich springe auf und ziehe ihn mit mir. Nachdem wir uns gesäubert haben, gehen wir nach unten zu den anderen.

Matteo unterhält sich mit Mr. García, Lucias ... nun, er ist ihr neuer Lover. Sie sind mittlerweile so etwas wie ein Paar, nur dass es noch nicht offiziell ist. Matteo würde ausrasten, wenn er es erfährt, deshalb halte ich noch dicht, bis Lucia mir das Go gibt. Ich sehe, wie Matteos Blick mir die Treppe hinauf folgt, dann wendet sich auch García zu mir.

»Hallo, Mr. García, freut mich, Sie wiederzusehen«, begrüße ich ihn höflich.

Er nimmt meine Hand, drückt sie mit einem festen Händedruck. »Freut mich ebenfalls! Und wie ich sehe, sind Sie schwanger. Herzlichen Glückwunsch. Wann ist es so weit?«

Ich löse meine Hand aus seiner. »Eine Woche nach der Gala schätzen wir.«

Mr. Garcías Augen leuchten. »Ich habe mir schon immer Kinder gewünscht, aber hatte noch nicht die richtige Frau an meiner Seite. Glückwunsch Ihnen beiden.«

Matteo, Salva und ich gehen weiter, begrüßen Gäste, lassen Hände schütteln und Worte wechseln. Doch aus der Ferne, zwischen den elegant gekleideten Menschen, erkenne ich eine Silhouette, die ich niemals verwechseln könnte. *Abigail.*

Ihr Haar ist zu wunderschönen Braids geflochten, die ihr bis zur Hüfte reichen, und sie trägt ein elegantes Satinkleid in einem sanften Grauton, das ihre dunkle Haut strahlen lässt. Sie sieht atemberaubend aus.

Als sie sich umdreht und mich entdeckt, huscht ein Lächeln über ihre Lippen. Ein Ausdruck von echter Freude und Erleichterung spiegelt sich in ihren Augen wider.

Ich weiß nicht, was ich tun soll. Unser letztes Wiedersehen war … friedlich. Aber die Erinnerungen an die Zeit davor brennen noch in mir. Sie hat Matteo gehasst. Ihm Dinge unterstellt, die nicht fair waren. Hat ihm sogar die Schuld an dem Vorfall mit Mike gegeben. Weil sie mich beschützen wollte. Weil sie alles negativ gesehen hat. Weil sie nicht bereit war, die Wahrheit zu akzeptieren und zwar dass Matteo nicht das Monster ist, für das sie ihn gehalten hat.

Dass er meine Rettung war. Natürlich leben wir kein normales Leben, aber in Abigails Kopf war es noch viel schlimmer. In ihrer Welt war Matteo ein Zuhälter, ein Drogendealer, der mich abhängig machte, der mich in eine Spirale aus Gewalt und Dunkelheit zog. Dabei war es genau das Gegenteil. Ohne ihn wäre ich nie die Frau geworden, die ich heute bin. Ohne ihn hätte ich mich nicht entfalten können.

Meine Schritte verlangsamen sich. Dann ist es zu spät. Wir sind nah genug, dass eine Begrüßung unausweichlich ist. Mein Puls schlägt mir gegen den Hals, wild und unkontrolliert.

»Hallo, Mrs. Stone. Hallo, Abigail.« Matteos Ton ist ruhig, höflich, so kontrolliert, dass es fast schon herausfordernd wirkt. Salva hält sich ebenso an die Etikette, reicht ihr die Hand, die sie annimmt. Dann tritt Abigail einen Schritt vor.

Sie zögert nur einen Moment, bevor sie mich umarmt. Ihre Hände streifen meine Arme, eine leichte Berührung, sanft, vorsichtig.

»Hey, Amelie … ich hab dich vermisst.«

Ihre Worte sind leise, fast unsicher. Ich weiß nicht, was ich fühlen soll. Mein Körper reagiert automatisch, erwidert die Umarmung, aber mein Herz zieht sich zusammen.

»Freut mich, dass du hier bist«, sage ich schließlich. Meine Stimme ist neutral. »Dich hätte ich hier nicht erwartet.«

Abigail verschränkt ihre Finger ineinander, ihr Blick senkt sich auf den Boden. »Ich muss mich bei euch allen entschuldigen.«

Matteo und Salva stehen neben mir, aufmerksam, aber zurückhaltend. Mrs. Stone scheint die Spannung zu spüren und verabschiedet sich höflich, um uns Raum zu lassen.

Matteo deutet zur Terrasse. »Dann lass uns reden.«

Draußen hat sich der Himmel in ein sanftes Violett getaucht, der Horizont leuchtet, als würde der Tag in einer letzten, brennenden Glut aufgehen. Das Meer rauscht, ein beständiges Geräusch, das beruhigend und bedrohlich zugleich wirkt. Nur wenige Meter entfernt fällt die Klippe steil hinab. Ich erinnere mich daran, dass hier bald ein Zaun stehen muss. Bald werden hier unsere Kinder spielen.

Wir gehen ein Stück über die Terrasse, bis wir den Lounge-Bereich erreichen. Matteo und Salva lassen sich in die Hängesessel sinken. Jene, die Antonia einst als »zu Standard« abgetan hat. Ich habe sie trotzdem gekauft. Abigail und ich setzen uns auf das große cremefarbene Loungesofa unter einem ausladenden Olivenbaum.

Salva lehnt sich vor, hebt die Hand. »Ich bin übrigens Salva«, stellt er sich vor, ein Lächeln umspielt seine Lippen. »Wir hatten ja noch nicht das Vergnügen.«

Abigail sieht mich fragend an.

»Er ist Matteos Bruder«, sage ich ruhig. »Und ebenfalls mein Freund.«

Ihre Augen weiten sich. »Du bist mit beiden zusammen?«

Ich lege eine Hand auf meinen leicht gewölbten Bauch. Ihr Blick folgt meiner Bewegung. »Ich habe gar nicht wahrgenommen, dass du schwanger bist!« Ihre Stimme klingt ehrlich erfreut. »Glückwunsch! Und … wer ist der Vater?«

»Beide.«

Ich kann nicht deuten, was in ihr vorgeht. Ob sie schockiert ist. Ob sie es akzeptiert. Sie sagt nichts, doch ich sehe, wie sich ihre Lippen leicht öffnen, doch keine Worte aus ihnen kommen.

Dann ergreift Matteo das Wort. Seine Stimme ist ruhig, aber bestimmt. »Ich weiß, wir hatten unsere Differenzen. Aber ich hoffe, dir ist bewusst, dass ich nie über dich geurteilt habe. Dass das alles nur so weit gekommen ist, weil du nicht in der Lage warst, Amelie zu vertrauen. Sie wusste genau, was sie tat. Und du hast es ihr nicht zugetraut.«

Ich schlucke, das war sehr offen. Ich bin Matteo dankbar, dass er spricht, denn ich weiß nicht, was ich sagen soll. Die Wunden sind noch zu frisch.

Abigail richtet sich auf. Ihre Schultern straffen sich. »Ich weiß. Und das tut mir leid.« Sie hält einen Moment inne, sammelt ihre Worte. »Aber du musst zugeben, du bist nicht gerade der Typ von nebenan.« Ihr Blick wechselt zwischen Matteo und Salva. »Ihr beide nicht. Ich hatte das Gefühl, als wolltet ihr sie mir wegnehmen …«

Matteo schüttelt leicht den Kopf. »Du hattest nie ein Anrecht auf sie, also solltest du das Wort *wegnehmen* nicht verwenden. Du warst eifersüchtig, Abigail. Weil sie dir immer ihre volle Aufmerksamkeit geschenkt hat, bis ich in ihr Leben trat. Deine Eifersucht hast du hinter der Angst, dass ich ihr etwas Schreckliches zufügen könnte, versteckt. Hättest du ihr zugehört, hättest du verstanden, dass es nie einen Grund zur Sorge gab.«

Abigail ist still. Sie ist eine starke Frau. Daran hat sich nichts geändert. Doch diesmal kann sie nichts entgegnen.

Ich atme tief durch. »Ich bin glücklich«, sage ich leise und sehe zum Meer, das sich in den Farben des Sonnenuntergangs spiegelt. »Ich habe deine Sorgen verstanden, aber du hast nie mein Glück gesehen. Du hast nur nach Fehlern in Matteo gesucht. Und als du keine gefunden hast, wurdest du wütend. So wütend, dass du mich rausgeworfen hast.«

Abigail legt eine Hand auf meine Schulter. »Ihr habt recht. Ich wollte dich nur beschützen. Und ja … es war neu für mich, dass du plötzlich jemanden hattest, den du liebst. Ich wollte um alles in der Welt, dass er dich glücklich macht. Aber Matteo …« Sie sieht ihn an, mustert ihn mit schiefgelegtem Kopf. »… du hast eine Ausstrahlung, die nach Ärger schreit, und ich spüre, dass du nicht nur der Dr. Russo, bist, für den du dich verkaufst.«

Matteo hebt eine Hand vor den Mund, als müsse er ein Grinsen unterdrücken. Ich seufze. »Ich verstehe dich. Aber du hättest nicht so weit gehen müssen.«

Abigails Augen glänzen leicht. »Vielleicht müssen wir uns noch Zeit geben. Aber ich kann dir sagen, dass ich daraus gelernt habe. Und wenn du irgendwann bereit bist, meld dich. Ich werde da sein.«

Sie steht auf. »Schönen Abend euch.« Ich sehe ihr nach, während sie zurück ins Haus geht.

»Irgendwann werdet ihr euch wieder vertragen,« murmelt Salva und reicht mir eine Hand.

KAPITEL 15

Salva

Du bist bei deiner Familie, mitten in den Gesprächen über die Gala, über Dekoration, Farben, Atmosphäre. Du willst den Fokus auf das Mintgrün legen – es soll Ruhe ausstrahlen, Eleganz und Seriosität, aber auch Stärke. Doch ich sehe es in deinen Augen. Deine Gedanken sind nicht hier. Sie sind bei ihr. Bei Abigail.

Es nagt an dir. Ich spüre es in der Art, wie deine Finger über die Tischkante streichen, wie du versuchst, dich auf das zu konzentrieren, was Matteo gerade sagt. Aber es tut dir weh. Auch wenn du es nicht zeigst.

Ich verstehe das. Du hast richtig reagiert. Du hast die Kontrolle behalten. Aber das ändert nichts daran, dass es weh getan hat. Dass es sich wie ein Riss in deiner Brust anfühlt. Wäre Matteo nicht gewesen, wäre eure Freundschaft vielleicht nie zerbrochen. Aber verflucht noch mal, er hat nichts getan, um das zu verdienen. Sie hätte einfach mehr Vertrauen in dich haben müssen.

Cleo kommt auf mich zu. Ihre Art und Weise, wie sie sich mir nähert, sagt bereits einiges. Ich kenne das. Sie hat etwas auf dem Herzen. »Wollen wir kurz sprechen?«

Ich nicke, richte mich aus meiner entspannten Haltung auf. »Ja klar, lass uns ins Zimmer nebenan gehen.«

Heute sollte es um die Gäste gehen. Um den Ablauf. Um die Organisation. Stattdessen reiht sich eine Aussprache an die nächste. Aber das gehört wohl dazu. Wenn man liebt, dann entstehen Konflikte. Dann entstehen Wunden.

Die Gespräche um uns herum verschwimmen, als wir durch die schwere Holztür treten und die Bibliothek betreten. Der Raum wirkt wie eine andere Welt. Cremefarbene Regale, die bis zur Decke reichen, das warme Licht, das sich in den Buchrücken spiegelt. Die Luft riecht nach Leder und Papier. Ein Ort, der Geschichten bewahrt. Und heute eine neue trägt.

Cleo lässt sich in das große mintfarbene Sofa sinken, ich setze mich neben sie, mustere sie kurz. Ihr seid euch ähnlicher, als man auf den ersten Blick glaubt. Ehrlich, direkt, ohne viel Schnickschnack. Aber während du dein Herz nicht versteckst, trägt Cleo ihres wie ein Schild.

»Ich wollte mit dir über Amelie sprechen. Ich glaube, mit dir ist es leichter als mit Matteo.«

Ich lehne mich zurück, ein Schmunzeln spielt auf meinen Lippen. »Matteo kann auch ganz nett sein.«

Cleo schnaubt und hebt abwehrend die Hände. »So meinte ich das nicht. Ich meine nur, du bist ... na ja, einfach der bessere Ansprechpartner. Matteo ist ... sehr dominant.« Sie verzieht den Mund. »Hör zu, ich will einfach, dass euch klar ist, wie wichtig Amelie uns allen ist. Wir haben Angst um sie. Sie ist schwanger, sie ist eure Welt, das weiß ich, aber kannst du mir zu hundert Prozent sagen, dass ihr nichts passiert?«

Ich halte ihrem Blick stand, dann ergreife ich ihre Hände, während meine Stimme tiefer wird. »Ich bin ehrlich mit dir, Cleo. Das kann ich nie versprechen. Niemand kann das. Amelie kann auch in New York auf die

Straße gehen und von einem Auto erfasst werden. Wenn Gott bestimmt, dass jemand gehen muss, dann geschieht es. Aber wir tun alles, um sie zu beschützen. Matteo. Ich. Jeder in unserem Clan. Und glaub mir, sie ist nicht nur die Frau an unserer Seite. Sie ist eine Kriegerin. Sie ist stärker, als du denkst, das hat sie uns oft genug bewiesen.«

Cleo rutscht ein Stück näher, ihre Stirn gerunzelt. »Hmm, ich verstehe. Bist du wirklich so gläubig? Ich sage das auch immer, mit der Bestimmung.«

Ich nicke, greife unter mein Hemd und ziehe die Kette hervor, die immer an meiner Brust ruht. »Ja, unsere Familie ist sehr gläubig. Und klar, gewisse Dinge passieren, und man wünscht sich, dass sie nicht so wären, aber das ist der Lauf des Lebens. Wir sind alle nicht unsterblich.«

Ich drehe das Kreuz zwischen meinen Fingern. »Ich glaube, dass unser Leben mit unserer Geburt schon vorherbestimmt war. Uns werden zwar verschiedene Wege angeboten, aber am Ende war es schon immer festgeschrieben. Andere nennen es Zufall oder Schicksal – für mich ist es die Bestimmung Gottes. Genauso wie dieser Moment jetzt, dass wir hier sitzen und reden.«

Ich schaue wieder zu Cleo. »Ich kann dir die Angst um Amelie nicht nehmen, Cleo. Das kann keiner. Aber ich hoffe, dass du mir vertraust, wenn ich dir sage, dass ich alles in meiner Macht stehende tun werde, um sicherzustellen, dass Amelie glücklich ist und es ihr gut geht. Sie hat zwei Männer an ihrer Seite, die es niemals zulassen würden, dass ihr etwas passiert. Weil es uns das Herz rausreißen würde.«

Cleo sieht mich einen Moment lang an. Dann atmet sie leise aus.

»Wir kennen uns jetzt schon länger, aber nicht auf diese Weise. Anfangs war ich Feuer und Flamme für Matteo und Amelie. Das war, bevor ich wusste, dass ihr auch zusammen seid. Aber als ich dann bei den Anschlägen hautnah dabei war, hat sich in mir etwas verändert. Ich dachte seitdem, ihr seid einfach … Verbrecher, die auf alles scheißen. Und wenn euch jemand nervt, schießt ihr ihn einfach um, und damit hat sich die Sache.«

Sie lächelt leicht. »Deshalb hatte ich auch Sorgen, Matteo darauf anzusprechen. Nicht, weil ich dachte, er würde mich umbringen oder so.« Sie schüttelt leicht den Kopf. »Sondern weil ich glaube, dass er es anders auffassen würde als du.«

Ich lache leise, schüttle dann den Kopf. »Weißt du, Cleo, Matteo liebt deine Schwester mehr als sich selbst. Und genau das ist der Grund, warum du dir keine Sorgen machen musst. Und wenn du Bedenken hast, kannst du immer mit uns reden. Auch mit Matteo. Er wird dich nicht auffressen.«

Cleo hebt eine Braue, lehnt sich ein Stück zurück. »Du hast nicht gesehen, wie er mit unserer Tante gesprochen hat. Als wäre sie Dreck.«

Ich kann nicht anders, als zu lachen. »Ja, aber du weißt auch warum. Sie hat Amelie zum Weinen gebracht. Und sie hat unseren Onkel gevögelt. Und weil wir nicht wissen, wem wir zurzeit vertrauen können, ist es für uns schon ein komischer Zufall, dass sie genau jetzt auftaucht, nachdem so viel passiert ist. Und dann noch der Abgang mit dem Spruch - Ihr werdet schon sehen.«

Cleo steht langsam auf, geht zum Fenster, ihre Arme um ihren Körper geschlungen. Ich folge ihr, lehne mich mit einer Schulter gegen den Fensterrahmen. Ihr Blick schweift über das Anwesen hinaus, als suche sie dort eine Antwort.

»Du verheimlichst mir doch was?«, frage ich schließlich.

Sie kaut auf ihrem Ringfinger, dann senkt sie den Blick. »Ich weiß nicht, wie ich es sagen soll. Es kann auch nichts bedeuten, aber ich habe einfach kein gutes Gefühl bei ihr.«

Langsam dreht sie sich zu mir um. »Sie war schon immer eifersüchtig auf meine Mutter. Weil sie einen Mann hat, erfolgreich war, sie uns hat. Ein Haus. Sicherheit. Ich glaube, dass sie Mom insgeheim hasst, aber um die Familie zusammenzuhalten, hat Mom nie etwas gesagt. Sie hat alle Sticheleien hingenommen, hat sich nie gewehrt.«

Ich verschränke die Arme, mein Blick bleibt auf ihrem Gesicht. »Das ist wie bei unserem Onkel Tommaso. Ich glaube auch, dass er meinen Vater gehasst hat. Und das kam erst so richtig ans Licht, nachdem er tot war. Er kann seinen Namen nicht mal hören, als würde ihn allein das Wort vergiften.«

Ich mache eine kurze Pause, lasse den Gedanken sacken. Dann hebe ich langsam das Kinn. »Er ist seit Amelies Entführung wie ausgewechselt, wir behalten ihn mittlerweile im Auge. Und jetzt, nachdem du mir sagst, dass deine Tante auch nicht gerade eine Heilige ist und sie und mein Onkel ein Verhältnis hatten, kann es durchaus sein, dass die beiden vielleicht ihre Finger im Spiel haben.«

Cleo atmet tief durch, dann schnauft sie laut. Ein leiser Fluch verlässt ihre Lippen. Gerade als Matteo die Tür aufstößt.

»Ihr glaubt, die beiden stecken hinter all dem?« Er kommt ein paar Schritte auf uns zu.

Cleo schneidet ihm mit einem misstrauischen Blick den Weg ab. »Hast du uns belauscht?«

Matteo hebt die Hände in einer beschwichtigenden Geste, seine Lippen verziehen sich zu einem schmalen Lächeln. »Ganz das Temperament deiner Schwester.« Er macht einen kleinen Schritt zurück, hebt eine Braue. »Ich habe euch nicht belauscht. Aber der Raum hier wird abgehört. Bei bestimmten Wörtern erhalte ich ein Signal. Deshalb bin ich hier.«

Cleo und ich wechseln einen Blick.

Vielleicht haben wir gerade etwas wirklich Wichtiges aufgedeckt.

»Das ist bisher nur eine Vermutung.«, sage ich und hole mir aus dem Barschrank einen Whiskey.

»Wartet. Behaltet eure Gedanken noch, ich hole ein paar der anderen. Die Gäste verabschieden sich sowieso gerade, dann diskutieren wir das aus.«

Matteo verschwindet genauso schnell, wie er gekommen ist. Cleo und ich tauschen Blicke aus. Sie hebt die Augenbrauen.

Ich schüttle nur den Kopf und gehe zielstrebig zur Kommode. Wir brauchen Stift und Papier. Dieses Chaos muss entwirrt werden. Eine Mindmap wird uns helfen, endlich Klarheit in diesen ganzen Wahnsinn zu bringen. Ich öffne eine Schublade. Kerzen, Lesezeichen, Notizzettel. Einige Lesezeichen sehen verdächtig düster aus. Ich ziehe eines heraus und lese: Dark Romance – Enemies to Lovers. Ich schnaube leise. Daher kommt also deine Fantasie her, Bella? *Verruchtes, kleines Ding.*

Ich schließe die Schublade wieder und konzentriere mich auf das Wesentliche.

»Hab was gefunden!« Cleo hält triumphierend große Papiere und rosa glitzernde Kugelschreiber in der Hand. »Amelie macht hier wohl ihr Teenager-Zimmer draus.«

Cleo bewegt die Kugelschreiber im Licht, lässt sie provokant funkeln.

»Die werde ich nicht benutzen.« Ich verdrehe die Augen, durchwühle weiter die Schubladen. Irgendwas mit Substanz muss es doch hier geben. Und dann werde ich fündig. Ganz hinten, als hätte sie sie verstecken wollen, liegen Montblanc-Stifte. *Natürlich.* Du würdest sie am liebsten wegwerfen, wenn du nur wüsstest, was sie im Vergleich zu deinen Glitzerstiften kosten.

Matteo betritt mit der versammelten Mannschaft die Bibliothek.

»Wollen wir in den Wintergarten gehen? Dort haben wir einen großen Tisch.«

Du tauchst ebenfalls hinter Matteo auf. »Was machen wir jetzt? Haben wir ein richtiges Meeting oder was hast du vor?« Du kommst auf mich zu, dein Blick huscht über die schwarzen Stifte in meiner Hand. Dein Lächeln ist herausfordernd.

»Ich hätte auch noch Stifte im Einhorn-Muster gehabt, falls dir die in rosa nicht gefallen haben.« Ich trete näher, drücke dir einen schwarzen Stift in die Hand.

»Alles gut, Bella. Die hier liegen besser in der Hand. Und ja, wir haben jetzt ein Meeting.« Meine Augen wandern zwischen deinen leicht geöffneten Lippen und deinen Augen hin und her. *Dio Santo, was machst du nur mit mir?*

»Dann bleiben mehr schöne Stifte für uns.« Du grinst breit, drehst dich um und folgst den anderen in den Wintergarten.

Im Wintergarten angekommen, setzt sich jeder an den großen Tisch: Cleo, du, deine Mom, dein Dad, Camilla, Lucia, Lorenzo, Luigi und ich. Matteo bleibt stehen.

Mit einer fließenden, selbstverständlichen Bewegung betätigt er einen versteckten Knopf hinter einem Bild. Die Glasscheiben verdunkeln sich, der gesamte Raum wird abgeschottet.

Sekunden später fährt ein riesiger Glasmonitor aus der Decke. Aus dem Tisch fahren Touchpads heraus, direkt verbunden mit dem Monitor. Wie ein High-Tech-Kriegszimmer. Matteo lehnt sich mit einer eisernen Autorität gegen die Tischkante.

»Möchte noch jemand was trinken?« Erst herrscht stille, doch dann nicken alle.

Sekunden später betritt das Personal lautlos den Raum, trägt Tabletts mit Whiskey, Wein, Wasser, Espresso. Matteo verschränkt die Arme.

»Nessuno entrerà in questa stanza. Sono stato chiaro? *(Niemand wird diesen Raum betreten. Habe ich mich klar ausgedrückt?)*« Die Angestellten nicken hastig und verschwinden.

Matteo setzt sich. »Ihr habt alle Tablets vor euch. Ihr könnt Notizen machen, sie mir direkt auf den Monitor schicken oder für euch behalten. Ich würde sagen, wir fassen erst einmal zusammen, damit wir in diesem Chaos endlich einen Faden finden.« Er sieht sich in der Runde um, sein Blick bohrt sich in jeden Einzelnen. Er wirkt wie ein General, der vor seinen Soldaten steht. Und genau das ist er. Ich weiß, dass er will, dass ich an seiner Seite stehe, als gleichwertiger Boss. Aber ich bin nicht er. Ich bin nicht kalt genug. Ich kann Befehle geben, ich kann töten. Aber ich kann nicht wie Matteo einfach akzeptieren, dass Menschen sterben müssen, wenn ich falsche Entscheidungen treffe. Der Tod gehört dazu aber ich möchte nicht dafür verantwortlich sein. Ich hoffe, ich werde nie solche Entscheidungen treffen müssen.

Matteo zeichnet den ersten Kreis auf den Monitor. »Wir haben Emilio. Wie ihr wisst, ist er der Sohn des Moretti-Clan-Anführers, den ich getötet habe, nachdem er unseren Vater erschossen hat. Das ist Emilios Racheinstrument. Er will uns leiden sehen, weil wir seine Familie ausgelöscht haben.«

Dein Vater schreibt eifrig mit. Deine Mutter schweigt. Ich sehe, wie sie versucht, zu verarbeiten, dass der Tod in unserer Welt näher an unserer Seite steht als das Leben selbst.

Matteo zeichnet den nächsten Kreis. »Hier haben wir Antonia. Sie hasst Amelie. Sie ist Emilios Handlangerin. Sie hat nichts zu melden, aber sie ist gefährlich. Weil sie nicht alle Latten am Zaun hat, deshalb sollten wir sie ernst nehmen.«

Dann zeichnet Matteo zwei Kreise abseits der anderen. Einen beschriftet er mit Tommaso. Den anderen mit Olivia.

Deine Mutter hält den Atem an. »Was hat meine Schwester mit dem Ganzen zu tun?«

Matteo schiebt ihr wortlos ein Glas Whiskey zu. Sie nimmt es an, stürzt es in einem Zug herunter.

»Wir können es nicht ausschließen.« Matteo lehnt sich zurück. »Cleo, ich denke, ich überlasse dir die Worte.«

Cleo steht langsam auf. »Mom, du musst zugeben, dass Tante Olivia schon immer eigenartig war. Sie hatte schon immer ein Faible für Italien. Was, wenn sie wusste, dass die Russos ein Mafia-Clan sind? Was, wenn sie eine Mafia-Frau sein wollte? Sie war eifersüchtig auf dich. Dein Leben. Deine Familie.«

Deine Mutter schüttelt heftig den Kopf. Braune Strähnen lösen sich aus ihrem Dutt. »Ja, aber sie würde doch nicht das Leben ihrer eigenen Nichte gefährden.«

Camilla, meine Mutter, spricht jetzt. Ihre Stimme ist ruhig. Aber hart. »Täusch dich nicht, Liebes. Ich könnte Tommaso durchaus zutrauen, dass er Matteo stürzen will. Ich glaube, er wollte immer selbst an der Spitze stehen.«

Dein Blick verfinstert sich. »Tante Olivia war schon immer heiß auf Macht und Geld. Sieh dir doch nur an, wie sie dich behandelt hat. Sie war neidisch auf dein Leben und du bist nicht mal steinreich. Stell dir vor, sie könnte Milliardärin sein. Was glaubst du, würde sie dann tun?«

Erneut regiert die Stille den Raum, doch dann nickt deine Mutter langsam. »Ihr habt recht. Wir müssen sie im Auge behalten. Ich will nicht, dass sie sich auch nur einen Meter meinen Kindern nähert.«

Ich lehne mich vor. »Wir kümmern uns darum.«

»Also, dann haben wir noch Lucifero und Logan.« Matteo zeichnet die nächsten Kreise weiter rechts.

»Logan?« Deiner Mutter entfährt der Name mit einem Anflug von Unglauben.

»Ja. Wie ihr seht, muss man nicht unbedingt ein Russo sein, um Ärger zu verbreiten oder Amelie zu gefährden.«

Er ist ruhig, doch die Spannung in seinem Ton darin verrät, dass er sich diese Aussage von der Seele reden muss. Deine Familie versteht sofort, worauf er hinaus will.

Dein Vater steht auf, die Stirn in Falten gelegt. »Wir haben nichts gegen euch.«

»So meine ich das auch nicht direkt.« Matteos Tonfall ist unmissverständlich. Sein Blick gleitet durch den Raum, fixiert einen nach dem anderen. »Es geht darum, dass die Gefahr von allen Seiten kommen kann. Ich habe keine Ahnung, wer dieser Lucifero ist. Vielleicht ist es Logan selbst, vielleicht hat er mit dem ganzen Scheiß nichts zu tun. Aber wir lassen nichts unüberlegt. Und ihr solltet das auch nicht.«

Er tritt einen Schritt näher an den Tisch, die Hände auf die Holzplatte gestützt. Seine Stimme wird leiser, aber nicht weniger eindringlich. »Hass schlummert in jedem von uns. Und es gibt genug Menschen, die abscheuliche Dinge tun, nur um Macht zu erlangen. Ihr habt Angst um Amelie und das verstehe ich. Das ist euer Recht als Familie. Aber begreift eins: Es hat nichts mit uns zu tun. Es ist eure Liebe, eure Angst vor Verlust, die euch das Gefühl gibt, ihr müsstet sie vor uns retten.«

Die Worte hängen schwer in der Luft. Niemand wagt es, etwas zu sagen. Matteo lehnt sich zurück.

»Aber wir sind nicht die Ursache. Nicht die Auslöser. Normalerweise sind wir nicht direkt in Gefahr. Doch jemand will unser Fundament zerstören, und deshalb sitzen wir hier, um herauszufinden, wer das ist.« Er hebt das Kinn, seine nächsten Worte sind ein Befehl. »Und ich erwarte, dass ihr Amelie selbst entscheiden lasst, mit wem sie lebt. Keine unterschwelligen Bemerkungen. Keine Zweifel, die ihr einredet. Sie weiß am besten, was und wen sie will.«

Diese Ansage war überfällig. In den letzten Tagen haben ihre Eltern und Cleo zu oft Zweifel geäußert, die sich wie Gift unter die Haut fressen könnten. Matteo duldet das nicht. *Wir dulden das nicht.*

Dann erhebst du die Stimme. Klare, unerschütterliche Worte. »Er hat recht. Ihr könnt euch Sorgen machen. Aber ich habe mich bewusst für ein Leben an der Seite der Russos entschieden, weil ich genau weiß, wer ich bin. Ich bin stark, vergesst das nicht immer.«

Deine Worte hallen nach. Du siehst deinen Vater an, dann deine Mutter. »Ich weiß nicht, von wem von euch ich das geerbt habe, aber es ist ein Fakt: Ich habe kein Problem, jemanden zu erschießen, wenn er es verdient. Oder Menschen sterben zu sehen. Natürlich ist es hart. Aber ich kann damit leben.«

Deine Mutter steht langsam auf. Tränen glänzen in ihren Augen, doch ihr Lächeln ist voller Stolz. Sie nimmt dich in die Arme, drückt dich fest an sich. »Ich weiß.

Und ich bin stolz auf dich.« Sie löst sich von dir, atmet tief durch. »Wir hatten genug Zeit zum Nachdenken. Wir haben gesehen, wie gut es dir bei ihnen geht. Und wir akzeptieren es. Auch wenn ich persönlich nicht dabei sein möchte, wenn wieder Menschenteile in der Küche verteilt liegen.« Sie schmunzelt gequält, versucht, die schaurigen Bilder aus ihren Gedanken zu verbannen. »Aber wir stehen hinter euch.«

Matteo lässt sichtlich die Anspannung aus seinen Schultern weichen. »Sehr gut. Das freut mich.« Er macht eine bedeutungsvolle Pause, bevor er den Blick durch die Runde wandern lässt. »Dann können wir weiter machen?«

Hatte ich erwähnt, dass heute irgendwie der Tag der Aussprachen ist? Drei Themen wurden bereits durchgekaut, aber wir haben noch immer keine wirkliche Lösung. Und während der Abend voranschreitet, gerät die Gala weiter in den Hintergrund.

Nachdem alle zustimmen, führt Matteo fort. »Also, entweder haben wir Emilio und Antonia, die für alles verantwortlich sind, oder Tommaso und Olivia. Oder Logan und dieser Lucifero – wobei ich Letzteres am wenigsten glaube. Mal sehen, was Lucifero noch so in petto hat.«

Lucia erhebt sich plötzlich, ihr glitzerndes Lametta-Kleid schwingt mit der Bewegung. Mit erhobenem Haupt schreitet sie zum Monitor, drückt eine Taste auf ihrem Tablet und eine neue Zeichnung erscheint auf dem Bildschirm. *Blumen. Überall.*

Ich blinzele. Wie kann man in so einem ernsten Gespräch über Mord und Verrat bitte Blumen malen?

Ich werfe Matteo einen Seitenblick zu, aber er sagt nichts. Doch sein Blick verrät mir, dass er es genauso absurd findet. Natürlich hätte Lucia sich über die pinken Stifte gefreut, das war klar. Aber so ist sie. Immer optimistisch, immer der Versuch, aus jeder noch so düsteren Situation Licht zu machen.

»Ich denke, dass Lucifero ein Deckname von jemandem auf dieser Liste ist«, sagt sie schließlich und tippt mit dem Finger auf Emilio und Tommaso.

Die Luft um uns wird schwerer. Wir alle wissen, dass Tommaso mehr als verdächtig ist. Sein falsches, freundliches Getue war nie überzeugend, aber jetzt? Jetzt wirkt es wie ein Alarmsignal.

»Und sie benutzen Logan, um dich eifersüchtig zu machen, Matteo. Natürlich auch dich, Salva«, fügt sie hinzu. »Aber wir alle wissen, wie besessen Matteo von Amelie ist. Ihn aus der Balance zu bringen, ist einfacher.«

Mein Kiefer spannt sich an, aber sie hat nicht unrecht.

»Und wir wissen auch alle, dass Emilio und Antonia jemanden brauchen, der spioniert, ihnen Infos zuspielt.« Sie tippt wieder auf Tommasos Namen. »Er ist der Einzige, der in Frage kommt.«

Ihre Stimme wird lauter, »woher wussten sie, dass Emilio in dem Geldtransporter ist? Tommaso. Woher wussten sie, dass Amelie schwanger ist? Tommaso. Woher wussten sie, dass ihr im Hospital wart? Tommaso.«

Uns allen fällt die Kinnlade herunter. Ich sehe zu Matteo. Er denkt das Gleiche wie ich. Dann fällt es mir wie Schuppen von den Augen.

»Was hatte deine Tante gesagt, Amelie?« Meine Stimme klingt dunkler, bedrohlicher. »Ob du schon wüsstest, von wem die Kinder sind? Woher zur Hölle sollte sie wissen, dass du mit uns beiden zusammen bist?«

Ich brauche ihre Antwort nicht, um es zu wissen. Tommaso. Cazzo. Lucia ist brillant!

Sie lässt den Marker mit einem theatralischen Klacken auf den Tisch fallen, verschränkt die Arme vor der Brust und lehnt sich selbstzufrieden gegen die Glaswand. »So, und jetzt möchte ich eine offizielle Position in unserem Kreis.«

Matteo zieht anerkennend eine Braue hoch. »Die hast du dir jetzt definitiv verdient.«

Er mustert die Zeichnung mit den Blumen und Sternen, ein kaum merkliches Schmunzeln zuckt um seine Lippen.

»Also, Lucifero ist wahrscheinlich Emilio oder Tommaso.« Matteo lehnt sich über den Tisch und stützt die Hände auf die Kante. »Sie arbeiten zusammen, weshalb Emilio befreit werden konnte. Logan und Antonia sind nur Mittel zum Zweck. Was wir noch herausfinden müssen: Wer von ihnen zieht wirklich die Fäden? Emilio oder Tommaso?«

Ein Knistern liegt in der Luft, die Spannung greifbar. Ich sehe zu Matteo. »Tommaso gibt niemandem freiwillig die Führung ab. Und Olivia? Sie hofft vermutlich, dass sie durch ihn endlich das Leben bekommt, das sie sich immer gewünscht hat.«

Ein widerliches Bild formt sich in meinem Kopf. Tommaso an der Spitze, Olivia als seine Königin. Die reine Vorstellung macht mich krank. Doch der Gedanke, dass wir jetzt endlich einen Lichtblick haben, treibt meinen Puls in die Höhe.

»Wir werden ihnen genau das geben, was sie wollen«, sagt Matteo. »Wir werden uns hassen. Zumindest sollen sie das denken. Unsere Beziehung wird langsam zerbrechen. Sie werden glauben, dass sie zerbricht.«

Ich sehe zu dir. Dein Gesicht bleibt ausdruckslos, doch in deinen Augen blitzt etwas auf.

Matteo dreht den Marker zwischen den Fingern. »Tommaso wird davon erfahren. Und wir werden sehen, ob sich Lucifero wieder meldet.«

Er sieht sich in der Runde um, jede Bewegung berechnend. »Aber seid euch einer Sache bewusst. Sie sind gefährlich. Das haben sie uns oft genug bewiesen.«

Der Raum bleibt still. Dann nickst du. »Wir werden sie täuschen.«

Ein dunkles Lächeln huscht über Matteos Lippen. Der Countdown hat begonnen.

KAPITEL 16
Matteo

Alle sind nach Hause gefahren. Auch Salva.

Die kommenden Tage werden sich anfühlen wie ein Stich in meine Brust. Wir werden uns hassen müssen. Doch jetzt gehört dir die Nacht. Und ich werde jeden Atemzug davon in mich aufnehmen.

Die Welt ist dunkel, aber Italien brennt in jedem Tropfen dieses Abends. Der Wind trägt den salzigen Duft des Meeres heran, mischt sich mit dem leichten Zitronenaroma aus der Ferne, mit dem süßen, warmen Hauch deines Parfums.

Wir gehen barfuß durch den Sand, deine nackten Füße hinterlassen kleine, zarte Abdrücke neben meinen viel größeren, als wären sie füreinander gemacht. Der Wind fährt dir durch die Haare, lässt einzelne Strähnen tanzen. Ich strecke die Hand aus, bändige sie sanft, streiche sie hinter dein Ohr, bevor ich meine Jacke enger um deine Schultern ziehe.

Du bist so klein. So zerbrechlich. Und doch stärker als jeder, den ich kenne.

»Dass wir uns bald hassen müssen …« Ich breche ab. Du siehst mich von der Seite an, runzelst die Stirn. »Wir schaffen das«, sagst du schließlich. Wir haben es schon einmal durchgespielt, als du Emilio aus seiner Zelle rausgelassen hast. Aber diesmal ist es anders. Diesmal wirst du mich brechen müssen. Und ich muss dich zerreißen.

Wir erreichen das Daybed. Die Laternen tauchen alles in warmes Licht, lassen deine Haut golden schimmern, wie ein Kunstwerk, das nur der Mond berühren darf.

»Wann werden die Tage mit euch eigentlich weniger anstrengend?« Du ziehst die Decke bis zu den Schultern. Du bist müde von der Angst, von den Kämpfen, von den endlosen Schatten, die dir in den Nacken atmen.

Ich lege mich neben dich, stütze mich auf einen Arm, damit ich dein Gesicht sehen kann. »Bald. Ich verspreche es dir. Warte nur, bis unsere Kinder da sind.« Ich streiche sanft über deinen Bauch, meine Hand ruht über dem Leben, das du in dir trägst. »Dann hast du den nächsten Trouble.«

Ein Lächeln huscht über deine Lippen, aber ich sehe es. Ich sehe das Unausgesprochene. Das Zögern. Du versuchst, es zu verstecken, aber ich kenne dich besser, als ich mich selbst kenne.

»Das ist positiver Stress«, murmelst du. »Da muss ich keine Angst um mein Leben haben. Oder um euer Leben.«

Mein Kiefer spannt sich an. Ich kann nichts sagen, nichts tun, was dich vollkommen beruhigen würde. Also versuche ich es gar nicht erst.

Ich lasse meine Hand langsam unter die Decke gleiten, will die Wärme deiner Haut spüren, deinen Bauch, die winzigen Leben, die unser Blut tragen. Doch kaum dass meine Finger dich berühren, hältst du mich auf.

»Nicht.«

Das eine Wort ist sanft, aber es trifft mich wie eine Kugel. Ich runzle die Stirn.

»Was ist los?« Meine Stimme ist rau. *Warum tust du das?*

»Ich ...« Deine Lippen beben. »Nicht jetzt.«

Ein Donnerschlag zerreißt die Stille. Dann setzt der Regen ein. Es sind schwere Tropfen, dick und warm, wie ein Schleier, der sich über uns legt. Ich sehe, wie sich deine Schultern senken.

Ich setze mich auf, mustere dich. »Fiore ...« Mein Daumen streicht über deine Wange, doch du vermeidest meinen Blick.

Ein Blitz zuckt über den Himmel. In seinem kurzen, hellen Licht sehe ich das Zittern in deinen Lippen, die Scham, die sich in deine Gesichtszüge gräbt.

»Darf ich?«, frage ich noch einmal, langsamer diesmal, vorsichtiger. Du zögerst, doch dann nickst du. Ich schiebe die Decke zur Seite, Stück für Stück, meine Finger streifen dabei über deine Haut. Deine Lippen beginnen zu beben.

Dann sehe ich sie. Die feinen Linien, die über deinen Bauch tanzen. Die Risse in deiner Haut. Sie sind zart, noch nicht ausgeprägt, aber ich weiß, dass sie noch mehr werden. Ich weiß, dass du es fühlst, dass du es siehst. *Dass du sie verabscheust.*

Ein Blitz schlägt auf dem offenen Meer ein. Und du weinst. Es zerreißt mich. Ich höre deinen Atem stocken, sehe, wie du deine Arme vors Gesicht schlägst. Ich ziehe deine Arme sanft herunter. »Kleines ... sieh nach oben.«

Du schluchzt. »Warum?«

Ich warte einen Moment. Und dann, wie auf ein Zeichen, erhellt ein weiterer Blitz den Himmel. Er spaltet sich in unzählige Äste, zerreißt die Dunkelheit, zeichnet ein Werk, das nur die Natur erschaffen kann.

»Hast du das gesehen?«, frage ich leise.

Du nickst, wischt dir hastig über die Wangen. »Ja. Es war wunderschön. Aber was hat das mit meinem Bauch zu tun?«

Ich berühre eine der Linien, fahre sie sanft nach.

»Hier bricht er ein.« Ich male mit den Fingern eine Linie nach. »Und hier verteilt sich die Energie.« Ich berühre jede einzelne Spur an deinem Bauch. »Ich könnte niemals etwas so Natürliches hässlich finden. Schon gar nicht, wenn es dein Körper ist.«

Ich sehe dich an, weil ich will, dass du es verstehst. Dass du es fühlst. »Das sind nicht einfach nur Narben. Das ist das Schönste, das ich je gesehen habe. Sie erzählen unsere Geschichte, Fiore. Deine. Meine. Die unserer Kinder. Und sie zeigen, was für eine unglaubliche Frau du bist.«

Du atmest zitternd aus.

»Wie würdest du ein Gewitter malen?«, frage ich. »Wenn du nur Wolken malst, ist es dann noch ein Gewitter?«

Du schüttelst den Kopf.

»Siehst du. Es müssen Blitze drauf sein. Sonst wäre es kein Gewitter. Und so ist es mit dir. Perfektion ist nicht glatt, nicht fehlerfrei. Perfektion ist gezeichnet von dem, was wir durchlebt haben. Und du, meine Kleine, bist das schönste Bild, das ich je gesehen habe.«

Deine Augen glänzen, Tränen mischen sich mit dem Regen.

»Du hast keine Ahnung, was für ein schöner Mensch du bist, Matteo. Du bist so perfekt. Und ich hatte Angst, dass ich für dich ab jetzt zu hässlich bin.«

Ich ziehe dich an mich, halte dich fest, so fest, dass nichts uns trennen kann.

»Ich bin nicht perfekt. Aber du bist es. Mit jeder Linie, mit jedem Atemzug.«

Du löst dich ein Stück, siehst mich an. Dein Blick ist weich, aber ich sehe darin mehr. Verlangen. Vertrauen. Eine leise Ehrfurcht, als könnte ich dich mit meinen Worten allein auseinandernehmen. Dann lächelst du. Und ich schwöre bei allem, was ich bin, ich werde sterben, bevor ich zulasse, dass du dich jemals wieder hässlich fühlst.

Deine Finger zeichnen die Konturen meiner Lippen nach. Langsam, als würdest du sicherstellen wollen, dass ich echt bin, dass ich wirklich hier bin.

Ich fange eine deiner Hände ab, küsse deine Handfläche, während meine andere durch dein nasses Haar fährt. Ich fühle den Regen darin, fühle, wie die Tropfen sich ihren Weg über deine Haut bahnen. *Ich bin ein Sünder. Und du bist mein Altar.*

Mit einer einzigen Bewegung ziehe ich mein Sakko von deinen Schultern, lasse es achtlos neben das Bett in den Sand sinken. Dann greife ich nach dem Stoff deines Kleides, ziehe ihn über deinen Kopf und genieße jeden Moment, in dem mehr von dir zum Vorschein kommt. Und da liegst du nun. Der Regen tanzt auf deiner Haut, winzige Tropfen, die an deinen Brüsten entlangwandern, an deinem Bauch, an den blassen Streifen, die du so sehr verstecken willst.

Doch ich will sie sehen. Ich will jeden Zentimeter von dir sehen.

Ich knie mich zwischen deine Beine, lege deine Unterschenkel auf meine Oberschenkel und senke meine Lippen auf deine Haut. Ich küsse dich, Zentimeter für Zentimeter. Jede Stelle, jeder Schatten, jeder Millimeter, den du als Makel siehst, verehre ich.

Dein Knie. Dein Oberschenkel. Deine Innenseite. Deine Hitze. Du spreizt deine Beine ein wenig, dein Körper will mich, aber ich habe andere Pläne. Ich will dich zerlegen. Will dir zeigen, dass nichts an dir mir egal ist. Dass mich deine Narben, deine Dehnungsstreifen nicht einmal ansatzweise abschrecken. *Ich will sie kosten.*

Langsam ziehe ich mein Hemd aus, lasse meine Hose folgen. Ich bin nass vom Regen, *du bist nass von mir.*

Meine Hände wandern zu deinem Bauch. Ein weiterer Blitz zuckt über den Himmel, taucht die Welt in gleißendes Licht und ich sehe deine Streifen noch besser.

Blassrosa, als hätte jemand die feinen Adern eines Rosenquarzes auf deine Haut gemalt. Ich senke meinen Kopf, lege meine Lippen auf sie. Öffne meinen Mund, fahre mit meiner Zunge genüsslich an einer der Linien entlang.

»So gefährlich schön.« Mein Atem streift über deine Haut, lässt dich erschaudern.

Du keuchst, vergräbst dein Gesicht im Kissen, während ein weiteres Donnergrollen über das Meer rollt. Ich spüre, wie du deine Hüfte anhebst, nach mehr verlangst. *Aber noch nicht, meine kleine Königin. Noch nicht.*

Ich ziehe dich langsam weiter nach unten, meine pulsierende Erregung drückt gegen deine Mitte. Ich könnte jetzt in dich gleiten, dich nehmen, dich mit mir ausfüllen, aber ich lasse dich zappeln. Du wirst mich anflehen.

Ich greife nach meiner Boxershorts, schiebe sie nach unten, und mein harter, pochender Schaft springt frei. Du siehst ihn an, deine Lippen sind leicht geöffnet, dein Atem geht unregelmäßig.

Ich lasse die Spitze meines Glieds langsam an deiner Vagina entlang gleiten, spüre deine Hitze, deine Feuchte. Aber ich halte inne, beobachte, wie sich deine Finger in das nasse Laken krallen, wie du dich mir entgegendrückst.

»Sag nie wieder, dass du nicht schön genug bist.« Meine Stimme ist dunkel, gefährlich sanft. »Das ist eine Beleidigung.« Dann stoße ich tief in dich hinein.

Ein Stöhnen verlässt deine Lippen, deine Hände schießen nach oben, greifen nach meinen Schultern, nach meinem Nacken, nach irgendetwas, das dich hält, während dein Körper sich mir anpasst.

Ich beuge mich über dich, unsere Nasenspitzen berühren sich, meine Kette baumelt vor deinen Augen.

Ein weiterer Blitz. Ich sehe, wie seine Äste sich in deinen Augen spiegeln, wie sie mit deinen eigenen Rissen verschmelzen.

»Haben wir uns verstanden, Fiore?« Meine Hüften bewegen sich, langsam, tief, treibend.

Du nickst hektisch. *Nicht genug.* Ich ziehe mich zurück. Dein Körper protestiert, du siehst mich verwirrt an.

»Auf alle Viere mit dir.« Sofort gehorchst du. Ich genieße den Anblick deiner Rückenmuskeln, dem Schlangentattoo, das sich über deine Wirbelsäule windet. Direkt darunter sind deine Narben. Die Streifen der Peitsche, die Emilio hinterlassen hat. *Ich werde dich heilen.*

»Halt dich am Bettrahmen fest.«

Du tust es. Dein Hintern ist mir entgegengestreckt, dein Rücken perfekt gewölbt, deine Nässe tropft auf das Laken.

Ich fahre mit meinen Fingern durch deine Spalte, finde deinen geschwollenen Lustkern. Kreise mit dem Daumen darum.

»Mehr«, keuchst du, drückst deinen Arsch gegen meine Hand. Ich greife deine Pobacken, ziehe sie auseinander, versenke mich in dir. Meine Hände pressen sich auf deine Taille, halten dich fest, während ich mich zurückziehe und wieder tief in dich stoße. *Merda, du bist eng.*

Ich hebe eine Hand und lasse sie mit voller Wucht auf deinen Hintern fallen. Ein scharfes Keuchen von dir.

»Fuck … mehr.«

Ich erhöhe das Tempo, meine Stöße werden härter, meine Schläge intensiver. Deine Brüste heben und senken sich, deine Arme zittern leicht, aber du hältst durch. Du bist so verdammt stark. Doch dann löst du dich von mir.

Ich ziehe die Stirn kraus, doch du drehst dich um, packst meine Hand und ziehst mich zu dir. Bevor ich reagieren kann, drückst du mich aufs Bett, so, dass ich gegen die Kante lehne.

Ich lehne mich zurück, umfasse meinen harten Schaft und massiere ihn auf und ab. »Gesù, du wirst mich umbringen,« keuche ich.

Du schlingst deine Arme um meinen Nacken, positionierst dich über mir und dann senkst du dich auf mich. Du bewegst deine Hüften, reitest mich mit einer Wucht, die mich in den Wahnsinn treibt. Dein Kopf fällt zurück, du keuchst, stöhnst, bis dein ganzer Körper sich um mich zusammenzieht. Deine Zähne graben sich in meine Schulter, während dein Höhepunkt dich völlig auseinanderreißt.

Ich umschließe dich mit meinen Armen, halte dich fest, während du nach Luft ringst. »Ich glaube, ich werde mich nie an deine Größe gewöhnen.«

Ich grinse, ziehe dich noch enger an mich, noch immer tief in dir.

»Du sollst dich auch nie daran gewöhnen.«

Ich lasse mich mit dir nach hinten sinken. Halte dich. Aber ich bin noch nicht fertig mit dir, Kleines.
Nicht mal annähernd.

Dein Atem streift meine Haut, warm und weich, während du langsam in den Schlaf gleitest. Dein Körper ist schwer in meinen Armen, völlig erschöpft von mir, von uns, von der Nacht, die hinter uns liegt. Ich spüre jeden Herzschlag in dir, als würde er durch meine eigene Brust hallen.

Ich sollte dich schlafen lassen. Dir Ruhe gönnen. Aber, wie soll ich das tun, wenn du so daliegst? So verletzlich. So makellos. So mein.

Langsam richte ich mich auf, während ich dich weiter halte. Ich hebe dich in meine Arme. Der letzte feuchte

Regen perlt an deiner Schulter hinab, dein Atem geht tief und gleichmäßig, während dein Gesicht sich an meine Brust schmiegt.

Ich trage dich vom Daybed weg, gehe mit dir den Strand entlang. Unter meinen Füßen sinkt der feuchte Sand ein, und das Rauschen des Meeres, das unaufhörlich gegen die Felsen schlägt, begleitet uns wie ein Lied. Ein wildes, ungebändigtes Lied, das mich an das erinnert, was wir hier getan haben. An das, was wir immer wieder tun werden.

Über uns spannen sich die Sterne wie ein endloses Meer aus Licht, während die Welt sich langsam beruhigt.

Ich spüre deine Finger an meiner Brust, schwach, schläfrig. »Wir müssen das hier unbedingt sichern, wenn die Kinder auf der Welt sind ...« flüsterst du, deine Lippen streifen meine Haut.

Mein Herz zieht sich zusammen. *Unsere Kinder.*

»Das werden wir.« Ich trage dich die Stufen zur Klippe hinauf. Einen Schritt nach dem anderen, vorsichtig, damit wir nicht ausrutschen. Die Stufen sind breit und stabil, aber nicht vollständig saniert.

Ein letztes Mal werfe ich einen Blick über die Schulter zum Meer, das so wild ist wie mein Blut, wie das Verlangen in mir. Dann bringe ich dich nach oben, vorbei an dem Pool, durch die Loungebereiche und öffne die Terrassentür mit einem Fingerabdruck-Scan. Hier kann niemand einfach so eintreten. Nicht ohne meine Zustimmung.

Ich bin in einer Welt aufgewachsen, in der Verrat im Schatten lauert. In der jeder ein Messer hinter dem

Rücken versteckt hält. Deshalb habe ich dieses Haus so gesichert, dass nicht mal der Wind sich an uns vorbeischleichen könnte.

Im Foyer taucht das Hausmädchen auf. Und das in genau dem Moment, in dem ich mit dir, nackt, klatschnass, von Regen und Lust getränkt, durch die Tür trete.

»Può andare a casa. *(Sie können nach Hause gehen).*«

Sie murmelt etwas, blickt nicht zu uns, nur auf den Boden, und verschwindet. Ob es daran lag, dass sie meinen Schwanz gesehen hat, oder einfach an dem Anblick von uns beiden. Es ist mir scheißegal. Das hier ist mein Haus. Und hier gelten meine Regeln.

Ich steige mit dir die Treppen hoch ins Masterbedroom. Das Bett ist frisch gemacht, die Laken glatt gezogen, als wäre Salva nie hier gewesen. Ich weiß es. Und doch kümmert es mich nicht. Denn jetzt bist du mit mir hier. Und das ist alles, was zählt.

Du bist warm in meinen Armen, dein Atem gleichmäßig. Ich lege dich aufs Bett, wickele dich in die weichen, dicken Handtücher, trockne dich sanft ab, während ich selbst mein Handtuch um meine Hüfte binde.

Dann beuge ich mich über dich, streiche eine Strähne aus deinem Gesicht. Ich könnte dich für immer ansehen.

»Schlaf weiter, Kleines.« Ich küsse deine Stirn. Mein heiligstes Gebet.

Du sinkst in die Kissen. Deine Lippen sind leicht geöffnet, du bist bereits in deinen Träumen.

Aber ich kann nicht schlafen. Nicht mit dieser Sehnsucht in mir. Nicht, wenn du so daliegst, vollkommen, mein, so unglaublich schön, dass mein Herz brennt.

Ich ziehe das Handtuch von deiner Haut. Meine Hand gleitet über deine Brüste, über die sanften Linien deiner Hüfte, über deinen Bauch.

Ich knie mich vor dich hin, spüre, wie die Matratze unter meinem Gewicht nachgibt. Mein Atem wird flacher, als meine Finger sich um meinen Schaft schließen. Ich bin steinhart. Ich kann es nicht ändern.

Ich fasse deine Brust, spiele mit deinen steifen Nippeln, rolle sie zwischen meinen Fingern. Ein leises Stöhnen entweicht deinen Lippen. Dein Körper zuckt unter meiner Berührung.

Dann öffnest du langsam die Augen. Noch benommen, noch irgendwo zwischen Schlaf und Wachsein. »Du bist unersättlich, Matteo …« Deine Stimme ist heiser, müde, aber dein Lächeln ist heilig.

Ich streiche mit den Fingern über deine Innenschenkel. Fühle, wie du leicht nachgibst, deine Beine spreizt.

»Ich werde dich nicht nehmen«, murmle ich, meine Hand bewegt sich langsam auf und ab. »Ich brauche nur deinen Anblick, Fiore. Das reicht mir.«

Dein Blick wandert zu meiner Hand. Zu mir. Meine Finger umklammern mich fester, während ich mich selbst in einen Rausch bringe.

Meine Lippen formen Worte, die du vielleicht nicht hörst, die vielleicht im Raum verschwinden, mit dem Klang meines keuchenden Atems und dem Geräusch meiner Hand, die sich bewegt. Aber ich sage sie trotzdem. »Ich liebe dich so unglaublich sehr, das kannst du dir gar nicht vorstellen.«

Die Welt könnte in diesem Moment untergehen, und es wäre mir egal. Denn du bist hier. Und das ist alles, was je zählen wird.

Mein Atem geht schneller. Gott, ich bin nah dran. Ich beuge mich nach vorne, greife zum Nachttisch, ziehe ein Taschentuch hervor. Niemals würde ich dir deine Würde nehmen, während du schläfst.

Mein Körper bebt, als ich komme. Mein Stöhnen mischt sich mit deinem leisen Atem. Ich habe dich. Und das bedeutet, dass ich die ganze Welt habe.

KAPITEL 17

Amelie

Es sind einige Wochen vergangen. Keine Angriffe, keine Drohungen, keine Überraschungen. Wie eine Werbepause mitten in einem Mafia-Thriller.

Ich bin mittlerweile im sechsten Monat schwanger, und mein Bauch ist unübersehbar. Ich liebe es. Jedes Mal, wenn ich an mir heruntersehe, fühle ich mich wie eine Mutter. Matteo hatte recht. Ich sollte meinen Körper dafür lieben, dass er mir zeigt, welche perfekten Kinder ich zur Welt bringen werde.

»Bist du so weit?!« Lucia ruft ungeduldig aus dem Flur des Russo-Anwesens nach mir. Dabei ist sie diejenige, die sich im Bad in eine antike griechische Statue verwandelt, bevor sie sich endlich mal bewegt.

Ich ziehe meinen tief sitzenden Zopf fester, schnappe mir meinen rosa Vespa-Helm und eile nach unten direkt in Salvas Arme.

»Vorsicht, Bella«, murmelt er mit seinem tiefen Timbre. Ich blicke zu ihm hoch und bleibe hängen. *Unterlippenpiercing.* Seine Lippe ist leicht geschwollen, wahrscheinlich noch frisch gestochen. *Verflucht, warum muss er immer heißer werden?*

»Vorsicht vor was? Dass ich mich nicht an dir verbrenne?« Mein Blick huscht zu seinen Lippen, ich beuge mich vor und küsse ihn sanft darauf.

»Steht dir.« Ich grinse, drehe mich um und laufe zu Lucia und Cleo, die sich schon händeringend an den

Vespas festhalten, als könnten sie ohne mich nicht existieren. Beide verdrehen synchron die Augen, als ich endlich ankomme. Draußen ist es warm, aber eine leichte Brise verhindert, dass wir uns den Hintern auf dem heißen Vespa-Sitz flambieren.

Mein Handy vibriert.

Matteo 14:34 Uhr
Viel Spaß, Kleines. Pass auf dich auf.

Amelie 14:35 Uhr
Danke mache ich Mi amore. <3

Die letzten Wochen haben Matteo und ich fast ausschließlich geheimen Kontakt. Öffentlich tun wir so, als würde unsere Beziehung den Bach runtergehen, damit Lucifero glaubt, Matteo wäre angreifbar. Bis auf ein weiteres Jugendfoto von Logan und mir hat er nichts mehr geschickt. Und das haben wir nicht mal ernst genommen. Vielleicht geht unser Plan auf. Vielleicht glaubt Lucifero wirklich, dass wir getrennt sind.

In Wahrheit treffen Matteo und ich uns jeden zweiten Tag heimlich im Keller des Russo-Anwesens. Und ehrlich gesagt finde ich es unfassbar heiß. Die Heimlichkeit, die Gefahr. Das Gefühl, etwas Verbotenes zu tun.

Aber öffentlich hat uns zusammen keiner gesehen. Nicht einmal der Clan.

Salva ist der Glückspilz der ganzen Aktion, denn er hat umso mehr Zeit mit mir.

Aber jetzt bin ich mit meinen Mädels unterwegs, um Babykleidung zu shoppen. Wir fahren natürlich nicht allein zum Shoppen. Unsere Bodyguards sind immer mit dabei. Die eine Hälfte fährt im Auto hinter uns her, die andere auf Harleys, als wäre das hier eine VIP-Eskorte. Wenn ich uns selbst sehen könnte, müsste ich mich wahrscheinlich totlachen.

Drei Mädels auf pastellfarbenen Vespas, umringt von Männern, die aussehen, als hätten sie gerade ein illegales Geschäft abgeschlossen und warten nur darauf, jemanden zu erledigen.

Meine Vespa? Rosa, natürlich.
Cleo? Gelb wie ein Zitronensorbet.
Lucia? Hellblau, passend zu ihrem Outfit.
Mit uns könnte man eine Mafia-Barbie-Kollektion bewerben.

Wir kommen im Zentrum von Palermo an. Die Palmen, die Architektur, die warme Brise, das alles fühlt sich surreal an. Ich steige von meiner Vespa, nehme den Helm ab und atme tief ein. *Nein, ich träume nicht. Das alles habe ich Matteo zu verdanken.*

»Ahhh, ich bin so aufgeregt!« Cleo quietscht und streicht ihre schwarz-weiß gestreifte Shorts glatt.

»Ich auch!« Ich deute auf einen Laden mit einem Schaufenster voller winziger Schuhe – kleine Sneakers für Jungen und Mädchen im Partnerlook. *Die muss ich unbedingt haben!*

Lucia und Cleo kommen auf mich zu, haken sich bei mir unter, und Lucia streicht sanft über meinen Bauch.

»Wir gehen da rein, wo du hin willst«, sagt sie liebevoll.

Die Glocke am Eingang klingelt, als wir den Laden betreten. Der Duft von frischer Baumwolle und Weichspüler mischt sich mit dem kühlen Wind der Klimaanlage.

»Ging es mit dem Bauch und der Fahrt?« Cleo mustert mich besorgt.

»Ja«, sage ich, »aber ich glaube, für den Rückweg nehme ich ein Auto. Es war anstrengender als gedacht, und ich hatte die ganze Zeit Angst zu stürzen.« Ich halte meinen Rücken. Mein Bauch ist riesig. Die Zwillinge haben entschieden, dass ich sofort aussehen muss, als wäre ich hochschwanger.

»Dann muss Giuliano mit deiner rosa Vespa zurückfahren.« Cleo grinst.

»Der arme Kerl ist seit einem Monat aus dem Krankenhaus und soll jetzt auch noch öffentlich gedemütigt werden?« Ich schüttele den Kopf und greife nach einem Paar Mini-Bärchen-Socken. »Ich lasse lieber Luigi fahren.«

Cleo hat inzwischen einen Strampler in der Hand. Ein wirklich hässlicher Strampler. Die Figuren darauf sehen aus wie die Besetzung eines Horrorfilms. Ich schüttele energisch den Kopf.

»Sag mal«, wirft Lucia ein, während sie scheinbar nichts Anständiges in diesem *Anti-Luxus-Laden* findet, »wann wirst du eigentlich eine Signora Russo?«

Ich schlucke. Der Gedanke begleitet mich schon viel zu lange, und ich weiß, dass Lucia es genau deshalb fragt.

»Das solltest du deine Brüder fragen.« Ich versuche,

es locker zu sagen, aber der Kloß in meinem Hals ist nicht zu überhören.

Ein Antrag. Natürlich wünsche ich es mir. Aber wie soll Matteo mir jetzt einen Antrag machen? Offiziell streiten wir. Wann soll er mir also heimlich einen Ring an den Finger stecken?

Lucia hebt eine Augenbraue. »So oft wie Matteo und Salva mit dem Wort Bastardo um sich werfen, sollten sie sich vielleicht überlegen, ob das überhaupt noch ein Schimpfwort ist. Deine Kinder wären dann auch Bastards.«

Ich halte mitten in der Bewegung inne und mustere sie finster. »*Lucia.*«

»So war das nicht gemeint, das weißt du.« Sie hebt beschwichtigend die Hände.

Zu spät. Ich werfe ein Holzauto nach ihr.

»Au, Amelie! Na warte!« Lucia schnappt sich einen Korb und beginnt, alle hässlichen Babykleider in Reichweite hineinzuwerfen. »Ich werde das alles kaufen, und dann musst du sie meinen Nichten anziehen! Weil es ein Geschenk von mir war.« Stolz hebt sie das Kinn, rennt zur Kasse und lässt sich feiern. Die Kassiererinnen sehen aus, als würden sie sie am liebsten rauswerfen, weil sie gerade ihren gesamten Laden als hässlich betitelt hat, aber niemand kann gegen die Russos etwas tun.

Cleo kommt mit einem Body auf mich zu. »Sieh mal.« Ich nehme das winzige Kleidungsstück in die Hand. Vorne steht in fetten Buchstaben Russo.

»Wahnsinn. Gibt's das auch für Mädchen?«

Cleo grinst breit und zieht direkt ein zweites hinter ihrem Rücken hervor.

Wir bezahlen alles, geben ein üppiges Trinkgeld, und sobald wir den Laden verlassen, nehmen unsere Bodyguards die Tüten ab. Nächster Halt ist ein Café am Ende der Straße.

Ich tauche meinen Löffel in meinen Pistazieneisbecher und lehne mich zurück, während Cleo und Lucia an ihren Eiskaffees nippen.

»Habt ihr schon eine Idee für die Namen?«

Ich nicke. »Ja. Leonora und Leandro.«

Cleo schnappt nach Luft und packt meine Hände.

»O M G! DIE SIND PERFEKT!«

Ich kann mir ein Lachen nicht verkneifen. Cleo ist in Italien so richtig aufgegangen. Ich habe sie lange nicht mehr so euphorisch gesehen. Ihr gefällt das Leben hier und mit ihrem Job könnte sie sogar für immer bleiben.

»War es deine Idee oder die der Jungs?«

Ich löffle mein Eis und genieße die Kälte auf meiner Zunge. »Die der Jungs. Und ich war sofort einverstanden.« Lucia und Cleo strahlen. Dann heben sie ihre Eiskaffees, ich meinen Eisbecher und wir stoßen an.

»Auf Leonora und Leandro!«

Ich spüre, wie meine Blase drückt. Egal, wie viel Geld oder Personal wir haben, gegen die Natur kann selbst Matteo und Salva Russo nichts tun.

»Ich muss mal wieder.« Ich verdrehe die Augen und erhebe mich, woraufhin Giuliano wie aus dem Nichts auftaucht. Mein Schatten. Mein wandelnder Schutzschild. Er nickt knapp und schiebt sich vor mich, als ob ich auf dem Weg zur Toilette in einen Hinterhalt geraten könnte.

Im Café duftet es nach Gebäck, Eis und frisch auf-gebrühtem Kaffee. Ich will stehen bleiben, mir ein Stück Tiramisu schnappen, aber ich hatte ja gerade erst ein riesiges Eis. Ich könnte alles in mich reinstopfen, aber ich tue es nicht, ich muss trotzdem auf meine Linie achten.

Giuliano geht als Erster die Treppe zur Toilette hinunter. Selbst die Frauentoilette wird inspiziert.

Ich höre, wie er auf Italienisch mit den Frauen spricht, die daraufhin verstört den Raum verlassen. Ich warte oben. Ein paar werfen ihm verwirrte Blicke zu, doch als sie mich sehen – meinen Bauch, und mich erkennen – wird ihnen klar, dass es nicht um sie geht.

»Alles sauber.« Giuliano nickt mir zu.

Ich gehe die Treppe hinunter, aber in dem Moment, in dem ich den Fliesenboden erreiche, spüre ich eine Berührung an meiner Schulter. Ich denke nicht nach, hole aus und mein Ellenbogen trifft automatisch Kno-chen. Ein dumpfes Knacken. Ein leises, gequältes Stöh-nen.

»*Fiore!*«

Ich blinzele. Matteo.

Er lehnt mit einem schiefen Grinsen an der Wand, drückt mit zwei Fingern auf seinen Jochbogen. Blut tropft aus seiner Nase.

»Oh mein Gott, Matteo! Was machst du hier?!« Ich will ihn verarzten, aber er winkt ab, als wäre es ein all-tägliches Ereignis, dass seine Freundin ihm die Nase demoliert.

»Ich musste dich sehen.«

Ich schnaube. »Und dafür riskierst du einen Nasenbruch?«

Er zuckt mit den Schultern. »Hat sich gelohnt.«

Er ist einfach unfassbar.

Ich stürme ins Männerklo, zerre Papierhandtücher aus dem Spender und drücke sie ihm auf die Nase.

»Habe ich sie dir gebrochen?« Das Tuch färbt sich rot.

»Nein, alles gut, meine dunkle Prinzessin. Wenigstens weiß ich jetzt, dass du dich verteidigen kannst.«

»Nicht den Kopf!« Ich schüttle den Kopf, während er genau das tut. »Das macht alles nur schlimmer! Matteo, du bist Arzt – solltest du das nicht wissen?«

Er grinst. »Ich liebe es, wenn du mich anschreist.«

»Du bist unmöglich.« Ich schiebe ihn zur Treppe und lasse ihn sich setzen. Verdammter Kerl. Aber meine Blase meldet sich zurück. Dringend. Ich presse die Beine zusammen. »Bleib, wo du bist! Ich muss auf die Toilette, wo ich eigentlich hinwollte.«

In der Kabine angekommen, brauche ich einen Moment. Ich habe Matteo Russo verletzt. Mit einem einzigen Schlag. Mein Herz klopft immer noch viel zu schnell, aber diesmal nicht aus Sorge. Ich bin stark geworden. Stolz sammelt sich in meiner Brust. Ich knülle das Toilettenpapier in meiner Hand zusammen, als mein Handy vibriert.

Logan 17:45 Uhr

Hast du Zeit? Können wir reden? Ich brauch dringend jemanden.

Oh, Scheiße. Ich lege mein Handy auf meinen Schoß und das zerknüllte Klopapier auf den Toilettenpapier-Spender.

»MATTEOOOOO!«

Keine Sekunde später höre ich, wie die Tür der Nachbarkabine aufgerissen wird. Dann ein dumpfes Geräusch. Er klettert über die Kabinenwand.

»AMELIE! Was ist passiert?!«

Ich zucke zusammen, als er vor mir landet. Seine Nase blutet immer noch. Ein roter Tropfen fällt auf das zerknüllte Papier. »Mir ist nichts passiert.«

Er verengt die Augen. »Warum schreist du dann so?! Ich dachte, jemand greift dich an!«

»Ich wusste nicht, dass du hier drin bist! Ich dachte, du stehst noch an der Treppe und hörst mich nicht.«

Er kniet sich vor mich, seine Hände an meinen Oberschenkeln, sein Blick wild und atemlos. »Jage mir nie wieder so einen Schrecken ein.«

Ich sehe zu, wie er sich mit meinem zerknüllten Klopapier das Blut von der Nase wischt. »Was ist los?« Seine Stimme ist jetzt weicher.

Ich gebe ihm mein Handy. »Logan hat mir geschrieben.«

Matteos Gesicht versteinert. Er nimmt das Handy, öffnet den Chat. Ich nutze die Gelegenheit, um mich endlich sauber zu machen und meine Hose hochzuziehen.

Als ich aus der Kabine trete, sehe ich, wie er auf meinem Handy herumtippt.

»Was machst du?!« Ich eile zu ihm, reiße ihm das Handy aus der Hand.

Amelie 17:55 Uhr

Natürlich. :) Wir können uns auch treffen. Wo bist du? Ich kann dir einen Flug nach Italien organisieren.

Ich stoße ihn gegen die Hüfte. »Spinnst du?! Was soll ich denn mit ihm besprechen?! Was, wenn er gefährlich ist?«

Matteo vergräbt die Hände in seinen Hosentaschen und sieht mich unschuldig an. »Wir müssen sie aus der Reserve locken. Du weißt, dass sie zu ruhig sind. Und das heißt nie etwas Gutes. Das heißt, sie planen. Sie planen nicht, uns in Ruhe zu lassen.«

Meine Brust wird enger.

»Und wenn Logan dazugehört, kann er dir vielleicht etwas sagen. Ich denke nicht, dass er so loyal ist, dass er den Mund hält.« Sein Blick wird dunkler. »Du wirst ihn verführen.«

Mein Handy klingelt. *Logan.* Matteo steht schon neben mir, die Arme verschränkt, die Aura eines Mannes, der es gewohnt ist, zu bekommen, was er will. »Geh ran.«

Ich sehe ihn strafend an, drücke auf Annehmen, dann auf Lautsprecher.

»Hey Logan.«

Seine Stimme ist weich. »Amelie. Ich dachte, du gehst nicht ran.«

»Ich habe dir doch geschrieben, dass ich für dich da bin. Alles in Ordnung bei dir?«

»Nicht wirklich …« Ein Seufzen. »Ich bin da in etwas hineingeraten, und ich vermisse dich. Seit unserem letzten Treffen kann ich an nichts anderes als an dich denken.«

Matteo zeigt mir mit einer Geste, dass ich weiterreden soll. Giuliano steht längst am Eingang der Toilette, bereit für alles.

»Worin bist du hineingeraten?« Meine Stimme bleibt neutral. Gib mir fünf Worte, Logan: *Ich arbeite mit Tommaso zusammen.*

»Das kann ich dir am Telefon nicht sagen. Aber ... ich bin in Italien. In Catania. Können wir uns sehen?«

Natürlich bist du in Süditalien gelandet. Wo auch sonst.

Ich atme ein. »Ja. Heute. Ich könnte in vier Stunden da sein. Schick mir einen Ort, wo wir uns treffen.«

Sein Lächeln ist fast hörbar. »Mache ich. Danke, Amelie. Das werde ich dir nie vergessen.«

Er will auflegen. »Warte, Logan!«

»Ja?«

»Warum bist du in Italien?«

Ein leises Lachen. »Ich wusste, dass du hier bist. Ich wusste nur nicht, wo. Also habe ich mich auf die Suche gemacht.«

Ich schiebe mein Handy in die Hosentasche. Mein Herz schlägt zu laut.

»Du und Salva begleitet mich. Sonst treffe ich ihn nicht.«

Matteo grinst. Er wusste, dass ich das sagen würde.

KAPITEL 17

Lucifero

Die Vorbereitungen schreiten voran. Jeder ist eingeweiht. Matteo und seine kleine Fiore wiegen sich in Sicherheit, ahnungslos, während sich das Netz um sie immer enger zieht. Doch das, was wir vorhaben, braucht Zeit. Ein sorgfältig gewebter Plan kann nicht überstürzt werden. Einer nach dem anderen wird fallen.

Matteo glaubt allein, sein Name könne ihn unantastbar machen. Er hält sich für den König eines Reiches, das längst von Rissen durchzogen ist, aber früher oder später wird er erkennen, dass er nicht an die Spitze dieses Clans gehört. Und wenn der Moment kommt, in dem er auf die Knie gezwungen wird, werde ich dort sein, um jede Sekunde seines Niedergangs auszukosten. Dann wird ihm der Erdboden unter den Füßen weggerissen, und während er fällt, werde ich mich daran erinnern, wie lange ich auf diesen Augenblick gewartet habe. Endlich bekommt er das, was er wirklich verdient – und nein, damit meine ich nicht seine Kinder. Die werde ich ihnen nehmen, damit von ihrer Existenz nicht einmal mehr ein Funke bleibt.

»Wann geht es endlich los?« Antonia sitzt auf der Couch, die Beine lässig übereinandergeschlagen, während sie ihre Bazooka reinigt. Das arme Ding hat einiges mitgemacht. Nicht nur die Waffe, sondern auch sie selbst. Die Explosion im Tunnel hätte sie beinahe das

Leben gekostet, und ihre Haut war danach kaum noch als menschlich zu erkennen. Ich konnte wochenlang nicht direkt hinsehen, ohne den Würgereiz unterdrücken zu müssen. Jetzt, da ihre Haare langsam nachwachsen und die schlimmsten Wunden verblassen, sieht sie fast wieder aus wie früher. Fast. Ich ignoriere ihre Ungeduld, lehne mich gegen den Tisch und richte meinen Blick auf das Tablet vor mir. *Amelie.*

Ihre Bewegungen, ihr Lachen, die Art, wie sie sich mit ihren Freundinnen in Palermo durch die Läden treiben lässt. Das alles ist so vorhersehbar, so naiv. Sie ahnt nicht, dass ich sie ebenso gut beobachten kann, wie Matteo es tut. Seine Hacker mögen stark sein, aber ich habe meine eigenen. Und genau wie er sehe ich jede ihrer Bewegungen.

Gerade trifft sie sich mit Logan. Ein weiteres Rädchen im Getriebe. Ich bin gespannt, ob er sich an den Plan hält oder ob er sich von seiner erbärmlichen Sentimentalität ablenken lässt.

Was auch immer passiert, Amelie muss nur endlich begreifen, dass Matteo nicht ihr strahlender Ritter ist und sie selbst keine dunkle Prinzessin, sondern eine Frau, die nicht versteht, wie fehl am Platz sie in dieser Welt ist. Eine Bauernfrau, die sich einbildet, sie könnte mehr sein. Lächerlich.

Ein lauter Knall reißt mich aus meinen Gedanken. Eine Kugel zischt an meinem Kopf vorbei, trifft die Wand hinter mir mit einem dumpfen Einschlag. Ich blinzele. Sekundenlang begreife ich nichts. Dann drehe ich den Kopf und sehe Emilio.

Er steht am Eingang des Raumes, die Waffe erhoben, noch immer auf mich gerichtet.

Mein Herz schlägt langsamer. Ruhiger. Dann senkt sich mein Blick auf die Pistole in meiner Hand, die ich in einer fließenden Bewegung vom Tisch nehme.

»Was zur Hölle soll das?!« Mein Blick verengt sich, als ich einen Schritt zur Seite mache, um nicht direkt in seiner Schusslinie zu stehen.

»Du Wichser hast mich belogen. Jahrelang.« Die Wut und Enttäuschung stehen ihm ins Gesicht geschrieben. Er macht einen weiteren Schritt auf mich zu. Die Pistole noch immer auf mich gerichtet, während ich die meine langsam unter den Tisch gleiten lasse.

»Ich werde mich verpissen«, sagt er, als wäre das eine beschlossene Sache. »Ich habe dir lange genug geholfen.«

Ich beuge mich vor, meine Stimme gesenkt. »Du wirst jetzt nicht gehen.«

Er lacht. Ein kurzes, bitteres Geräusch, das nach Wahnsinn schmeckt. »Und ob ich das werde.« Sein Kiefer spannt sich an. »Ich werde dich nicht töten. Dafür gibt es Leute, die es mit mehr Genugtuung tun würden. Matteo vielleicht. Oder Amelie. Oder Salva.«

Meine Finger umschließen den Griff meiner Pistole. Der Name brennt in meinen Ohren.

»Du bist schuld an allem, Lucifero. Ich bin nicht dein Hund, der deine Befehle befolgt. Ich bin Emilio Moretti und wenn du immer noch nicht begriffen hast, dass du ein Niemand bist, dann solltest du dich selbst mal in den Spiegel sehen.«

Im Hintergrund bewegt sich Antonia, langsam,

unauffällig. Sie hebt eine Lampe, bereit, sie ihm über den Schädel zu ziehen. Doch Emilio ist schneller.

Der Schuss hallt durch den Raum, und Antonia schreit auf, als die Kugel ihr Bein trifft. *Großartig.* Noch jemand, der gepflegt werden muss. Ich schnaube verächtlich, richte mich auf und hebe die Pistole.

»Dann bring uns doch gleich alle um, wenn du deinen Frieden willst!« Meine Kugel trifft knapp neben seinen Füßen auf den Boden. Er zuckt nicht einmal. Emilio war schon immer wie sein Vater unberechenbar, aber nicht dumm. Er tritt noch näher, sein Blick nun fast amüsiert.

»Was hätte ich davon? Ich will euch leiden sehen.«

Er dreht sich zum Gehen. Ein Wimpernschlag später fällt der nächste Schuss. Ich spüre es erst, als meine Pistole klirrend zu Boden fällt. Ich sehe zu meiner Hand, auf das Blut, das aus der Schusswunde tropft. Er hat mir in die verschissene Hand geschossen.

Langsam hebt Emilio die Waffe, bläst unsichtbaren Rauch vom Lauf und verstaut sie dann in seinem Hosenbund. »Wach auf, Lucifero. Das Spiel ist vorbei.« Er geht, als wäre es eine Selbstverständlichkeit.

Ich könnte meine Männer auf ihn hetzen. Ich könnte ihn genau in diesem Moment sterben lassen. Aber wo wäre der Spaß? Er will Spaß, dann soll er ihn kriegen. Sollen sie ruhig denken, ich sei zu schwach. Ich bin es nicht. Und sie werden es alle sehen. Ich werde sie zerreißen. Stück für Stück. Und Emilio werde ich mir für den Schluss aufheben. Der letzte Atemzug, den er macht, soll nur für mich sein.

KAPITEL 18

✻

Amelie

✻

Der Kies knirscht leise unter meinen Sandalen, als ich über den Parkplatz laufe. Die Sonne steht bereits tief am Himmel, taucht alles in ein warmes Orange, das die Illusion eines perfekten Sommerabends erschafft. Eine trügerische Ruhe, die nicht zu dem passt, was hier wirklich passiert.

Nach Catania sind es etwa drei Stunden, aber wir haben uns Zeit gelassen. Damit wir noch einige Dinge vorbereiten konnten. Salva und Matteo sitzen im SUV hinter mir. Die Scheiben sind verdunkelt, sodass niemand hineinsehen kann, aber ich weiß, dass sie jede meiner Bewegungen beobachten, bereit, zu handeln, wenn es nötig wird.

Ich habe mich umgezogen. Das schwarze, knöchellange Kleid umspielt meine Beine bei jedem Schritt, die Nacht scheint bereits an meinem Körper zu haften. Elegant. Unauffällig. Aber nicht wehrlos. Am Oberschenkel, verborgen von Stoff, steckt mein Strumpfband mit einem Mini-Revolver, nur für den Fall der Fälle.

Ich könnte Logan niemals einfach so erschießen. Aber falls noch jemand anderes auftaucht? Falls es eine Falle ist? Dann würde ich nicht zögern.

Ich halte bewusst Abstand zu den parkenden Autos. Niemand soll mich einfach packen und in einen Wagen zerren können. Falls jemand eine Entführung plant, soll er es wenigstens schwer haben.

Dann sehe ich Logan. Er steht weiter vorne, mit dem Rücken zu mir, die Meeresbrise fährt durch sein blondes Haar. Die gebräunte Haut, die lockere weiße Shorts, das hellblaue Hemd – er sieht aus wie ein sorgloser Tourist, nicht wie ein Mann, der tief in etwas hineingeraten ist, aus dem er sich nicht mehr befreien kann. Ich schlucke und trete näher. »Hey, Logan.«

Als er sich umdreht, sehe ich sofort die Erleichterung in seinen Augen.

Er überbrückt die Distanz zwischen uns, bevor ich reagieren kann, und schließt mich in seine Arme.

»Amelie! Danke, dass du gekommen bist.« Er hält die Umarmung einen Moment zu lange, sein Griff warm, fast verzweifelt. Dann senkt er die Stimme und spricht so leise, dass ich ihn kaum verstehe. »Wir werden beobachtet.«

Meint er Matteo und Salva? Oder ist jemand anderes hier? Lucifero?

Ich hatte mit Matteo und Salva vereinbart, mich nicht zu weit zu entfernen, aber wenn Logan reden soll, dann müssen wir weg von hier.

Er löst sich langsam von mir, »du siehst umwerfend aus«, sagt er und deutet auf meinen Bauch. Ich zwinge mich zu einem Lächeln. »Danke.« Ich zeige in Richtung des Strandes. »Lass uns ein wenig spazieren gehen.«

Doch Logan schüttelt den Kopf, seine Augen huschen kurz in Richtung eines Supermarkts. *Er traut sich nicht.*

Ich ziehe eine Schnute, greife nach seiner Hand. »Komm schon, Logan. Ich brauch das jetzt. Ich hatte

einen anstrengenden Tag. Oder soll ich einfach gehen?«
Ich drehe mich bereits um, als er nach mir ruft.

»Warte!« Ich halte inne, und schließlich nickt er.
»Okay. Lass uns ans Wasser gehen.«

Während wir uns in Bewegung setzen, höre ich Matteo über mein In-Ear-Mikrofon. »Vergiss deine Waffe nicht. Wir haben Leute am Strand – du bist nicht allein.«

Ich sehe zu Logan hinüber. In seinen Augen erkenne ich, dass er immer noch etwas für mich empfindet.

Der Strand ist breit. Der Wind trägt das Salz des Meeres zu uns herüber, und für einen Moment könnte man fast vergessen, dass es hier um Leben und Tod geht.

»Ich vermisse dich übrigens auch, Logan.«

Seine Augen leuchten auf. »Wirklich?«

Ich nicke. »Ja. Ich bin zwar schwanger, aber … es läuft nicht gut momentan. Matteo und ich … ich glaube, wir sind kurz davor, uns zu trennen. Unsere Leben passen nicht zusammen.«

Die Lüge kommt leicht über meine Lippen. Doch die Vorstellung, Matteo oder Salva jemals zu verlieren, lässt mir einen eiskalten Stich durch die Brust jagen. Ich blinzele hastig, verdränge den Gedanken. Logan beißt an.

»Ich könnte ja sagen, dass es mir leid tut, aber dann würde ich lügen.« Er seufzt, schüttelt den Kopf. »Ich bin ein Idiot, dass ich mich nicht schon früher bei dir gemeldet habe. Wäre ich nur vor Matteo wieder zu dir gekommen … dann wäre ich jetzt der Vater deines Kindes.«

Ich halte inne. »Logan …«

»Ich weiß.« Er lächelt bitter. »Ich kann dir nichts versprechen, oder? Aber wenn es zwischen euch wirklich schlecht läuft ... vielleicht solltest du dir das nochmal überlegen.«

Das Wasser glitzert unter der untergehenden Sonne. Hier sind wir weit genug weg, und das Meeresrauschen übertönt unsere Stimmen. Hier kann ich ihn fragen, ohne dass jemand mithört.

»Logan, was ist passiert? Was ist los?«

Er fährt sich durch die Haare, dann legt er einen Arm um meine Schultern, bringt sein Gesicht dichter an meins. »Kennst du einen Lucifero?«

Meine Welt bleibt stehen. »Ich erinnere mich nicht. Kannst du ihn mir beschreiben?«

Wir laufen weiter, wie ein verliebtes Paar, das die letzten Sonnenstrahlen genießt. Logan bleibt stehen. Seine Stimme ist rau. »Vertrau mir, Amelie.«

Ich weiß, was er tun will. Ich lasse es geschehen. Er beugt sich vor, sein Blick haftet an meinen Lippen. »Graue Haare. Grauer Bart. Muskulös. Kleiner als ich. Italiener. Er ist gefährlich. Ich komme da nicht mehr raus,« flüstert Logan, bevor unsere Lippen sich berühren.

Dann küsst er mich. Seine Hände umfassen mein Gesicht, als wäre es echt. *Aber es ist es nicht.* Zwischen einer Pause löse ich mich kurz von ihm. »Was hat er vor?«

Er streicht mir mit einer Hand über den Rücken, sein Atem streift meine Haut. »Sorry, aber ich muss das tun ... Ich weiß nicht genau. Er hat mir Geld gezahlt ... und mir versprochen, dass wir wieder zusammenkommen.«

Seine Lippen finden erneut meine. »Ich sollte einfach nur mit dir flirten.«

Mein Puls rast. Die Beschreibung passt. Tommaso ist unser Lucifero. *Wir hatten recht.*

»Hattest du mit noch jemandem Kontakt?« Logan schüttelt den Kopf. »Nein, nur er. Ich glaube, er will dir etwas antun. Ich habe Angst um dich.«

Er sieht mich mit echtem Schmerz in den Augen an. Ich berühre sanft seinen Unterarm. »Ich kann dich schützen, aber es wäre gefährlich.«

Seine Lippen wandern an meinem Hals entlang. »Nein, ich spiele mit. Ich will dich nicht gefährden. Aber bringt ihn zur Strecke, okay?«

Ich nicke. Dann löse ich mich von ihm. »Wir sollten zurück. Du musst dir noch was einfallen lassen, warum du mich hergerufen hast. Er wird dein Handy überwachen.« Wir drehen uns um, laufen zurück. Meine Nerven sind gespannt wie Drahtseile. Jeder Schritt bringt uns Matteo und Salva näher. Aber was, wenn mein Plan mit dem Meeresrauschen nicht funktioniert hat und Tommaso bereits alles gehört hat? Was, wenn gleich ein Schuss fällt?

»Danke, dass du mir zugehört hast«, murmelt Logan. »Ich wusste nicht, mit wem ich darüber reden soll. Niemand kannte meine Mom so gut wie du.«

Ich spüre, wie sehr ihn das belastet. Nicht das mit seiner Mom, das ist erfunden, aber das mit Tommaso.

»Du hättest nicht extra dafür nach Italien reisen müssen.« Ich knuffe ihn leicht.

Er schmunzelt. »Ich bleibe länger. Meine Mom ist

hier im Krankenhaus … Vielleicht sehen wir uns ja nochmal?« Er küsst mich auf die Wange.

»Können wir gerne machen, schreib mir, wenn du etwas brauchst.«

»Bis bald, Babe.« Logan verschwindet in den Supermarkt, in dem wohl Tommaso auf ihn wartet. Tommaso will wirklich nur, dass ich Matteo verlasse? Dafür braucht er Logan? Was zur Hölle hat er wirklich vor?

Ich mache mich auf den Weg zum SUV, meine Gedanken noch immer bei dem, was Logan gesagt hat.

Mein Herz beginnt schneller zu schlagen. Die warme Brise vom Meer streift meine Haut, doch sie kann das beklemmende Gefühl in meiner Brust nicht vertreiben. Etwas fühlt sich falsch an.

Dann höre ich es. Ein leises, scharfes Zischen. »Psst.« Zwischen zwei Häusern, nur wenige Meter von mir entfernt. Ich blinzele. *Habe ich mir das gerade eingebildet?* Ich gehe weiter, ignoriere es. Wahrscheinlich war das nur der Wind, der durch die Gassen pfeift.

Doch dann kommt es erneut. Deutlicher. Dringlicher. »Psst!«

Mein Körper friert für einen Moment ein, meine Finger umklammern instinktiv das dünne Material meines Kleides. Langsam drehe ich den Kopf. Und dann sehe ich es. Zwischen den beiden Häusern, verborgen in den Schatten, steht jemand. Jemand, den ich niemals hier erwartet hätte. Mein Atem stockt. *Das kann nicht sein.* Das hier sollte ein kontrolliertes Treffen sein. Ich sollte jetzt in das Auto steigen, zurück zu Matteo und Salva fahren.

Doch jetzt kann ich nicht wegsehen.

In mir dreht sich alles, als die Gestalt einen Schritt weiter aus dem Schatten tritt und in dem schwachen Licht der Straßenlaterne sehe ich sein Gesicht. Das ist unmöglich. Ich schlucke hart, während mein Herz gegen meinen Brustkorb hämmert. Was zur Hölle macht er hier?

Kapitel 19

Emilio

Da stehst du nun. Wie eine verlorene Seele am Strand, gehüllt in Schwarz, mit deinen Babys in deinem Bauch. Eine Göttin, erschaffen aus Feuer und Stahl. Wenn die Kinder doch nur mir gehören würden. Nicht diesen beiden Russos. Ich weiß, das hat dein dummer Ex auch gesagt, aber im Gegensatz zu ihm meine ich es wirklich. Jeder Atemzug von mir ist der Beweis dafür.

Ich kenne dich in deinen schwächsten Momenten, habe gesehen, wie du gefallen bist. Und ja, ich bin der Grund dafür. Aber ich war auch derjenige, der dich ungewollt zu der Frau gemacht hat, die du heute bist. Du bist so stark geworden, dass ich mich an dir die Finger verbrennen könnte.

Und trotzdem … wenn du mich ansiehst, erkenne ich den Schatten von Angst in deinen Augen. Nicht nur Angst vor mir. Angst vor dem, was du tun musst. Deine Finger gleiten in deine Tasche. Routine. Tarnung. Du tust so, als würdest du eine Nachricht tippen, aber ich weiß es besser. Du bereitest dich auf das vor, was gleich passiert. Dann gehst du auf mich zu. Deine kastanienfarbenen Haare funkeln in der schwindenden Sonne, deine Brüste spannen sich unter dem weichen Stoff deines Kleides, jetzt größer, voller durch die Schwangerschaft. *Merda.* Ich brauche deinen Körper und zwar jetzt.

Als du die Gasse betrittst, zögerst du keine Sekunde. Du bist wunderschön, wenn du töten willst.

Ein einziger, fließender Griff und schon ziehst du aus deinem verflucht sexy schwarzen Strumpfband den Revolver. Ich hebe sofort die Hände.

»Was machst du hier?«, spuckst du mir entgegen, deine vollen Lippen umschmeichelt von diesem rosa Lipgloss, den ich dir am liebsten mit meiner Zunge verwischen würde.

Ich lecke mir über die Unterlippe. Ich weiß, dass du es merkst. »Ich komme in Frieden. Ich will mich euch anschließen.« Langsam schiebe ich meine Hände in die Taschen meiner zerrissenen Jeans, ein Zeichen, dass ich unbewaffnet bin.

Ich kann es dir nicht verübeln. Ich habe dich oft Scheiße behandelt, mal war ich nett, mal war ich ein Arschloch, aber was hätte ich tun sollen? Ich konnte dich nicht lieben, ich konnte dich nicht hassen. Ich habe es versucht, so oft, und doch stehe ich jetzt hier und bitte um Vergebung. Verloren. Denn so ist es, wenn ich in deiner Nähe bin.

Du neigst leicht den Kopf, dann lachst du. Ein dunkles, süßes Lachen, das mir kalt den Rücken hinunterläuft. »Du willst dich uns anschließen?«

Ironie schwingt in deiner Stimme. Und dann sehe ich hinter dir eine Bewegung. Salva. Er nähert sich aus der Dunkelheit wie ein Schatten aus Fleisch und Muskeln. Dieser Scheißkerl. Er trägt Shorts und ein enges weißes Shirt, das seine durchtrainierten Arme und die dunklen Tattoos zur Schau stellt, als wäre er auf einem Laufsteg. *Arroganter Wichser.*

»Amelie. Geh zur Seite.« Seine Stimme ist scharf, sein Schritt beschleunigt sich. Ich weiß, was jetzt passiert.

Er zischt an dir vorbei, packt mich mit einem Griff, der mir sofort die Luft abschnürt.

»Du traust dich ja was, Emilio!«, keift er und drückt seinen Unterarm gegen meinen Kehlkopf. Ich will antworten, aber wie denn, wenn dieser Affe mir die Luftröhre zerquetscht? Du siehst mich an. Ich sage nichts. Wie denn auch? Aber du musst wissen, dass das hier keine gute Idee ist. Wir sollten verschwinden, bevor Tommaso erfährt, dass ich bereits bei euch bin. Dass ich zu dir gekommen bin. Jetzt hätten wir noch Zeit, um zu reden. Um zu planen. Aber nein. Mr. Muskelprotz muss erst noch seine Show abliefern. Ich schnappe nach Luft. Cazzo. Salva ist stark. Seine Muskeln brennen gegen meine Haut, während er mich gegen die Wand drückt. Mein Kiefer steht kurz davor, aus dem Gelenk zu springen.

»Salva, es ist gut. Lass ihn.« Du willst, dass er mich frei lässt, aber ich höre das Zögern in deinen Worten.

Salva erstarrt. Er sieht dich schockiert an. »Amelie … vergiss nicht, was er getan hat.«

Er dreht mich zur Wand, hebt meinen rechten Arm, bis meine Schulter brennt, meine Knochen kurz davor sind, aus der Verankerung zu springen.

»Was willst du hier?«, zischt er. Sein Griff verstärkt sich, ich presse die Stirn gegen das kalte Mauerwerk, spüre jeden rauen Stein auf meiner Haut.

»Ich möchte mich euch anschließen.« Jetzt lacht auch Salva. Wie könnte er es nicht? Ich kann es niemandem verübeln. Ich rüttle an seinem Griff, versuche ihm klarzumachen, dass es scheißernst ist. »Wir müssen hier weg, sonst merkt Tommaso, dass ich hier bin.«

In dem Moment höre ich, wie sich die schweren Reifen eines Autos über den Kies bewegen. *Fuck.* Das Timing ist so verdächtig perfekt, dass es nicht anders sein kann.

Matteo. Natürlich hat er mitgehört. Natürlich ist er da.

Die Türen öffnen sich, aber ich muss nicht in das Wageninnere sehen können, um zu wissen, wer da sitzt. Seine Schuhe sind alles, was ich sehen kann, aber das reicht. Ich spüre die Aura von ihm bis in meine Knochen. Ich werde mich jetzt höchstpersönlich zu Matteo Russo in den Wagen setzen. Mir bleibt nichts anderes übrig.

Salva knurrt leise, unzufrieden, dass er mich nicht einfach hier und jetzt das Genick brechen kann. Er zieht mich von der Wand und stößt mich nach vorne. Eine stumme Aufforderung, mich zu bewegen.

Du gehst vor. Ich genieße den Anblick. Dein Rücken ist frei, die Narben, die ich dir zugefügt habe, überdeckt mit einem neuen Tattoo. Ich sollte wütend sein, aber nein, meine Narben sind schöner. Die Narben, die du von mir hast, sind für immer.

Ich folge dir ins Auto, Lorenzo sitzt am Steuer. Matteos Fahrer, dein Vertrauter. Ein treuer Mann. Er sieht dich an, streicht über deinen Arm, als müsste er dich beruhigen. Ernsthaft? Klar, du bist schwanger, aber nicht krank. Und außerdem so schlimm bin ich auch wieder nicht, dass man so tun muss, als hätte ich dich vergewaltigt.

Ich werde nach hinten gesetzt. Zwischen deinen zwei Geliebten. Matteo hebt kaum den Blick, sein Tonfall ist trocken. »Welch eine Freude.«

Arrogantes Arschloch. Arrogante ARSCHLÖCHER! Ich lehne mich mit einem breiten Grinsen zurück. »Ganz meinerseits.«

Salva befestigt meine Handgelenke mit Handschellen an der Kopfstütze vor mir. Ich atme tief ein, mein Blick gleitet über dein Haar, das mir so nahe ist, dass ich den Duft von dir in jeder Faser meines Körpers spüren kann. Ich lehne mich leicht nach vorne, ein Hauch von Bewegung, gerade genug, um ein leises, amüsiertes Lächeln auf meine Lippen zu zaubern. »Wird ja richtig gemütlich hier.«

Der Motor brummt tief, als Lorenzo den Wagen startet. Ein Geräusch, das wie ein Countdown klingt. Drei Stunden. Falls sie mich wirklich zum Russo-Anwesen fahren. Es wäre dumm von ihnen, deshalb rechne ich eher damit, dass sie mich irgendwo absetzen. Ein Lager, ein Keller, ein dunkles Loch, in dem ich mich erst einmal beweisen soll. Oder sie bringen mich gleich um.

Außer du, meine Schöne, gewährst mir einen Funken Luxus. Aber ich bezweifle es. Ich habe mir zu viel geleistet.

»Deine Knie sind wohl wieder verheilt.« Matteo sieht mich nicht einmal an. Sein Fokus liegt auf dir, als wäre ich Luft in diesem Auto.

Dein Blick dagegen bleibt an mir haften. Na siehst du, Matteo? Ich bin im Zentrum ihrer Aufmerksamkeit.

Ich lehne mich zurück, ein schiefes Lächeln auf den Lippen. »Ja, ich hatte großartige Pfleger. Sie sind fast wie neu, nur rennen fällt mir noch etwas schwer. Deshalb hoffe ich, ihr habt keine Verfolgungsjagd mit mir vor. Dann wärt ihr mir zumindest in dieser Sache voraus.« Ich bewege meine Beine, hebe die Knie leicht an. Eine harmlose Geste – oder auch nicht. Denn dabei zucken meine Finger kurz, und eine deiner Haarsträhnen fällt mir direkt in die Hand. Niemand hat es bemerkt, aber ich genieße es. Ein kleiner Teil von dir, zwischen meinen Fingern. Etwas, das Matteo und Salva mir nicht nehmen können.

Dann bricht seine Stimme wie eine Klinge durch den Moment. »Pass auf, dass ich dir nächstes Mal nicht die Kniescheiben wegschieße. Dann wirst du keine großen Töne mehr spucken.«

Du schüttelst den Kopf, bevor ich etwas erwidern kann. »Was führt dich zu uns?« Deine Stimme ist kühl. Kontrolliert. Aber du fragst wenigstens.

»Wie gesagt, ich möchte mich euch anschließen.« Meine Hände öffnen sich, deine Haarsträhne entgleitet mir. *Scheiße.* Ich sehe dich an. Matteo schenkt mir keine Beachtung, also revanchiere ich mich, indem ich ihm dasselbe antue.

Doch dann höre ich es in meinem Nacken. »Woher der plötzliche Sinneswandel?«

Und bevor ich antworten kann, erfolgt ein Schlag in die Rippen. Der Schmerz schießt durch meinen Körper, ein scharfes, stechendes Brennen, das mich kurz taumeln lässt.

»Sieh Matteo gefälligst in die Augen, wenn er mit dir spricht, wir könnten dich auch hier und jetzt töten.«

Salva. Ein stummer Reminder, dass er nicht der Boss ist – sondern sein Bruder. *Wenn er wüsste.*

Ich lache leise, huste Blut. »Sorry, Lacrima. Ich würde viel lieber weiterhin in deinen bezaubernden grünen Wald blicken, aber ich muss in die Augen des Teufels sehen.«

Ein Zug an meinem Kinn und dann kommt es. Matteos Faust schlägt in mein Gesicht wie eine Abrissbirne. Alles explodiert. Für einen Moment sehe ich Sterne.

»Nenn sie noch einmal Lacrima, und du bist deine Zunge los, Bastardo!« Blut rinnt über meine Zunge, warm, metallisch. Ich spucke es aus, etwas Hartes klackt auf den Boden. Ich taste mit der Zunge über meine Backenzähne. *Jep.* »Danke für den Zahn, Russo.«

Ich grinse, lasse das Blut über mein Kinn laufen.

Matteo verzieht keine Miene. »DU WAGST ES, mein Auto zu beschmutzen?« Seine Stimme ist ein bedrohliches Grollen. Die Situation spitzt sich immer weiter zu.

»STOPP!« Du schreist. Matteos Arm erstarrt in der Luft. Er dreht sich sofort zu dir, sein ganzer Körper verändert sich, wird weicher, besorgt.

»Alles gut? Hast du Schmerzen?« Er streicht deine Wange, als wärst du das Zerbrechlichste auf dieser Welt.

Du nickst leicht, presst eine Hand auf deinen Bauch. »Es sind nur Tritte. Sie spüren die Aufregung.« Dein Blick wird schärfer. »Deshalb. Beruhigt. Euch.«

Lorenzo hält den Wagen an, Matteo und Salva steigen aus, lassen mich für einen Moment allein mit dir. Ich beobachte dich. Du atmest tief durch, beruhigst dich. Ich bin ebenfalls ruhig. Weil mir scheißegal ist, was mit

Matteo und Salva passiert. Aber nicht, was mit dir passiert.

Egal, wie verdorben ich bin, ich will nicht, dass du deine Babys verlierst. Denn sie sind ein Teil von dir. Und das reicht, um sie leben zu lassen.

Salva dreht deinen Sitz weiter nach hinten, sodass du fast neben mir liegst. Meine Hände sind noch immer an der Kopfstütze gefesselt. Dein Haar landet auf meinem Schoß. *Mamma mia.* Ich würde für dich sterben.

Ich lächle, ziehe leicht an den Handschellen, komme mit den Fingerspitzen an deinen Kopf. Ganz sanft, ein kaum spürbares Streicheln. Und du lächelst zurück. Mein Herz hämmert gegen meine Rippen. *Du magst mich doch noch.*

»Finger weg von ihr!«, brüllt Salva durch die Beifahrertür. Ich verdrehe die Augen, lasse meine Hände fallen.

Lorenzo steigt aus, wird hier zurückgelassen. Es juckt ihn nicht. Er weiß, dass ihn innerhalb von fünf Minuten jemand von den Russos abholt.

Der Russo-Clan ist riesig. Ich kann verstehen, dass Lucifero sich die Macht holen will. Aber der Idiot begreift nicht, dass niemand ihm folgen wird, wenn er sich die Herrschaft erzwingt. Das hier ist nicht das Mittelalter. Entweder er regiert mit Loyalität, oder mit Leichen. Und Matteo hat die Loyalität, weil er gute Arbeit leistet, da kann ihm niemand etwas vorwerfen.

Salva schließt die Tür, setzt sich neben mich. Matteo legt eine Hand auf deinen Bauch. Er streicht sanft über den Stoff deines Kleides, sein Blick voller Hingabe. Ich kann den Ekel in meiner Brust spüren. Wie gern wäre ich an seiner Stelle. Die Eifersucht verpestet mich, sickert in meine Adern. *Wie konnte ich es so weit kommen lassen? Wie konnte ich mich in dich verlieben? Ich bin kaputt.*

Matteo startet den Motor, wir fahren weiter. Du schließt die Augen, versuchst zu schlafen. Aber ich habe noch eine Sache zu klären.

Ich lehne mich leicht nach vorne, so weit es geht. »Matteo?«

Er antwortet nicht. Aber sein Blick trifft mich im Rückspiegel. Hass und ich genieße es.

»Ich muss zu euch ins Anwesen. Ich muss dir etwas sagen. Und dazu muss deine Mutter, Camilla, anwesend sein.«

Sein Gesicht verfinstert sich. Seine Augen werden schwarz. »Warum sagst du mir nicht einfach, was so dringend ist?«

Seine Finger verkrampfen sich am Lenkrad. Er fährt locker zweihundert km/h. Er will mich nicht in diesem Auto haben.

Ich lächle. »Du würdest mir nicht glauben.«

Ich werfe ihm die Worte hin, in der Hoffnung, ihn zu knacken. Seine Finger umklammern das Lenkrad, die Muskeln in seinem Unterarm spannen sich, während er die Augen weiter auf die Straße gerichtet hält.

Dann kommt seine Antwort. Kalt. Trocken. Ohne einen Hauch von Zweifel.

»Wenn ich dich da hinbringe, wirst du das Anwesen nie wieder verlassen.«

Das ist keine Drohung, sondern eine Tatsache. Er sagt es mit dieser ruhigen, gnadenlosen Bestimmtheit, die ihn schon immer ausgemacht hat. Die Art von Ruhe, die tödlich endet. Ich halte seinem Blick im Rückspiegel stand. Dann zucke ich mit den Schultern. »Okay. Einverstanden.« Für eine Sekunde liegt eine Stille im Wagen, die schwerer ist als Blei.

Salva sieht mich an, als könne er nicht glauben, dass ich das wirklich gesagt habe. Matteo schweigt. Aber seine Augen … sie durchbohren mich. Er will, dass ich zucke. Dass ich die Worte zurücknehme. Doch das werde ich nicht. Denn was er nicht weiß: Ich komme immer raus.

Mein Blick fällt auf dich. Auf deine Hand, die sich um seine schließt. Du bist stolz auf ihn … doch ich wäre gerne der Mann an deiner Seite.

KAPITEL 20

Matteo

Ich stelle den SUV direkt in die Garage, damit nicht jeder mitbekommt, dass wir einen Moretti im Haus haben. Du schläfst mittlerweile tief und fest, dein Atem geht ruhig, deine Gesichtszüge sind entspannt. Und auch wenn ich wünschte, ich könnte dich weiterschlafen lassen, muss ich dich wecken.

»Ich bring ihn ins Verlies«, höre ich Salva, der gerade dabei ist, Emilio von der Kopfstütze des Beifahrersitzes zu befreien. Ich denke, er freut sich darauf. Emilio in die Tiefe dieses Hauses zu bringen, wo Männer wie er normalerweise nicht wieder herauskommen.

»Alles klar, ich bring Amelie ins Bett, dann komme ich mit Mamma runter.« Emilio wehrt sich nicht einmal gegen Salva. Er muss es wirklich ernst meinen, wenn er sich freiwillig in die Höhle des Löwen wagt. Oder es ist nur wieder eines seiner kranken Spiele.

Nachdem Salva die Garage verlassen hat, gehe ich zur hinteren Tür des Autos und knie mich neben dich. Ich lege meine Lippen auf deine Stirn.

Hier, an diesem abgeschiedenen Ort, darf ich dich lieben, darf ich dich berühren, ohne dass jemand uns beobachtet. Doch sobald wir diese Tür hinter uns lassen, muss ich weiter so tun, als hätten wir uns in den Haaren. Langsam geht mir das auf die Nerven. Ich weiß nicht, wie lange ich das noch aushalten kann und ob es überhaupt wirklich einen Sinn hat. Klar, wir müssen Logan dazu bringen, dass er denkt, er hätte wirklich eine Chance bei dir, aber zu welchem Preis?

Deine süßen Sommersprossen sind durch die Sonne wieder stärker sichtbar. Ich zücke mein Handy und mache ein Foto von dir. *Die schöne Mutter meines Kindes.* Unsere Kinder werden sich freuen, wenn sie dieses Bild eines Tages sehen, wenn sie wissen, wie sehr sie geliebt werden.

»Fiore.« Ich streiche mit meinen Fingern sanft über deine Wange, woraufhin sich deine Stirn in Falten legt. Du bewegst dich leicht, zuckst kurz. »Aufwachen, meine Königin.«

Langsam öffnest du die Augen, noch immer schläfrig. »Guten Morgen, mein Pate«, murmelst du mit einem kleinen Lächeln.

Ein Lachen entfährt mir. »Guten Abend. Es ist zwei Uhr nachts, du musst ins Bett.«

Du schließt die Augen erneut. »Bin ich doch schon.« Ich schüttle schmunzelnd den Kopf. Du bist noch völlig vernebelt vom Schlaf, deine Gedanken liegen irgendwo zwischen Traum und Realität.

Ich kann dich hier nicht einfach aus dem Auto ziehen, wärst du nicht schwanger, wäre das etwas anderes. Aber so? Das Risiko, dass du mit deinem Bauch irgendwo hängen bleibst oder strauchelst, ist zu hoch. Also lehne ich mich vor, lege meine Lippen auf deine. Zuerst merkst du es kaum, deine Reaktion ist langsam, schwerfällig, doch dann öffnen sich deine Lippen und gewähren mir Zugang. Meine Zunge streift deine, ein langsames Erwachen, ein sanfter Weg zurück ins Hier und Jetzt.

»Zeit zum Aufstehen.« Deine Augen öffnen sich ganz, und langsam begreifst du, dass du nicht in unserem Bett liegst, sondern noch immer im Auto sitzt.

»Wo ist Emilio?«, nuschelst du und siehst dich im Wagen um.

Ich spüre, wie sich meine Schultern anspannen. Ich hatte gehofft, dass du nicht als Erstes an ihn denkst. Aber es war klar. Irgendetwas hat er getan, um sich in dein Herz zu schleichen. Und ich verstehe nicht, was es ist, oder warum.

Ich frage mich, ob du mir auch verzeihen könntest, wenn ich dich foltern, unter Drogen setzen oder brechen würde. Denn genau das hat Emilio getan und doch bist du ihm gegenüber anders.

»Er wird von Salva gerade ins Verlies gebracht.«

Du richtest dich auf, versuchst, dich aus dem Auto zu hieven. Ich öffne die Tür, nehme deine Hände und stütze dich. Gemeinsam gehen wir zur Tür, und gerade als ich mit dir die Treppe hinaufgehen will, bleibst du stehen.

»Ich will dabei sein,« erwiderst du, während du ein Gähnen unterdrückst.

»Du bist müde, und ich werde dir morgen alles erzählen. Ich bring dich ins Bett.«

»So kann ich aber nicht schlafen. Nicht mit den Gedanken, was er euch erzählen wird.«

Ich presse die Lippen zusammen. »Das Verlies ist kein Ort für eine Schwangere.«

Du beißt ebenfalls die Zähne zusammen, suchst nach einem Argument, doch du findest keins.

»Bitte, Matteo. Ich könnte jetzt sowieso nicht schlafen. Und ich bin auch gar nicht mehr so müde, die Babys haben sich ebenfalls beruhigt.«

Ich umfasse mit meiner Hand sanft deinen Arm. »Ich verstehe dich, Amelie. Aber bitte, ich kann dich da nicht mit runterlassen. Die Kinder haben vorhin schon gegen deinen Bauch getreten, und jetzt soll ich dich in eine Situation mitnehmen, die noch stressiger wird? Zu den Verliesen, wo noch andere Gefangene sind? Was ist, wenn ich Emilio foltern muss? Kommst du damit klar, das mitanzusehen?«

Dein Gesicht wird blass. *Habe ich dich ertappt? Du willst wirklich was von ihm.*

»Was soll das heißen? Natürlich komme ich damit klar.« Du weichst zurück, löst dich von meinem Griff.

»Ich habe nur das Gefühl, dass dir Emilio nicht ganz egal ist,« erwidere ich und versuche den Abstand zwischen uns wieder zu verringern. Du sagst nichts, siehst mich nur an. Wahrscheinlich weißt du es selbst nicht wirklich. Oder du kannst es dir nicht eingestehen.

»Komm, du musst nichts sagen. Lass mich dich ins Bett bringen, ich hole Lucia zu dir, dann bist du nicht allein, in Ordnung?«

Nach einem Moment nickst du. Vielleicht habe ich dir gerade die Augen geöffnet, dass du wirklich mehr für Emilio empfinden könntest, als du dir selbst eingestehen willst. Ihr habt euch geküsst. Was als ein Spiel begann, wurde wohl mehr, auch wenn du es nicht willst.

Als ich dich in mein Schlafzimmer bringe, schalte ich den Fernseher ein. »Ich liebe dich, und selbst wenn es so sein sollte ... das mit Emilio, wir sprechen morgen in Ruhe darüber, okay?«

Du rutschst unter die Bettdecke, ziehst sie bis über die Schultern hoch. »Ich liebe dich auch, Matteo. Pass bitte auf dich auf. Und seid nicht zu hart. Lasst ihn erst mal sprechen, er kam schließlich von alleine zu uns.«

Ich drücke die Decke fester um deinen Körper, wie meine Mamma es bei mir früher gemacht hat, wenn ich krank war. Ich nehme die Fernbedienung und drücke auf den Knopf, um die Kamera im Verlies einzuschalten.

Sofort siehst du mich schockiert an. »Willkommen im Abendprogramm der Russos.«

Deine Augen leuchten auf. »Kann ich ... das live sehen?«

Ich setze mich neben dich und streiche deine Haare zur Seite. »Nicht nur das ...« Ich ziehe ein In-Ear-Mikrofon aus meiner Hosentasche, setze es dir ein. »Du kannst mir auch Befehle erteilen.«

Du strahlst über beide Ohren. Ich beuge mich über dich, ziehe dein Buch aus dem Nachtkästchen – It Ends With Us von Colleen Hoover. »Du musst natürlich nicht dabei sein, du kannst auch lesen?«

Du bist in die Decke gewickelt und kannst dich kaum bewegen, aber ich weiß genau, was du jetzt am liebsten tun würdest.

»Machst du Witze! Ich schaue euch zu und gebe dem großen Russo-Mafia-Boss den Ton an!«

Ich schüttele amüsiert den Kopf. »Treib's nicht auf die Spitze. Du kannst mir sagen, was du tun würdest, aber ich wäge immer noch ab, ob mir gefällt, was du sagst.«

Du nickst. Ich lege das Buch neben deinen Schoß, für

den Fall, dass du dich doch für eine ruhigere Nacht entscheidest. »Aber was auch immer er sagt, ruf mich an, wenn es dir nicht gut geht, okay?«

»Mach ich. Ich komm schon klar. Lucia kommt ja auch gleich.«

Ich küsse dich auf die Stirn, dann auf deinen Bauch. »Bis später.«

Ich mache mich auf den Weg zum Verlies, meine Schritte hallen gedämpft durch den Flur. Vor deiner Tür stehen wie immer zwei Personenschützer, die auf dich aufpassen, nicht weil du dich in akuter Gefahr befindest, sondern weil Tommaso offiziell noch nicht der Böse ist. *Noch nicht.* Noch ist er der liebe Onkel, der großzügige Geschäftsmann, der sich im Hintergrund hält. Doch wir sind nah dran, sein Versteck zu lokalisieren. Er war schon länger nicht zu Hause. Zufall? Ich glaube nicht. Er ahnt es. Er weiß, dass wir ihm auf den Fersen sind. Ich hoffe, dein Trick am Strand hat funktioniert, hoffe, dass die Wellen laut genug waren, um die Mikrofone zu überlisten. Aber vielleicht hatte Tommaso längst Spione platziert. Vielleicht hat er dich und Logan beobachtet, jede Bewegung, jede Berührung, jedes Wort, das gefallen ist.

Ich habe meiner Mutter bereits eine Nachricht geschickt, dass wir sie heute Abend noch brauchen.

Als ich ins Wohnzimmer trete, sitzt sie auf dem Chesterfield-Sofa und hält alte Fotos in den Händen.

»Mamma, da bist du ja.«

Sie sieht auf, nimmt ihre Brille ab und klopft neben sich auf das Sofa, eine stumme Aufforderung, mich zu ihr zu setzen. »Matteo, mein Schatz. Wie geht es

Amelie?«

Ich nehme eines der Bilder. Ein Moment aus einer anderen Zeit, aus einem anderen Leben. Mein Vater, meine Mutter, Salva und ich am Strand, eine Sandfigur zwischen uns. Das typische Familienfoto. Ein Bild von einer Normalität, die es in unserer Welt nicht gibt. Mein Vater hat immer versucht, uns so lange wie möglich aus den Schatten der Mafia herauszuhalten, ein Leben ohne Blut, Hass und Intrigen zu ermöglichen. Bei Salva hat es funktioniert. Bei mir nicht. Ich war nie wie er. Ich habe nie weggesehen. Ich habe nie gezögert. Mord hat mir nie Angst gemacht. Ich hatte nie ein Problem damit, Blut zu sehen oder jemandem die Wahl zu lassen zwischen flehendem Winseln und einem schnellen Tod. Mein Vater tat es, weil es sein Job war. Ich tat es, weil ich die Präzision darin liebe. Die Kontrolle. Die Macht.

»Ihr geht es gut. Sie ist oben und sieht durch die Kamera zu.«

Meine Mutter wirkt nachdenklich. Dann sagt sie etwas, das mich innehalten lässt. »Egal, was dort passiert, Matteo, ich liebe dich. Vergiss das nie.«

Ich blicke zu ihr. Die Worte treffen mich, ohne dass ich ihren Sinn sofort begreife. Was zur Hölle soll das heißen? Hat sie sich in die Sache verstrickt? Ist sie in Tommasos Pläne eingeweiht? Arbeitet sie etwa mit ihm zusammen? Ich meine, es wäre nicht einmal abwegig. Er ist der Bruder meines Vaters. Sie kennen sich ihr ganzes Leben lang.

Ein dumpfes Gefühl nistet sich in meiner Brust ein, als ich mit ihr die Treppe hinuntergehe. Ich nehme eine der Fackeln aus der Halterung, zünde sie an. Der Keller wurde nie saniert, nicht, weil wir es nicht könnten, sondern weil er so bleiben soll. Ein Relikt aus vergangenen Zeiten. Hier wurden Eide geleistet, Nachfolger ernannt, Entscheidungen getroffen, die Leben veränderten. Und hier wurden Männer zerstört, die dachten, sie könnten sich mit uns anlegen.

Der Stein unter meinen Schuhen ist kalt, die Wände rau und feucht. Der Geruch von altem Blut, Metall und Verzweiflung hängt in der Luft. Ich habe ihn so oft eingeatmet, dass er mir nicht einmal mehr auffällt.

Wir gehen ein Stockwerk tiefer. Die Wachen stehen bereit, die Waffen in den Händen, immer bereit zu töten, falls sich jemand hierher verirrt, der nicht hier sein sollte. Ich gehe an ihnen vorbei, an den Gefangenen, die sich nicht einmal trauen, mich anzuflehen. Sie wissen, dass sie dann nichts mehr zu essen bekommen würden.

Am Ende des Gangs wartet Emilio. Salva hat ihn an einen Stuhl gekettet, seine Hände sind gefesselt. »Danke, dass du kommen konntest, Camilla Russo.«

Meine Mutter erstarrt kurz, hält aber den Blick. Sie hält Abstand, bleibt außerhalb seiner Reichweite, auch wenn er sich mit seinen Fesseln ohnehin nicht bewegen könnte.

Ich trete in die Zelle, stelle die Fackel in die Halterung an der Wand. »Wer hat dir erlaubt zu sprechen?« Meine Stimme donnert durch den Raum.

Emilio hebt leicht das Kinn, lächelt, als wäre er der nette Junge von nebenan. *Er weiß, dass du zusiehst.*

»Ich wollte nur höflich sein.«

»Spar dir deinen gespielten Anstand.« Ich nehme einen Stuhl, schiebe ihn mit einem lauten Kratzen über den Boden, setze mich direkt vor ihn. »Machen wir es kurz. Welche Informationen hast du für uns?«

»Was willst du wissen? Ich sage euch alles.«

»*Frag ihn nach Logan.*« Deine Stimme ist leise in meinem Ohr, aber sie trifft mich wie ein Befehl.

Ich lehne mich vor. »Was hat Logan mit der ganzen Sache zu tun?«

Emilio hebt eine Braue, richtet sich auf, soweit es geht. »Du kannst mich so vieles fragen, und interessierst dich ausgerechnet für den Ex von Amelie?«

Dieser Wichser. Ich stehe auf, trete hinter ihn. Öffne meinen Gürtel. Das Klirren der Schnalle durchbricht die Stille. Ohne ein weiteres Wort lege ich das Leder um seinen Hals und ziehe zu. Emilio zuckt, röchelt, krallt sich an die Fesseln, sein ganzer Körper windet sich wie ein Wurm, der unter einen Stiefel geraten ist. Ich spüre, wie sich meine Muskeln anspannen, spüre, wie ich ihm das Leben aus dem Körper ziehe. *Ich sehe rot.* Ich könnte es jetzt beenden. Ich könnte dich vor seiner Existenz bewahren. Ich könnte mich für immer von dieser Unsicherheit befreien, ob du mehr für ihn empfindest.

»*Matteo, du bringst ihn um!*« Deine Stimme holt mich aus der Trance. Ich blinzle, merke erst jetzt, wie fest ich zugezogen habe. Meine Finger sind weiß, mein Griff stahlhart. Meine Beherrschung ist weg. Langsam löse ich den Gürtel. Emilio keucht, sein Gesicht ist blass, fast bläulich.

Meine Mutter geht zum Brunnen, füllt einen Keramikbecher mit Wasser und hält ihn an seine Lippen. *Good Cop, Bad Cop?* Wenn sie meint. Ich hätte ihn noch weiterkeuchen lassen.

Ich trete einen Schritt zurück, mein Herz schlägt schneller als sonst. »Ich habe meine Gründe, warum ich zuerst nach Amelies Ex frage«, sage ich leise. »Ich hoffe, du hast jetzt verstanden, wer hier das Sagen hat. Ein falscher Satz, und nächstes Mal nehme ich den Gürtel nicht mehr von deinem Hals.«

Emilio hustet, seine Stimme ist heiser, aber er spricht. »Logan war nur eine Spielfigur von Tommaso. Er wollte ihn nutzen, um dich eifersüchtig zu machen. Er wollte euch trennen. Dich schwächen. Damit du nicht mehr klar denkst und Fehler machst.«

Ich presse die Zähne zusammen. »Was ist mit Antonia? Lebt sie noch?«

»Ja. Aber ich habe ihr ins Bein geschossen, als ich abgehauen bin. Sie ist wahnsinnig. Ich würde sogar sagen, gefährlicher als Tommaso.«

Aber sie ist nichts ohne ihn. Sie hat keine Macht. Keine Kontrolle. Ich verschränke die Arme. »Wie lange arbeitet ihr schon zusammen?«

Emilio lacht leise. »Lange. Tommaso hatte schon immer ein Problem mit dir. Und jetzt weiß ich, warum.« Er sieht erst zu meiner Mutter. Dann zu Salva. Dann zu mir. »Ihr wolltet doch wissen, wer meinem Vater gesteckt hat, dass Franco meinen Bruder Elio getötet haben soll? Es war Tommaso. Er war der Auslöser für das Massaker.«

Auf einmal herrscht Stille über den Kerker. Dann hebt er langsam den Blick. »Ich weiß nicht, ob es sinnvoller wäre, wenn deine Mutter fortfährt.« Ich drehe mich zu ihr um. Sie atmet tief ein. Ihre Arme sind um ihren Körper geschlungen.

Sie kommt auf mich zu, legt eine Hand auf meine Schulter. Und dann beginnt sie zu reden. Und ich wünschte, ich hätte ihr vorher den Mund zugenäht.

KAPITEL 21

※

Matteo

※

»Das, was ich jetzt sagen werde, ändert nichts egal, was du denkst, Emilio.« Meine Mutter ist ruhig, aber es ist diese Art von Ruhe, die kurz vor dem Sturm liegt. Diese Ruhe, die in einem einzigen Moment in sich zusammenfallen wird und alles mit sich reißt. Sie kniet sich vor mich hin, als wäre ich ein kleiner Junge, der gleich erfahren muss, dass der Weihnachtsmann nicht existiert. Ihre Hände liegen auf meinen Oberschenkeln, warm und vertraut.

»Ich dachte, ich könnte es mit ins Grab nehmen, aber anscheinend hat jemand etwas herausgefunden, was nie ans Licht kommen sollte. Es tut mir leid, Matteo, aber es gibt etwas, das ich dir verschwiegen habe. Etwas, das nicht einmal dein Vater wusste.«

Ihre Stimme bricht. Tränen sammeln sich in ihren Augen, doch sie kämpft dagegen an. Doch das Schluchzen nimmt ihr die Kontrolle, macht sie klein, macht sie zerbrechlich. So zerbrechlich, wie ich sie nur ein einziges Mal gesehen habe. Ich kann sie so nicht sehen. Diese Frau, die mich großgezogen hat, die mich gelehrt hat, stark zu sein, die mir beigebracht hat, dass Emotionen eine Schwäche sind und die jetzt vor mir sitzt, als hätte sie selbst alles verloren. Ich lege eine Hand auf ihre Schulter, drücke leicht, ein stummes »Alles gut. Lass dir Zeit.«

Doch es ist nichts gut. Sie sieht zu Emilio, dann schüttelt sie den Kopf, reißt sich los, als könne sie es nicht aussprechen, als könne sie nicht diejenige sein, die diese Worte über die Lippen bringt. Sie fordert ihn mit einem Blick auf, weiterzusprechen.

Und dieser verfluchte Emilio nimmt sich die Zeit, ein bedauerndes Lächeln aufzusetzen.

»Es tut mir leid, dass ich es dir sagen muss, Matteo …« Seine Stimme ist ruhig, zu ruhig. Die Art von Ruhe, die mir die Kehle zuschnürt. Sein Blick wandert zu meiner Mutter, die in Salvas Armen Zuflucht sucht.

»Deine Mutter hatte eine Affäre. Es gab wohl eine Zeit, in der ihr Franco nicht gereicht hat. Und das bedeutet, wie wir alle wissen: Die Thronfolge liegt beim erstgeborenen Sohn des Paten.«

Was hat dieser Hund gerade gesagt? Ich habe das Gefühl, ihm nicht folgen zu können, weil sich mein Verstand so dagegen wehrt. Er macht eine Pause, genießt es, mich in dieses Loch zu stoßen, aus dem es kein Entkommen gibt.

»Im Endeffekt bist du also nicht der Thronfolger der Russos. Und … auch nicht Francos Sohn.«

Etwas explodiert in meinem Kopf. *Mein Vater ist nicht mein Vater.* Ein Piepen setzt ein, schneidet durch meine Gedanken, schneidet durch mein Bewusstsein, schneidet durch jede Faser meines Körpers. Ich nehme nichts mehr wahr. Nicht die Stimmen. Nicht die Blicke. Nicht einmal mehr meine eigene Atmung. Ich sehe nur Emilios Gesicht. Keine Genugtuung. Kein Lächeln. Keine Miene. »*Matteo, alles ist gut. Das bedeutet nichts.*« Deine Stimme in meinem Ohr durchbricht das Piepen, aber sie ändert nichts. Ich bewege mich nicht. Ich kann nichts fühlen. Nichts hören. Nichts riechen. Nichts schmecken.

Es ist, als wäre ich nur noch ein weiteres Stück Stein in diesem Verlies. Ich spüre eine Hand auf meiner Schulter, und in der nächsten Sekunde zerreißt das Echo des Aufpralls die Luft. Meine Mutter zuckt zurück, hält sich die Wange. Ich … Ich habe sie geschlagen.

»*Matteo!*« Deine Stimme ist in meinem Ohr, aber sie kommt nicht in meiner Seele an. Ich sehe die Röte auf ihrer Haut, sehe den Schmerz in ihren Augen, aber ich spüre nichts.

Ich habe um Franco getrauert. Habe ein Trauma davon, wie sein Blut in meinem Gesicht gelandet ist, als er erschossen wurde. Habe keine Liebe mehr zugelassen. Habe ihn vermisst. Habe mich an seinen Namen geklammert, an die Vorstellung, dass ich ein Teil von ihm bin. Ich habe versucht, ihm gerecht zu werden. Sein Erbe fortzuführen. Und sie? Sie hat mich belogen. Mein ganzes Leben lang. Sie hätte es mir sagen können. Schon vor Jahren. Sie hätte mir die Wahrheit geben können. Aber stattdessen stehe ich hier. Ein Nichts. Ein Fehler. Eine Drecksblamage. Mein Herz rast, meine Gedanken überlappen sich, mein Körper reagiert, bevor ich es realisieren kann.

»MATTEO!« Deine Stimme reißt mich aus dem Tunnel. Aber sie kommt nicht aus meinem Ohr, sondern aus meinem Rücken.

Du bist hier. Ziehst an meinen Armen. Ziehst an mir. Ziehst mich zurück. Ich komme wieder zu mir. Sehe, was ich gerade mache. Meine Hände liegen um Emilios

Hals. Sein Kopf ist nach hinten gefallen, sein Körper schlaff. Er ist bewusstlos.

Meine Brust hebt und senkt sich, mein Atem scheint zu explodieren, mein Blut rauscht in meinen Ohren, brennt sich in jede Zelle. Ich löse meine Finger. Emilio sackt nach vorne. *Merda!* Ich hebe meine Hand, verpasse ihm eine Ohrfeige. Ein Schock geht durch seinen Körper, sein Atem setzt wieder ein. Er keucht, spuckt Speichel aus. Aber er lebt.

Ich drehe mich zu dir um. Sofort sehe ich die Tränen in deinen Augen. Ohne ein Wort ziehst du mich in deine Arme und hältst mich fest.

»Das war noch nicht alles.« Emilios Stimme hinter uns ist heiser, gebrochen. Ich sehe nicht zu ihm.

Über deine Schulter sehe ich zu meiner Mutter. Ich zwinge sie, mich anzusehen.

»Hab wenigstens das Rückgrat, selbst weiterzusprechen,« fordere ich sie auf.

Du hältst meine Arme. »Matteo, beruhige dich. Du machst deiner Mutter Angst.«

Ich lache bitter. *Angst? Hat sie daran gedacht, als sie mich jahrelang angelogen hat?* Ich löse mich aus deiner Umarmung, sehe dich an, sehe die Angst, die Sorge, die Liebe in deinem Blick. »Kleines, geh nach oben. Ich kann dir nicht versprechen, dass ich mich beherrschen kann.«

Du schüttelst den Kopf, Tränen tropfen auf deinen Schlafanzug.

»Dann bleib hier.« Ich habe keine Kraft, jetzt zu diskutieren. Meine Kehle zieht sich zu.

»Rede,« fordere ich meine Mutter erneut auf.

Salva tritt neben mich, legt eine Hand auf meine Schulter. Er ist mein Bruder. Mein richtiger Bruder, egal, was war. Er wird es immer sein.

Meine Mutter atmet schwer aus. »Emilio hat recht.«

Ich spanne mich an. Jeder Muskel in mir schreit danach, zu explodieren. »Ich hatte eine Affäre …«

Ich will sie anschreien. Will ihr den Hals umdrehen. Will das tun, was Franco getan hätte, wenn er es erfahren hätte. Sie hatte alles. Geld. Macht. Einen Mann, der für sie getötet hätte. Und sie hat es weggeschmissen.

»Ich hatte eine Affäre mit Alberto Moretti.«

Stille. Ich höre nichts. Ich fühle nichts. Erneut.

»Ist das dein Ernst?«, höre ich Salva fassungslos rufen.

Ich sehe zu Emilio. Er ist noch immer da. Er erholt sich noch von meinem Angriff.

»Das bedeutet …« Meine Stimme klingt fremd.

Emilio hebt das Kinn, spuckt Galle aus. »Ja, ich bin dein kleiner Halbbruder.« Er sieht mir direkt in die Augen. »Und gleichzeitig bedeutet das … dass du unseren Vater ermordet hast.«

Ich spüre nichts mehr außer das Dröhnen in meinem Kopf, das Echo dieser Worte, die sich wie ein rostiger Dolch in meine Gedanken gebohrt haben. Alles verschwimmt vor meinen Augen, meine Hände ballen sich zu Fäusten, doch es gibt nichts mehr, woran ich mich festhalten kann. Ich bin nicht der Sohn von Franco Russo. Ich bin nicht der Thronfolger. Und ich habe meinen eigenen Vater zu Tode gefoltert.

Ich weiß nicht, wie ich in die Garage gekommen bin, ob meine Füße mich hierhergetragen haben oder ob ich einfach nur geflüchtet bin, ohne zu wissen, wohin. Aber jetzt stehe ich hier, vor der Wand mit den Motorradhelmen, und mein Kopf ist leergefegt, bis auf ein einziges Gefühl, das mich in Stücke reißt, und zwar reine Wut.

»Matteo, warte!« Deine Stimme ist ein dünner Faden, der durch meinen Verstand dringt, sich an meinem Bewusstsein entlangtastet. Ich atme scharf durch, schließe für einen Moment die Augen, aber es hilft nichts. Es gibt keine Kontrolle mehr.

»Amelie, bitte …« Meine Stimme ist rau, brüchig. »Ich kann jetzt nicht reden.«

Meine Finger umschließen den Helm, aber ich sehe dich nicht an. Ich will nicht. Ich kann nicht. Ich bin ein Dämon. Und du würdest es sehen, sobald du mir in die Augen siehst.

»Wo willst du hin?« Du hältst deine Hände an deinen Bauch, ein instinktiver Schutz für das Wertvollste, was wir haben. Ich spüre Bewegung hinter dir, Salva und meine Mutter betreten die Garage.

»Schätzchen, das ändert nichts.« Die Stimme meiner Mutter ist weich, flehend. »Du bist immer noch mein Sohn. Du bist immer noch unser Pate.«

Ein bitteres Lachen steigt in mir auf, bleibt mir jedoch in der Kehle stecken.

Ich gehe auf dich zu, weil du das Einzige bist, das mich noch erdet. Mein Atem ist flach, mein Puls rast, aber du bist da, wie ein Fixpunkt in einem Universum, das plötzlich keinen Sinn mehr ergibt.

»Ich muss hier raus.« Ich umschließe deine Hände, so vorsichtig, als wärst du aus Glas, aber mein Griff ist fest, weil ich Angst habe, dass ich dich sonst loslassen könnte. Du schluckst, dein Blick gleitet über mein Gesicht, sucht nach Antworten. »Bitte leg dich schlafen oder hole Lucia oder Salva zu dir, ich will nicht, dass du alleine bist.«

Ich senke meinen Kopf, drücke meine Lippen auf deine Stirn, spüre den vertrauten Duft deiner Haut, deiner Wärme. Als meine Hand über deinen Bauch streicht, spüre ich es. Ein winziger, kaum merklicher Tritt.

Mein Herz setzt für eine Sekunde aus. Es ist das erste Mal, dass ich unser Kind spüre. Ich hatte gehofft, dass dieser Moment ein schönerer wäre, dass ich ihn genießen könnte, dass ich ihn mit dir teilen könnte. Aber stattdessen brennt es in meiner Brust, weil dieser Augenblick in einem Sturm aus Wut und Verzweiflung untergeht.

Ich reiße mich los, setze den Helm auf und steige auf mein Motorrad. »Pass auf dich auf!«, höre ich dich noch rufen, aber ich gebe Gas, ignoriere alles, ignoriere die Stimmen, die mich zurückhalten wollen. Salva ruft mir noch etwas hinterher, aber der Wind verschlingt seine Worte.

Ich fahre in die Nacht hinaus, lasse das Russo-Anwesen, die Wahrheit, meine Vergangenheit hinter mir. Es gibt keine Grenzen mehr, keine Regeln. Nur Geschwindigkeit.

Der Wind schneidet durch meinen Anzug, peitscht an meiner Haut entlang, und ich beschleunige weiter. Die Straße wird zu einem verschwommenen Nichts, die Bäume am Rand zu einer einzigen dunklen Masse.

Was habe ich getan, dass meine Mutter mir das antun konnte? Hatte sie geglaubt, dass sie das für immer für sich behalten könnte? Dass ich es nie erfahren würde? Jetzt bleibt mir nur noch ein Name, den ich nicht tragen will. Matteo Moretti. Ich kann ihn nicht einmal ausprechen, ohne dass mir schlecht wird.

Was ist, wenn ich dich heirate? Dann wärst du mehr Moretti als Russo. Dann würde ich dich mit diesem verfluchten Namen besudeln, mit diesem Verrat, mit dieser Lüge, die mein ganzes Leben bestimmt hat. Amelie Moretti. Es fühlt sich falsch an. Falsch und verdorben.

Ich komme an eine Kurve, weit weg von allem. Eine Straße, die kaum befahren wird, einer meiner Rückzugsorte, von denen niemand bis auf Salva weiß. Hier gibt es nichts außer der Klippe und dem Meer, das weit unter mir seine endlosen Wellen gegen den Fels schlägt.

Ich schalte den Motor aus, steige ab. Ziehe den Helm ab, stelle ihn auf den Boden, gehe mit langsamen, schweren Schritten auf einen Fels zu, der sich an den Rand der Klippe schmiegt. Daneben steht eine Truhe mit einem Zahlenschloss. 2702. Das Datum, an dem ich dich das erste Mal gesehen habe. Das Schloss klickt auf.

Ich ziehe eine Packung Marlboro heraus und eine Flasche Bier. Setze mich auf den kalten Stein, zünde mir eine Zigarette an, während mein Blick über das Meer gleitet. Das Rauschen der Wellen ist das Einzige, was mich nicht anlügt.

Ich ziehe an der Zigarette, inhaliere tief, spüre den Rauch in meiner Lunge brennen. Dann trinke ich das Bier in einem Zug aus. Ich schnappe die Zigarette zwischen meinen Fingern und schnipse sie ins Gras. Aber die Wut ist immer noch da.

Ich kann nicht abschalten. Ich kann mich nicht beruhigen. Ich bin nicht dafür gemacht, zur Ruhe zu kommen. Mein Herz ist vergiftet mit all den Gedanken, all den Wahrheiten, die ich nicht begreifen kann.

Ich verschließe die Truhe wieder, werfe einen letzten Blick auf das Meer und denke an dich. Denn ich weiß, dass du die Einzige bist, die mich irgendwann zurückholen kann. Aber nicht jetzt. Nicht heute Nacht.

KAPITEL 22

*

Salva

Ich sitze hier mit dir in meinem Arm, spüre deinen gleichmäßigen Atem gegen meine Haut und trotzdem finde ich keinen Schlaf. Dein Blick ruht auf dem Handy, auf dem blinkenden Punkt, der Matteos Bewegung zeigt. Er fährt. Wieder. Zurück zu diesem Ort, an dem niemand etwas zu suchen hat, außer er selbst. Ich weiß genau, wo er ist. Ich weiß, dass er dort Störsender aufgestellt hat, um uns alle auszusperren. Selbst mich. Und ich weiß, dass er nicht einfach nur nachdenken wird.

Du seufzt leise und legst dein Handy zur Seite. »Was denkst du, was er dort macht?« Deine Stimme ist noch von der Müdigkeit belegt, aber in deinem Blick liegt mehr als nur Sorge.

Ich fahre mit meiner Hand sanft über deine Schulter, ziehe dich wieder fester an mich. »Ich weiß es nicht. Aber er ist nicht in Gefahr. Höchstwahrscheinlich ist es jemand anders.«

Du beißt dir auf die Lippe, unsicher, ob du darauf eine Antwort möchtest. Ich kenne diesen Ausdruck an dir. Du willst glauben, dass Matteo sich nicht selbst zerstört, aber du hast Angst, dass er genau das tut. Du hast mich gebeten, ihn anzurufen. Ihn zurückzuholen. Aber das wäre falsch. Matteo geht ans Telefon, wenn er will. Nicht, wenn wir es wollen. Und wenn er in dieser Verfassung ist, wäre es ohnehin nutzlos. Er würde nur auflegen oder uns eine Lüge auftischen, damit wir uns aus seiner Seele raushalten.

»Ich hoffe, er wird nicht bereuen, was er jetzt tut«, murmelst du und drehst deinen Kopf ein wenig in meine Richtung.

Ich küsse deine Stirn, fahre mit meiner Hand durch dein Haar, streiche es aus deinem Gesicht. »Wird er nicht. Er hat seine eigenen Methoden, um mit sowas umzugehen. Schlaf, Bella. Du brauchst Ruhe. Wir wissen nicht, wann Tommaso zuschlägt. Und jetzt, wo Emilio zu uns gekommen ist, sollten wir noch wachsamer sein.«

Du sagst nichts mehr, aber ich merke, dass deine Anspannung langsam nachlässt. Ich ziehe die Decke höher, damit du es warm hast, und innerhalb weniger Minuten atmest du ruhiger, dein Körper entspannt sich gegen meinen. Ich bleibe wach, beobachte dein Gesicht im schwachen Licht des Zimmers. Die sanfte Linie deiner Wange, deine geschwungenen Lippen, die sich ganz leicht bewegen, als würdest du in deinem Traum mit jemandem sprechen. Mein Daumen gleitet über deinen Arm, ein langsamer, fast unbewusster Rhythmus, der mich beruhigen soll. Aber ich kann nicht ruhig sein.

Ich habe dich hier in meinen Armen, die Frau, die mein Kind trägt. Die Frau, die ich liebe. Und doch habe ich das Gefühl, dass unsere Welt bald auseinanderbrechen könnte. So nah waren wir noch nie an der Wahrheit, noch nie so nah an Tommaso, an Antonia. Aber auch so nah daran, selbst zerstört zu werden.

Ich weiß nicht, was ich von Emilio halten soll. Ich

kann ihn nicht einschätzen. Ich sehe, dass er sich freiwillig zu uns begeben hat, dass er Informationen mitgebracht hat. Aber war es wirklich eine Kapitulation? Oder ein taktischer Zug, um uns von innen heraus zu zersetzen?

Ich will dir das nicht sagen, nicht jetzt, nicht in dieser Nacht, in der du endlich eingeschlafen bist. Du brauchst Ruhe. Mein Blick bleibt an der dunklen Decke hängen, während ich mich erinnere. *An dich.*

An den ersten Moment, als ich dich sah. Du standest beim Bäcker bei der U-Bahn, völlig ahnungslos, dass ich dich beobachtete. Dass Matteo mich auf dich angesetzt hatte. Ich hätte nicht einmal wissen müssen, wer du bist, um zu sehen, dass du anders bist. Dass du nicht wie die Frauen warst, mit denen ich meine Nächte verbracht hatte. Du hattest dieses Feuer in den Augen, diesen Trotz in deiner Haltung. Und ich wusste. Cazzo, ich wusste, dass du mein Leben verändern würdest.

Dann das Lagerhaus in New York. Wie du in dieser engen Ledermontur vor uns standest, die Waffe in der Hand, die Matteo dir geschenkt hatte. Wie du sie auf uns gerichtet hast, ohne zu zögern, ohne Angst. Und ich schwöre bei allem, was mir heilig ist, in diesem Moment habe ich mich in dich verliebt. Aber ich habe es mir nicht erlaubt. Ich war nur der Schatten in Matteos Welt, der zweite Sohn, der nicht mit seinem Schicksal haderte, weil es ohnehin keine Rolle spielte, ob ich mich weigerte, ein Mörder zu sein oder nicht. Doch du hast mich anders gesehen. Du hast mich durchbrochen, hast mir gezeigt, dass ich mehr sein kann als das, was ich immer für mich selbst gesehen habe.

Als ich dir von meinem Vater erzählte, als du mich einfach festgehalten hast, ohne Fragen zu stellen. Ohne Erklärungen zu verlangen. Da war ich verloren. Und jetzt liegst du in meinem Arm, trägst mein Kind, Matteos Kind, und ich liebe dich mehr, als ich jemals jemanden lieben könnte.

Ich presse meine Lippen auf deinen Scheitel, meine Hand streicht weiterhin langsam über deine Schulter. Ich wünschte, wir wären an einem anderen Ort. In einer anderen Zeit. Aber in Wahrheit sind wir mitten in einem Krieg. Und ich weiß nicht, ob wir ihn gewinnen werden.

So lange war er noch nie ohne ein Lebenszeichen weg. Drei Tage sind vergangen. Wir könnten nach ihm suchen, doch ich weiß, Matteo würde ausrasten. Trotzdem fühlt sich das hier nicht richtig an. Zu lange Funkstille, zu viele Möglichkeiten, dass etwas passiert ist. Auch wenn der Ort, an dem er ist, mit Sprengfallen gesichert ist und nur Matteo und ich wissen, wo sie sich befinden, kann ich nicht ausschließen, dass ihn jemand gefunden und ihm etwas angetan hat.

Du läufst über die Wiese auf und ab. Deine Hände liegen auf deinem Bauch, dein Blick ist in die Ferne gerichtet, suchend, hoffend. Doch Matteo will nicht gefunden werden. Er will nicht, dass jemand ihn so sieht, und das muss ich respektieren.

»Ich ruf ihn jetzt an,« entschließt du, du bleibst abrupt stehen, deine Augen suchen meine, dann die von Lucia und Cleo. Ich sehe die Verzweiflung, die du nicht ganz verstecken kannst. Ich weiß, dass du es tun wirst, also springe ich von meinem Stuhl auf, um dich aufzuhalten. Du siehst es kommen, willst ausweichen, doch ich bin schneller. Greife nach deinem Handy, ziehe es aus deiner Hand. »Das macht es nicht besser, Amelie.«

»Er hat recht, Matteo würde es nicht wollen«, bestätigt Lucia ruhig und tritt an deine Seite. Doch du gibst nicht nach. Du versuchst, mir das Handy aus der Hand zu reißen, aber ich halte es über meinen Kopf. Du hast keine Chance. Du bist kleiner als ich, und das weißt du.

»Amelie, du bist schwanger. Du solltest dich entspannen und dich nicht ständig wegen Matteo stressen. Er wird schon wissen, was er macht.« Cleo versucht, deine Hände zu nehmen, dich zu beruhigen, aber du willst es nicht.

»Eben! Ich bin schwanger, und der Vater eines meiner Kinder ist auf einer Selbstmordaktion unterwegs, anstatt bei mir zu sein! Anstatt mit mir zu reden!« Deine Stimme überschlägt sich fast. »Ich will für ihn da sein, aber ich kann es nicht! Ich mache mir Sorgen. Was, wenn Tommaso ihn gefunden hat? Was, wenn Antonia mit ihrer scheiß Bazooka wieder auftaucht? Und was dann? Was haben wir dann gemacht? Nichts!«
Du bist wütend, außer dir. Ich sehe, wie deine Finger sich zu Fäusten ballen, dein Atem geht schwer. Und dann drehst du dich um, marschierst ins Anwesen, ohne noch ein Wort zu sagen.

Eine der Angestellten kommt dir auf dem Flur entgegen. »Geben Sie mir Ihr Handy.« Dein Tonfall duldet keinen Widerspruch. Aber sie schüttelt nur entschuldigend den Kopf. »Wir dürfen keine Handys haben, Signora.«

Deine Nasenflügel beben, dann drehst du dich mit schnellen, festen Schritten zur Treppe. Ich folge dir. Du stapfst hoch in den Schlafbereich, direkt in dein Zimmer. Die Tür knallt mir vor der Nase zu. Dann höre ich das Klicken des Schlosses.

Ich schließe die Augen und atme tief durch. »Amelie, bitte. Mach die Tür auf. Das bringt nichts.«

Keine Antwort. Doch ich höre, wie du in deinem Zimmer herumwühlst. *Suchst du etwas?*

Ich weiß, dass Matteo in deinem Zimmer Kameras installiert hat. Also ziehe ich mein Handy hervor, öffne die Überwachungs-App und tippe auf den Live-Feed deines Schlafzimmers. Du holst dir eine Stoffhose, ein schwarzes T-Shirt und Sneaker aus dem Schrank. Mein Magen zieht sich zusammen. Du willst es wirklich tun. Du streifst dir die Hose über die Hüften, bindest die Kordel fester. Dann machst du dir einen Zopf.

Ich klopfe erneut gegen die Tür. »Bella, bitte. Mach die Tür auf.«

Du zögerst einen Moment, siehst zur Tür, dann setzt du dich an deinen Schreibtisch und klappst dein Mac-Book auf. *Du willst ihn anrufen.* Ich sehe gleichzeitig auf mein eigenes Handy. Matteo wird nicht rangehen. Das weiß ich. Und dann wirst du verletzt sein. Es dauert nur wenige Sekunden, dann ertönt bereits das Klingeln.

Du hältst den Atem an, deine Augen sind auf den Bildschirm fixiert. Dann ertönt die Mailbox. *Ich wusste es.*

Es ist nicht so, dass er nicht rangeht, weil er dich nicht hören möchte. Er will nicht, dass du *ihn* hörst.

Du schiebst dich vom Schreibtisch zurück, starrst ins Nichts. Du bist verletzt. Ich spüre es bis hierher. Und dann stehst du plötzlich auf. Öffnest die oberste Schublade deines Nachttischs und ziehst die Waffe heraus, die Matteo dir geschenkt hat. Mir wird eiskalt.

Ich drücke mein Handy zurück in meine Shorts und eile zur Tür, doch in genau diesem Moment öffnest du sie. Ohne ein Wort gehst du an mir vorbei. Ich greife nach deiner Hand und halte dich fest. »Du kannst nicht zu ihm.«

Du zuckst nicht einmal zurück. Dein Blick ist glühend. »Ich kann. Und ich werde. Und du kannst mich nicht aufhalten.«

Du reißt an deinem Arm, doch ich lasse dich nicht los. »Ich bin nicht dein Feind, Amelie«, sage ich leise. »Ich halte dich nur davon ab, etwas Dummes zu tun. Aber wenn du nicht hören willst ... dann komme ich mit.«

Für den Bruchteil einer Sekunde blitzt Überraschung in deinem Blick auf, dann verziehst du den Mund zu einem Lächeln. »Ach, auf einmal kommst du doch mit?«

Ich lasse deinen Arm los und gehe Richtung Garage. »Ja, weil du nicht mal einen einzigen Meter schaffen würdest, ohne auf eine Mine zu treten.« Ich öffne den Waffenschrank, ziehe zwei kugelsichere Westen heraus und werfe dir eine zu. Eine reine Vorsichtsmaßnahme. Wer weiß, ob Tommaso oder Antonia nicht längst in der Nähe sind. Wir können uns keine Verstärkung leisten. Zu zweit haben wir eine Chance, unbemerkt zu bleiben.

»Minen?« Du streifst dir die Weste über, schnallst sie fest und greifst dir eine Schnellschusswaffe, die du dir quer über deine Brust legst. Der Riemen schneidet über dein enges Shirt, das deinen Bauch betont.

Ich starte den Motor meines Urus, das tiefe Grollen vibriert durch die Garage. »Matteo hat diesen Ort so gebaut, dass niemand ihn erreichen kann. Die Minen sind in einem Muster gelegt, das nur er und ich kennen. Niemand kann einfach so dort durchspazieren.«

Du überprüfst dein Handy, deine Augen auf das leere Display geheftet. Keine Nachricht. Kein Anruf. Kein Lebenszeichen von ihm. »Ihr seid echt nicht normal.«

Ich grinse, schalte in den höchsten Gang und beschleunige. »Und du stehst drauf.«

Du beißt dir auf die Lippe. Die Straßen verwandeln sich in Schotterpisten, dann in nichts als trockene Erde. Die Zivilisation liegt längst hinter uns, nur das endlose Nichts erstreckt sich vor uns. Ich bremse ab, stelle den Wagen ab, steige aus und öffne deine Tür.

Wenn du dich selbst sehen könntest … Ich mustere dich, wie du aus dem Auto steigst, deine Waffe über der Brust, dein Bauch unter dem engen Shirt, das jede Bewegung mitzeichnet. Dein Gesicht ist von der Sonne gerötet, dein Blick entschlossen. Über uns kreisen Raben. Ein böses Omen.

Ich greife in den Kofferraum, ziehe eine meiner Caps heraus und setze sie dir auf. »Nicht, dass du mir noch einen Sonnenstich bekommst.«

Du schnaubst. »Darüber machst du dir jetzt Gedanken?«

»Ja. Wenn du ohnmächtig wirst und auf eine Mine fällst, haben wir ein dickes Problem.«

Wir haben keine Zeit für weitere Diskussionen. Ich nehme meinen Rucksack, schließe den Wagen, greife nach deiner Hand und ziehe dich ein Stück näher. »Verfolge meine Schritte. Bleib genau dort, wo ich war. Keinen Millimeter daneben. Capito?«

Du nickst. Keine Widerrede. Das gefällt mir.

Vor uns erstreckt sich die endlose Weite des Feldes, verbrannte Erde, rissige Furchen im Boden, als hätte die Hitze versucht, ihn auseinanderzubrechen. Vereinzelte Bäume, knorrig und kahl, werfen keine Schatten, ihre Äste hängen wie leere Hände in der Luft. Ein surrendes Geräusch erfüllt die Stille. Zikaden, die in der Hitze sterben. Ich setze den ersten Schritt. Du folgst mir.

Der Boden knirscht unter meinen Schuhen, jeder Schritt eine bewusste Entscheidung. Die Hitze brennt auf uns herab, saugt den Schweiß aus unserer Haut. Dein Atem geht flach, aber du sagst nichts. Ich merke, wie du dich konzentrierst, deine Füße genau in meine Spuren setzt.

Die ersten Meter verlaufen problemlos. Doch ich weiß, dass das der einfache Teil war.

»Ich hoffe, dir ist klar, dass wir Matteo nicht bei einem Kaffeekränzchen antreffen werden.«

»Ich weiß, dass Matteo brutal sein kann.« Deine Stimme ist leiser als sonst. Ich höre an deinem Atem, wie sehr du kämpfst.

Die Sonne steht hoch am Himmel, brennt auf unsere Schultern, verwandelt den Horizont in eine flimmernde Wand aus Licht und Hitze. Ich weiß, dass du die Erschöpfung, das Ziehen in den Beinen, das Pochen in deinem Kopf spürst.

»Brauchst du eine Pause?« Ich drehe mich zu dir um, sehe deine geröteten Wangen, die angespannte Linie deines Mundes.

Ich überprüfe den Boden um uns herum. Zwei Meter haben wir, die sicher sind. Ich bleibe stehen. »Leg dich hin.«

Du zögerst. Aber du wirst es nicht bis zum Ende schaffen, wenn du dich nicht kurz ausruhst.

Ich gehe in die Hocke, streiche mit der Hand über den Boden, zeige dir die sicheren Stellen.

»Hier sind keine Minen. Sie verlaufen erst dort weiter. Fünfzig Meter in einer Zickzack-Linie, dann wieder in geraden Reihen. Hier bist du sicher.«

Ich strecke dir meine Hand hin, du nimmst sie, lässt dich vorsichtig in den Staub sinken. Ich ziehe meinen Rucksack nach vorne, hole eine Wasserflasche und einen Fächer heraus. »Hier, trink was.« Ich reiche dir die Flasche, fächle dir Luft zu.

Du nimmst einen tiefen Schluck, lehnst dich auf die Ellenbogen zurück. Die Zikaden surren, irgendwo in der Ferne kräht ein Vogel. Sonst nichts. Nur Hitze und Stille.

Dann hörst du auf zu trinken, gibst mir die Flasche zurück und murmelst: »Salva ... ich muss auf die Toilette.« *Verdammt.* Ich sehe mich um. Hier einfach hinpinkeln? Eine falsche Bewegung, und die Flüssigkeit könnte eine Mine auslösen. »Wie dringend?«

Du drückst deine Oberschenkel zusammen. »Seit einer Viertelstunde schon. Ich kann's nicht mehr halten.«

Ich überfliege meinen Rucksack. Hier ist nichts, was helfen könnte.

»Okay.« Ich reiche dir die Wasserflasche. »Trink erst mal noch einen Schluck. Und dann … musst du in den Rucksack pinkeln. Anders geht es nicht.«

Du starrst mich an. »Was, wenn es rausläuft?«

Ich verschränke die Arme. »Dann weiß Matteo, dass hier jemand ist und wird entweder auf uns schießen, weil er uns nicht erkennt … oder wir fliegen in die Luft.«

Du keuchst. Drückst deine Hände zwischen die Beine. »Scheiße …«

»Du sagst es.« Ich helfe dir hoch. »Aber es wird schon schiefgehen. Danach gehen wir direkt weiter. Und sobald Matteo aus der Tür kommt, rufst du ihn, damit er deine Stimme erkennt.«

Du nickst langsam. Ich sehe den Widerwillen in deinen Augen, aber du hast keine Wahl. Ich stelle den Rucksack auf den Boden. Du schiebst deine Hose herunter, spreizt die Beine, bewegst die Finger, um mir zu signalisieren, dass ich mich umdrehen soll. Ich tue es. Höre, wie du dich beeilst, wie du die Hose wieder hochziehst.

»Los«, sagst du knapp, und ich nehme deine Hand, beschleunige meine Schritte. Wir müssen schneller werden. Ich bete, dass der Rucksack keinen Ärger macht.

Doch meine Gebete werden nicht erhört. Eine Explosion. Sie zerreißt die Stille, durchbricht die Welt wie ein schreiender Abgrund.

KAPITEL 23

Matteo

!! Dieses Kapitel enthält einige brutale Szenen. Du kannst es übersprüngen, da es keine Handlung, sondern nur Matteos Liebe zum Morden beinhaltet <3 !!

Dieser beschissene Wichser muss auch so verdammt schwer sein. Der bewusstlose Körper eines Verräters schleift über die trockene Wiese, seine Stiefel hinterlassen tiefe Furchen in der Erde. Mein Atem geht schwer, meine Lunge brennt, mein gesamter Körper fühlt sich an, als würde er gleich auseinanderbrechen, doch ich genieße dieses Gefühl. Es hält mich wach. Es hält mich am Leben. Es hält mich in diesem Rausch, den ich nicht mehr loswerde.

Ich ziehe ihn weiter, sein Gewicht lastet auf meinen Muskeln, und ich muss mich zwingen, die Schmerzen zu ignorieren. Mein Körper rebelliert, mein Verstand aber bleibt scharf. Ich habe schon acht andere hierhergebracht, und doch fühlt sich dieser Neunte genauso befriedigend an.

Das kleine Holzhaus, unscheinbar wie ein verlassener Stall, taucht vor mir auf. Aber es ist kein Stall. Kein Zuhause. Kein sicherer Ort. Es ist die Hölle. Und ich bin der Teufel, der hier sein Unwesen treibt.

Mit einem letzten Ruck erreiche ich die Tür. Ich schlinge das Seil fester um mein Handgelenk, ignoriere

die schmerzenden Wunden, die es dort hinterlassen hat, und trete die Tür auf. Sie kracht gegen die Wand, das Holz knarrt, als wolle es mich warnen, dass ich es zu weit treibe. Aber es ist mir egal. Ich habe keine Zeit für Rücksicht. Der Wichser auf dem Boden wird bald lernen, dass es hier keine Gnade gibt.

Ich schleppe ihn über die knarrenden Holzdielen hinweg bis zur Treppe, die hinunterführt. Hinunter in das, was ich mein Arbeitszimmer nenne. Hier endet die Holzidylle. *Hier beginnt das Sterben.*

Weiße Fliesen erstrecken sich über Wände und Boden, alles so steril, so perfekt für das, was ich tue. Blut lässt sich leichter wegwischen, wenn es keine Fugen gibt, in denen es sich festsetzen kann.

Ich löse das Seil von meinem Handgelenk. Am Waschbecken lehnt sich mein Spiegelbild gegen mich. Ich erkenne mich selbst kaum wieder. Schuld daran ist meine Mamma, mein ‚Vater‘, die Lügen. Mein Haar ist verschwitzt, mein Gesicht bedeckt mit Staub der trockenen Wiese, das Tanktop, das ich trage völlig durchnässt. Ich greife nach dem letzten sauberen Lappen, wische mir den Schweiß von der Stirn und reiße mir das durchnässte Oberteil vom Leib. Mein Körper dampft vor Hitze, meine Muskeln pochen.

Ich ziehe die blauen OP-Handschuhe an, weil es sich als unfassbar lästig erweist, getrocknetes Blut unter den Fingernägeln hervorzukratzen.

Ich drehe das Radio auf. *Bello e Impossibile* dröhnt durch den Raum. *Der perfekte Song zum Töten.* Die Bässe vibrieren in meinen Knochen, die Melodie erfüllt jeden einzelnen Winkel meines Verstandes. *Ich liebe es.* Ich liebe diesen Moment, wenn die Musik mit dem Adrenalin in meinem Blut verschmilzt, wenn ich nicht mehr nur Matteo Russo bin, sondern etwas anderes.

Etwas, das keine Angst hat. Keine Zweifel kennt. Nur den Drang, dieses Spiel weiterzuspielen, bis keiner mehr übrig ist.

Der Bastard auf dem OP-Tisch bewegt sich noch nicht. Also verpasse ich ihm eine. Mein Schlag trifft seine Wange, dann der nächste. Links, rechts, noch einmal rechts. Ein dumpfes Stöhnen entweicht ihm, aber er ist noch nicht richtig wach. Ich greife nach dem Eimer neben mir, fülle ihn mit eiskaltem Wasser und kippe ihm das Zeug direkt ins Gesicht.

Er ist wach, zuckt mit den Armen, doch die Gurte halten ihn fest. So dumm. So vorhersehbar. Immer dasselbe Szenario. Immer denken sie, sie könnten sich befreien. Immer denken sie, sie hätten noch irgendeine Kontrolle. Ich lehne mich gegen die Fliesen, beobachte ihn dabei, wie er langsam versteht, dass er verloren hat.

»Buon giorno, Fabio.« Ich grinse ihn an. Er atmet schwer, sein Blick jagt durch den Raum, bis er auf meinen trifft. Ich sehe die Panik darin, die ersten Anzeichen von Verzweiflung. Er rüttelt an den Gurten, als könnte er mit bloßer Kraft aus ihnen herausbrechen. *Lächerlich.* Ich greife nach meiner Whiskeyflasche, öffne sie und lasse die goldene Flüssigkeit kurz in meinem Mund kreisen, bevor ich einen tiefen Schluck nehme. Dann schiebe ich sie an seine Lippen. »Hier, genehmige dir doch auch einen Schluck.«

Er zögert, doch ich lasse ihm keine Wahl. Ich reiße seinen Kiefer auf und kippe die Flüssigkeit in seine

Kehle. Er hustet, röchelt, versucht zu schlucken, doch es ist zu viel für ihn. Er würgt, sein Brustkorb hebt und senkt sich hastig, und ich sehe ihm dabei zu, genieße jede Sekunde, bis er sich wieder gefangen hat.

»Was… was mache ich hier?« Seine Stimme ist rau, brüchig, und ich muss lachen. *Meint er das ernst?*

Ich greife nach dem Skalpell. Schneide ihm langsam die Kleidung vom Leib. »Ist dir bewusst, wer vor dir steht?«

Sein Blick folgt der Klinge. »Ja.«

»Dann sag meinen Namen.«

Er zögert. Ich reiße ihm den Rest der Kleidung von der Haut, trete die Lumpen achtlos in den blutigen Eimer zu den anderen Überresten der Verräter. Er weiß es. Er weiß genau, was ich hören will. Und trotzdem hält er mich für dumm genug, es nicht zu merken.

»Matteo … Russo.«

Ich balle die Faust. Und schlage zu. Wieder. Und wieder. Und wieder. Ich höre das Knacken seiner Knochen, das bittersüße Geräusch von Fleisch, das nachgibt, der Geschmack von Blut, das durch die Luft spritzt und sich an meiner Wange festsetzt.

Ich bin seit Tagen in diesem Rausch. Ich rieche das Blut nicht einmal mehr, es ist so tief in diese Wände eingezogen, dass es mir nichts ausmacht.

»MEINEN. RICHTIGEN. NAMEN!« Ich packe die Kettensäge, ziehe am Kabel, der Motor kreischt auf, die Klinge beginnt zu vibrieren.

»Matteo … Moretti.«

Da ist es. Ich halte inne. Lasse die Säge sinken. Lächle. Dann beginne ich zu klatschen. Langsam. Spöttisch. Laut. »Bravissimo.« Ich grinse. »Du hast ja doch ein

Hirn.« Ich löse einen Teil seiner Gurte. »Weißt du, Fabrizio, wenn man erkennt, dass man einen Fehler gemacht hat, kann ich auch verzeihen. Und ich hoffe, du weißt, wo dein Platz ist.«

Sein Kopf zuckt nach oben, sein Atem geht hastig, wie ein Tier, das begreift, dass es in die Falle gelaufen ist. Doch dann nickt er eifrig, krallt seine Finger in einen der letzten Gurte. »Bei dir, nur bei dir. Du bist stärker als jeder.« Seine Stimme zittert, aber er sagt, was ich hören will. Ich klopfe ihm auf die Schulter, so kumpelhaft, als wären wir alte Freunde.

»So ist es richtig. Ich hoffe, ich kann mich in Zukunft wieder auf dich verlassen, und du rennst jetzt nicht gleich zu Tommaso?«

Panisch schüttelt er den Kopf. »Nein, niemals.«

Ich löse die letzte Schnalle an seinem Fuß. Langsam. Genieße diesen Moment. Beobachte, wie Hoffnung in seinen Augen aufflackert. Ich stelle mich neben ihn. »Du hast zwanzig Sekunden. Lauf!«

Meine letzten Gefangenen habe ich ebenfalls einfach laufen lassen, nur dass er nicht weitgekommen ist. Er wurde von den Minen zerstückelt. Ich musste zwar nachträglich seine Überreste aufsammeln, aber allein die Vorstellung, dass er zerteilt wird wie ein Stück Fleisch auf dem Schlachtfeld.

Er braucht nicht einmal einen Wimpernschlag, um loszurennen. Ein Keuchen, ein Stolpern und dann ein dumpfes Krachen, als er gegen das Treppengeländer knallt. Ich folge ihm, langsam, meine Schritte ein Echo seiner verzweifelten Versuche, sich aus diesem Albtraum zu befreien.

Als er die Tür erreicht, rüttelt er daran, doch sie bewegt sich nicht. Keinen Zentimeter. Sein Blick trifft meinen. Tränen laufen seine Wangen hinunter, sein Brustkorb hebt und senkt sich in panischem Takt.

Ich lehne mich mit dem Rücken gegen die Wand, verschränke die Arme vor der Brust und sehe ihn mit einem diabolischen Grinsen an. »Du hast doch nicht ernsthaft gedacht, dass ich dich einfach gehen lasse?«

Er wirbelt herum, rennt in Richtung Küche. Ich renne ihm nach, überspringe jede zweite Stufe. Pfannen klirren zu Boden, Gläser zerspringen unter meinen Schuhen, während er blindlings durch das kleine, heruntergekommene Haus stolpert.

Ich ziehe langsam die Machete aus ihrem Halfter, lasse meine Finger über den kalten Stahl gleiten.

»Bitte … bitte lass mich am Leben.« Seine Stimme ist nur noch ein Flüstern, ein letzter Funken Hoffnung, der sich an den falschen Mann klammert.

»*Bitte ... lass mich am Leben,*« äffe ich ihn nach und spiele mit meiner Machete, während er sich weiter in die Ecke der Küche drängt.

»Ich weiß, ich habe Fehler gemacht, aber ich werde es nie wieder tun. Du bist mein Boss. Du wirst es immer sein.«

Ich grinse. Setze einen Schritt nach vorne. Er geht rückwärts, die Arbeitsplatte entlang, bis er mit dem Fuß gegen das kalte Metall des Spülbeckens knallt.

»Du hattest dich bereits dazu entschieden, zu sterben, als du dich Tommaso angeschlossen hast.«

Er springt von der Platte, rennt weiter. Ich folge ihm. Er stürzt ins Badezimmer, dreht sich hektisch um, sucht nach einem Fluchtweg. *Vergeblich.*

Ich betrete den Raum. Kein Fenster. Keine Tür außer der, durch die ich gekommen bin. Sein Blick huscht durch den Raum, fällt auf die Wanne. *Zu spät.*

Ich hole aus, steche in seine Richtung, doch verfehle ihn absichtlich. Seine Augen weiten sich mit jedem Stich, den ich andeute. Seine Pupillen sind geweitet, als wäre er auf Koks. Die Machete gleitet durch die Luft und dann drücke ich sie ihm in den Magen. Ein glatter, brutaler Schnitt. Stahl trifft Fleisch. Ein gurgelndes Geräusch. Dunkles, dickes Blut spritzt gegen die weißen Fliesen, sein Körper zuckt unter der Wucht des Schlages. Ich drehe die Klinge, reiße sie tiefer. Gedärme quillen aus dem Einstichloch heraus. Sein Mund öffnet sich zu einem stummen Schrei, während die Farbe aus seinem Gesicht weicht.

Ein Stöhnen entweicht ihm, als ich die Machete aus seinem Bauch ziehe. Er sackt zusammen. Blut flutet die Wanne, breitet sich aus wie ein lebendiges Gemälde.

Ich knie mich hin, beobachte ihn. Ich hatte es mir anders vorgestellt. Hatte erwartet, dass ich ihn länger quälen muss. Aber warum sollte ich? Er ist nichts mehr wert.

Ich packe ihn an seinen Knöcheln, schleife ihn aus der Wanne. Sein Kopf schlägt auf den Fliesen auf, ein lautes Knacken, als sein Schädel nachgibt. Wenn er jetzt noch lebt, ist er ein verfluchtes Wunder. Praktischerweise gleitet er mit dem Blut, das er verliert noch viel besser über den Boden.

Ich trete seinen leblosen Körper die Treppe hinunter. Seine Arme und Beine verdrehen sich in unnatürlichen Winkeln, sein Kopf rollt träge zur Seite. *Besser für mich. Weniger Arbeit, weniger Knochen, die ich durchtrennen muss.*

Ich springe hinterher, lande mit einem dumpfen Aufprall neben ihm. Ich kann die Energie in meinem Körper spüren, ein Feuer, das nur noch heller brennt, je tiefer ich in diesem Blutrausch versinke.

Ich zünde mir eine Zigarre an. Drehe die Musik noch weiter auf.

»*Bello, bello e impossibile. Con gli occhi neri e il tuo sapor mediorientale. Bello, bello e invincibile. Con gli occhi neri e la tua bocca da baciare,*« trällere ich, während ich an meiner Zigarre ziehe. »Fanculo, Tommaso.« Ich stoße den Rauch aus, sehe dabei zu, wie sich die Nebelschwaden in der Luft auflösen. »Du wirst sehen, was passiert, wenn ich dich in die Finger bekomme.«

Ich trete gegen Fabrizios zerschundenen Körper, höre, wie sich seine Rippen verschieben. Dann schnappe ich mir mein Skalpell. Setze es an seiner Brust an.

Tommaso, ich werde dich finden.

Mit langsamen, gezielten Bewegungen ritze ich die Worte in seine Sehnen. Blut trieft, tropft, sickert aus dem Schnitt, rot und warm. Ich stecke meinen Finger in die Wunde, spüre die Wärme, die langsam verblasst.

Dann wende ich mich der Wand zu. Hier, zwischen den anderen Namen, zwischen den Verrätern, den gescheiterten Attentaten, zwischen den Schatten meines

Vaters, meines Blutes, meines Erbes, schreibe ich seinen Namen nieder.

Fabrizio – wusste, dass ich Morettis Sohn bin.

Das war sein Fehler. Und jetzt gehört er mir.

Ein lauter Knall erweckt meine Aufmerksamkeit. *Das war eine der Minen.* Der Einzige, der diesen Ort kennt, ist Salva und ich hoffe nicht, dass er die Mine ausgelöst hat. Ich schnappe mir meine Schnellschusswaffe und renne die Treppen hinauf.

KAPITEL 25

Amelie

Ich klammere mich an Salva, mein Herz hämmert unregelmäßig in meiner Brust, meine Lunge brennt, aber wir haben es fast geschafft. Noch ein paar Meter, noch ein paar Atemzüge, dann erreichen wir das verlassene Haus, das sich wie eine dunkle Festung vor uns erhebt. Doch bevor ich Erleichterung spüren kann, zerreißt das Knallen einer Tür die Stille, und in ihrem Rahmen steht er. *Matteo.*

Blut klebt an seinen Armen und seiner Brust, Schweiß zeichnet sich auf seinen Bauchmuskeln ab, doch das, was mir die Kehle zuschnürt, sind seine Augen. Schwarz wie die tiefste Nacht, unnachgiebig, kalt, voller Wahnsinn, als wäre er ein anderer Mensch. Der Bass der Musik, die aus dem Inneren des Hauses dröhnt, vibriert in meinen Knochen, doch selbst er kann nicht überdecken, wie fest er seine Waffe umklammert und wie sein Blick sich verengt.

Ich reiße die Arme hoch, schreie seinen Namen, doch seine Finger liegen noch immer auf dem Abzug.

Salva zieht sein Handy aus der Tasche, ruft ihn an, doch selbst als Matteo abhebt, bleibt seine Haltung steif, die Spannung in seinem Körper gefährlich. »Was macht ihr hier? Seid ihr vollkommen verrückt? Wisst ihr, wie gefährlich das ist?«

Salva legt auf, stürmt los, ich folge ihm so schnell, wie

ich kann. Erst als wir direkt vor Matteo stehen, sehe ich, wie sein Blick kurz zuckt, doch sein Ausdruck bleibt unnachgiebig. Er riecht nach Blut, nach Eisen, nach Tod, und ich weiß, dass er hier draußen nicht mehr er ist.

Ohne nachzudenken, schlinge ich meine Arme um ihn, spüre, wie sein Körper erst hart und regungslos bleibt, doch als ich mich nicht löse, höre ich sein raues Ausatmen, spüre, wie seine Muskeln beben, bevor sein Kinn sich schwer auf meinen Scheitel senkt. Er erwidert die Umarmung nicht, doch er lässt es zu, und das allein sagt mir, dass er noch irgendwo da ist, unter all dem Blut und der Dunkelheit.

Salva tritt näher, legt ihm eine Hand auf die Schulter, seine Stimme ruhig, aber fest. »Lass uns nach Hause gehen, Bruder.«

Matteo bewegt sich. Doch nicht, um zu folgen, sondern um sich aus meiner Umarmung zu lösen, seine Augen brennen, als er uns ansieht. »Ihr habt hier nichts verloren.«

Er dreht sich um, will verschwinden, doch ich bin schneller. Ich packe sein Handgelenk, fest, so fest, dass sich seine Muskeln unter meiner Berührung anspannen. »Du wirst jetzt nicht gehen.«

Sein Kopf hebt sich leicht, sein Blick durchbohrt mich, doch ich weiche nicht zurück.

Salva sieht mich an, sein Gesicht angespannt. »Amelie, lass gut sein.«

»Nein! Ich lasse es nicht gut sein. Ich habe mir tagelang den Kopf über Matteo zerbrochen, bin über ein verdammtes Minenfeld gelaufen, habe in einen Rucksack gepinkelt, der uns fast in die Luft gesprengt hätte, und jetzt soll ich einfach umkehren, nur weil er sich in den Wahnsinn flüchten will?«

Matteo atmet langsam aus, dann hebt sich sein Arm, sein Griff umschließt mein Handgelenk, mit einem Ruck zieht er mich näher, sein Atem streift meine Lippen, als er leise spricht. »Dann komm rein. Aber sage nicht, ich hätte dich nicht gewarnt.«

Ich sehe ihm in die Augen, lasse los. »Nach dir.«

Ohne ein weiteres Wort dreht er sich um, betritt das Haus, und ich folge ihm, unsere Schatten kriechen über die Wände, überall an ihnen ist das Blut verteilt. Es tropft von den Treppenstufen, klebt an den Wänden, Blutlachen sind auf dem Boden, und doch ist es nicht der Anblick, der mich innehalten lässt. Es ist der Geruch. Schwer, metallisch, süßlich, er frisst sich in meine Lungen, in meine Haut, in meine Gedanken.

Matteo geht die Treppe hinunter, ich folge ihm, sein Griff hält meine Hand fest, damit ich nicht auf dem Blut ausrutsche. Er beobachtet mich, jeden Schritt, jede Reaktion, als wollte er sehen, ob mich das hier verändert, ob ich anders atme, anders blicke, ob mich der Anblick seiner Hölle abschrecken kann.

Doch das tut es nicht.

Als wir unten ankommen, bleibt mein Blick an der Wand hängen, an der verzerrten Chronik aus Namen, Linien, Fragen und einem Wort, das sich immer wiederholt. *Moretti.*

Salva packt den leblosen Körper auf dem Boden und zieht ihn in einen Nebenraum, wahrscheinlich für mich, doch ich lasse mich nicht davon ablenken, versuche zu entziffern, was Matteo herausgefunden hat. Ich zeige auf einen Ortsnamen. »Also … du denkst, Tommaso und Antonia sind in Levanzo?«

Matteo tritt hinter mich, seine Finger umschließen meinen Nacken, seine Lippen streifen mein Ohr. »Auf Levanzo. Es ist eine Insel. Die Ratten, die ich gefoltert habe, haben es mir verraten.«

»Was machen wir dann noch hier?« Salva lehnt sich gegen die Wand.

Matteo lacht trocken, sein Tonfall bitter. »Ich will ihn nicht jagen. Er wird so oder so zu uns kommen. Und außerdem gebe nicht mehr ich die Befehle, sondern du, Salva. Ich bin nicht mehr der Pate.«

Ich höre den Schmerz in seiner Stimme, auch wenn er ihn unterdrückt, spüre ich das Gewicht dieser Entscheidung, das an ihm zerrt, das ihn auseinanderreißt, egal, wie viele Leichen er hinter sich lässt.

Salva verschränkt die Arme vor der Brust. »Niemand nimmt dich weniger ernst, nur weil Franco nicht dein Vater war. Du bist trotzdem mein Bruder, immer noch ein Russo, und nichts wird das ändern. Du glaubst, deine Macht liegt in deinem Namen? Matteo, deine Macht liegt in dir.«

Matteo sieht ihn lange an, ohne ein Wort zu sagen, doch ich sehe, dass es mehr ist als nur Zweifel, was ihn beschäftigt.

Ich drehe mich zu ihm, lege eine Hand auf seine Wange, zwinge ihn, mich anzusehen. »Franco hat dich als seinen Sohn gesehen. Und das wirst du immer sein. Er hat dich als Pate auserwählt und ich bin mir sicher, er hätte es auch getan, wenn er gewusst hätte, dass du nicht sein Sohn bist.«

Er atmet tief ein, bevor er einen Arm um mich legt, den anderen um Salva. »Dann lasst uns diesen Bastardo kaltmachen.«

Salva schüttelt den Kopf, grinst schief. »Ich wusste, du kommst zurück, Bruder.«

Matteo hebt sein Kinn, seine Augen brennen, als er mich ansieht, seine Hand gleitet zu meinem Bauch, seine Lippen streifen meine Wange. »Ich habe meine Frau und mein Kind, das ich schützen und lieben muss. Natürlich bin ich zurück.«

Und mit diesen Worten kehrt er nach Hause zurück.

Matteo kommt nur mit einem Handtuch um die Hüften aus dem angrenzenden Badezimmer. Das Wasser perlt von seiner Haut, rinnt in schmalen Linien seine Brust hinab, und als er eine Hand durch sein noch feuchtes Haar fährt, zieht er dabei ein paar Tropfen mit sich, die zu Boden fallen. Ich beobachte ihn, nehme jede Bewegung auf, jedes Detail.

Er sieht besser aus. Nicht mehr wie das blutgetränkte Raubtier, das vor ein paar Stunden noch von Rache und Wahnsinn getrieben war. Seine Haltung ist gelöster, seine Schultern nicht mehr so starr, und als er sich zu seinem Schrank bewegt, um sich etwas anzuziehen, ist da sogar ein Lächeln. *Er spürt meinen Blick.*

Langsam dreht er sich zu mir um, und für einen Moment ruht seine Aufmerksamkeit nur auf mir. Dann greift er nach seiner Boxershorts, streift sie sich über und zieht eine Anzughose an, während er mich weiterhin ansieht. »Es tut mir leid, wenn ich dir Sorgen bereitet habe.«

Ich ziehe eine Braue hoch, verschränke die Arme und lasse meinen Blick nicht von ihm ab. »Ist schon in Ordnung. Ich kenne dich ja mittlerweile. Aber das nächste Mal antworte mir wenigstens, wenn ich dir schreibe. Mir egal, dass deine Therapie daraus besteht, Verräter abzuschlachten, aber grenz mich nicht aus deinem Leben und deinen Gedanken aus.«

Ein Lächeln zuckt über seine Lippen, kaum sichtbar, bevor es wieder verschwindet. »Werde ich. Es war nicht richtig von mir. Ich wollte nicht, dass du mich so siehst … ich wollte nicht, dass du Angst vor mir hast.«

Langsam lehnt er sich über mich, fängt mich mit seinen Armen ein, sein Gesicht nur Millimeter von meinem entfernt. Seine Präsenz umhüllt mich.

Ich lege meine Hand auf seine Wange, hebe das Kinn ein wenig und sehe ihn herausfordernd an. »Ich werde nie Angst vor dir haben.«

Ein dunkles Glitzern flackert in seinen Augen auf. »Dann bist du die Einzige auf diesem Planeten, die keine Angst vor mir hat, Kleines.«

Ich richte mich auf, halte seinen Blick mit einem Anflug von Stolz. »Du sagst doch immer, ich bin etwas Besonderes.«

Er schmunzelt, ein leises, kaum wahrnehmbares Geräusch, bevor er sich neben mich ins Bett sinken lässt. Seine Haare sind noch nass, kitzeln meinen Arm, während er die Finger unter mein Kleid schiebt und es langsam nach oben schiebt. Sein Kopf ruht jetzt neben meinem Bauch, und dann spüre ich seine Lippen, warm und sanft, wie eine stumme Verehrung.

»Das bist du auch. Das Kostbarste, was ich besitze. Das Schönste, was meine Augen je gesehen haben. Das Stärkste und dennoch Zerbrechlichste, das ich in den Händen gehalten habe. Und das intelligenteste Wesen, mit dem ich mich je messen musste.«

Er legt seine Hand auf meinen Bauch, um die Kinder darin zu spüren. Und in dem Moment tritt eines der Babys gegen seine Handfläche. Ich setze mich leicht auf, sehe auf meinen Bauch, wo sich eine kleine Wölbung abzeichnet, spüre, wie Matteo unter seiner Berührung erstarrt, wie sein Atem einen Sekundenbruchteil aussetzt.

»Du schenkst mir Leben. Das Leben eines Kindes.«

Er bleibt so, regungslos, nur sein Daumen streicht sanft über meine Haut. Ich fahre mit den Fingern durch sein Haar, spüre, wie er sich leicht an meine Berührung schmiegt. »Matteo, ich liebe dich so sehr.«

Er hebt den Kopf, seine dunklen Augen suchen meine.

»Ich dich auch, meine kleine Fiore.«

Ich lächle, doch eine Frage, die ich mir schon lange stelle, brennt mir auf der Zunge. »Warum eigentlich Fiore? Warum Pfingstrosen, Matteo?«

Er setzt sich auf, sein Blick wandert zu meinem Schminktisch, auf dem ein Strauß rosafarbener Pfingstrosen steht. Ohne zu zögern, nimmt er eine davon, dreht sie in seinen Fingern, bevor er sich wieder zu mir legt, die Blume in der Hand.

»Weil sie das sind, was ich dir nie geben kann.«

Seine Finger fahren über die seidigen Blütenblätter, sein Blick versinkt darin, bevor er mich wieder ansieht.

»Sie sind nicht wie Rosen. Keine Dornen, keine Gefahr. Nur Schönheit. Nur Licht. Genau das, was du verdienst und genau das, was ich für dich niemals sein kann.«

Die Luft zwischen uns vibriert, schwer von unausgesprochenen Versprechen, von der Wahrheit, die er so lange in sich vergraben hat. Ich schlucke, denn ich weiß, was er meint. Ich weiß, dass ich längst gewählt habe. Dass ich sein Chaos will, seine Dunkelheit, sein Alles.

»Ich bin kein Mann, der dich mit Blumen retten kann, Fiore. Aber wenn ich könnte ... dann wäre dein Leben so weich wie ihre Blüten. So sicher wie ihr Duft. So unberührt wie ihre Farben.«

Seine Hand streicht über meine Wange, langsam, besitzergreifend, seine Finger verhaken sich in meinem Haar. Ich öffne den Mund, will etwas sagen, doch er bringt mich mit einem Kuss zum Schweigen. Tief, fordernd, besitzergreifend, unwiderruflich.

Dann bricht er den Stiel der Pfingstrose ab und schiebt sie mir sanft ins Haar. »So wunderschön.«

Er wirft sich ins Bett zurück. »Cazzo Amelie!« Ich richte mich auf und sehe ihn verwundert an. »Was denn?«

»Du machst mich zu einem scheiß Romantiker.« Er atmet genervt aus, während ich grinse. In dem Moment öffnet sich die Tür.

»Na, ihr Turteltäubchen?« Salva lehnt im Türrahmen, hebt eine Braue, bevor er sich seelenruhig zu uns aufs Bett legt. »Hast du wieder den Romantiker gespielt?« Er grinst Matteo an, der seine Arme hinter dem Kopf verschränkt und sich tiefer in die Matratze sinken lässt.

»Ich habe ihr nur das gegeben, was sie verdient. Nachdem ich so ein Arsch war.« Er schließt kurz die Augen, dann öffnet er sie wieder und sieht mich an. »Und wir haben gerade eines der Babys gespürt.«

Salvas Augen weiten sich, sein Mund öffnet sich, doch es dauert keine Sekunde, da beugt er sich schon über meinen Bauch, schließt die Augen und streicht sanft darüber. »Wir werden hier nicht weggehen, bevor ich sie nicht auch gespürt habe.«

Kaum hat er die Worte ausgesprochen, spüre ich den nächsten Tritt. Sein Kopf schnellt hoch. »Mamma Mia. Mein kleiner Junge.«

Matteo springt auf. »Woher willst du wissen, dass der Junge deiner ist?«
Salva grinst, legt eine Hand auf meinen Bauch. »Weil ich der mit dem Supersperma bin.«

Ich stöhne genervt auf. »Wir werden sehen, welches Kind von wem ist, aber das werden wir hier jetzt nicht diskutieren!«

Doch die beiden Männer starren mich nur an, dann wandert ihr Blick zueinander.

»Du wirst schon sehen, dass der Junge meiner ist!« Matteo schubst Salva.

»Das kannst du vergessen!« Salva schubst zurück.

Ich sehe die Katastrophe kommen, bevor sie eintritt. »Wollt ihr Kissen für eure Kissenschlacht?« Ich werfe ihnen eins zu, sie nehmen es ernst. Sie schlagen sich tatsächlich gegenseitig die Köpfe ein.

Seufzend gehe ich ins Badezimmer, betrachte mich im Spiegel, korrigiere meine Mascara und meine Haare, während im Hintergrund das Geräusch von aufeinanderprallenden Kissen ertönt.

Diese beiden Männer werden sich niemals ändern. Und genau das liebe ich so an ihnen.

Ich drehe mich im Türrahmen um und sehe die beiden mit hochgezogenen Brauen an. Sie atmen schwer, ihre Brustkörbe heben und senken sich rasant, während die Kissen völlig zerfetzt auf dem Boden liegen. Matteo hat Salvas Shirt halb über den Kopf gezogen, Salva hat Matteos Handgelenk in einem festen Griff. Aber das Funkeln in ihren Augen verrät, dass sie es genießen. Brüder, Rivalen, ein ewiges Kräftemessen, das nie enden wird.

»Wisst ihr, wenn ihr euch wenigstens mit Fäusten schlagen würdet, wäre es zumindest ein bisschen beeindruckend«, bemerke ich trocken und lehne mich an den Türrahmen. »Aber so? Sieht es aus, als hättet ihr gerade den erbärmlichsten Kampf der Geschichte ausgetragen.«

Salva lässt Matteo los und zupft sich sein Shirt zurecht. »Du verstehst das nicht, Bella, das hier ist Strategie. Psychologische Kriegsführung.«

Matteo schnaubt, streicht sich sein zerzaustes Haar nach hinten. »Sicher, Bruder. Weil es total strategisch war, als du mit einem Kissenwurf beinahe aus dem Bett gefallen bist.«

Salva zeigt ihm den Mittelfinger. »Zumindest habe ich nicht gejammert, als ich getroffen wurde.«

»Ich jammere nie,« entgegnet Matteo mit ernster Miene und kommt auf mich zu. Seine Finger streichen über meinen Kiefer, seine Augen glühen dunkel. »Aber du wirst heute Abend jammern, wenn du auf mir liegst, kleine Fiore.«

Salva stöhnt gespielt genervt. »Ich bin noch hier.«

»Dann geh doch,« murmelt Matteo, während seine Finger meine Taille streifen. Ich schiebe ihn sanft weg und klatsche einmal in die Hände. »Genug, ihr zwei Testosteronbomben. Wir haben Wichtigeres zu tun.«

Matteo greift nach seiner Uhr auf dem Nachttisch und schiebt sie sich ums Handgelenk. »Wir haben immer was Wichtigeres zu tun.«

»Genau, also bewegt eure attraktiven Mafia-Hintern nach unten. Wir müssen los.«

Salva wirft sich noch einmal aufs Bett und verschränkt die Arme hinter dem Kopf. »Weißt du, Amore, manchmal bist du schlimmer als Matteo.«

»Danke für das Kompliment.« Ich drehe mich um und verlasse das Zimmer, während sie mir mit dunklen Blicken folgen. Unten wartet bereits der Rest des Clans. Heute werden wir ihnen mitteilen, dass Matteo nicht Francos Sohn ist, und ich bin gespannt, wie sie es auffassen werden.

KAPITEL 26

Matteo

Alle Augen sind erwartungsvoll auf mich gerichtet. Ich stehe am Altar im Keller des Russo-Clans, dort, wo alles anfangen und auch enden kann. Du sitzt zwischen den anderen, dein Blick ruht auf mir, genauso wie der von Salva. Meine Mutter steht an meiner Seite, obwohl die Wunde, die sie mir zugefügt hat, noch blutet, habe ich ihr verziehen, aber vergessen werde ich es nie. Die Wahrheit hat mir nicht nur den Boden unter den Füßen weggerissen, sie hat mich auch verändert. Hätte ich das gewusst, hätte ich nie Francos Thron bestiegen.

Der Zeremonienmeister schlägt mit seinem Hammer auf den Altar. Er weiß bereits Bescheid, seine Reaktion war ein Schock. Dass sie Franco betrogen hat, war für ihn schlimmer als alles andere. Denn Franco war nicht einfach nur unser Pate. Er war der Mann, der immer alles für sie getan hat. Und für mich. Auch wenn wir nicht dasselbe Blut teilten, war er mein Vater. Der Mann, der mich aufgezogen, mich geführt, mich geliebt hat. Mein leiblicher Vater hingegen war ein Monster. Ein Schatten, der mich zu verschlingen drohte, und ich bin froh, dass ich ihn mit meiner eigenen Kugel auslöschen konnte.

Doch heute geht es nicht um ihn. Heute geht es um mich. Darum, ob ich weiterhin an der Spitze der Russos

stehe, oder ob mein Name aus den Büchern der Familie gestrichen wird.

Emilio steht hinter mir, in Ketten gelegt, bewacht von Luigi und Giuliano. Sein Blick ist schwer zu deuten. Es ist nicht mehr der Hass, der ihn antreibt. Ich glaube, er beginnt zu begreifen, was wirklich passiert ist. Vielleicht hat er immer noch seinen Rachewunsch in sich, aber er erkennt, dass ich nicht das bin, was er dachte. Dass ich nicht einfach nur ein Mörder bin, sondern ein Mann, der tut, was getan werden muss. Er würde an meiner Stelle genauso handeln und da er nun mein Bruder ist, weiß ich auch, warum.

»Wir haben uns versammelt, um allen Familienmitgliedern des Clans sowie den treuen Männern und Frauen, die sich per Video zugeschaltet haben, etwas Wichtiges mitzuteilen.« Er macht eine Pause, sein Blick wandert durch den Raum, prüft jede Regung. Ich sehe zu dir. Dein Blick ist voller Vertrauen. Und das gibt mir Kraft.

Es ist nicht so, dass ich verunsichert bin. Ich habe mich längst mit der Wahrheit abgefunden. Die Frage ist nicht, ob ich weiter Pate bleibe, sondern ob ich den Namen Moretti annehme und mein eigenes Imperium aufbaue. Falls sie mich nicht mehr als ihren Anführer wollen, könnte ich meine eigene Familie gründen.

Tommaso wäre keine Gefahr für mich. Er müsste erst Salva töten, um auch nur einen Hauch von Anspruch zu haben, und das wird nicht passieren.

»Ich bitte um Ruhe.« Sofort verstummen die Gespräche. »Was ich euch jetzt mitteile, wird euch überraschen. Ich bitte euch, gleich abzustimmen, wie ihr weiter verfahren wollt. Ich werde in unserer Notfall-App eine Umfrage zur Verfügung stellen. Ihr habt fünf Minuten Bedenkzeit. Wenn ihr nicht abstimmt, gilt das als Zustimmung.«

Er sieht mich an, dann meine Mutter. Sein Nicken ist kaum wahrnehmbar, aber es gibt mir das Zeichen, dass es jetzt offiziell wird.

»Ich komme direkt zum Punkt. Unser Pate, Matteo Russo, ist nicht der Sohn von Franco Russo, sondern von Roberto Moretti. Camilla hat ihren Ehemann betrogen,« sagt der Zeremonienmeister.

Die Worte krachen wie eine Explosion durch den Raum. Stimmen erheben sich, einige laut, einige unverständlich. Ungläubige Blicke, Murmeln, Flüstern.

Wie konnte sie nur? Wie undankbar kann eine Frau sein? Wusste Franco es? Hat er es verheimlicht? Die Reaktionen sind so unterschiedlich, wie sie nur sein können, jedoch in keinem dieser Worte liegen Zweifel an mir. Keiner spricht mir meine Führungsrolle ab. Stattdessen zerfleischen sie Camilla. Manche bezeichnen sie als Verräterin. Und in gewisser Weise haben sie recht. Sie hat sich mit unserem Feind eingelassen. Sie hat das Blut der Morettis in diese Familie getragen.

»RUHE!« Die Stimme des Zeremonienmeisters donnert durch den Raum. Es dauert einige Sekunden, bis die letzten Stimmen verstummen. »Ich weiß, dass das alles sehr überraschend für euch ist. Ich schalte euch nun die Abstimmung frei. Da Matteo nicht der rechtmäßige Nachfolger von Franco ist, er aber dieser Familie mehr gebracht hat als jeder Anführer vor ihm, könnt ihr entscheiden, ob er weiterhin Pate bleiben soll.«

Seine Finger gleiten über den Bildschirm seines Handys. Augenblicke später erleuchten die Displays in den Händen der Clanmitglieder. Auch du und Salva müssen abstimmen. Ich stehe einfach da, die Arme vor der Brust verschränkt und warte auf das Urteil. Die Sekunden ticken. Gespräche flammen auf, gedämpft, hitzig.

Ich spüre Emilios Blick in meinem Rücken. Er sagt nichts, aber er weiß: Wenn sie mich vom Thron stoßen, bin ich sein neuer Anführer.

»Das Ergebnis steht fest!« Der Hammer knallt auf den Altar. Er öffnet die App und dreht sie zu den Leuten, damit jeder es sehen kann. Aber er sagt noch nichts. Er wartet. Ein Moment, in dem mein Herz stillsteht, in dem ich kurz daran denke, was wäre, wenn. Doch dann sehe ich den Ausdruck in deinem Gesicht. Deine Augen leuchten, und ich weiß es. Noch bevor er es ausspricht.

»Es wurde einstimmig entschieden. Jeder Einzelne von euch hat für Matteo gestimmt! Er bleibt unser Pate bis der Tod es beendet!«

Ein Ruf der Erleichterung geht durch die Menge. Es gibt keine Zweifel, keine Spaltungen. Mein Herz schlägt schwerer in meiner Brust, als ich den Zeremonienmeister auf mich zukommen sehe. Er reicht mir die Hand, seine Miene von tiefem Respekt geprägt.

»Ich wusste es. Du hast so viel für diese Familie geleistet. Niemand könnte uns besser schützen als du.«

Dann greift er unter seinen Umhang, zieht einen Umschlag hervor. Mein Körper spannt sich an, meine Gedanken überschlagen sich. »Das ist ein Brief deines Vaters. Von Franco. Auch wenn ihr nicht verwandt seid, er hätte gewollt, dass ich ihn deinen Vater nenne. Er gab mir diesen Brief kurz vor seinem Tod und sagte, dass ein Tag kommen wird, an dem du in Frage gestellt wirst. Dann würde ich merken, dass der richtige Moment gekommen ist, ihn dir zu überreichen.«

Er drückt mir das Papier in die Hand. »Lies ihn in Ruhe. Nicht jetzt. Aber vergiss nie, was du für uns bist, Matteo.«

Meine Finger schließen sich um den Umschlag. Als ich mich umdrehe, halte ich nur Ausschau nach deinem Gesicht. Und als ich es finde, sehe ich genau das, was ich brauche. Vertrauen. Stolz. Liebe.

Ich bleibe. Ich bin kein Moretti. *Ich bin ein Russo.* Und ich werde diesen Namen für immer tragen.

Ein letztes Mal kracht der Hammer auf den Altar, ein dumpfer Schlag, der durch das Kellergewölbe des Russo-Clans hallt und alle Gespräche mit einem einzigen Schlag verstummen lässt. Die Luft ist so schwer, dass selbst der Atem stockt. Erwartung. Angst. Wut. Alles liegt wie eine unsichtbare Last auf den Schultern der Männer und Frauen um mich herum.

»Camilla Russo,« beginnt der Zeremonienmeister, »hat sich mit dem Feind eingelassen. Die Ehre der Familie mit Füßen getreten. Den Paten betrogen und ein Kind mit unserem Rivalen gezeugt.«

Jeder weiß, was das bedeutet. Es gibt kein Zurück. Kein Vergeben. Kein Vergessen. Ich sehe aus den Augenwinkeln, wie meine Mutter schwer schluckt, ihre Finger so fest um ihren Ehering geschlossen, als könnte er sie davor bewahren, endgültig alles zu verlieren. Sie ist immer stark gewesen. Aber jetzt steht sie vor der härtesten Entscheidung ihres Lebens: bleiben oder fallen.

»Sie hat mehrfach unsere Gesetze missachtet und sich als illoyal bewiesen.«

Ein Raunen geht durch den Raum. Ich spüre die Unruhe, die durch die Reihen kriecht, sehe, wie sich Männer verschieben, ihre Mienen längst von unausgesprochenen Diskussionen gezeichnet.

Verstoß. Das wäre das endgültige Urteil. Die Tore des Russo-Imperiums würden sich für immer hinter ihr schließen, und mit ihnen jede Möglichkeit, jemals wieder ein Teil von uns zu sein. Das bedeutet, dass sie nie wieder unsere Gebiete betreten darf. Und da uns fast alles in Italien gehört, wäre das gleichbedeutend mit der Verbannung aus dem Land. Die Stille dehnt sich, fast qualvoll.

»Aber Camilla Russo hat dieser Familie gedient. Sie hat unsere Nachfolger großgezogen. Sie hat uns unterstützt. Und ohne sie hätten viele von euch vielleicht der Partnerin unseres Paten, Amelie keine Chance gegeben.«

Du hältst dich still, deine Finger locker auf deinen Oberschenkeln.

Ich weiß, dass sie sich schuldig gemacht hat. Aber ich weiß auch, dass sie immer die Frau war, die mich beschützt hat. Die mir das Leben geschenkt hat. Und wenn es nach mir ginge, dann würde ich allein über ihr Schicksal entscheiden.

»Ihr dürft nun abstimmen.« Lucia wischt sich eine Träne aus den Augen. Ihre Schultern sind steif, als würde sie sich auf einen Schlag vorbereiten, der vielleicht kommt. Salva sitzt schweigend neben ihr, er sieht durch den Raum.

Es dauert keine Minute. Dann leuchtet die App mit den Ergebnissen auf. »Die Entscheidung steht fest.«

»Camilla Russo ... bleibt.«

Ein Bruchteil einer Sekunde, in dem nichts geschieht. Dann hallen aufbrausende Diskussionen durch die Reihen. Keiner erhebt sich. Keiner applaudiert. Keine Erleichterung. Zwei Drittel haben für sie gestimmt, aber das eine Drittel, das gegen sie war, brennt lichterloh. Einige boshafte Blicke treffen meine Mutter. Andere schweigen einfach nur. Doch ich sehe es in ihren Augen. Nicht jeder wird sich mit dieser Entscheidung abfinden.

»Behandelt sie weiterhin mit Respekt«, sagt der Zeremonienmeister fest, sein Blick eine Warnung. »Sie ist die Mutter des Paten.«

Keiner sagt etwas, doch die Anspannung bleibt in der Luft hängen. Ich wende mich ab, schiebe die Hände in die Taschen meiner Anzughose. Ich wusste, dass es so kommen würde, aber dass es eine so knappe Entscheidung ist, zeigt mir, dass sich vieles geändert hat.

»Ich habe euch ebenfalls etwas mitzuteilen,« sage ich. Die Menge beruhigt sich, aber das Knirschen von Zähnen, das dumpfe Atmen, die flackernden Blicke.

»Ich danke euch allen für eure Loyalität. Bevor die Wahrheit ans Licht kam, bevor ich wusste, dass Franco nicht mein leiblicher Vater war, hatte ich Salva bereits etwas versprochen.«

Ich hebe die Hand und winke ihn zu mir. Ohne zu zögern, steht er auf, tritt neben mich, seine Präsenz ein Fels in dieser stürmischen See aus Erwartungen. Meine

Aufmerksamkeit wandert von einem zum anderen, über Gesichter, die mir jahrelang gefolgt sind. Die mit mir getötet, mit mir gekämpft, mit mir geblutet haben.

»Von diesem Moment an werden wir den Clan gemeinsam anführen.« Die Reihen beginnen zu flüstern, leise Stimmen, die sich gegenseitig bestätigen, doch ich bin noch nicht fertig. »Ihr alle wisst, dass Salva genauso für diesen Platz geschaffen ist wie ich. Er hat bewiesen, dass er ein Führer ist. Ein Krieger. Jemand, der nicht nur loyal ist, sondern dem man seine Familie, sein Leben, sein Blut anvertrauen kann.« Ich lasse die Worte einen Moment wirken. »Und außerdem ... gibt es damit immer noch den wahren Sohn von Franco Russo an der Spitze.«

Der Saal explodiert. Jubel brandet auf, Männer und Frauen rufen Salvas Namen, manche schlagen mit den Fäusten auf den Tisch, andere werfen die Arme in die Luft. Selbst meine Mutter kann ihre Tränen nicht zurückhalten, ihr Gesicht ist von Erleichterung gezeichnet.

Unser Zeremonienmeister, der bereits eingeweiht wurde, tritt mit einer Metallschale an den Altar. Als die Flammen der Fackeln aufblitzen, spiegeln sie sich in seinen Augen wider. Salva tritt vor, seine Haltung aufrecht, seine Augen ruhend, seine Brust hebt und senkt sich gleichmäßig. Doch ich kenne ihn zu gut. Er ist stolz. Und er ist bereit.

Er streckt seine Hände nach vorne, die Handflächen nach oben geöffnet, während unser Zeremonienmeister das Bild der Jungfrau Maria in seine Finger legt – unser heiligstes Symbol, das Zeichen unserer Treue zur Familie, zur Ehre, zum Blut.

Ich greife nach dem Dolch auf dem Altar, das Metall kühl in meiner Hand, scharf wie eine Versprechung. Ohne zu zögern setze ich die Klinge an meinen Abzugsfinger. Ein Schnitt, tief genug, dass das Blut sofort auf das Bild tropft und sich mit der Zeichnung vermischt.

Dann nehme ich das Feuerzeug. Die Flamme züngelt, knistert, bevor sie sich am Rand des Bildes festkrallt. Langsam, aber unaufhaltsam verschlingt das Feuer das Gesicht der Heiligen, verzehrt das Papier, während das Blut darauf verdunstet und Rauch in die Luft steigt.

Ich hebe den Blick, sehe in Salvas Augen. Ein stummes Nicken. Er weiß, was zu tun ist.

»Come questa carta brucia, così brucerà la mia anima all'Inferno se tradisco mio fratello, il mio sangue, la mia famiglia. Con il giuramento dell'Omertà, con il sangue che versiamo, con le vite che prendiamo – giuro la mia lealtà fino alla morte. *(Wie diese Karte brennt, so soll meine Seele in der Hölle brennen, wenn ich meinen Bruder, mein Blut, meine Familie verrate. Durch den Eid der Omertà, durch das Blut, das wir vergießen, durch die Leben, die wir nehmen – schwöre ich meine Loyalität bis zum Tod.)*«

Ich beobachte, wie die Karte in seiner Hand zu Asche wird. Die Flammen lecken an seinen Fingern, das Papier kräuselt sich, schwarz und spröde, bevor es zerbricht. Ich sehe, wie seine Haut glüht, wie der Schmerz in ihn eindringt, doch er zeigt nichts. Kein Zucken. Kein Laut. Ein Anführer zeigt keine Schwäche.

Salva hält meinen Blick. Die letzten Reste des verbrannten Eids sinken auf die Metallschale, ein Symbol für das, was nun unausweichlich ist. Es gibt keinen Weg zurück. Ich greife nach meinem Messer, die Klinge blitzt im Schein der Kerzen. Mit einem präzisen Schnitt öffne ich seine Handfläche. Blut tropft in die Asche. Ich spüre seinen Herzschlag gegen meine eigene Haut.

Ich ziehe das Messer über meine eigene Hand, spüre den brennenden Schmerz, der nichts ist im Vergleich zu dem Feuer, das in mir lodert. Dann presse ich meine blutige Hand gegen seine.

»Sangue per sangue. *(Blut für Blut.)*« Unsere Wunden verbinden sich, warmes Blut mischt sich, sickert zwischen unseren Fingern hindurch. Ein Pakt, älter als wir beide. Stärker als jeder Schwur. Geboren aus Krieg, besiegelt mit Schmerz, geschützt durch Tod.

Salva sieht mich an, seine Augen glühen im schwachen Licht. In ihnen brennt dieselbe unausweichliche Loyalität, dieselbe Besessenheit, dieselbe Liebe für diese Familie. Jetzt sind wir zwei. Zwei Krieger. Zwei Schatten in einer Welt, die uns töten will. Zwei Männer, die alles tun werden, um das zu beschützen, was ihnen gehört. Ich lasse seine Hand los. Doch der Schwur bleibt. Ich habe meinen zweiten Anführer.

»Das Nächste, was besprochen wird, ist nicht für alle bestimmt.« Mein Blick gleitet durch die Reihen. »Ich bitte alle, die per Video zugeschaltet sind, die Besprechung jetzt zu verlassen.«

Nach und nach flackern die Bildschirme aus, dunkle Silhouetten verschwinden in der digitalen Dunkelheit.

»Außerdem können alle Frauen den Raum verlassen, bis auf Amelie, Lucia, Cleo, Camilla und Rose. Bei den Männern bleiben nur die, die an der Front kämpfen und Tom.«

Ein leises Zögern, aber dann stehen die ersten auf. Männer nicken einander zu, bevor sie sich durch die schwere Metalltür zurückziehen. Ich sehe, wie einige innehalten. Jeder, der nicht dazugehört, verlässt den Keller. Und jetzt wird es ernst.

KAPITEL 27

*

Emilio

Die Ketten um meine Handgelenke und Knöchel schneiden ein, raues Metall, kalt wie die Blicke, die auf mir lasten. Ich weiß nicht, was schwerer wiegt, das Eisen oder die Schuld, die mir die Luft abschnürt. Jetzt weiß ich, wie du dich damals gefühlt haben musst, Lacrima. Gefangen. Gezeichnet. Am Rand einer Entscheidung, die nicht mehr in den eigenen Händen liegt. Matteo sitzt auf seinem Thron, das Gesicht aus Stein gemeißelt, kein Funken Nachsicht in den dunklen Augen. Neben ihm Salva mit verschränkten Armen. Und dann du. Ich kann dich nicht ansehen. Nicht jetzt. Nicht, wenn die ganze Russo-Familie mich hier wie ein Gerichtshof fixiert, bereit, über Leben und Tod zu entscheiden.

Matteo lehnt sich vor, legt die Fingerspitzen gegeneinander, seine Miene völlig emotionslos.

»Jetzt wird entschieden, ob Emilio Moretti getötet oder begnadigt wird.« Der Zeremonienmeister spricht mit einem Ton, als würde er eine einfache Formalität verkünden. Doch jeder hier weiß, dass es kein einfaches Urteil ist. Dass es die letzten Minuten meines Lebens sein könnten.

»Ich habe bewusst die anderen aus dieser Entscheidung herausgehalten.« Matteos Stimme ist ruhig, aber unnachgiebig. »Es gibt immer noch einige, die Tommaso treu sind, und ich will kein Risiko eingehen. Allen,

die hier anwesend sind, vertraue ich.« Ein Nicken zu mir. Ich soll vortreten. Die Ketten klirren, als ich ein paar Schritte vorgehe, so weit es die Fesseln zulassen. Jeder Muskel in meinem Körper ist angespannt. Mein Herz schlägt so laut, dass es in meinen Ohren dröhnt. Ich könnte mich verteidigen, könnte darum betteln, aber das bin ich nicht. Ich werde nicht winseln. Ich werde ihnen nicht geben, was sie erwarten. Matteo lehnt sich zurück. »Sprich.« Er gibt mir die Chance. Eine, die ich vermutlich nicht verdiene. Aber wenn es meine Einzige ist, dann werde ich sie nutzen. Ich richte mich auf, halte seinen Blick, auch wenn ich spüre, dass du mich ansiehst.

»Zuerst bedanke ich mich, dass ich überhaupt die Möglichkeit bekomme, etwas zu sagen. Ich weiß, dass ich Fehler gemacht habe. Schreckliche Fehler.« Kurz streifen meine Augen dich, bevor sie wieder zu Matteo zurückkehren. »Ich wollte dich stürzen, dir alles nehmen. Amelie wäre der erste Schritt gewesen. Dann Salva. Dann der Rest deiner Familie.«

Ein kurzes, eisiges Lächeln zuckt über Matteos Lippen. »Das war dein Plan, ja.« Ich schlucke, aber nicke. »Ich kann nichts davon rückgängig machen. Aber ich kann mich entschuldigen. Und es tut mir leid. Nicht nur, weil ich hier stehe, sondern weil ich es verstanden habe. Ich habe die falschen Feinde gewählt. Ich habe die falschen Menschen gehasst.« Ich balle die Fäuste, die Ketten rasseln. »Mein Vater hat mich von klein auf gelehrt, dass die Russos unsere Feinde sind. Dass ihr es wart, die unsere Familie zerstört haben. Doch der wahre Feind war Moretti selbst. Er war es, der Franco in die

Falle gelockt hat. Er war es, der euch alle in diesen Krieg gestürzt hat. Und ich ... ich war sein blinder Soldat.« Matteos Gesicht verrät nichts, aber ich sehe das kurze Aufflackern in seinen Augen.

»Die Erkenntnis kommt zu spät, ich weiß. Aber als Tommaso mir erzählte, dass mein Vater Franco nur getötet hat, weil er eine falsche Information bekommen hat, dass Franco meinen kleinen Bruder Elio umgebracht hätte ...« Ich atme scharf aus. »Da wusste ich, dass ich in einer Lüge gelebt habe. Und als ich dann noch erfuhr, dass du ebenfalls zur Hälfte ein Moretti bist, Matteo ... da war mir klar, dass du der Einzige bist, der tatsächlich das Recht hätte, über mich zu richten.«

Eine unangenehme Stille breitet sich aus. Dann lehnt Matteo sich langsam vor. »Und was genau erwartest du jetzt von mir? Wie stellst du dir vor, wie wir mit dir umgehen, wenn wir dich begnadigen?«

Ich spüre, wie mein Herz in meine Kehle schlägt. Ich hatte mir diese Frage gestellt, bevor ich hierherkam. Nichts, worauf ich mich hätte vorbereiten können, hätte gereicht, um das auszuhalten, was seine Miene mir entgegenschleudert. Meine Kehle ist trocken.

»Ich will keinen Krieg mehr. Ich will Frieden. Ich verlasse Italien, wenn ihr das wollt. Mir ist es egal. Aber ich werde dir nicht mehr in den Rücken fallen, Matteo. Ich werde dich nicht mehr bekämpfen.«

Er mustert mich lange, bevor er sich zu dir umdreht. Mein Herz setzt aus. »Auch wenn du meiner Meinung nach nichts verdient hättest, möchte Amelie, dass du ein humanes Leben hast.«

Ich verliere für einen Moment die Kontrolle über meine Atmung. *Du hast dich für mich eingesetzt?* Meine Brust zieht sich zusammen. Vielleicht ist da noch ein Funken Hoffnung. Vielleicht kann ich eines Tages deine Vergebung bekommen. »Ich werde euch keine Probleme mehr bereiten. Niemals wieder. Gebt mir eine Fußfessel. Implantiert mir einen GPS-Chip. Ihr habt mein Wort, dass ich euch nicht mehr hintergehen werde.«

Matteo steht langsam auf, während meine Worte im Raum nachhallen. »Kannst du dich bei Tommaso wieder einschleusen?«

Ich runzle die Stirn. »Das wäre Selbstmord. Und selbst wenn ... ich weiß nicht, wo er ist. Er wechselt ständig seine Verstecke. Ich habe Antonia ins Bein geschossen und ihm seine Waffenhand genommen, sie würden mir nie wieder vertrauen.«

Matteo schmunzelt. Dann nickt er. »Okay. Wenn das so ist, dann bist du begnadigt.« Die Worte treffen mich mit einer Wucht, die ich nicht erwartet habe. Ich schließe für einen Moment die Augen. Ich hätte sterben sollen. Ich war mir sicher, dass dies mein Ende sein würde. Aber Matteo Russo hat mich leben lassen. Und ich werde dafür sorgen, dass ich diese zweite Chance nicht vergeude. Ein kleines Lächeln zeichnet sich auf deinen Lippen ab. »Du wirst dieses Anwesen nie alleine verlassen, solltest du dir einen Fehltritt erlauben, ziehe ich dir die Haut vom Körper ... bei vollem Bewusstsein!«

Ich bin frei! Ich habe zwar nicht sein Vertrauen, aber ich kann jetzt wieder durchatmen.

Es sind Wochen vergangen. Wochen, in denen ich mich langsam in diesem Haus, in dieser Welt, bewege, als gehöre ich halb dazu, als wäre ich halb noch der Feind. Ich habe ein Zimmer bekommen, eine Art Platz, aber ich weiß, dass der Schatten dessen, was ich getan habe, immer noch über mir hängt. Die Blicke, die mir folgen, sind weniger feindselig als zu Beginn, aber sie tragen noch diese Wachsamkeit in sich. Eine stille Frage. Ein instinktives Misstrauen. Und ich kann es ihnen nicht einmal verübeln. Doch irgendwann wird der Moment kommen, in dem sie mich nicht mehr ansehen, als könnte ich ihnen im nächsten Augenblick die Kehle aufschlitzen.

Heute ist das Haus Russo ein einziges Chaos. Die Spenden-Gala steht kurz bevor. Die Vorbereitungen laufen auf Hochtouren, jeder packt mit an. Ich wusste längst, dass es soweit ist. Ich habe diese Familie jahrelang ausspioniert, weiß mehr über ihre Abläufe, als die meisten Neulinge in ihren eigenen Reihen. Ich soll mich nützlich machen. Meine Schuld abarbeiten, meine Loyalität unter Beweis stellen.

Meine Tür öffnet sich. Du trittst ein. In den Händen hältst du Kleidung, die ich heute tragen soll. Du selbst trägst ein beiges Sommerkleid mit schwarzen Punkten.

Ich habe vergessen, wie sehr ich dich will. Jedes Mal, wenn du mir zu nah kommst, brennt es in mir. Und es gibt nur eine Erlösung, deine Lippen auf meinen. Aber ich bekomme sie nicht. Noch nicht. Vielleicht nie.

»Buongiorno.« Meine Stimme ist tiefer, als sie sein sollte. Ich nehme dir die Kleidung ab, doch lasse den Blick nicht von dir.

»Ciao.« Mehr sagst du nicht. Keine Wärme in deinen Augen. Keine Versöhnung. Ich weiß, warum. Du bist wütend. Vielleicht nicht mehr mit der gleichen Intensität wie früher, aber es steckt noch in dir. All das, was ich dir angetan habe, brennt in deinem Rückgrat, wie die Narben, die ich dir zugefügt habe und die nie ganz verheilen.

»Amelie, können wir reden?« Du zögerst. Dein Blick geht zur Tür, wo deine Bodyguards postiert sind, dann sagst du ihnen etwas. Wenige Sekunden später schließt sich die Tür hinter dir.

»Was gibt es?«

Ich trete näher an dich heran, meine Finger streifen deine Hand, fassen sie schließlich. Mit der anderen Hand streiche ich über deine Wange, ziehe dein Gesicht näher an meins. Unsere Lippen sind nur noch einen Hauch voneinander entfernt. Dein Atem ist warm, durch deinen Duft wird mir schwindelig. »Es tut mir wirklich leid.«

Ich sehe dir in die Augen, sehe den Schmerz, den ich verursacht habe. Dann tue ich das, was ich nicht länger verhindern kann. Ich küsse dich.

Einen Moment lang bewegst du dich nicht. Ich spüre den Hauch deiner Lippen, den Schock, der durch dich fährt, aber auch etwas anderes. Wärme? Erinnerung? Ich wage es nicht zu deuten. Dann, plötzlich, legst du deine Hände gegen meine Brust und drückst dich von mir. Hart. Entschieden. Du trittst zwei Schritte zurück, atmest schwer.

»Nein, Emilio. Das hättest du nicht tun dürfen.«

Ich bleibe stehen, verwirrt. »Aber ich dachte ...«

»Ich kann nicht einfach vergessen, was war.« Deine Stimme ist ruhig, aber ich höre das Zittern darin. »Du kannst mich nicht einfach küssen und glauben, dass damit alles ungeschehen ist. Du weißt, was du mir angetan hast. Auch wenn ich und die anderen mitbekommen wie sehr du dich bemühst, uns zu zeigen, dass du dich verändert hast, kann ich das noch nicht zulassen.«

Ich schlucke. »Ich habe das nie gewollt,« flüstere ich. »Der Zorn gegen Matteo hat mich in die falsche Richtung getrieben. Ich habe dich verletzt, um ihn zu zerstören, dabei hattest du das nicht verdient. Würde ich die Zeit zurückdrehen können, würde ich es ...«

Ich neige mich vor, will dir näherkommen, doch du weichst zur Seite aus. Dein Blick ist klar, fest, aber nicht kalt. Du fühlst noch etwas. Ich weiß es.

»Ich weiß, dass du kein Monster bist. Aber ein Kuss löscht keine Vergangenheit aus. Nicht das, was du mir angetan hast. Nicht das, was zwischen uns steht.«

Bevor ich antworten kann, knallt die Tür auf.

Salva. Matteo.

Ihre Blicke durchbohren mich, Matteo erkennt sofort, was passiert ist. Salva sieht deinen Abstand zu mir, dein gerötetes Gesicht, meine Nähe.

»Du hast sie geküsst?« Salvas Stimme ist ein einziger Donner.

Ich sage nichts. Der Blick, mit dem er auf mich zukommt, reicht. Dann trifft mich seine Faust mit voller Wucht. Mein Kopf wird zur Seite geschleudert. Ich taste nach Halt, finde ihn nicht. Ich falle in den schwarzen Sessel neben der Kommode.

»Hört auf!« Deine Stimme. Du ziehst Salva zurück, deine Hand an seinem Arm. Er lässt ab, aber sein Blick brennt sich weiter in mich.

»Ich kann nichts für meine Gefühle,« sage ich leise, den Kopf gesenkt.

»Und wir scheißen auf deine Gefühle,« presst Matteo hervor. »Du wirst sie nie wieder anfassen. Nie.«

Du trittst zwischen uns. Deine Schultern sind gestrafft, dein Blick geht von einem zum anderen.

»Er hat sich entschuldigt. Und ich habe den Kuss im ersten Moment zugelassen. Nicht, weil ich ihn liebe, sondern weil ich ... weil ich immer noch nicht weiß, was ich mit all dem tun soll.«

Ich hebe den Kopf. Hoffnung keimt in mir auf. »Ich kann dir nicht vergeben, Emilio. Aber ich kann auch nicht so tun, als hättest du nichts verändert. Als würdest du mir nichts bedeuten. Denn das tust du.«

Matteo steht dicht bei dir. Seine Hand hebt dein Kinn an. Du weichst seinem Blick aus.

»Du willst ihn?«

Du schweigst. Dann nickst du langsam.

»Aber ich werde ihn nie lieben wie euch.«

Salva zischt durch die Zähne. Matteo bleibt starr.

Du schüttelst den Kopf. »Ich will Frieden. Ich will Klarheit. Und ich will nicht, dass ihr denkt, ich sei schwach, nur weil ich noch Fragen in meinem Herzen habe.«

Matteo sagt nichts. Salva lehnt sich gegen die Kommode, die Arme vor der Brust. Dann, nach einer langen Pause, spricht Salva mit gedämpfter Stimme.

»Du wirst sie nie bekommen, Emilio. Nicht als Mann. Nicht als Partner. Aber vielleicht ... als jemand, der lernen kann, was Reue wirklich bedeutet.«

Ich blicke auf. Deine Augen ruhen auf mir.

»Wir werden sehen, wie sich alles entwickelt,« sagst du ruhig. »Aber du musst erst verstehen, dass Liebe kein Versprechen ist. Es ist eine Entscheidung. Und ich habe meine noch nicht getroffen.«

Matteo geht einen Schritt zurück, zieht dich sanft an sich heran. »Komm. Lass uns gehen.«

Du folgst ihm. Doch diesmal, als du die Tür erreichst, drehst du dich noch einmal um. Dein Blick bleibt an mir hängen. Nur für einen Moment. Und dann gehst du.

Ich bleibe zurück. Mit brennender Wange. Und einem Herzen, das zwar noch schlägt, aber nicht mehr sicher ist, wohin es gehört.

KAPITEL 28

*

Amelie

Ich lege meinen Stift zur Seite und lasse meinen Kopf gegen die Rückenlehne sinken. Meine Gedanken kreisen, aber nichts davon bringt mich weiter. Es ist, als hätte mein Hirn den Dienst quittiert. Seit zwei Stunden sitze ich hier und versuche, das Menü für die Gala fertigzustellen, aber mein Verstand blockiert mich. Man könnte meinen, es wäre eine leichte Aufgabe, ein paar Gerichte auszuwählen, aber bei der Anzahl an Gästen und erst recht mit den wichtigen Namen auf der Gästeliste darf nichts schiefgehen. Jeder Gang muss sitzen.

Ich spüre, wie sich zwei warme Hände von hinten auf meine Schultern legen und langsam meinen Nacken massieren. Meine Augen fallen für einen Moment zu, ein leises Seufzen entweicht mir, als die Verspannung nachlässt. Ich neige meinen Kopf nach hinten und blicke direkt in Salvas Augen, die mich mit einem Hauch von Belustigung mustern.

»Na, wie weit bist du?« Er lehnt sich über meine Schulter, um meine Notizen zu überfliegen.

»Nicht sonderlich weit. Ich kann mich beim Hauptgang nicht entscheiden.«

Seine Finger graben sich fester in meine Muskeln, genau an den Stellen, die am meisten schmerzen, und ich könnte ihn für diese Berührung in Grund und Boden küssen. Die Schwangerschaft hat meine Nerven ohnehin schon strapaziert, aber in den letzten Wochen fühlt es sich an, als hätte mein Körper endgültig beschlossen, mich in den Wahnsinn zu treiben. Ich schwitze mehr als je zuvor, meine Beine schmerzen nach nicht einmal einer halben Stunde stehen, und die nächtlichen Waden-krämpfe sind die pure Hölle. Manchmal wache ich mitten in der Nacht auf und will mir am liebsten mein eigenes Bein abhacken.

Ich bin ja froh, dass Tommaso und Antonia uns bis-her in Ruhe lassen, aber das macht es nur noch schlim-mer. Ich weiß, dass es nicht ewig so bleibt. Irgendwann wird es krachen. Und wenn es so weit ist, wird es nicht nur ein einfaches Aufeinandertreffen sein. Sie werden alles niederbrennen wollen, mit der geballten Wut der letzten Monate. Aber wir sind vorbereitet. Unsere Leute sind überall verteilt, strategisch platziert wie eine Armee, bereit, jeden Angriff im Keim zu ersticken. Tom-maso sollte nicht einmal einen Kilometer an uns heran-kommen können, aber das Problem ist nicht nur er. Es sind die, die sich als loyal ausgeben und es vielleicht doch nicht sind. Diejenigen, die dir im richtigen Moment das Messer in den Rücken rammen würden, weil sie sich einen Vorteil davon versprechen. Wir können niemandem zu hundert Prozent vertrauen.

Deshalb bleiben wir zusammen. Niemand geht alleine irgendwohin, jeder hat ständig eine Waffe griff-bereit. So traurig es ist, aber das ist unsere Realität. Ich will endlich, dass das hier vorbei ist. Ich will, dass sie sterben. Tommaso und Antonia. Dass sie einfach ver-schwinden und nie wieder eine Bedrohung für uns sind. Aber ein Angriff von uns? Nein. Wir werden nicht die sein, die diesen Krieg beginnen. Wir werden ihn beenden. Deshalb sind meine Familie und die engsten Vertrauten schon seit Monaten im Russo-Anwesen. Jeder, der wichtig ist, ist hier. Niemand verlässt Palermo ohne einen Plan. Würden wir uns aufsplitten, um die beiden zu jagen, dann wären wir schutzlos. Und das können wir uns nicht leisten. Vor allem jetzt nicht.

Wenn meine Kinder auf der Welt sind, will ich nicht ständig über meine Schulter blicken müssen. Ich will nicht in Angst leben, dass diese kranke Antonia eines Nachts ins Haus schleicht und meine Babys aus dem Bettchen stiehlt, nur um mich leiden zu sehen. Ich will nicht, dass Leonora und Leandro in einer Welt voller Waffen und Krieg aufwachsen müssen.

Aber wir wissen zu wenig. Nicht einmal die Bürger haben neue Informationen. Wir haben ein Kopfgeld auf die beiden ausgesetzt, und trotzdem rührt sich nichts. Kein Angriff, keine Provokation. Sie lauern. Und ich hasse das. Ich hasse es, wenn Feinde still sind. Denn das bedeutet, dass sie warten. Sie sammeln sich.

»Hmm, lass mich mal.« Salva nimmt meinen pinken Glitzerstift und beginnt zu schreiben.

Filetto di Manzo al Tartufo Nero
(Rinderfilet mit schwarzem Trüffel, Rotwein-Jus & Steinpilz-Risotto)

Branzino al Sale con Salsa allo Champagne
(In Salzkruste gegarter Wolfsbarsch mit Champagner-Butter-Sauce & Safran-Fenchel-Püree)

Ravioli al Tartufo Bianco con Burro e Salvia
(Hausgemachte Ravioli mit weißem Trüffel, Ricotta &
Parmesan in Salbeibutter)

Lasagna alla Camilla con Ricotta e Spinaci
(Lasagne überbacken mit Ricotta und Spinat)

Er legt den Stift zur Seite und sieht mich an, als wäre das die einfachste Sache der Welt.

»Und das hast du dir jetzt einfach so aus den Fingern gezogen?« Ich lehne mich in den Stuhl zurück und lege meine Hände auf meinen Bauch, der sich anfühlt, als würde er jeden Moment platzen.

Er grinst. »Ich wohne schon länger hier, das kommt oft gut an. Und etwas Traditionelles wie die Lasagne meiner Mamma wird bestimmt auch passen, für die, die echte italienische Küche wollen.«

Ich schnaufe. »Ich sitze hier seit einer Ewigkeit und du schlenderst einfach rein und zauberst in wenigen Minuten ein perfektes Menü auf den Tisch. Ich kann mich einfach gar nicht mehr konzentrieren.«

Er kniet sich vor mich hin, nimmt eine meiner Waden in seine starken Hände und beginnt, sie zu massieren. Ich stöhne leise auf, weil es sich so gut anfühlt, dass ich am liebsten meine Augen verdrehen würde.

»Das ist normal in der Schwangerschaft. Du hast ja nicht mehr lange. Eine Woche nach der Gala sind die beiden da, dann wird es dir besser gehen.«

Ich bin mir nicht sicher, ob ich ihm folgen kann, weil mein ganzer Körper gerade nur auf seine Berührung fokussiert ist. »Heute geht es auf jeden Fall besser als die letzten Tage.«

Sein Blick verdunkelt sich leicht, sein Daumen drückt sanft in die empfindliche Stelle meiner Wade. »Das ist gut. Ich habe nämlich heute vor, dich zu entführen.« Seine Stimme ist leise, rau, mit diesem spielerischen Unterton, der mich jedes Mal schwach macht.

Ich hebe eine Braue. »Ach ja? Wohin denn?«

Er neigt sich näher zu mir. »Lass dich überraschen. Wir haben schließlich noch ein Date nachzuholen. Und zufälligerweise sind heute alle beschäftigt, also können wir uns einfach aus dem Staub machen.« Er steht auf, reicht mir seine Hand, damit er mir aus dem Stuhl helfen kann. Ich nehme sie und lasse mich langsam hochziehen.

»Dann kann ich dich endlich besser kennenlernen.« Ich zwinkere ihm zu.

Sein Grinsen wird breiter. »Ja, du kennst meine dunkelsten Geheimnisse ja noch gar nicht.«

Als wir das Haus verlassen, steht Matteo im Vorgarten, mit den Händen in den Hosentaschen, während er einige Gärtner delegiert, die die Bäume beschneiden. Er mustert uns, bevor er auf uns zukommt.

»Viel Spaß, Kleines. Passt auf euch auf. Ein paar unserer Männer begleiten euch, aber das bist du ja mittlerweile gewohnt.« Ich nicke und stelle mich auf die Zehenspitzen, um ihm einen Kuss zu geben.

»Danke, Matteo. Pass du auch auf dich auf.«

Er schmunzelt. »Hoffe lieber, dass ich niemanden in deiner Abwesenheit töten muss. Die Arbeiter sind mal wieder zu blöd für alles.«

Ich knuffe ihn leicht in den Arm. »Lass die Arbeiter in Ruhe. Sie haben sowieso schon Angst vor dir, weil du so streng mit ihnen bist.«

Er hebt die Schultern. »Ich werde schon nichts anstellen. Pass gut auf sie auf.« Er drückt Salva die Schulter, sein Blick ernst, bevor er uns zum Auto schickt.

Im Wagen angekommen, kramt Salva etwas aus dem Handschuhfach.

»Dein Ernst?«

Er hält mir eine schlichte, salbeigrüne Schlafmaske entgegen. »Es soll eine Überraschung sein. Wir haben drei Stopps und es wird ein wenig dauern, bis wir da sind. Du kannst schlafen, solange du willst, ich will nicht, dass du errätst, wohin es geht.«

Ich seufze, schnappe mir die Maske, verdrehe die Augen und lege sie mir widerwillig an. Im selben Moment spüre ich seine Hand auf meinem Oberschenkel. Sein Daumen übt sanften Druck aus, sein Griff fordernd.

»Verdreh nicht deine Augen, Bella.«

Ich hatte vergessen, dass das die beiden Brüder wahnsinnig macht. »Sorry. Dann versuche ich halt zu schlafen …«

Aber ehrlich gesagt hasse ich es, nicht zu wissen, was als Nächstes passiert. Nicht sehen zu können, wo ich bin, nicht einschätzen zu können, was mich erwartet. Ich weiß, Salva will mich überraschen, aber seit all dem Chaos in unserem Leben bin ich lieber wachsam.

Wir sind erst mit dem Auto gefahren, dann geflogen, wieder mit dem Auto unterwegs gewesen und schließlich auf ein Boot umgestiegen. Die gesamte Reise war ein einziges Rätsel, jeder Richtungswechsel hat mich weiter im Dunkeln gelassen. Jetzt spüre ich, wie das Boot sanft abbremst, das leise Tuckern des Motors verstummt. *Wir sind angekommen.*

Salvas Hände umfassen meine, ziehen mich behutsam nach oben, damit ich nicht stolpere. Ich steige vorsichtig aus, mein Körper spürt den festen Boden unter den Füßen, aber meine Welt bleibt schwarz.

»Darf ich die Maske jetzt abnehmen?« Meine Stimme ist ein Hauch aus Neugier und Ungeduld.

Ich spüre seine warmen Finger an meinen Wangen, wie sie sanft über meine Haut streichen, bevor er die Schlafmaske langsam nach oben zieht. Ein heller Lichtstrahl trifft meine Augen, zwingt mich dazu, sie für einen Moment zusammenzukneifen. Nach so vielen Stunden im Dunkeln fühlt sich die plötzliche Helligkeit wie ein Schock an.

Ich blinzele gegen das helle Licht, während meine Augen sich anpassen. Die warme Sommerluft streift meine Haut, ein sanfter Windzug trägt den salzigen Duft des Wassers heran, vermischt mit dem süßen Aroma von frischen Zitronen und der dezenten Würze von Basilikum. Mein Blick fällt auf das schimmernde Wasser der Lagune, das sich in sanften Wellen an die Stege schmiegt. Schwarz lackierte Gondeln gleiten lautlos darüber hinweg, während die kunstvollen Fassaden der Palazzi sich darin spiegeln.

Ich blinzle erneut. Ein leises Lachen entweicht mir. »Wir sind in Venedig.« Die Worte schmecken auf meiner Zunge süß und surreal zugleich.

Mein Blick wandert weiter, nimmt das ein, was sich vor mir erstreckt. Eine private Terrasse mit Blick auf den Canal Grande. Die kunstvollen Mosaikfliesen unter meinen Füßen sind kühl, ein schmaler, von Efeu umrankter Baldachin spendet Schatten. Auf einem Tisch aus dunklem Marmor funkeln Kristallgläser neben einer perfekt gekühlten Flasche Champagner und Wasser, ein Teller mit Burrata und sonnenreifen Tomaten steht daneben. Dahinter die pastellfarbenen Fassaden der venezianischen Palazzi, das leise Murmeln der Stadt, vermischt mit dem rhythmischen Plätschern des Wassers gegen die Anlegestellen.

Eine Hand legt sich warm auf meinen unteren Rücken. »Überrascht, Bella?« Ich drehe mich zu ihm um, meine Lippen leicht geöffnet, als könnte ich die richtigen Worte nicht greifen. Seine karamellfarbenen Augen mustern mich, fordern eine Reaktion, trinken meine Fassungslosigkeit in sich auf wie ein Genießer.

»Das ist…« Ich atme tief durch. »…perfekt.«

Sein Mund verzieht sich zu einem herausfordernden Grinsen. »Gut.« Er greift nach der alkoholfreien Champagnerflasche, öffnet sie mit einem dumpfen Ploppen. »Dann bin ich gespannt, womit ich dich heute Nacht noch überraschen kann.«

Ich sehe zurück auf die Stadt, das Leben, das sich in den verwinkelten Gassen bewegt, während wir hier abgeschirmt sind. Die Sonne steht noch hoch am Himmel, taucht alles in warmes Gold.

Salva nimmt meine Hände in seine und fährt mit den Daumen sanft über meinen Handrücken. »Ich bin froh, dass wir ein bisschen Zeit für uns haben. Ich hoffe, wir bekommen bald mehr davon.«

Ich lehne mich in meinen Stuhl zurück, lasse mich für einen Moment in der Atmosphäre Venedigs treiben.

»Ich freue mich auch«, erwidere ich und sehe ihn an. »Und ich denke, wir werden noch genug davon bekommen.«

Der Kellner tritt an unseren Tisch, elegant, mit einer Art, die ihm die jahrzehntelange Erfahrung in der gehobenen Gastronomie ansieht. Wir bestellen beide Spaghetti Carbonara. Ein klassisches Gericht, aber wenn man es perfekt macht, braucht es nicht mehr.

Salva lehnt sich zurück und mustert mich.

»Also, was möchtest du über mich wissen?«, frage ich ihn.

»Hmmm.« Er fährt mit der Hand über seinen Bart. »Was ist die schlimmste Entscheidung, die du in deinem Leben getroffen hast?«

Wow. Er geht direkt in die Vollen. Nichts mit »Lieblingsfarbe« oder »erste Liebe«. Ich tippe mit den Fingern gegen mein Glas. »Dass ich Antonia nicht direkt im Keller erschossen habe.«

Seine Mundwinkel zucken, dann klatscht er langsam in die Hände. »Du wirst immer mehr zu einer Russo.«

Ich muss lachen. »Ob das so positiv ist, weiß ich nicht. Früher hätte ich nie gedacht, dass ich solche Gedanken haben könnte. Aber in meinem jetzigen Leben … geht es wohl nicht anders.« Ich lege den Kopf leicht schief. »Was ist mit dir? Welche Entscheidung bereust du am meisten?«

Sein Kiefer spannt sich leicht an, dann fährt er sich mit der Hand durch die Haare. »Dass ich dich nicht vor Matteo kennengelernt habe.«

Mein Atem stockt für eine Sekunde.

Er lehnt sich vor, seine Stimme ein dunkles Murmeln. »Eigentlich wäre ich damals dafür zuständig gewesen, Millers Arbeiten zu überprüfen. Aber ich hatte an dem Tag ein Treffen mit Vacchio.« Seine Lippen zucken. »Also ist er eigentlich schuld daran, dass Matteo dich vor mir kennengelernt hat.«

Ich mustere ihn. Die Worte sind leicht dahingesagt, aber ich weiß, dass mehr dahintersteckt. Ich frage mich, ob Salva es überhaupt zugelassen hätte, wenn ich mich nach ihm in Matteo verliebt hätte. Matteo würde mich in allem unterstützen, selbst wenn ich ihm irgendwann sagen würde, dass ich nach Australien auswandern will oder mich in zehn weitere Männer verliebe. Solange er an erster Stelle bleibt. Aber Salva ist anders. Er würde mich nicht teilen, wenn er nicht wüsste, dass ich mit jedem Teil meines Herzens ihm gehöre, aber er muss und ich hoffe, dass er damit zurechtkommt und ehrlich zu mir ist, wenn er es akzeptiert.

»Egal, wer zuerst da war ... ich liebe euch beide gleich viel. Und das wird sich auch nicht ändern.« Ich lächle leicht.

Er nickt langsam. Dann nimmt er eine Gabel voll Spaghetti und schiebt sie sich in den Mund. »Ich hoffe es. Themawechsel, die nächste Frage wird lustig: Was ist das Peinlichste, das dir je passiert ist?«

Ich schlucke. »Oh Gott.« Schon beim Gedanken daran kriecht mir die Hitze ins Gesicht.

»Als ich in der Highschool war, hatte ich eine Zahnspange, Pickel und null Sinn für Mode. Kein Junge hat sich für mich interessiert, vor allem weil Sommersprossen damals nicht als hübsch galten. Ich wurde nicht mal zu Partys eingeladen. Zumindest nicht bis nach meinem Glow-up. Bis auf diese eine Halloween-Party …«

Ich sehe ihn an, und er hängt mir gespannt an den Lippen. Das ist das Schöne an Salva, ich könnte ihm jetzt einen Vortrag über Quantenphysik erzählen und selbst das würde ihn nicht langweilen.

»Nun ja, ich war fünfzehn und habe mich als Mumie verkleidet.«

Er runzelt die Stirn. »Was für eine Art Mumie? Gruselig oder sexy?«

»Sexy? Ganz im Gegenteil! Ich war mit vierlagigem Klopapier eingerollt.«

Er prustet los.

»Du lachst jetzt schon? Das war noch nicht mal das Schlimmste!«, sage ich, während ich ebenfalls Lachen muss. »Meine Mom hat extra das teuerste gekauft, damit es lange hält. Keine Ahnung, warum wir nicht einfach einen Verband genommen haben.« Ich zucke die Schultern. »Jedenfalls dachte ich, ich wäre cool, bis Ashley mir die Tür aufmachte.«

Salva hebt eine Braue. »Ashley?«

»Main-Charakter-Ashley. Und rate mal, als was sie verkleidet war.«

»Auch als Mumie?«

Ich schnaube. »Schön wäre es! Sie war ein heißer Teufel. Die gesamte Party war nur eine Show, um zu demonstrieren, wer die geilsten Outfits trägt, während ich aussah wie ein überdimensionales Tempotaschentuch.«

Salva lacht so heftig, dass er fast vom Stuhl fällt.

»Warte! Es wird noch schlimmer!« Ich muss wieder selbst lachen, als ich das Wasser nehme, um einen Moment durchzuatmen.

»Ich hatte den ganzen Tag Bauchschmerzen, wollte eigentlich absagen, aber dann dachte ich mir, ich muss da durch. Irgendwann habe ich mir ein Bier geholt, weil ich genauso cool sein wollte wie die anderen. Blöde Idee. Ich hab meine Bauchschmerzen nicht mehr gespürt und saß dann irgendwann auf dem Schoß meines Highschool-Schwarms.«

»Klingt bisher nach einer Erfolgsstory.«

»Falsch gedacht. Ich musste auf einmal dringend pinkeln, bin aufgestanden und er… hat geschrien, ob ich noch ganz dicht bin.«

Salvas Lachen bleibt ihm fast im Hals stecken.

»Ich dachte, ich hätte mein Bier auf ihn gekippt.« Ich lehne mich vor. »Aber als ich mich umgedreht habe… habe ich es gesehen. Mein Klopapier war nicht mehr weiß. Und sein Hosenbein auch nicht.«

Er reißt die Augen auf. »Nein.«

»Oh doch.«

»Ach du Scheiße.«

Ich nicke. »Eine Blutlache auf seinen Jeans. Mein Klopapier hat sich vollgesogen, und ich bin in den Boden versunken. Einige haben gelacht, aber zum Glück gab es ein paar Mädels, die mich rausgeholt und den Typen fertiggemacht haben.«

Salva sieht mich einen Moment fassungslos an. Dann schüttelt er den Kopf. »Das ist die krasseste Geschichte, die ich je gehört habe.«

Ich verdrehe die Augen. »Sag das nicht so begeistert.«

Er grinst. »Ich hätte dich beschützt. Der Typ soll froh sein, dass er die Ehre hatte, dass du auf seinem Schoß saßt.«

»Er war so geschockt, dass er sich nie wieder erholt hat. Aber ehrlich gesagt glaube ich, es war für ihn genauso schlimm wie für mich.«

»Wenigstens hast du dadurch gelernt, wie man mit Chaos umgeht.«

Ich grinse. »Und wie man sich nie wieder als Mumie verkleidet.«

Salva hebt sein Glas. »Dann trinken wir darauf, dass du dich trotzdem zu der unglaublichen Frau entwickelt hast, die du heute bist. Und darauf, dass dieser Typ wahrscheinlich bis heute Albträume von dir hat.«

Ich lache und stoße mit ihm an, genieße das Prickeln des eiskalten alkoholfreien Champagners in meinem Mund, während die warme Sommerluft um uns herum vibriert. Die Atmosphäre in Venedig hat etwas Magisches. Das sanfte Klirren von Geschirr und Besteck aus den umliegenden Restaurants, das gelegentliche Rufen eines Gondoliere, das leise Plätschern des Wassers, all das vermischt sich zu einer Kulisse, die sich surreal anfühlt.

Salva mustert mich, was mir sofort eine Gänsehaut beschert. Seine dunklen Augen sind wachsam, neugierig und verdammt verführerisch. »Ich liebe es, wenn du mir solche Sachen erzählst«, sagt er leise. »Du bist so eine Überraschung, Amelie.«

»Ach ja? Und wieso?« Ich spiele mit meinem Glas, meine Lippen umschließen den Rand, ohne wirklich zu trinken.

Er lehnt sich nach vorne, stützt seine Unterarme auf den Tisch und grinst. »Weil du im ersten Moment wie diese unantastbare, elegante Frau wirkst. Die perfekte Kombination aus Schönheit und Stärke. Und dann haust du so eine Geschichte raus, die zeigt, dass du genau so menschlich, chaotisch und verrückt bist wie der Rest von uns.«

Ich grinse und lege meinen Kopf leicht schief. »Du meinst, wie eine Russo?«

Seine Miene wird weicher. »Wie meine Frau.«

Mein Herz stolpert für einen Schlag. Die Worte treffen mich mitten ins Mark. Weil sie sich so richtig anfühlen. Ich senke meinen Blick kurz, lasse ihn dann wieder zu ihm gleiten.

»Sag das nicht zu laut. Matteo könnte es hören.«

Salva lacht. »Glaub mir, Matteo weiß genau, dass du auch mir gehörst.«

KAPITEL 29

Amelie

Die Sonne taucht den Himmel in warme Gold- und Rosatöne, während ihre letzten Strahlen auf den Kanälen Venedigs tanzen. Es ist einer dieser perfekten Tage, die sich anfühlen, als könnten sie ewig dauern. Kein Drama. Keine Gefahren. Keine Schatten, die sich zwischen uns drängen. Nur ein Moment der Normalität und vielleicht genau deshalb so unwirklich.

Wir schlendern Arm in Arm durch die verwinkelten Gassen, lassen uns von der Magie dieser Stadt treiben. Auf der Rialtobrücke bleiben wir stehen, lachen, während unsere Bodyguards Fotos von uns machen. Ein Bild, das uns nicht als Teil einer anderen, dunkleren Welt zeigt, sondern einfach nur als ein Paar. Oder besser gesagt: als zwei Menschen, die sich lieben.

»Letzter Stopp: Gondelfahrt,« hatte Salva mir zugeflüstert, als wir weitergingen.

Ich genieße die Atmosphäre, die Straßenmusik, den Duft nach frisch gebackenem Brot und hochwertigen Fisch, als wir an einem Fischstand vorbeikommen.

»Wollen wir einen Lachs fürs Abendessen mitnehmen?«, frage ich und deute auf ihn.

Salva lächelt, während er auf die Uhr sieht. »Wir können doch einfach den Köchen Bescheid geben.« Ich schüttle den Kopf, schlinge meine Finger fester um seinen Arm.

»Ich wollte aber mit euch gemeinsam kochen. In unserem neuen Zuhause.«

Er hält kurz inne, mustert mich, dann nickt er. »Dann nehmen wir auf dem Rückweg einen mit. Aber jetzt müssen wir weiter, sonst fährt die Gondel noch ohne uns los.«

Ich verenge meine Augen. *Warum diese Hektik?* Wenn einer einem Gondoliere befehlen kann, zu warten, dann definitiv Salva Russo.

Seine Hand schließt sich fester um meine, zieht mich sanft durch die nächste Gasse. Hier ist es anders. Die Wände leuchten im warmen Licht der Laternen, über uns schwingen kleine Wimpel, ein leichter Wind streicht durch das enge Labyrinth der Stadt.

Dann biegen wir um die Ecke. Mein Herz bleibt stehen. Da ist nicht nur eine Gondel. Da ist eine Vision aus Licht und Eleganz, aus Perfektion und Raffinesse. Die Gondel ist poliert bis zur Perfektion, jede Linie makellos. An den Seiten hängen filigrane Laternen, ihr sanftes Leuchten wirft tanzende Reflexe auf das dunkle Wasser. Die Sitze sind mit tiefschwarzem Leder bezogen, durchzogen von dunklem Samt, der ihr eine fast königliche Note verleiht. Aber das ist nicht das, was mich den Atem anhalten lässt.

Es ist er.

Matteo. Er lehnt lässig gegen die Reling. Der hellblaue Anzug sitzt wie eine zweite Haut, das weiße Hemd darunter geöffnet, gerade so weit, dass ein Streifen von Muskeln sichtbar wird. Seine Sonnenbrille spiegelt den Himmel wider, seine Lippen verziehen sich zu diesem mühelosen, unverschämten Grinsen.

Ich hatte mich schon gewundert, warum Salva so schick angezogen war und warum ich unbedingt dieses champagnerfarbene Spitzenkleid tragen sollte. Ich hatte gedacht, es wäre nur, weil es unser erstes offizielles Date war, aber jetzt verstehe ich es. Es war nie nur *ein* Date. Es war ein Doppeldate.

Ohne nachzudenken, renne ich los, falle Matteo in die Arme. Er fängt mich mit spielerischer Leichtigkeit auf, seine Hände sicher an meiner Taille.

»Ciao, Bella Donna.« Seine Lippen berühren meine Schläfe, während er mich enger an sich zieht. »Hattest du einen schönen Tag?«

Ich sehe kurz zu Salva, der mit dem Gondoliere spricht, dann wieder zu Matteo.

»Oh ja,« flüstere ich und lächle. »Er war himmlisch. Ich wollte schon immer nach Venedig.«

Sein Grinsen vertieft sich. »Genau das wollte ich hören.«

Er nimmt meine Hand, seine Finger umschließen sie fest, vertraut. Der Gondoliere ergreift meine andere, und mit einer mühelosen Bewegung setze ich mich in die Gondel. In der Mitte steht ein kleiner Tisch, darauf eine Flasche Wasser mit drei Gläsern. Ein Detail, das mich rührt. Sie trinken fast immer nur Wasser, weil ich keinen Alkohol trinken kann.

Matteo folgt mir, setzt sich neben mich, seine Präsenz ein magnetischer Sog. Dann steigt Salva ein, setzt sich auf die andere Seite. Eingeschlossen zwischen den beiden Männern, die mein Herz tragen, lasse ich mich in den luxuriösen Sitz sinken. Mein Blick schweift über das Wasser, über die historischen Gebäude. Venedig war schon immer eine Stadt der Romantik. Doch in diesem Moment fühlt es sich an, als wäre sie nur für uns geschaffen.

Der Gondoliere stößt das Boot sanft vom Steg ab, und mit einem leichten Ruck gleitet die Gondel über das dunkle Wasser. Doch es ist nicht die Stadt, die den Atem anhält. Nicht die Schönheit der Architektur, die Herzen zum Stillstand bringt. Es sind ihre Blicke.

Matteo und Salva lehnen sich zurück, ihre Hände ruhen auf meinem Schoß. Ihre Finger gleiten über den dünnen Stoff meines Kleides, als würden sie mich mit jeder Berührung kartografieren, als müssten sie sich davon überzeugen, dass ich wirklich hier bin, zwischen ihnen, *mit* ihnen.

Salva ist der Erste, dessen Hand langsam mein Bein hinaufwandert. Seine Zähne fahren über seine Unterlippe.

Ich kann nicht anders. Ich neige mich zu ihm, suche seine Augen, bevor ich meine Lippen auf seine lege. Ein Kuss, weich und doch mit dieser unterschwelligen Dringlichkeit. Seine Hand auf meinem Schoß wird fester, sein Daumen zeichnet kreisende Muster auf meine Haut, während seine andere an meine Wange wandert, mich tiefer in ihn zieht.

Dann öffnet er seine Lippen, und ich spüre ihn. Ein süchtig machender Tanz aus Reizen und Verlangen. Seine Zunge gleitet über meine, erkundet, kostet, bis mir fast schwindlig wird. Mein Herz hämmert in meiner Brust, ein Echo seiner tiefen, kehlig vibrierenden Töne.

Ich kralle meine Finger in sein Hemd, als könnte ich ihn so noch näher zu mir ziehen, aber es gibt keinen

Raum zwischen uns, keinen Atemzug, der nicht miteinander verschmilzt. Seine Hand wandert weiter nach oben, über meinen Bauch, und in diesem Moment, als er ihn sacht berührt, verändert sich alles.

Er löst sich für einen Sekundenbruchteil, seine Stirn ruht gegen meine, sein Atem warm auf meinen Lippen. Sein Daumen streicht sanft über die gewölbte Rundung meines Körpers, als spüre er nicht nur mich, sondern auch das Leben, das wir geschaffen haben.

Dann senkt er sich wieder über mich, küsst mich tiefer, härter. Als wir uns lösen, bin ich atemlos. Doch dann spüre ich Matteos hungrigen Blick. Er neigt leicht den Kopf, mustert mich mit diesem verschmitzten, wissenden Ausdruck. Dann hebt er eine Hand, vergräbt sie in meinen Haaren und zieht mich zu sich. Sein Kuss ist anders.

Dominanter, bestimmender, aber mit einer Zärtlichkeit, die mir den Verstand raubt. Seine Lippen nehmen, fordern, lenken mich durch eine Welt, die nur aus ihm besteht. Matteos Hand gleitet sanft über meinen Bauch. Ich lege meine Hand auf seine Brust, spüre, wie sein Herz schnell schlägt. Ich muss schmunzeln. Seine Lippen verziehen sich ebenfalls zu einem leichten Lächeln gegen meine, bevor er sich löst und mir mit hochgezogener Braue in die Augen sieht.

»Was gibt es zu kichern, Kleines?«

Ich lecke mir über die Lippen, koste den Nachhall seines Kusses und schüttele kaum merklich den Kopf.

»Ich finde es nur süß, dass du so nervös bist.«

Matteo blinzelt langsam, sein Blick wird dunkler. »Ich?« Seine Stimme ist tiefer. »Dafür gibt es Gründe.«

Mein Grinsen wird breiter. »Ach ja? Was denn für welche?«

Als wäre es ein stummes Einverständnis, tauschen Matteo und Salva einen Blick, stehen langsam auf und gehen zur anderen Seite der Gondel. Ihre Bewegungen sind fließend, fast zeremoniell. Sie drehen sich zu mir, stehen still, nur für einen Wimpernschlag, jedoch lang genug, dass mein Herz einen unregelmäßigen Schlag aussetzt.

Der Gondoliere versteht instinktiv, dass er anhalten soll. Das sanfte Schaukeln des Bootes auf dem dunklen Wasser fühlt sich plötzlich bedeutungsschwer an, als wäre es nicht nur eine Bewegung, sondern ein Übergang. Ein Atemzug lang ist alles still.

Dann ertönt Musik. Ich sehe zum Ufer, wo eine kleine Band spielt, und dann sehe ich sie: Laura Pausini mit einer Stimme, die das Herz zum Vibrieren bringt, während sie Vivimi singt.

Die ersten Töne von ihr schweben über das Wasser, weich und melancholisch, ein Lied, das direkt in die Seele dringt. Mein Mund öffnet sich vor Überraschung, aber ich merke es erst, als sich meine Lippen noch weiter auseinanderziehen. Unzählige Himmelslaternen steigen auf und tauchen den Himmel in ein warmes, tanzendes Licht. Es ist wie in einem Märchen.

Mein Blick bleibt an Matteo und Salva hängen, die mich mit einem Ausdruck ansehen, den ich nicht deuten kann. Dann sinken sie auf ihre Knie. *Das machen sie nicht wirklich?*

Ein Schluchzen entweicht mir. Meine Hand schießt zu meinem Mund, und noch bevor sie ein einziges Wort gesprochen haben, laufen mir die ersten Tränen über die Wange. Ich kann es nicht aufhalten, will es nicht aufhalten. *Es ist zu viel. Zu perfekt. Zu unwirklich.*

Matteo hebt den Kopf, seine dunklen Augen schimmern im Schein der Laternen.

»Amelie *Moore*,« beginnt er, und seine Stimme ist tiefer als sonst. »Wir sind durch Stürme gegangen. Durch Höllenfeuer und durch Tage, an denen alles hoffnungslos erschien. Aber wir haben immer einen Weg zurück zueinandergefunden.«

Seine Finger ballen sich leicht. »Und jetzt trägst du das Wertvollste, das wir je hätten erschaffen können, unter deinem Herzen.«

Salva nimmt den Faden auf, seine Stimme weich, fast ehrfürchtig. »Du hast uns gezeigt, was es bedeutet zu lieben, zu fühlen, zu hoffen. Hast uns gelehrt, dass Stärke nicht nur in Waffen liegt, sondern auch in der Sanftheit eines Blickes. Und dass wir nicht immer härter sein müssen als der Rest der Welt.« Seine Lippen verziehen sich zu einem kleinen, verletzlichen Lächeln. »Wir können uns ein Leben ohne dich nicht mehr vorstellen, Bella. Weil *du* unser Leben bist.«

Mein Herz rast, pocht so wild, dass ich nicht weiß, ob es je wieder in seinen normalen Rhythmus zurückfinden wird.

Matteo setzt nach, sein Blick brennt sich in meine Seele. »Wir wollen jeden Atemzug mit dir teilen. Jeden Sonnenaufgang mit dir erleben. Jeden Sturm mit dir überstehen. Wir wollen jede deiner Tränen trocknen, jedes deiner Lächeln bewundern. Jeden Herzschlag mit dir spüren, bis nichts mehr zwischen uns existiert außer wir.«

Die beiden greifen gleichzeitig in ihre Sakkotaschen, ziehen jeweils eine Schachtel hervor und öffnen sie.

»Willst du uns heiraten?«, sagen sie gleichzeitig, und ich höre in ihren Stimmen alles.

Ich nicke. Schnell. Wieder und wieder, so heftig, dass mir das Atmen schwerfällt. Ein kehliges Lachen mischt sich in meine Tränen, weil ich es kaum fassen kann, weil es zu schön ist, zu groß. Sie kommen sofort zu mir, ihre Hände auf meinen Armen, auf meiner Taille, sie ziehen mich hoch, halten mich, während ich noch immer weine. »Ja«, schluchze ich, »Ja, ich will euch heiraten!«

Der Gondoliere reißt die Arme in die Luft. »Lei ha detto di sì! *(Sie hat ja gesagt!)*«

Dann explodiert der Himmel. Ein Pfeifen, eine Explosion und plötzlich ist alles in leuchtende Farben getaucht. Gold, Rot, Blau, Silber. Das Feuerwerk lässt den Nachthimmel über uns beben, spiegelt sich in den Wellen unter uns. Die Musik wird lauter, die Menschen am Ufer jubeln, klatschen, feiern mit uns.

Ich sehe auf. Salva und Matteo stehen direkt vor mir, aber ich kann mich nicht lange an ihrem Anblick ergötzen, weil Matteo mich an sich zieht, mich küsst, als wollte er mir das »Ja« direkt von den Lippen rauben. Als sein Kuss endet, fängt mich Salva auf, hält mein Gesicht zwischen seinen warmen Händen und küsst mich, als könnte er mir so seine Dankbarkeit, seine Liebe einflüstern.

»Devi ancora metterle l'anello! *(Ihr müsst ihr noch den Ring anstecken!)*«, mahnt der Gondoliere grinsend.

Matteo lacht rau. »Vor lauter Aufregung, weil du Ja gesagt hast, haben wir das total vergessen.« Er hebt eine Hand. »Darf ich, Fiore?«

Ich strecke ihm meine zitternde Hand entgegen. Seine Finger sind warm, als er mir den Ring ansteckt. Platin. Ein großer, makelloser Diamant in Herzform, so geschliffen, dass er selbst in der Dunkelheit funkelt. Matteo sieht mich an. »Weil du meinem Herzen wieder Licht geschenkt hast. Und ich deines für immer beschützen werde.«

Ich beiße mir auf die Unterlippe, drücke mich gegen ihn, küsse ihn tief. »Ich liebe dich so sehr«, flüstere ich gegen seine Lippen.

»Ich dich auch, Fiore.«

Als ich mich löse, finde ich Salvas Blick. Er lächelt und nimmt meine Hand in seine. Sein Ring ist anders. Rundum mit Diamanten besetzt, jeder einzelne Stein ein kleines Funkeln in der Dunkelheit.

»Weil du für mich wie diese Diamanten bist«, sagt er leise, während er mir den Ring aufsteckt. »Vielschichtig. Faszinierend. Jede Facette einzigartig. Jeder Stein steht für eine deiner Eigenschaften, die ich an dir liebe.«

Mein Herz zieht sich zusammen, und ich lege eine Hand auf seine Brust, spüre seinen Herzschlag, so kräftig, so unaufhaltsam. Ich lehne mich vor, küsse ihn sanft, lasse all meine Liebe in diesen Kuss fließen. »Danke, dass ich euch habe«, hauche ich. »Ich liebe dich.« Seine Stirn ruht gegen meine, seine Hand umfasst meine Wange. »Ich liebe dich auch, meine schöne Bella.«

Er streicht mir eine Träne von der Wange. Und in diesem Moment, während das Feuerwerk den Himmel erhellt und die Menschen noch immer klatschen, während Matteo seine Hand um meine Taille legt und Salva meine Finger in seinen schließt, weiß ich, dass ich nie wieder alleine sein werde. Ich gehöre ihnen. Und sie gehören mir. *Für immer.*

KAPITEL 30

*

Salva

*

Du hast *Ja* gesagt. Die Menschen am Ufer jubeln, einige rufen unsere Namen, andere überreichen uns kleine Geschenke – Seidentücher mit gestickten Glückwünschen, Blumen, kleine Glücksamulette. Ihre Gesichter strahlen reine Freude aus, als wäre unser Glück auch ihres.

Dann beginnt mein Handy zu vibrieren. Ein Videoanruf. Auf dem Bildschirm erscheinen unsere Familien, ihr Lächeln erfüllt von echter, tiefer Emotion. Ich drücke auf den grünen Knopf, und sofort durchbricht ein vielstimmiger Chor aus Stimmen die Nacht: »Herzlichen Glückwunsch!!«

Matteo und du steht hinter mir, während ich das Telefon halte. Tränen glitzern in den Augen der Menschen, die uns lieben – Cleo, Lucia, selbst Camilla wirkt überwältigt.

Du verengst die Augen, musterst Cleo und Lucia gespielt vorwurfsvoll. »Ihr wusstet davon und habt mir nichts gesagt?«

Cleo lacht leise. »Es wäre doch sonst keine Überraschung mehr gewesen! Und… wir haben es gerade live im Fernsehen gesehen.«

Dein Kopf ruckt herum, dein Blick trifft meinen, deine Lippen leicht geöffnet. »Es wurde live über-

tragen?« Du fährst dir durch die Haare, versuchst sie zu richten, aber genau das macht dich so echt. So schön.

Matteo grinst. »Ein Ereignis wie dieses muss festgehalten werden. Nicht nur für uns, sondern für die Ewigkeit.« Dann dreht er sich um, gibt dem Personal Anweisungen, die Überreste des Feuerwerks und der Himmelslaternen zu beseitigen.

Ich lege einen Arm um deine Schulter, spüre die Wärme deines Körpers, als ich dich sanft aus der Menge ziehe. »Wir bleiben noch eine Nacht hier. Nach so einem Tag brauchst du Ruhe.«

Wir schlendern durch die engen Gassen Venedigs, vorbei an den kleinen Restaurants, aus denen der Duft von gegrilltem Fisch, frischer Pasta und süßem Gebäck in die kühle Abendluft zieht. Die Stadt pulsiert, voller Leben, voller Wärme. Ich höre, wie dein Magen leise knurrt, und dann sehe ich, wie dein Blick an einer Auslage voller frisch frittierter Churros hängen bleibt.

Deine Augen leuchten. Matteo grinst wissend. Keine Sekunde später verschwindet er im Laden und kommt mit drei Tüten Churros zurück.

»Danke.« Du nimmst einen heraus, beißt hinein, schließt die Augen. »Ich könnte gerade alle drei Portionen aufessen.«

Ich beobachte dich, wie du diesen Moment aufsaugst, wie du für eine Sekunde alles andere vergisst. Bald werde ich mit dir eigene Erinnerungen wie diese haben. Unsere ersten Male, unsere eigenen stillen Blicke, die nur wir verstehen.

Immer wieder müssen wir stehen bleiben, weil uns Menschen gratulieren. Selbst während sie mit ihren

Familien essen, stehen einige Väter auf, kommen zu uns, reichen Matteo die Hand, klopfen mir auf die Schulter, lächeln dich voller Respekt an.

Dann ertönt ein Klingelton. Matteo hält inne. Seine Stirn legt sich in Falten. Er dreht das Handy zu uns. Der Name auf dem Display lässt das Adrenalin in meine Adern schießen. *Tommaso.*

Matteo hebt den Blick, nickt den Bodyguards zu. Sofort ziehen sie sich näher um uns zusammen, ihre Haltung gespannt, bereit. Wir bewegen uns in eine Seitengasse, fern von neugierigen Blicken. *Er hebt ab.*

»Ciao, Tommaso.« Seine Stimme ist ruhig. Zu ruhig.

»Ciao, nipote. *(Neffe)* Ich habe gerade eure Verlobung im Fernsehen gesehen! Congratulazioni! Ich hätte mich gefreut, wenn ihr mich vorher eingeweiht hättet.«

Er hat also einen Fernseher. Das bedeutet, er ist nicht auf einer abgelegenen Insel ohne Netz.

Matteo bleibt gelassen. »Warum sollten wir? Du bist doch derjenige, der sich nicht mehr blicken lässt.«

Tommaso lacht. »Ich bin mit einer reizenden Dame nach Ägypten gereist. Ein kleiner, wohlverdienter Urlaub. Und ich hätte nur an eine Vorwarnung wegen der Schwangerschaft gedacht, weil ich mit Amelies Tante Olivia zusammen bin. Findest du das nicht… komisch? Die Außenwelt könnte das negativ auffassen.«

Ich halte mein Handy dichter an Matteos, zeichne jedes Wort auf. Matteo lässt sich nichts anmerken. »Ach was, daran ist nichts komisch. Schlimmer wäre es, wenn du unser Vater wärst und sie unsere Mutter, aber selbst dann wären wir ja nur Stiefgeschwister.«

Tommaso lacht erneut. »Da hast du recht. Bald ist doch die Gala? Wie laufen die Vorbereitungen?« Seine Stimme ist beiläufig. Zu beiläufig. Er spielt mit uns.

Giuliano zeigt mir sein Handy. Ein roter Punkt blinkt auf. Wir haben ihn geortet. *Ägypten?* Ist das ein Bluff? Ist er tatsächlich dort, oder gibt er uns nur das, was wir sehen sollen? Mein Kopf arbeitet auf Hochtouren.

Ich tippe eine Nachricht an Giuliano.

Hackt seine Kamera.

Matteo fährt fort: »Ich gehe davon aus, dass du nicht zur Gala kommst, wenn du gerade mit Olivia im Wüstenurlaub bist.«

»Doch, natürlich werde ich da sein.« Sein Ton ist ruhig, fast amüsiert. »Ich bin schon gespannt, wie es Amelie mit ihrer Schwangerschaft geht … und was es sonst noch so Neues gibt.«

Seine Worte sind ein Messer an unserer Kehle. Matteo hält das Handy so, dass wir den Bildschirm sehen können. Tommasos Gesicht. Sternenhimmel. Eine Palme im Hintergrund. Doch ich traue dem Bild nicht.

»Ich war zutiefst schockiert, als ich von der Moretti-Sache erfahren habe.« Seine Stimme ist leise, fast sanft. »Mein Bruder betrogen … und du bist der größte Leidtragende. Das muss schwer für dich gewesen sein.«

Matteo bleibt starr, jede Faser seines Körpers gespannt. Dann sehe ich eine Bewegung in meinem Augenwinkel, sofort hebe ich meine Waffe.

Als ich mich umgedreht habe, sehe ich dich. Du sitzt am Rand der Gasse, einer der Bodyguards legt seine Jacke auf den Boden, hilft dir dabei, dich zu setzen. Keine Gefahr, doch du bist erschöpft. Es reicht, wir müssen zum Ende kommen, das Gespräch bringt uns nicht weiter.

Matteo nimmt einen ruhigen Atemzug. »Mittlerweile ist Gras darüber gewachsen. Aber sei mir nicht böse, wenn ich nicht möchte, dass du bei der Gala erscheinst, die Jahre davor waren sie dir ja auch egal.«

Er macht auf den verständnisvollen Neffen. Ein Fehler von Tommaso und wir haben ihn.

»Amelie vermisst dich.« Matteo sieht zu dir. »Du warst eine wichtige Bezugsperson für sie. Die Geburt ist eine Woche nach der Gala. Vielleicht kommst du dann nach Italien zurück und wir reden in Ruhe?«

Tommaso schweigt einen Moment. Dann ein tiefer Atemzug, das Rauschen des Mikrofons. »Dann genießt eure Zeit zu dritt.«

Die Leitung bricht ab.

Matteo schüttelt den Kopf. »Das ist doch ein Witz, oder?« Dann hebst du den Blick. »Er will uns in Sicherheit wiegen.« Und dann sagst du den Satz, der mir die Luft abschnürt. »Meine Tante *hasst* Ägypten. Das hat sie mir als Kind mal erzählt. Wahrscheinlich denkt sie, ich hätte es vergessen, aber ich erinnere mich noch ganz genau an ihre Worte. Sie hasst Insekten. Sie war mal in einem Resort, in dem es nur so von Mücken und Fliegen gewimmelt hat. Danach hat sie geschworen, nie wieder nach Ägypten zu reisen.«

Mein Blick bleibt an deinem Gesicht hängen, beobachtet, wie du die Arme um dich schlingst. Der leichte Wind, der durch die engen Gassen streift, lässt dich erschaudern. Ich ziehe mein Sakko aus und lege es über deine Schultern. »Wäre Tommaso wirklich so dumm, das nicht zu beachten?«

Du schüttelst den Kopf, langsam, nachdenklich. »Ich war vielleicht fünf oder sechs, und meine Tante war nicht oft da. Aber wenn, dann hat sie mir immer von ihren Reisen erzählt. Ich habe es geliebt, habe jedes Wort aufgesaugt. Für mich war es wie ein Märchen, für sie einfach nur das Loswerden von Erinnerungen, die sie belastet haben. Ich denke, er spielt mit uns. Er will, dass wir glauben, er wäre weit weg, damit wir die Verteidigung lockern. Vor allem, weil so lange nichts mehr passiert ist.«

Du hast Angst, es ist eine Vorahnung, ein Gefühl, das in deinem Innersten nagt. »Wir müssen bei der Gala aufpassen. Es ist kein Zufall, dass er danach gefragt hat.«

Wir setzen uns wieder in Bewegung, unsere Schritte hallen leise auf dem Kopfsteinpflaster. Die Bodyguards halten engere Formation, jeder von ihnen hat eine Hand am Holster. Die Gassen um uns herum sind ruhig, aber ich weiß, dass wir beobachtet werden. Ich spüre es in den Schatten.

»Du hast recht.« Meine Stimme ist ein Flüstern, während wir den Eingang des Hotels *The Gritti Palace* erreichen. »Matteo, wir sollten wirklich jeden kontrollieren, der das Gebäude betritt oder verlässt. Niemand kommt ohne Überprüfung durch. Jeder Gast, jeder Kellner, jedes Glas, das serviert wird, muss durch unsere Leute gehen. Die Straßen um das Gebäude werden gesperrt, unsere Männer werden jede Ecke besetzen. Wir dürfen kein Risiko eingehen.«

Matteo nickt, sein Blick ist hart. Er denkt bereits zehn Schritte weiter.

Als wir das Hotel betreten, erwartet uns eine angenehme Stille, die nur vom leisen Klingen der Gläser aus der Bar durchbrochen wird. Der Aufzug bringt uns nach oben, die Bodyguards bleiben vor der Tür der Präsidentensuite, während wir eintreten.

Matteo wirft sich in einen pistazienfarbenen Sessel, streckt die Beine aus, legt sie auf den Glastisch und massiert sich die Schläfen. »Wir müssen ein Sicherheitskonzept erarbeiten, das niemand durchbrechen kann.«

Dann hebt er den Blick zu dir. »Amelie, du wolltest Abigail und Logan einladen. Bist du dir da noch sicher? Alle Einladungen sind raus, nur ihre nicht.«

Du legst dich auf das große Chaiselongue, streckst die Arme über den Kopf und gähnst. »Abigail – ja. Ich denke, es ist langsam an der Zeit, das Kriegsbeil zu begraben. Bei Logan ... wäre es mir lieber, ihn in meiner Nähe zu wissen. Dann weiß ich, dass ihm nichts passiert.« Du schließt die Augen, und nur Sekunden später hebt sich dein Atem gleichmäßig. Der Tag muss dich erschöpft haben. Die Reise, die vielen Eindrücke, die Emotionen, der Heiratsantrag. Dein Körper braucht Ruhe, aber ich weiß, dass dein Geist nie wirklich abschaltet.

Ich gehe ins Schlafzimmer, ziehe die große weiße Decke vom Bett und lege sie vorsichtig über dich. Deine Augenlider flattern kurz, du blinzelst müde zu mir hoch. »Danke. Danke für alles.«

Ich beuge mich zu dir, küsse deine Schläfe, ziehe die Decke bis in deinen Nacken. Mein Daumen streicht einmal sanft über deine Wange. »Bedank dich nie für das, was wir dir geben. Du hast es verdient. Und jetzt schlaf schön, bella mia.«

Ein leises, zufriedenes Seufzen, dann bist du schon wieder im Schlaf versunken. Ich atme tief durch, richte mich auf und drehe mich zu Matteo.

Er hebt eine Braue. »Was?« Ich deute mit einer Kopfbewegung zur Terrasse. »Lass uns reden.« Draußen auf der Terrasse weht ein kühler Wind über die Lagune, lässt das Wasser in sanften Wellen gegen die Mauern der Palazzi schlagen. Der Cannaregio-Kanal liegt ruhig vor uns, ein trügerisches Bild von Frieden, das in mir nur noch mehr Wut entfacht. Ich zünde mir eine Zigarre an, ziehe tief den Rauch ein, bis meine Lunge brennt, als könnte das Feuer darin den Zorn in mir auslöschen. Matteo öffnet die Flasche Whiskey, nimmt einen langen Schluck direkt aus der Flasche, bevor er sie mir wortlos reicht. Ich nehme sie entgegen, doch bevor ich trinke, presse ich ein einziges, unmissverständliches Wort hervor. »Ich werde ihn töten, Matteo.« Ich lasse den Rauch aus meiner Lunge gleiten.

Matteo sagt nichts, er sieht auf das Wasser. Dann sieht er mich an. »Das eigene Blut lässt sich nicht so leicht töten.«

Ich knirsche mit den Zähnen, meine Finger umklammern die Flasche fester. »Cazzo!« Meine Stimme explodiert in die Nacht, hallt an den Steinwänden wider. »Er ist der größte Verräter überhaupt! Er darf weiterhin töten, doch wir ihn nicht?«

Matteo bleibt ruhig, schüttelt nur den Kopf. »Wir haben keine Beweise. Und ich werde nicht die Gesetze brechen, die unsere Vorfahren – die Franco – aufgestellt haben. Blutseigene dürfen nicht getötet werden, es sei denn, sie begehen Hochverrat. Und Tommaso?« Er hebt eine Braue. »Hat selbst nie aktiv agiert. Niemand hat ihn je bei einer Tat gesehen. Es gibt Gerüchte, aber das war's.«

Ich stehe auf, drücke meine Hände so fest gegen das Geländer, dass meine Knöchel weiß hervortreten. »Ich scheiß drauf! Ehrlich, Matteo. Ich würde mittlerweile alles tun, Hauptsache, wir haben endlich unseren Frieden.«

Matteo steht auf, legt eine Hand auf meine Schulter, die mich beruhigen soll. Mein Zorn kocht jedoch zu hoch. Weil ich dich liebe. Dich und die ungeborenen Kinder, die du unter deinem Herzen trägst. Und Tommaso weiß das. Er weiß, dass du unser Schwachpunkt bist. Er weiß, dass er uns nicht in einem direkten Kampf brechen kann. Aber indem er dich trifft, uns das Liebste nimmt. Ich werde es nicht riskieren. Nicht dich. Nicht die Kinder.

Ich ziehe noch einmal an der Zigarre. »Nach der Geburt werde ich ihn mir holen, egal was du sagst.« Meine Stimme ist nicht mehr laut, sondern messerscharf. »Und wenn ich dafür bis nach Ägypten fliegen muss und ihn am Pool erwische, während er seine schmierigen Eier bräunt. Ich werde sie ihm bis zu den Ohren ziehen. Er denkt, er spielt mit uns. Denkt, er könnte uns manipulieren. Aber er hat keine Ahnung, was es heißt, wenn wir hassen. Unser Hass wird ihn zerreißen, Matteo. Und wenn er stirbt, wird es lange dauern.«

Matteo zieht an seiner Zigarre, atmet den Rauch aus, während er mich beobachtet. »Bald können wir handeln. Und wenn wir ihn nicht auf frischer Tat erwischen, dann foltern wir ihn so lange, bis er es zugibt.«

Ich lache bitter, rau, schüttele den Kopf. »Weißt du, was mich am meisten an der ganzen Sache abfuckt?«

»Was?«

»Dass dieser Bastardo jeden schönen Moment zerstört.« Die Zigarre glüht zwischen meinen Fingern, als ich weiterspreche. »Als wir herausgefunden haben, dass wir beide die Väter sind, hat er das Krankenhaus angreifen lassen. Jetzt ruft er genau an dem Tag an, an dem wir sie gefragt haben, ob sie uns heiraten will.«

Ich sehe es in Matteos Augen. Den Schmerz. »Wir müssen jeden, der auch nur ansatzweise eine Bedrohung sein könnte, wegsperren. Ins Russo-Anwesen. Ins Verlies. Bis Amelie die Kinder geboren hat.«

Ich atme tief durch. »Das können wir nicht machen, Bruder.«

»Natürlich können wir das.« Matteo zuckt mit den Schultern. »Wir sind die Paten. Niemand hat mehr Macht als wir in Italien.«

»Vielleicht.« Ich lasse die Zigarre in den Aschenbecher fallen, drehe mich zu ihm. »Aber wenn wir anfangen, jeden wahllos wegzusperren, verlieren wir das Vertrauen der Leute. Wenn, dann müssen wir es mit Bedacht tun. Keine Unschuldigen. Keine unnötige Panik.«

Matteo mustert mich einen Moment, dann drückt er ebenfalls seine Zigarre aus. »Dann sperren wir sie im Anwesen ein. Unter Kontrolle. Ohne Verlies.«

Ich nicke. *Das ist besser.* Wir gehen zurück in die Suite, Matteo macht das Bett fertig, während ich meine Schuhe in den Schrank stelle. »Ich bin übrigens froh, dass wir beide mittlerweile damit klarkommen, dass wir uns Amelie teilen.« Ich sehe ihn an. »Aber über Emilio müssen wir nochmal reden. Ich will nicht, dass er dieselbe Freiheit mit ihr bekommt wie wir.«

Matteo hält inne, dann setzt er sich auf die Bettkante. »Lass uns das klären, wenn die Kinder auf der Welt sind. Jetzt haben sie eh keine Zeit füreinander.«

Ich lache leise, öffne die Tür zum Wohnzimmer. »Du kannst es kaum erwarten, bis du Vater bist, oder?«

Matteo hebt den Kopf. »Mein und Amelies Fleisch und Blut in den Armen zu halten?« Er schüttelt den Kopf, ein leichtes Lächeln auf den Lippen. »Ich schwöre dir, ich werde der schlimmste Helikoptervater auf diesem Planeten.«

Ich grinse, lehne mich gegen den Türrahmen. »Dr. Matteo Russo, der gnadenlose Pate, mutiert zum Übervorsichtigen Daddy? Ich bin gespannt.« Sein Lächeln bleibt. Und während ich mich auf den Weg ins Schlafzimmer mache, um dich zu holen, um dich ins Bett zu tragen, ist das der letzte Gedanke, mit dem ich diesen Tag abschließe: Du. Unsere Kinder. Unsere Zukunft. Und die Tatsache, dass wir bald heiraten werden. Nicht jetzt, nicht vor der Gala. Nicht vor der Geburt. Aber danach. Nach dem Krieg. Nach dem Blutvergießen. Erst dann werden wir uns zurücklehnen und das Leben genießen.

KAPITEL 31

Matteo

Ich hatte den Brief von Franco noch immer. All die Wochen über war er hier, in der schwarzen Schatulle auf meinem Nachtkästchen, verschlossen, unberührt. Ein Relikt der Vergangenheit, das ich nicht anrühren wollte. Nicht jetzt, nicht während ich das Gefühl hatte, alles könnte einstürzen, wenn ich nur einen Moment lang nicht stark genug war.

Doch jetzt ist der Moment. Ein letzter Moment der Ruhe, bevor die Gala beginnt, bevor das Chaos vielleicht über uns hineinbricht. Ich muss es jetzt tun. Ich kann nicht länger weglaufen.

Meine Finger zittern leicht, als ich nach der Schatulle greife. Ich spüre das Gewicht des Papiers, die Kühle des Siegels unter meinen Daumen. Franco hat mir diesen Brief hinterlassen. Ich weiß nicht, was mich erwartet. Vielleicht wird er mir sagen, dass er stolz auf mich ist. Vielleicht werde ich Worte lesen, die ich nicht ertragen kann. Ich atme tief durch. Dann breche ich das Siegel.

Der Umschlag öffnet sich mit einem leisen Knacken. Das Pergament knistert zwischen meinen Fingern, als ich es herausziehe. Und dann beginne ich zu lesen.

Lieber Matteo,

Wenn du diesen Brief liest, befindest du dich in einer Situation, in der du an allem zweifelst. Du müsstest mittlerweile wissen, dass ich nicht dein leiblicher Vater bin. Und es schmerzt mich zutiefst, dass ich es dir nicht persönlich sagen konnte.

Ich weiß bereits jetzt, dass wir bald Opfer eines Attentats der Morettis werden. Ich habe einen Spion auf sie angesetzt, und er hat mir alles erzählt. Auch, dass deine Mutter eine Affäre mit Moretti hatte.

Ich wusste sofort, dass du an die Spitze musst, um unser Imperium zu schützen. Und das kannst du nur, wenn dieses Geheimnis nie ans Licht kommt.

Ich opfere mich für dich.

Nur so bleibt dein Blut ein Geheimnis. Nur so wird deine Mutter sich nicht trauen, dich zu verraten. Ich möchte, dass du deine Familie beschützt, so wie ich es immer getan habe.

Aber Matteo ... So leid es mir tut, deine Mutter ist die Ursache für all das. Ohne sie gäbe es diesen Krieg nicht.

Tommaso weiß es ebenfalls. Und er wird versuchen, dich zu stürzen. Aber er wird es nie direkt tun, denn dazu ist er nicht stark genug. Er wird es hinterrücks versuchen. Er wird Menschen benutzen, er wird Lügen spinnen, er wird dich von innen heraus zerstören. Er wird niemals laut aussprechen, dass du Morettis Sohn bist. Aber er wird Camilla und andere für sein Spiel benutzen, um dich zu vernichten.

Bitte erfülle mir diesen letzten Wunsch:

Eliminiere sie beide.

Ich habe Camilla schon lange nicht mehr vertraut. Sie spielt die liebende Mutter perfekt, aber das ist sie nicht. Du wirst es noch merken. Vielleicht hast du es längst.

Sie hätte am liebsten zu Moretti zurückgewollt. Ich weiß nicht, ob sie es getan hat, ob sie gewartet hat, bis ich sterbe. Aber ich hoffe, dass ich Unrecht habe.

Matteo, mein Sohn ... ich wünschte, ich könnte bei dir sein. Ich will mir nicht vorstellen, in was für einer Welt du jetzt leben musst. Es tut mir in der Seele weh, dass ich dich nicht mehr schützen kann.

Für mich warst du immer mein Sohn. Und das wirst du immer bleiben. Ich wache über dich.

Ich hoffe, du wirst eine Frau finden, die dich liebt. Eine Familie gründen. Glücklich sein. Auch wenn ich es nicht mehr erlebe, freue ich mich jetzt schon darüber.

PS: Egal, was passiert, vergiss niemals, dass du ein Russo bist. Kein Moretti. Ich bin stolz auf dich, Matteo und war es immer. Und ich weiß, dass du ein guter Anführer sein wirst.

Ich liebe dich.

Dein Vater, Franco Russo

Ein Tropfen fällt auf das Papier. Ich brauche einen Moment, um zu realisieren, dass es eine Träne ist. Meine Mutter ... Camilla?

Die Frau, die uns aufgezogen hat. Die mich angesehen hat, als wäre ich ihr größtes Glück. Die Salva in den Armen gehalten hat, als er noch ein kleiner Junge war. Sie ist das Monster, vor dem wir uns fürchten?

Mit Tommaso ...? Meine Brust zieht sich zusammen, als würde jemand eine Faust um mein Herz legen und es langsam, qualvoll zusammendrücken. Ich will nicht glauben, dass Franco recht hatte. Ich will es nicht. Aber in meinem Inneren weiß ich, dass Franco nie Unrecht hatte.

Ich kneife die Augen zusammen, versuche, den Kloß in meinem Hals zu ignorieren. Ich werde es niemandem sagen. Noch nicht. Denn wenn Franco Unrecht hatte, werde ich diesen Brief mit ins Grab nehmen. Und wenn er Recht hatte, dann wird jeder, der etwas damit zutun hat nicht mehr lange auf dieser Erde sein ... und ich nehme keine Rücksicht darauf, ob es meine Mutter, mein Onkel oder sonst wer ist. *Das hier wird enden.*

Ich lege den Umschlag zurück in die Schatulle, drehe das Schloss und stecke den Schlüssel in meine Smokingtasche.

Ich schließe die Knöpfe meines Smokings, ziehe den Stoff glatt und betrachte mich im Spiegel. Das Grün meiner Fliege reflektiert die Farbe deiner Augen – ein stiller Tribut an dich. Als ich dir davon erzählt habe, bist du fast in Tränen ausgebrochen.

So bist du. So emotional, so voller Gefühl. Und vielleicht ist genau das der Grund, warum ich dich so sehr liebe. Du fühlst für uns beide. All das, was mir in den Jahren der Gewalt, der Macht und der Kontrolle abhandengekommen ist.

Ich greife nach der Glock und schiebe sie in den Halfter an meinem Rücken. Heute ist niemand unbewaffnet. Auch du nicht. Jeder ist bereit, auf einen Angriff zu reagieren, sollte es dazu kommen. Wir haben alles abgesichert: den gesamten Umkreis von fünfzehn Kilometern abgeriegelt, Scharfschützen auf den Dächern, überall bewaffnete Männer. Die Gäste glauben, wir hätten diese Vorsichtsmaßnahmen wegen der hochrangigen Politiker und Geschäftsleute ergriffen.

Aber ich weiß es besser. Tommaso hat auf diesen Tag gewartet. Ich höre seine Warnung in meinem Kopf nachhallen.

»Wenn ich nicht schon Ja gesagt hätte, dann spätestens jetzt.« Ich drehe mich um und da stehst du. Dein Anblick verschlägt mir die Sprache. Du bist keine Frau, *du bist eine Erscheinung.*

Das salbeifarbene Kleid umschließt deinen Körper, die funkelnden Diamanten auf dem Stoff. Der Schlitz an der Seite gibt den Blick auf deine Beine frei, aber es ist nicht die Eleganz, nicht der Luxus, nicht einmal der Glanz der Bestickungen, der mich fesselt. Es ist dein Bauch. Du trägst unsere Kinder mit einer solchen Selbstverständlichkeit, als sei deine Kraft grenzenlos. Dein Babybauch wird in Szene gesetzt. Dein Zopf ist kunstvoll geflochten, kleine Strähnen sind elegant eingearbeitet, als wärst du eine Göttin aus einer anderen Welt. *Mein Herz rast.*

»Ich würde dir noch Millionen weiterer Anträge machen, Hauptsache, du sagst immer Ja.«

Du legst eine Hand auf deinen Bauch, dein Lächeln weich. »Ich würde immer wieder Ja sagen.« Dann streichst du leicht über den Stoff. »Ich hoffe, sie halten sich an den Plan und kommen erst nächste Woche.«

Ich trete näher an dich heran, lasse meine Finger über deine Wange gleiten. »Selbst wenn nicht ... dann haben wir hier genug Ärzte. Eine Woche zu früh wäre nicht schlimm.«

Du lachst leise, dann verdunkeln sich deine Augen leicht. »Was habe ich nur aus dir gemacht?«

Ich verstehe sofort, was du meinst, als ich die Cufflinks aus meiner Tasche ziehe. Ich lasse sie in deine geöffnete Hand fallen.

»Einen schleimigen Romantiker, ich sag's dir.« Ich beuge mich vor, meine Lippen ganz nah an deinem Ohr. »Aber das muss unser kleines Geheimnis bleiben, sonst nimmt mich hier keiner mehr ernst.« Ich spüre, wie eine Gänsehaut über deine Arme kriecht.

Du befestigst die Knöpfe, deine Finger streichen konzentriert über das Material. Ich beobachte jede kleine Regung. Wie du deine Lippen leicht zusammenpresst, wenn du Druck ausüben musst. Wie sich deine Nase leicht kräuselt. Als du den Blick wieder hebst, schmunzle ich.

»Warum grinst du so?«

Ich neige den Kopf leicht zur Seite. »Weil du mein Ein und Alles bist.«

Dein Gesicht erhellt sich, deine Augen strahlen. »Du hattest recht. Du bist wirklich ein schleimiger Romantiker geworden. Aber …« Du beißt dir leicht auf die Lippe. »Mir gefällt es.«

Du legst deine Stirn gegen meine. Ein tiefer Atemzug. Unsere Körper aneinandergeschmiegt. »Bist du bereit?«

Du nickst und überprüfst zum letzten Mal alles. Dein Kleid ist zu eng, um eine Waffe zu verbergen, aber der Dolch an deiner Brust ist sicher befestigt. Der Notpieper ist in das Kleid eingenäht. Ein Knopfdruck auf deine linke Brust, und ein Alarmton wird das gesamte Anwesen zum Beben bringen. »Ja, ich bin bereit.«

Wir treten ins Nebenzimmer zu Salva, der bereits in seinem Smoking wartet. Er trägt die gleiche Fliege wie ich. Als er dich sieht, bleibt ihm für einen Moment die Luft weg.

»Mamma mia.« Sein Blick gleitet über dich, seine Augen dunkeln sich. Er setzt zu einer dramatischen Verbeugung an, kniet vor dir nieder, nimmt deine Hand und haucht einen Kuss auf deinen Handrücken.

»Wo darf ich mich als dein Sklave bewerben?« Seine Stimme ist gespielt ergeben. »Ich würde alles für dich tun, Göttin.«

Du siehst mich fragend an. Ich schnaube. »Keine Ahnung, was in ihn gefahren ist. Er hatte schon immer einen Knall.«

Salva schießt mir einen gespielten Blick der Empörung zu, während du lachst. »Du bist wunderschön.« Er richtet sich auf, nimmt deine Hand und legt sie in seine Armbeuge.

»Danke, Salva, du auch.« Du hakst dich bei ihm ein und zusammen gehen wir die Treppe hinab in das Foyer, wo die Gala bereits auf Hochtouren läuft. Das Stimmengewirr der Gäste, das Klingen von Champagnergläsern, das Klicken von Kameras. Überall schimmern teure Kleider, funkelnde Diamanten, maßgeschneiderte Anzüge. Draußen reihen sich Luxuswagen aneinander, während Politiker, Prominente und Geschäftsleute das Anwesen betreten.

Ich hatte vorhin noch mit den Scharfschützen auf dem Dach gesprochen. Dann entdecke ich deinen Ex-Chef Mr. Miller. Er tritt auf uns zu, ein Glas Champagner in der Hand, ein zufriedenes Lächeln auf den

Lippen.

»Dr. Russo, Mrs. Moore!« Er breitet die Arme aus.

»Wow, Sie sind schwanger! Und so wie es aussieht, im letzten Trimester! Herzlichen Glückwunsch!«

Du nimmst seine Hand entgegen. »Danke. Ja, nächste Woche ist die Entbindung. Haben Sie gut hergefunden?«

Er nippt an seinem Glas. »Ja. Und das Haus … sind Sie sich wirklich sicher, dass Sie nicht doch wieder bei mir anfangen wollen? Sie können auch von Italien aus arbeiten.«

Ich beobachte dich genau. Ich weiß, dass du wegen Mike und Valentin nicht mehr dort arbeiten willst. Zu viele Erinnerungen.

Doch du lächelst charmant. »Das ist sehr nett, aber jetzt kann ich ohnehin erstmal nicht arbeiten. Und wer weiß … vielleicht eröffne ich ein eigenes Architekturbüro. Dann können wir Partner – oder Konkurrenten – werden.« Du zwinkerst.

Diese Idee hast du mir noch nicht erzählt. Aber sie würde mir gefallen.

»Gerne wäre ich dann einer Ihrer Partner.« Mr. Miller lacht. »Und wie geht es Ihnen nach allem, was mit Mike und Valentin passiert ist? Das muss ein Schock für Sie gewesen sein. Zum Glück konnten Sie Amelie ausfindig machen.«

Ich verberge meine Anspannung, nicke kühl. »Mir geht es blendend. Ich bin froh, dass wir Amelie rechtzeitig gefunden haben.«

Doch während du dich weiter mit ihm unterhältst, entdecke ich jemanden in der Menge. Meine Schwester.

In den Armen unseres Top-Anwalts. Meine Miene versteinert sich. Das kann nicht ihr Ernst sein. Ich atme tief durch, zwinge mich zur Ruhe, aber als ich losgehe, um sie aus dieser Umarmung zu befreien, weiß ich eins ganz genau: Wenn er ihr nur einen falschen Blick zuwirft, wenn er auch nur versucht, sie auszunutzen, dann wird er heute Nacht die teuerste Party seines Lebens besuchen. Und sie wird seine letzte sein.

»Hallo, Mr. García. Es freut mich, Sie zu sehen.« Ich mustere den Spanier, der fast so groß wie ich ist. Ein geschliffener Anwalt mit einem Lächeln, das perfekt für Verhandlungen ist. Seine Begrüßung ist fest, sein Händedruck kräftig. Doch mein Blick schweift an ihm vorbei, trifft auf Lucia, die mich mit weit aufgerissenen Augen ansieht. Reue flackert in ihrem Gesicht, aber es ist zu spät. Ich habe gesehen, wie sie sich an ihn gelehnt hat. Wie selbstverständlich sie an seinem Arm hing.

»Dr. Russo, ein wirklich beeindruckendes Haus.« García lässt seinen Blick durch den Raum gleiten. »Es atmet Italien und Moderne zugleich. Ihre Frau Amelie Moore hat es entworfen, nicht wahr? Lucia hat mir davon erzählt. Ein wahres Meisterwerk. Sollte sie irgendwann Kapazitäten haben, hätte ich ebenfalls Interesse an einem solchen Anwesen.« Sein Ton ist geschäftsmäßig, doch mir entgeht nicht, wie beiläufig er dich erwähnt.

»Ich werde ihr ausrichten, dass Sie Interesse an einem Entwurf haben.« Meine Stimme bleibt höflich, aber mein Inneres kocht.

Lucia scheint es zu spüren. Sie kennt mich zu gut. Ich spüre, wie sie sich leicht versteift, als ich mich ihr zuwende. »Lucia, könnten wir kurz sprechen?«

Sie setzt ein gespieltes Lächeln auf und tritt einen Schritt vor. »Ich bin gleich wieder da.«

Mit einer Selbstverständlichkeit, die mich nur noch mehr auf die Palme bringt, verabschiedet sie sich von ihm. Ich lege eine Hand an ihren Rücken, um sie aus dem Saal zu führen.

»Nicht so schnell!«, zischt sie, während sie fast ins Stolpern gerät.

Ich ignoriere sie und treibe sie in die Bibliothek. Kaum angekommen, lasse ich sie los.

»Wie kann es sein, dass du mir nicht erzählt hast, was zwischen dir und einem unserer besten Anwälte abgeht?« Ich sehe sie fassungslos an, doch Lucia lehnt sich nur seelenruhig gegen das Klavier, als wäre es ihr gutes Recht, mich in Rage zu treiben.

»Denk doch mal nach, Matteo.« Sie verschränkt die Arme. »Denkst du ernsthaft, ich hätte es dir erzählt, wenn du so durchdrehst? So hatte ich wenigstens ein paar schöne Monate mit ihm, bevor du alles zerstörst.«

Ihre Stimme ist eiskalt.

Monate?!

Ich presse die Kiefer aufeinander. »Du weißt genau, was gerade in unserer Familie abgeht! Es ist wichtig, dass wir uns gegenseitig über alles informieren. Wie lange genau läuft das schon?«

Sie zuckt mit den Schultern und sieht auf den Boden.

»Komm schon, wo ist die sonst so selbstbewusste Lucia? Mach den Mund auf und sieh mich gefälligst an, wenn ich mit dir rede!«

Langsam hebt sie den Kopf. Ihre Augen brennen. »Warum musst du immer so ein kaltes Arschloch sein?«

Ich blinzele. »Io? Uno stronzo? *(Ich? Ein Arschloch?)*«
Meine Stimme ist scharf. »Wie redest du mit mir?« Mein
Herz schlägt schwer in meiner Brust. »Habe ich dir nie
so viel Freiraum gegeben, wie du wolltest? Du konntest
tun und lassen, was du wolltest. Aber bitte, verlieb dich
doch nicht in einen unserer wichtigsten Partner, der dir
höchstwahrscheinlich das Herz brechen wird.«

Lucia stößt sich vom Klavier ab, kommt auf mich zu.
Ihr Blick ist eine einzige Herausforderung. »Ah, darum
geht es also?« Ihre Stimme ist leise, gefährlich. »Du
glaubst, ich bin nicht liebenswert genug, dass Männer
bleiben? Dass sie mich ohnehin irgendwann fallen
lassen und du am Ende einen wertvollen Geschäftspartner verlierst? Ist *das* dein Problem, Matteo?«

Ich kneife meine Augen zusammen, doch sie redet
weiter, ihre Stimme wird lauter, emotionaler.

»Warum darfst du eine normale Frau bald heiraten,
sie lieben, mit ihr eine Familie gründen, aber wenn ich
mich verliebe, dann ist es ein Problem? Dann bekomme
ich einen Einlauf?« Ihre Augen funkeln vor Wut. »Ecco
perché sei uno stronzo! *(Das ist der Grund, warum du ein
Arschloch bist!)*«

»Ich will dich nur schützen.« Mein Tonfall ist ruhiger,
aber mein Körper ist noch immer angespannt. »Wir
können momentan niemandem trauen. Niemandem
außerhalb unserer Kreise.«

»Denkst du etwa, ich würde ihm Infos über uns
weitergeben?!« Sie bohrt einen Finger in meine Brust.

Ich schnaube. »WAS? NEIN! Habe ich das gesagt?«
Ich greife ihre Hände, halte sie fest. »Jetzt. Hör. Mir.

Doch einfach. Zu.« Widerwillig entspannt sie sich, aber ihr Blick bleibt abwehrend.

Ich atme tief ein. »Es ist nicht einfach, euch alle zu schützen. Ich weiß, ich bin nicht fehlerfrei. Ich bin nicht der liebevolle Bruder, den du dir manchmal wünschst, der zu allem Ja und Amen sagt. Aber ich versuche, hier für Ruhe zu sorgen. Und ich will nicht, dass er dich verletzt.«

Ich mache eine Pause, zwinge mich, meine Wut zu kontrollieren. »Und wenn du dich schon in unseren Anwalt verliebst, dann sag es mir wenigstens. Stell dich nicht wie ein trotziges, respektloses Kind in seine Arme. Und vor allem nicht ausgerechnet auf einer Gala, die eines der wichtigsten Events unserer Familie ist.«

Lucia schließt die Augen, atmet tief ein. Dann öffnet sie sie wieder und ich sehe die Tränen darin, die sie zurückhält.

»Liebst du ihn?«, frage ich sie.

Sie nickt. Eifrig. »Ja. Und wenn er mir wehtut … dann töte ich ihn zuerst.«

Ich mustere sie einen Moment. Dann lasse ich ihre Hände los. »Gut.« Ich trete einen Schritt zurück. »Und vertrau dich Amelie an. Ich will, dass du wenigstens ihr alles erzählst.«

Lucia verschränkt die Arme vor der Brust, ihr Trotz noch immer spürbar. »Ach, willst du nicht wissen, was Mr. Garcías Lieblingsstellung im Bett ist?«

Ich drehe sie auf dem Absatz um und schiebe sie aus der Bibliothek, während sie weitere Dinge sagt, die ich am liebsten sofort aus meinem Gedächtnis löschen möchte.

»Danke, Matteo.«

Ich bleibe stehen. Sie dreht sich um, sieht mich ernst an. »Ich weiß, was für ein kranken Beschützerinstinkt du hast. Dass du mir deinen Segen gibst ... das bedeutet mir viel.«

Ich schnaube, aber meine Stimme ist weich. »Wann konnte ich dir schon je einen Wunsch abschlagen?«

Lucia grinst leicht. »Versprich mir nur, dass du ihn nicht grundlos umlegst.«

Ich reiche ihr meinen kleinen Finger, sie hakt ihren ein. »Promesso. *(Versprochen)*«

In diesem Moment taucht Salva auf. »Da seid ihr ja. Ich habe euch überall gesucht.«

Er mustert uns mit einem schiefen Lächeln, dann wendet er sich an mich. »Fast alle Gäste sind da. Ich muss mit dir noch einmal über die Spendenbeträge sprechen. Ich hatte da eine Idee, wie wir sie ein wenig in die Höhe treiben können.«

Mein Blick wandert zu dir. Ich entdecke dich mit Lorenzo im Gespräch, geschützt von Giuliano und Luigi. Gut. Sie werden dich beschützen, während ich mich um den Rest kümmere.

»Komm.« Ich folge Salva ins Arbeitszimmer.

Ich bin gespannt, was er sich dieses Mal hat einfallen lassen. Je mehr Spenden wir sammeln, desto mehr Waisenkinder und ausgesetzte, verletzte Tiere können wir retten.

Da so viel Blut an unseren Händen klebt, versuchen wir so unsere Schuld auszugleichen.

KAPITEL 32

Amelie

Das Haus füllt sich mit Stimmen, Gelächter, feinem Parfum und teuren Stoffen. Ich habe bereits Abigail gesehen, als sie sich mit ihrer Chefin unterhalten hat, doch wir hatten kaum Zeit füreinander. Ich hoffe, dass wir später noch einen Moment finden, um wirklich zu reden.

Lorenzo steht neben mir, erzählt mit einem sanften Lächeln von seinen Kindern, von durchwachten Nächten, ersten Worten, von der Liebe, die man nur für das eigene Kind empfinden kann. »Wenn ihr mal eine Auszeit braucht, stehe ich bereit. Ich weiß, wie sehr man sie liebt, aber es ist auch unglaublich anstrengend.«

Ich lache leise. Lorenzo ist ein herzensguter Mensch, wie so viele im Russo-Clan. Luigi, der normalerweise eiskalt und wortkarg ist, kann stundenlang von seinen Oldtimern erzählen, als wären sie seine Geliebten. Giuliano ist ein Magnet für Frauen. Es spielt keine Rolle, wo wir entlanggehen ... er fängt jeden Blick ein. Es sei denn, Matteo und Salva sind dabei.

Ich sehe zur Eingangstür. Ein Butler schließt sie gerade, doch im letzten Moment bleibt sie einen Spalt breit offen. Eine Hand hält sie zurück.

Alles um mich herum verschwimmt, mein Atem setzt aus. Die Gespräche um mich herum verstummen, als wäre die Luft aus dem Raum gesogen worden. Lorenzo und die anderen drehen sich abrupt um, den Blick auf die Tür geheftet. Mein Herz rast. Ist das ... Tommaso? Ist er wirklich so dreist, nach Matteos Warnung hier aufzutauchen? Hat er wirklich den Mut, mitten unter uns zu erscheinen?

Die Tür öffnet sich weiter, und dann sehe ich ihn. Blondes Haar, zur Seite gekämmt. Blaue Augen, die mich unsicher mustern. Logan.

Ein Zittern geht durch meinen Körper. Ich weiß nicht, ob es Erleichterung oder eine plötzliche Beklommenheit ist. Logan. Mein Ex. Mein erstes Herzklopfen, meine erste Enttäuschung. Mein erster Verrat.

Er hebt schüchtern die Hand und winkt mir zu.

»Ich bin gleich wieder da,« sage ich schnell und will mich auf ihn zubewegen, doch Lorenzo hält meinen Arm fest.

»Langsam, Amelie.« Seine Stimme ist ruhig, doch seine Finger um mein Handgelenk sind fest. »Wir begleiten dich. Egal, wo du hingehst. Du weißt das.«

Ich atme tief durch. »Okay. Sorry.«

Gemeinsam gehen wir auf Logan zu. »Hey!« Ich umarme ihn kurz, spüre, wie angespannt er ist.

»Du siehst umwerfend aus.« Seine Stimme ist leise, vorsichtig. Dann sieht er an mir vorbei, fixiert die drei Männer hinter mir. »Sind das deine ... Bodyguards?«
Ich grinse. »Danke, du auch. Und ja. Meine persönlichen Leibwächter. Gewöhn dich dran.«

Er wirkt überfordert, sein Blick huscht durch die riesige Halle. »Hier ist niemand, der dir etwas tun wird,« versichere ich ihm sanft. »Alles ist abgesichert. Nichts kann passieren.«

Ich weiß, dass er sich vor Tommaso fürchtet. Er hat die Fähigkeit, Menschen in lebendige Schatten zu verwandeln.

»Lass uns in die Küche gehen. Ich habe so viel Hunger nach all den Begrüßungen.«

Er nickt und folgt mir. Ich spüre, wie sehr ihn die Architektur beeindruckt, seine Augen gleiten über die hohen Decken, die kunstvoll verzierten Wände, die warmen Lichter.

»Und das hast du entworfen?« Sein Tonfall ist voller Staunen.

»Ja.« Ein stolzes Lächeln huscht über mein Gesicht. »Mein erstes Haus. Und ich liebe es.«

»Ich wusste immer, dass du groß rauskommen wirst. Dass du jetzt Milliardärin bist, hätte ich aber nicht erwartet. Chapeau.«

»Na ja, ich habe nur das Haus entworfen, Matteo ist der Milliardär.«

Er greift sich einen Apfel und beißt hinein. Ich beobachte, wie sich seine Mimik verändert, als ich Matteos Namen ausspreche. »Du liebst ihn wirklich, oder?« Seine Worte sind langsam, bedächtig.

»Natürlich, Logan. Ich bin schwanger. Wir heiraten bald.«

Er stoppt mitten in der Bewegung. »Wann?«

»Wenn alles nach Plan läuft, in einem Monat vielleicht.«

Seine Augen verengen sich leicht. »Wie meinst du, nach Plan läuft?«

Ich hebe eine Braue. »Das kann ich dir nicht sagen, Logan. Tut mir leid.«

Ein Schatten huscht über sein Gesicht, ein Ausdruck von Enttäuschung, den er schnell hinter einer Maske aus Gleichgültigkeit verbirgt. »Schon okay. Ich verstehe es. Aber ich muss dir was über Lucifero sagen.«

Mein ganzer Körper spannt sich an. Sofort stürze ich nach vorne und halte ihm den Mund zu. »Pscht! Das kannst du hier nicht einfach so sagen!« Ich sehe mich hektisch um. Einige der Bediensteten schauen verwirrt zu uns herüber.

Sie verstehen vielleicht kein Englisch, aber Namen wie dieser haben Gewicht. Ich ziehe ihn am Arm. »Komm. Wir gehen nach oben. Wir haben noch etwas Zeit.«

Giuliano, Luigi und Lorenzo folgen uns, jeder Muskel ihrer Körper angespannt. Ich frage mich, wo Matteo und Salva sind. Normalerweise sind sie immer in meiner Nähe. *Ob sie sich schon wieder darüber streiten, wer der Vater des Jungen ist?*

»Könnt ihr bitte draußen warten?« Ich sehe meine Personenschützer an.

Giuliano legt den Kopf schief. »Wenn Matteo das erfährt, bringt er uns um. Das weißt du.«

Ich öffne die Tür zum Arbeitszimmer. Der Mond scheint durch die großen Fensterscheiben, taucht alles in silbernes Licht.

»Ich weiß. Aber Logan wurde durchsucht. Hier gibt es nichts, womit er mir schaden könnte.«

Luigi hebt die Hände, spreizt die Finger. »Er könnte dich würgen.«

Ich verdrehe die Augen. »Er ist mein Ex-Freund. Wir kennen uns seit Jahren. Er würde mir nie etwas tun. Stimmt's, Logan?«

Er hebt beschwichtigend die Hände. »Ich liebe Amelie immer noch. Ich würde ihr niemals wehtun.«

Luigi zeigt mit dem Finger auf mich. »Du bist in der Erklärschuld, wenn doch was passiert.«

Ich lache, klopfe ihm auf den Arm. »Versprochen. Danke, ihr seid die Besten.«

Die drei Männer tauschen Blicke aus, dann stellen sie sich vor die Tür.

Ich schließe die Tür hinter uns, lasse den Moment für einen Herzschlag lang in der Stille nachhallen. »Sorry, sie wollen nur mein Bestes.« Mein Lächeln ist flüchtig, meine Gedanken abschweifend. »Ist dir auch so warm?« Ich gehe zu den Balkontüren, öffne sie weit. Sofort tanzt die salzige Brise des Meeres um meine Nase, streicht über meine Haut wie eine beruhigende Hand. Der Duft von Salz und Wasser füllt meine Lungen.

Von hier aus ist nichts als das Meer zu sehen. Endlose Weite, tiefblau und unberührt. Der Balkon schwebt über der Wasseroberfläche. Perfekt für Momente der Ruhe, für das Lauschen der Wellen, für das Atmen von Freiheit. Ich liebe diese Aussicht. Liebe es, wie klein die Welt von hier oben wirkt.

»So ist es besser«, sage ich und lehne mich gegen das Bücherregal, das nah genug an der offenen Balkontür steht, um die kühle Brise auf meiner Haut zu spüren. Ich drehe mich zu Logan um, mustere ihn. Sein Blick weicht meinem aus. *Was ist nur los mit ihm?* Er ist hier sicher, er braucht keine Angst zu haben.

»Also? Was wolltest du mir erzählen?«

Er zögert. Seine Finger ballen sich zu Fäusten, sein Atem ist schwerer als zuvor. Dann hebt er den Kopf, sieht mich endlich an. Und in seinen Augen liegt nichts als Bedauern.

»Es tut mir leid, Amelie.«

Eine unmerkliche Falte bildet sich zwischen meinen Brauen. »Was tut dir leid?« Ich mache einen Schritt auf ihn zu, doch in genau diesem Moment spüre ich eine Bewegung hinter mir. Ehe ich reagieren kann, greifen starke Hände nach meinen Armen, ziehen sie brutal nach hinten. Ein nasses Tuch presst sich gegen meine Lippen, muffig riechend, durchtränkt mit etwas, das meine Kehle brennen lässt.

Ich keuche, will mich wehren, will schreien, doch mein Körper reagiert nicht schnell genug. Mein Blick fliegt zu Logan, sucht nach Antworten, nach Hilfe. Doch er dreht sich weg.

Er kann nicht hinsehen. Er will nicht hinsehen.

Verzweiflung explodiert in mir wie eine Bombe. Meine Beine, schwerer als Blei, versagen mir den Dienst. Ich versuche mich zu winden, doch mein Bauch – mein verdammter Bauch – macht jede Bewegung unbeholfen. Ich bin zu langsam. Zu schwach.

Ein stechender Schmerz. Ein Piksen, kaum mehr als eine Berührung an meinem Oberarm.

Kälte breitet sich aus. Nicht wie Eis, sondern wie lähmender Nebel, der mich von innen verschluckt. Erst in meinen Fingern, dann in meinen Armen, meinen Beinen.

Mein Mund öffnet sich, doch kein Laut entkommt. Ich kann nichts mehr bewegen. Gar nichts. Nur meine Gedanken rasen, panisch und wild. Nicht schon wieder. Nicht so.

Die Stimme hinter mir, dunkel und triumphierend, flüstert mir ins Ohr. »Na rate mal, wer hinter dir ist?«

Ich will schreien. Will mich umdrehen. Will kämpfen.

Doch mein eigener Körper verrät mich. Und die Dunkelheit beginnt mich zu verschlingen.

KAPITEL 33

Salva

Ich schließe meine Hose, drehe den Wasserhahn auf und wasche mir die Hände, doch meine Gedanken sind längst nicht mehr hier. Ich werde dich jetzt suchen, dich mitnehmen, dich in meine Arme ziehen und dich so festhalten, dass die Welt aufhört, sich zu drehen. Seitdem du den Verlobungsring an deinem Finger trägst, ist mein Bedürfnis, dich zu spüren, noch stärker geworden. Es ist, als hätte sich eine unsichtbare Kette um meine Brust gelegt, die mich immer wieder zu dir zieht, jedes Mal ein Stück fester. Ich will dich nicht nur sehen, ich will dich in mir verankern, deine Wärme, deinen Geruch, den Geschmack deiner Haut auf meinen Lippen.

Ich trete auf den Flur, doch noch bevor ich den ersten Schritt in Richtung Foyer setzen kann, sehe ich Luigi, Giuliano und Lorenzo. Drei Männer, die eigentlich nicht hier sein sollten. Drei Männer, die Matteo und ich höchstpersönlich auf dich angesetzt haben, damit dir nichts passiert. *Aber du bist nicht hier.* Mein Magen zieht sich zusammen, ein warnendes Gefühl breitet sich in mir aus, dieses vertraute, raubtierhafte Pochen in meinem Schädel, das mir zuflüstert, dass etwas nicht stimmt. Mein Daumen gleitet über mein Handy-Display.

Salva 22:10

Irgendetwas stimmt nicht.

Ich sehe, dass Matteo es liest, aber keine Antwort kommt. Mein Blick wandert zurück zu den drei Männern, meine Wut steigt schneller als mein Puls.

»Wo ist Amelie?« Meine Stimme ist kalt, hart, ein Schuss aus Stahl, und die Art, wie sie sich nicht sofort bewegen, nicht sofort antworten, bringt mich innerlich zum Kochen.

Luigi tritt einen Schritt vor, als ob er glaubt, dass er irgendetwas erklären könnte, das mir diese Situation erträglicher macht. »Sie redet nur mit Logan. Sie wollte alleine sein. Sie sagte, sie übernimmt die Verantwortung.«

Mein Körper friert ein. Meine Gedanken nicht. Die schlagen ein wie Blitze. Mein Gesicht schnellt zur Tür, die zu dem Raum führt, in dem du bist. Ich lege meine Hand auf die Klinke. *Verschlossen.*

»Sie ist hochschwanger, du gottverdammter Idiot!« Meine Stimme donnert durch den Flur, wird von den hohen Wänden reflektiert, kommt in doppelter Härte zurück. »UND DU LÄSST SIE ALLEINE?!«

Meine Lungen brennen. Mein Herz rast. Meine Kehle ist trocken. Ich trete zurück. Das Adrenalin pumpt in meinen Adern.

Dann lasse ich meinen Körper nach vorne schnellen, mein Gewicht in meine Schulter legen – die Tür kracht aus den Angeln, das Holz splittert, der Rahmen reißt aus dem Putz.

Ich sehe mich um, sehe den Schreibtisch, das Bad, doch kein Zeichen von dir.

Aber dann höre ich ein Geräusch. Ein Dröhnen. Tief, vibrierend, durchdringend.

Mein Körper bewegt sich, noch bevor mein Verstand begreift, was los ist. Meine Füße tragen mich durch das Zimmer, meine Hände reißen die halb offene Balkontür auf, ich sehe auf das spiegelnde Glas, das mir meinen schlimmsten Albtraum vor Augen führt.

Tommaso. Er steht auf dem Balkon. Mit dir in seinen Armen. Neben ihm Logan, der euch filmt, sein Gesicht ist nichts als ein Schatten in der Nacht, seine Absichten unklar, aber du bist starr, dein Körper hängt reglos in Tommasos Griff, wie eine zerbrochene Puppe.

Warum wehrst du dich nicht?
Warum schreist du nicht?
WARUM SCHREIST DU NICHT VERFLUCHT NOCHMAL?!

Mein Herz schlägt schmerzhaft gegen meine Rippen, mein Verstand beginnt zu rasen, kalkuliert, rechnet, schreit nach einem Plan, nach einer Lösung. Ich ziehe meine Waffe, richte sie auf Tommaso, doch in genau dem Moment bewegt er sich. Ein einziger, fließender Moment. Ein ruckartiges Hochziehen deines Körpers.

Dann passiert das Unausweichliche. Er wirft dich über die Brüstung. Einfach so, als wärst du wertlos. Die Zeit hält an. Die Luft zerbirst in meinen Ohren.

Dein Körper kippt. Dein Kleid bauscht sich auf, der Stoff flattert wie Engelsflügel, deine Haare wehen in der

Nacht, ein dunkler Schleier, der deine Haut umrahmt, während du in die Tiefe fällst. Aber du bewegst dich nicht. Kein Aufschrei. Kein Zucken. Kein Griff nach irgendetwas.

Es fühlt sich an, als würde mein eigenes Herz aus meiner Brust gerissen werden.

Mein Körper setzt sich in Bewegung, mein eigener Wille existiert nicht mehr. Ich renne.

Ich denke nicht. Ich handle nicht bewusst. Mein Körper bewegt sich von selbst.

Meine Füße tragen mich nach vorne, doch meine Gedanken sind längst fort, irgendwo dort unten, wo du gerade hinabstürzt, wo die Felsen aus dem Wasser ragen wie Messer, wo das Meer nichts vergibt, nichts verschluckt, ohne es für immer zu behalten.

Ich springe.

Das Letzte, was ich sehe, bevor das Wasser mich verschlingt, ist dein Kleid. Dann ist da nichts mehr.

Stille. Eisige Kälte. Ein Aufprall, der mir das Bewusstsein raubt. Und Dunkelheit.

Ich werde in die Tiefe gerissen, mein Körper schlägt durch das Wasser, ich spüre, wie es in meine Ohren dringt, wie der Druck auf meine Brust wächst, mich niederdrückt.

Ich öffne die Augen. *Nichts.* Nur absolute Schwärze, eine klaffende Leere, die mich verschluckt. Mein Herz hämmert gegen meine Rippen, mein Atem ist längst fort, aber ich spüre ihn noch, den verzweifelten Wunsch, dich zu finden, dich zu retten, dich nicht zu verlieren.

Meine Finger gleiten zum Handy in meiner

Hosentasche, mein Daumen zittert, als er über das Display fährt, das Licht einschaltet.

Ein schwacher, blauer Schein dringt durch das Wasser.

Aber du bist nicht da. Ich drehe mich, mein Kopf zuckt nach links, dann nach rechts, aber überall sehe ich nur das Nichts. Die Dunkelheit verschluckt alles.

Mein Magen zieht sich zusammen. Mein Verstand rast. *Wo bist du? Gezú, wo bist du?!*

Meine Beine treten gegen das Wasser, ich schwimme weiter nach unten, noch tiefer, bis sich mein Brustkorb zusammenzieht, bis meine Lungen nach Sauerstoff schreien, bis sich eine dumpfe Panik in mir ausbreitet, weil ich nichts sehe.

Nicht dich. Nicht dein Kleid. Nicht einmal eine Spur.

Ich will schreien. Aber ich kann nicht.

Mein Herz rast. Meine Lunge brennt, aber ich kämpfe gegen den Drang an, aufzutauchen.

Ich kann nicht auftauchen. Nicht, bevor ich dich gefunden habe.

Meine Finger greifen in die Leere, ich schlage um mich, taste nach irgendetwas, irgendjemandem, aber da ist nur die unbarmherzige Dunkelheit, die mich auslacht, sich an meinem Verfall ergötzt, mir ins Gesicht spuckt, weil ich dich verloren habe.

Ich kann dich nicht verlieren. Nicht an diesen Bastard.

Ich stoße mich noch weiter nach unten. Meine Ohren pochen, mein Brustkorb krampft, meine Sicht beginnt zu flackern. Ich brauche Luft.

Aber du brauchst mich mehr. Die Stille ist so laut, dass sie mir die Sinne raubt. Sekunden vergehen. Eine Ewigkeit.

Ein Lichtstrahl durchbricht das Wasser. Die Taucher. Sie sind hier.

Ihre Taschenlampen gleiten durch das Meer, lassen Schatten aufblitzen, doch keine Spur von dir.

Meine Finger krallen sich ins Nichts, mein Verstand brüllt, mein Körper ist kurz davor aufzugeben. Ich muss auftauchen.

Aber dann. Ein Umriss. Ein winziges, regungsloses Etwas im Lichtkegel. Ich wende meinen Kopf, und da bist du. *Du schwebst.* Deine Haare sind ein Schleier, der sich um dein Gesicht legt, dein Körper ist so reglos, dass mir übel wird. *Zu reglos.*

Ich schwimme, trete mit aller Kraft nach oben, reiße mich durch das Wasser, packe dich, umfasse deine Taille, ziehe dich an mich, drücke dich an meine Brust.

Doch du bewegst dich nicht. Du atmest nicht. Kein einziger Laut, kein Zucken, kein verzweifeltes Aufbäumen nach Luft.

Ich verfluche Gott. Verfluche Tommaso. Verfluche mich selbst, weil ich dich nicht beschützen konnte.

Meine Beine kämpfen sich nach oben, aber das Wasser zieht uns nach unten. *Nicht mit mir. Du gehörst mir.* Ich nehme all meine Kraft zusammen, trete gegen die Schwerkraft an, ziehe dich mit mir nach oben, während meine Sicht verschwimmt, meine Lunge brennt, mein Herz rast.

Ich bin fast da. Noch drei Meter. Noch zwei. Noch einen.

Ich breche durch die Oberfläche.

Ich huste, röchele, ziehe dich mit nach oben, halte dich an meinen Brustkorb gepresst.

»HIER!« Ich schreie verzweifelt die Worte.

Das Boot schneidet durch die Wellen, es kommt näher, aber zu langsam.

Ich drehe dich zu ihnen, meine Arme zittern, meine Muskeln brennen, als sie nach dir greifen, dich auf das Deck ziehen.

»Sie atmet nicht!«, ruft eine Stimme.

Ein Schatten fällt über mich, als ich mich hochziehen lasse, auf das Boot klettere und zu dir hetze.

Ich beuge mich über dich, sehe in dein Gesicht, so blass, so leblos, dass mein eigener Körper sich weigert, es zu begreifen.

Ich packe dein Gesicht, schüttle dich. »Amelie!«

Keine Reaktion. NEIN. Ich presse meine Lippen auf deine, blase Luft in deine Lunge, drücke meine Hände auf dein Brustbein, presse in schnellen Stößen nach unten.

»Komm schon, Bella ... Bitte.«

Mein Herz rast, Panik zerrt an mir. Nichts.

»ATME!« Ich schreie es in dein Gesicht, mein Kopf dreht sich, mein Blick ist verschwommen.

Ich beuge mich wieder über dich, presse meine Lippen auf deine.

Stoße Luft in dich. Wieder und wieder.

Bis du endlich keuchst.

Ich reiße den Kopf hoch, sehe, wie du das Wasser ausspuckst, deine Lippen bläulich, deine Augen flackern. Du lebst.

Mein Körper bricht über dir zusammen, meine Stirn senkt sich gegen deine. Meine Hände zittern, als sie sich um dein Gesicht legen.

»Nie wieder«, raune ich heiser. »Nie wieder lässt du mich so lange warten.«

Über uns dröhnt der Rotor eines Helikopters. Ich blicke auf, sehe, wie sich ein Schatten über den Balkon zieht, sehe die drei Gestalten, die hineinspringen.

Tommaso. Logan. Antonia. Sie sind weg. Aber sie werden nicht entkommen. Nicht nach diesem Abend.

Nicht nach dem, was sie dir angetan haben.

Der Rotorlärm peitscht mir durchs Trommelfell, während der Helikopter tiefer sinkt. Die Skyline Palermos flimmert unter uns, aber ich sehe sie kaum.

Du liegst reglos auf der Trage, die Gurte fest um deinen Oberkörper geschnallt. Deine Haut ist so weiß wie das Laken unter dir, dein Atem flach, kaum sichtbar. Blut klebt an deinen Schläfen, an deinen Schenkeln. Und doch hältst du durch. Für uns. Für die Kinder.

»Wir haben fünf Minuten bis zur Landung!«, ruft einer der Sanitäter gegen den Lärm an. Ich nicke, auch wenn der Kloß in meinem Hals alles in mir zerdrückt.

Du hast keine fünf Minuten.

Als wir auf dem Dach des Russo-Krankenhauses aufsetzen, stürzen die Ärzte bereits auf uns zu. Alles ist vorbereitet. Ich habe dafür gesorgt, noch bevor wir überhaupt abgehoben sind.

Matteo ist nicht hier. Und das ist gut so. Er soll dich nicht so sehen. Auch wenn ich nicht weiß, wo er steckt. Vielleicht ist das reinste Chaos in der Villa ausgebrochen. Ich hatte nur noch ein paar Schüsse gehört, als ich dich auf das Boot gezogen hatte, danach war ich wie in Trance.

»Bewegung!«, knurre ich, als wäre ich wieder der Mann, der Kommandos gibt und nicht der, der innerlich in Stücke bricht. Wir schieben dich in den Aufzug, mein Puls rast. Ich halte deinen Arm, spüre den viel zu schwachen Puls unter meinen Fingern. Ein falscher Handgriff. Eine Minute zu langsam. Und ich verliere dich und die Kinder.

Die Türen öffnen sich direkt in den OP-Bereich. Alles riecht nach Desinfektionsmittel, Metall und Tod. Doch heute wird hier niemand sterben.

»Status!«, fordere ich, während ich mir die Hände desinfiziere, der sterile Stoff der OP-Kleidung klebt bereits an meinem Nacken. Ich habe mir das hier nie ausgesucht. Ich bin kein Gott. Aber heute muss ich einer sein.

»Innere Blutungen. Milz, aber unter Kontrolle. Fruchtblase verletzt. Blutdruck fällt. Die Babys müssen sofort raus.« Die Stimme der Oberärztin klingt sachlich, abgeklärt. Ich spüre trotzdem die Anspannung im Raum vibrieren.

»Ich übernehme den Schnitt.« Du liegst da, die Augen geschlossen. Doch ich weiß, dass irgendwo in dir der Kampf weitergeht. Deine Kinder, unsere Kinder, halten dich fest. Also halte ich dich auch.

Das Licht über mir blendet. Der erste Schnitt öffnet deine Haut. Ich arbeite schnell, jeder Handgriff sitzt. Mein Herz schlägt dir entgegen, in meiner Brust hämmert es wie ein Vorschlaghammer. Ich spreche dich in Gedanken an, leise, immer wieder: *Halt durch, Bella. Bleib hier.*

Blut fließt. Ich arbeite durch die Schichten, kontrolliere jede Gefäßklemme, jede Naht, während du reglos bleibst. Dann, endlich, die Gebärmutter.

»Sauger.«

Der Klang der Absaugung vermischt sich mit den Piepgeräuschen der Monitore. Ich setze den Schnitt. Dein Bauch hebt sich kaum noch. Ich taste vorsichtig, finde das erste Kind. Den Jungen.

Ich ziehe ihn behutsam heraus. Und mein Herz bleibt stehen. *Er schreit nicht. Scheiße!*

»Reanimationsteam!«, rufe ich, reiche ihn den Kinderärzten, mein Blick verfolgt jede ihrer Bewegungen. Kleine Brust, winzige Hände, aber kein Laut. Mein Blut kocht.

Ich reiße mich los, wende mich zurück. Du hast noch das Mädchen in dir. Ich setze den nächsten Schnitt. Ziehe sie heraus. Und da ist es – ein leiser Schrei, kaum mehr als ein Wimmern, aber genug, um den Raum für einen Moment stillstehen zu lassen.

»Atmet selbstständig. Inkubator!«, ordne ich an.

Die Minuten dehnen sich, meine Welt reduziert sich nur noch auf deine aufgeschnittene Haut, die zuckenden Linien auf den Monitoren, das gleichmäßige Piepen, das mich zwischen Hoffnung und Wahnsinn hält. Ich verschließe die Gebärmutter, kontrolliere die Blutung.

Ein anderer Arzt kümmert sich um deine Verletzungen. Ich höre das Flüstern über gerissene Bänder, Prellungen, Hämatome, aber alles klingt dumpf.

Als ich später an deinem Bett sitze, verschwimmen die Stunden im Halbdunkel. Maschinen piepen, leises Flüstern auf dem Flur, der Geruch von Alkohol und Schmerzmitteln liegt in der Luft. Ich streiche dir eine Haarsträhne aus dem Gesicht, betrachte deine Wimpern, die auf deinen blassen Wangen ruhen.

»Bella …« Meine Stimme bricht beinahe. »Du hast es geschafft.«

Deine Finger zucken. Ich halte den Atem an. Dann blinzelst du langsam, deine Augen suchen im Dämmerlicht nach Halt. *Nach mir.*

»Salva?«, hauchst du, deine Stimme kaum mehr als ein Hauch.

Ich nehme deine Hand in meine, führe sie an meine Lippen. »Ja, ich bin hier.« Meine Stirn liegt auf deinem Handrücken, während ich versuche, die Welle an Erleichterung und Trauer, die in mir tost, irgendwie zu kontrollieren.

Du fasst an deinen Bauch, willst etwas sagen, aber ich lege sanft meine Finger auf deine Lippen. »Schhh. Alles gut. Deine Tochter ist wohlauf. Sie wartet schon auf dich.«

Dein Blick flimmert, du öffnest den Mund, flüsterst: »Und mein Sohn?«

Ich sehe dich an, mein Herz ein einziger Knoten. »Ruh dich erst aus, Bella.« Ich presse deine Hand fester. »Ich bin hier.«

Du versuchst dich aufzurichten. Deine Hände krallen sich in das Laken. Ich sehe, wie deine Schultern beben, wie deine Lippen zittern.

»Nein, Salva. Wo. Ist. Mein. Sohn.«

Es ist vorbei. Ich kann es nicht mehr halten. Nicht den Schmerz, nicht die Fassade. Ich senke meinen Kopf, meine Hände umklammern das Metall des Bettrahmens. Aber meine Augen verraten mich. Und du weißt es, bevor ich überhaupt etwas sagen muss.

»Nein ...«, flüsterst du. Deine Stimme bricht an diesem einen Wort, doch keine Träne kommt. Nur dieser leere Ausdruck.

»Das stimmt nicht ... das kann nicht wahr sein!« Du schüttelst den Kopf, immer wieder, fassungslos, hilflos. »Er war gerade noch in meinem Bauch und jetzt willst du mir erzählen, er hat nicht überlebt?« Deine Stimme wird rau, fast wütend, so voller Schmerz, dass es mich innerlich zerreißt.

»Amelie, bitte ...« Meine Stimme kratzt, ich will zu dir, will dich festhalten, doch du reißt die Decke von dir weg.

»Durch den Aufprall ins Wasser ... deine Fruchtblase wurde verletzt. Wir konnten die Kleine retten, aber ... für ihn war es zu spät.« Ich spreche es aus, aber es fühlt sich an, als würden die Worte mir selbst das Herz herausreißen.

Du hörst mich nicht. Oder du willst es nicht hören. Deine Augen brennen vor Wut, vor Hoffnungslosigkeit. Du schwingst die Beine über die Bettkante, stehst auf, wankst. Ich will dich wieder hinlegen, sehe, wie der Schweiß auf deiner Stirn glänzt, wie dein Körper noch von der Narkose benommen ist, aber du ignorierst alles. Du ignorierst mich.

»Leg dich wieder hin. Bitte. Sonst muss ich dich zwingen.« Mein Ton wird schärfer, doch es prallt an dir ab. Du gehst ums Bett, stolperst fast, die Kabel des EKG reißen von deiner Haut, der Piepton wird hektisch. Eine Krankenschwester stürzt herein, aber ich winke sie sofort weg.

Du stützt dich am Fußende des Bettes ab, atmest schwer. »Bring mich zu meinem Sohn.« Deine Stimme ist nur noch ein Hauch, brüchig.

Ich schüttle den Kopf, trete an dich heran, doch du stößt mich weg, als wäre ich das Monster in deinem Albtraum.

»BRING MICH ZU IHM!« Deine Stimme hallt durch das Zimmer, so laut, so voller Verzweiflung, dass sie mir durch Mark und Bein fährt.

Dann versagen deine Beine. Dein Körper klappt einfach zusammen, und ich bin gerade noch schnell genug, um dich aufzufangen, bevor du hart aufschlägst. Deine Infusion kracht zu Boden, Schläuche wirbeln um uns herum, alles ist das reinste Chaos, wie du. Wie ich.

Ich ziehe dich fest an mich, spüre, wie du in meinen Armen zitterst, völlig gebrochen.

»Warum … warum mein Sohn?«, schluchzt du gegen meine Brust, während ich dich halte, als könntest du mir jeden Moment entgleiten. »Ich hasse sie, Salva. Ich hasse sie alle. Ich werde sie töten. Jeden einzelnen.«

Mein Hals ist wie zugeschnürt. Ich wippe dich sanft, streiche deine Haare zurück, meine Lippen an deinem Scheitel, während ich selbst die Tränen nicht mehr zurückhalten kann. Sie laufen mir über die Wangen, fallen auf deine Schultern, vermischen sich mit deinen Schluchzern.

»Alles wird gut ...« Doch es klingt hohl. *Es ist eine Lüge. Du weißt es. Ich weiß es. Nichts ist gut.*

Du ziehst dich von mir zurück, siehst mich an mit diesen roten, geschwollenen Augen, voller Schmerz, voller Leere. »Bitte, lass mich zu ihnen ...«, flehst du, fast flüsternd.

Ich schlucke schwer, schüttle den Kopf, auch wenn es mir das Herz zerfetzt. »Du musst dich ausruhen. Du kannst dich noch verabschieden ... aber nicht jetzt. Du bist frisch operiert, dein Körper ist am Limit, Amelie. Die kleine Leonora. Sie braucht dich. Sie braucht dich gesund.«

Bei ihrem Namen blinzelt etwas in deinen Augen auf. Ein winziger, verzweifelter Funken Hoffnung. Ich nutze ihn, drücke dich vorsichtig zurück aufs Bett, ziehe die Decke wieder über dich, streichle deine Wange.

Du bist ruhig. Für den Moment. Doch dann hebst du den Blick, deine Stimme kaum mehr als ein Wispern: »Von wem ... war der Junge, Salva?«

Ich setze mich an deine Seite, meine Kehle brennt. »Von Matteo.«

Du sagst nichts. Ich spüre, wie dir das den Rest gibt. Kein Wort. Ich sitze neben dir, halte deine Hand und weiß nicht mehr, wie ich dich wieder heilen soll.

Kapitel 34

Matteo

Mir wird der Sack vom Kopf gerissen. Grelles Licht schneidet in meine Augen, eine flackernde Neonröhre an der Decke pendelt bedrohlich hin und her. Für einen Moment blinzle ich, bis ich erkenne, wo ich bin. Oder besser: bei wem ich bin. *Tommaso.*

Ich muss keine Sekunde überlegen. Mein Hinterkopf hämmert vom Schlag, der mich hierher befördert hat, aber der Schmerz ist nichts im Vergleich zu dem brennenden Verdacht in meiner Brust.

Fanculo. Du. Wo bist du?

Ich bete, dass Salva bei dir ist, dass Lorenzo, Luigi und Giuliano an deiner Seite sind. Dass dich irgendwer beschützt, während ich hier hocke. Gefesselt, wie irgendein dahergelaufener Idiot.

Erst als ich mich rühre, fällt mein Blick zur Seite. *Mamma.* Auch sie ist an einen Stuhl gefesselt. Ihr Kopf hängt nach vorne, bis einer von den Verrätern neben uns ihr ebenfalls den Sack herunterzieht. Als sie blinzelt, die Umgebung wahrnimmt, bricht Panik aus ihrem Gesicht. »Matteo ... Matteo, was passiert hier?«

Ich kenne sie. Besser, als sie glaubt. Diese gespielte Verzweiflung? Netter Versuch. »Tommaso«, knurre ich nur. »Wo zum Teufel sollen wir sonst sein?«

Zwei Typen, die früher für mich gearbeitet haben, postieren sich vor der Tür. Ohne Masken. Ihre Gesichter ruhig. Die wissen, was sie tun – glauben sie zumindest. Das Amateurniveau von Tommaso überrascht mich nicht mal mehr. Keine Masken? Holzstühle? Ich könnte lachen, wenn mir nicht das Adrenalin durch die Adern schießen würde. »Ihr traut euch ja was«, grinse ich schief. »Vergesst nicht, dass ich euch alle und eure Familien kenne.« Keine Reaktion. Die Tür fällt hinter ihnen zu. Camilla neben mir zerrt theatralisch an ihren Fesseln. »Wie konnte das nur passieren? Wir hatten doch alles gesichert ...« Sie spielt es perfekt. Tränen in den Augen. Die treusorgende Mutter.

Ich presse die Zähne zusammen, beuge mich vor, stemme mich gegen die Seile. »Vielleicht«, zische ich leise, »weil jemand von innen geholfen hat.« Sie zuckt. Fast unmerklich. Ich merke es trotzdem. »Was hast du vor?«, fragt sie atemlos, als ich mich ruckartig auf den Boden fallen lasse. Der Stuhl kracht unter mir, bricht in zwei. »Du glaubst doch nicht, dass ich hier sitze und abwarte, während ich nicht weiß, ob Amelie lebt. Ob unsere Kinder leben.« Ich wuchte mich auf, löse die letzten Holzteile von meinen Handgelenken. Das Seil gibt nach. *Fast frei.*

Ich gehe vor ihr in die Hocke. Ihr Blick schwankt zwischen Furcht und Fassade. »Hilf mir«, knurre ich, halte ihr die Seile hin. Sie blinzelt. »Matteo ... mein Schatz ... ich kann doch nichts tun ... meine Hände ...«

Ich rolle mit den Augen. »Dann halt wenigstens deine Klappe.« Ich reiße die Seile mit den Zähnen auf, schaffe es, ein Stück abzuziehen, doch dann knallt die Tür auf.

»In die Ecke. Sofort!«, brüllt jemand.

Ich blicke auf. Und da steht er. Tommaso. Das Arschloch höchstpersönlich. Mit seinem verlogenen Grinsen. »Warum sollte ich?«, knurre ich.

Ein Schuss kracht in die Wand, Splitter rieseln auf den Boden. »Weil du eine schwangere Frau hast, Matteo. Und das vielleicht nicht mehr lange.«

Meine Welt bleibt stehen. Er grinst breit, nickt seinem Handlanger zu. Der zieht ein iPad aus der Tasche. Ich will nicht hinsehen. Weiß, dass ich es trotzdem muss.

Die Kamera zeigt unsere Villa. Dich. Auf dem Balkon, blass, in Tommasos Armen.

Dann sehe ich, wie er dich eiskalt über das Geländer wirft. Sekunden später: Salva, der dir hinterherstürzt.

Alles rauscht in meinen Ohren. Mein Puls explodiert. Ohne zu überlegen, stürme ich auf ihn zu, meine Hände schießen vor, schnappen nach seinem Hals.
Ich drücke zu. Härter. Bis seine Augen glasig werden. Bis er röchelt. Bis nichts anderes in meinem Kopf ist, als ihn hier und jetzt zu töten. Ich spüre nicht, wie jemand hinter mir tritt. Den Schlag gegen meinen Schädel nehme ich nur noch dumpf wahr. Schwärze kriecht in meine Sicht. Aber noch bevor es ganz schwarz wird, höre ich ihn.

Tommasos Stimme, höhnisch, tödlich: »Sie lebt nicht mehr, Matteo. Es ist alles vorbei.« Ich sinke auf die Knie. Doch in meinem Innersten brennt nur ein einziger Gedanke, ein Mantra, das lauter schlägt als jede Kugel, jeder Schmerz, jede Fessel:

Du hast überlebt. Du. Die Kinder. Ich werde zurückkommen. Und ich werde jeden Einzelnen dafür bezahlen lassen.

DANKSAGUNG

Man sagt, ein Buch entsteht nicht allein. Dieses hier ist das Produkt vieler schlafloser Nächte, zu vieler Tassen Kaffee und vor allem einer unglaublichen Unterstützung.

Mein tiefster Dank gilt zuerst euch, meinen Leserinnen und Lesern. Für jedes Weiterblättern, für jedes Herzklopfen, für jede Nachricht, die ihr mir schickt. Ohne euch wären diese Seiten nur Worte. Ihr gebt ihnen Leben.

Meiner Familie danke ich dafür, dass sie mich auch dann liebt, wenn ich in Gedanken woanders bin, zwischen all den Charakteren, Intrigen und Liebesgeschichten. Danke für euer Verständnis und euren Glauben an mich.

Außerdem danke an meine wunderbaren Testleser, Krissi, Steffi, Petra, Gabi, Sarah, Grace und Rojda. Ihr seid die Ersten, die dieses Buch zu dem machen, was es ist.

Und zuletzt: Danke an jeden, der jemals an sich gezweifelt hat, aber trotzdem weitergegangen ist. Dieses Buch ist für euch.

UND DOCH BLEIBT NOCH SO VIEL OFFEN.

Wie viele Male kann ein Herz brechen, bevor es nicht mehr heilt?

Kann Vertrauen neu entstehen, wenn alles, woran du geglaubt hast, in Frage gestellt wird?

Wird Matteo jemals die Wahrheit verzeihen können?

Welche Schatten wirft die Vergangenheit auf Salva, wenn Blut dicker ist als Loyalität?

Und was passiert, wenn Amelie erkennt, dass Rache nie ohne Opfer bleibt?

Eine letzte Entscheidung steht bevor.
Eine, die alles verändern wird.

Bist du bereit für das Finale?

Wenn du deine Vermutungen loswerden oder einfach mit mir über die Story sprechen möchtest, findest du mich auf Instagram oder TikTok:

Instagram: Melanie_J_Kuehn

TikTok: Melanie_J_Kuehn